W0073124

Anne Gesthuysen

MÄDELS-ABEND

Roman

Kiepenheuer & Witsch

Dieses Buch ist ein Roman.
Es enthält keine Behauptungen über reale Personen.

Für Frank

FEUER AUF BURG
WINNENTHAL

Weiße Schwaden kräuselten sich vor dem schwarzen Nachthimmel, veränderten sich, je höher sie stiegen, und nahmen schließlich Gestalt an wie wabernde Gespenster. Unterhalb des Geistertanzes züngelten Flammen aus einem Fenster, die einer Schar Uniformierter mit schweren Wasserwerfern und ausgeklügelter Choreografie trotzten.

So stellte sich Ruth das Feuer auf Burg Winnenthal vor. Sie hatte eine blühende Fantasie.

Und während draußen der Kampf der Elemente tobte, erhob sich drinnen, im Gemeinschaftssaal der Burg, Lili Heinemann langsam und bedächtig. Sie griff ihren Persianermantel und warf ihn mit Schwung über die Schulter. Ruth beobachtete die Frau mit einer gewissen Faszination. Zugleich war ihr schlecht vor Aufregung, denn sie konnte den Feueralarm laut und deutlich hören, auch ohne Hörgeräte. Hoffentlich verbrennen die blöden Dinger, dachte sie. Ihre Enkelin Sara hatte nicht lockergelassen, bis sie sich ein Paar hatte anfertigen lassen. Doch sie trug sie nur, wenn ihre Enkelin sie besuchte. Kaum war Sara aus der Tür, pfefferte Ruth die schmerzenden Apparate in die Ecke.

Lili Heinemann griff in ihre Manteltasche und holte ein kleines Foto heraus, vielleicht ein Passbild. Sie zerknüllte es und rief: »Folgen Sie mir bitte, meine Damen, versuchen Sie den Anschluss nicht zu verlieren und halten Sie sich gebückt.« Ruth packte den Rollator, so fest es mit ihren vom Rheuma verkrümmten Händen möglich war, und reihte sich in die Schlange der Bewohnerinnen des Seniorenstifts Burg Winnenthal ein. Rüssel an Schwanz hinterher, schoss ihr durch den Kopf, als sie sich auf den Weg machten. Es könne ein Lauf um Leben und Tod werden, hatte Frau Heinemann ihnen eingeschärft. Wenn eine umfiel, so sollten sie weitergehen. Keine von ihnen hätte die Kraft, eine Freundin zu retten. Auch wenn sie sich gegenseitig stützten und sich Mut zusprachen, sollten sie im Falle eines Falles erst einmal an die eigene Sicherheit denken.

Als sie den kühlen Salon im Erdgeschoss des alten Gebäudes verließen, fühlte Ruth die Hitze des Feuers. Es musste über ihnen brennen, im ersten oder zweiten Stock. Sie konzentrierte sich auf den Weg, der vor ihr lag. Sie atmete schwer, schloss kurz die Augen und zählte dann ihre Schritte, wie sie es zuvor ein paarmal geübt hatte. Acht, neun, zehn, jetzt schlurfte sie vermutlich gerade an dem überlebensgroßen Porträt der Maria von Burgund vorbei. Ruth blieb stehen, sie musste verschnaufen. Sie überlegte, ob sie ihren Wintermantel einfach wegwerfen sollte. Er war zu schwer, zwang sie immer tiefer in die Bückhaltung, und sie hatte die Befürchtung, unter seiner Last zusammenzubrechen. Aber Lili Heinemann hatte ihnen eingebläut, die Mäntel anzulassen, sie würden sie nicht nur vor der Kälte draußen, sondern auch vor der Hitze schützen. Also weiter. Neunzehn Schritte, zwanzig, einundzwanzig, Herrgott, nahm dieser Flur denn überhaupt kein Ende? Ihre Augen tränten, sie fühlte sich völlig orientierungslos. In ihr keimte der Wunsch, aus der Reihe auszuscheren, an der Wand auszuruhen, doch sie riss sich zusammen. Der Lärm, der Rauch, die Flucht und das aufgeregte Getuschel erinnerten sie an die Bombenangriffe im Zweiten Weltkrieg. Sie war fünfzehn gewesen, als die alliierten Truppen den Niederrhein in Schutt und Asche bombten. Ihre Familie jubelte, und Ruth spürte einen seltsamen Widerspruch: Sie rannte um ihr Leben, und zugleich glaubte sie, Teil von etwas Größerem, etwas Gerechtem zu sein.

Eine Sirene heulte. Ruth ging noch etwas schneller, sie atmete schwer und wusste nicht, ob es an dem vielen Kohlenmonoxid lag oder der Anstrengung geschuldet war. Als sie schließlich ins Freie trat, wurde ihr vom plötzlichen Übermaß an Sauerstoff schwindlig. Sie sog die Luft tief ein und blickte sich um. Es war finstere Nacht, sie wusste nicht, wo sie sich befanden. Jedenfalls nicht am Hauptportal der Burg, denn dort, so nahm sie an, würde die Feuerwehr stehen. Müssten sie nicht die Lichter von Veen sehen? Ruth hörte die anderen Damen keuchen, keine sagte etwas. »Haben wir es geschafft?«, fragte sie nach einer Weile leise, und Lili Heinemann antwortete: »Ich denke schon. Aber Vorsicht! Wir sind direkt am Wassergraben.«

Es war schlau gewesen, sie hierher zu führen. Das Wasser in dem alten Burggraben war nicht besonders tief, ertrinken konnte hier niemand, doch ein falscher Schritt auf dem matschigen Boden wäre fatal. Er könnte bei ihren porösen Knochen eine Fraktur des Oberschenkelhalses zur Folge haben, und in ihrem Alter war das meist der Anfang vom Ende. Wie oft hatte ihre Enkelin Sara das gebetsmühlenartig wiederholt, als sie noch in ihrem Haus auf der Bönninghardt gewohnt hatten. Damals hatte Ruth die Warnung in den Wind geschlagen. Jetzt nicht mehr. Sie war achtundachtzig Jahre alt und hatte durchaus die neunzig im Sinn. Sie wollte noch nicht abtreten, das Leben hatte neuen Schwung bekommen, seit sie auf Burg Winnenthal lebte. Hier gedachte sie noch eine Weile zu bleiben.

Sie beugte sich zur Seite, um sich nach ihrer Freundin Ottilie Oymann zu erkundigen, und in dem Moment sank ein Vorderrad des Rollators im Matsch ein. Ruth hatte nicht mehr die Kraft, sich aufrecht zu halten, sie spürte noch, wie sie mit der Schläfe gegen den Rollatorgriff stieß, dann schlug sie auf den nassen Boden auf, und ihr wurde schwarz vor Augen.

SORGEN IN DER NACHT

Ein Klingeln riss Sara aus dem Schlaf. Es war nicht der Weckton ihres Handys, stellte sie benommen fest, und wenn es nicht ihr Wecker war, hieß das, sie musste noch nicht aufstehen.

»Geh ran, es ist dein Telefon«, murmelte Lars und stieß sie sanft in die Seite.

»Kann nicht sein«, antwortete sie mit einem Blick auf die Uhr. Es war vier, und sie war sicher, keinen Notdienst zu haben.

Es klingelte weiter, und jäh wurde Sara bewusst, wer sie um die Uhrzeit anrufen könnte. Mit einem Satz sprang sie aus dem Bett und rannte nach unten. Auf dem Wohnzimmertisch suchte sie zwischen iPad, Zeitschriften und Büchern ihr Handy. Endlich hielt sie es in der Hand. Es war tatsächlich ihr Vater, sie sah seinen Namen auf dem Display. Er war gerade in Thailand unterwegs.

»Ist etwas passiert?«, rief sie ohne Begrüßung.

»Hast du deine Mobilbox nicht abgehört?«, fragte er. »Auf Burg Winnenthal hat's gebrannt. Oma ist im

Krankenhaus.« Sara verstand ihren Vater kaum. Zum einen war die Verbindung schlecht, zum andern war Paul aufgewacht und brüllte aus Leibeskräften. Wie konnte ein nicht einmal einjähriges Kind nur so laut schreien, fragte sie sich. Seit der Geburt ihres Sohnes hatte sie kaum mehr als drei Stunden am Stück geschlafen, was sich bereits auf ihre Sprach- und Konzentrationsfähigkeit auswirkte. Auch in diesem Moment fiel es ihr schwer, dem zu folgen, was ihr Vater sagte. »Opa hat mich angerufen. Er war furchtbar aufgeregt. Ich habe vor lauter Räuspern kein Wort verstanden.« Ihr Vater klang verärgert, er hatte ein schwieriges Verhältnis zu Walter van Rennings, hatte ihm immer vorgeworfen, seine geliebte Mutter nicht glücklich gemacht zu haben. Familiengeschichten, dachte Sara und hörte, wie Lars oben energisch ins Kinderzimmer ging. Es wurde still, und sie vermutete, dass er ihren Sohn zu sich ins Bett geholt hatte.

»Wo liegt Oma denn? Und mit welcher Diagnose?«

»Ich weiß es nicht. Dein Opa hat nur etwas von Krankenhaus gekrächzt, und dass sie gestürzt sei. Du wirst ihn sicher besser verstehen, ich bin ja hier mitten in der Pampa, die Verbindung bricht dauernd ab«, sagte er verzweifelt. Saras Vater besuchte mit seiner zweiten Ehefrau Chi deren Familie in Thailand. Chi stammte aus einer abgelegenen Gegend, weit entfernt vom Ozean oder den landschaftlichen Wundern von Chiang Mai. Der nächste Flughafen war Stunden entfernt in einem Ort namens Khon Kaen. Als Sara damals zur Hochzeit ihres Vaters angereist war, hatte sie nicht einmal einen Reiseführer für diese Gegend gefunden.

»Ich kümmere mich um die beiden. Du kannst dich auf mich verlassen«, versprach Sara, wählte, kaum dass sie ihren Vater verabschiedet hatte, die Nummer der Heimleitung von Burg Winnenthal und hoffte, dass sie zu dieser Stunde und trotz der Umstände jemanden erreichte. Sie hörte das Tuten und bemerkte, dass ihr flau im Magen war. Sara liebte ihre Oma, sie waren sich immer schon sehr nah gewesen. Natürlich wusste Sara, dass die Zeit mit Ruth begrenzt war. Sie war immerhin schon achtundachtzig Jahre alt, aber die Vorstellung, ohne sie zu sein, machte Sara tieftraurig.

»Hier Burg Winnenthal«, meldete sich eine leicht näselnde Stimme. »Strunk, Heimleitung, am Apparat!«

»Sara van Rennings. Guten Morgen. Ich bin die Enkelin von Ruth und Walter van Rennings. Können Sie mir bitte sagen, wie es meinen Großeltern geht? Meine Großmutter musste ins Krankenhaus eingeliefert werden.«

»Frau van Rennings! Guten Morgen. Es ist so furchtbar, wissen Sie?« Sara bekam es mit der Angst zu tun, gleichzeitig konnte sie sich des Eindrucks nicht erwehren, dass die Heimleiterin auf den Schreck erst einmal ein Schnäpschen getrunken hatte. Leicht lallend, dafür mit ungeheurer Geschwindigkeit erzählte sie, was sich auf der Burg zugetragen hatte. *Schnäbbeltrees* nannte ihre Oma Frau Strunk wegen ihres Sprechtempos.

Die wichtigste Nachricht war: Saras Großmutter hatte sich bei ihrem Sturz nichts gebrochen. Sie war zur Beobachtung ins Krankenhaus gebracht worden, da sie ein Hämatom an der Schläfe hatte. Sechs Menschen seien in der Nacht ins Hospital gekommen, darunter ein Pfleger und ein Feuerwehrmann, die vergeblich versucht hatten, das einzige Todesopfer zu retten. Nach bisherigen Erkenntnissen war das Feuer in seinem Zimmer ausgebrochen. Er müsse wohl leider, leider, betonte die Heimleiterin, über einer brennenden Zigarette eingeschlafen sein, die Glut habe die Wolldecke entzündet, mit der der alte Herr sich beim Fernsehen immer zudeckte. »Eigentlich hat er schon lange nicht mehr geraucht. Aber im Alter kommen solche Laster manchmal unvermutet wieder, vor allem, wenn die Herrschaften im Kopf langsam nachlassen, wissen Sie?«

»Ja, ich weiß«, sagte Sara unwillkürlich. Sie fühlte sich von dem ständigen »Wissen Sie?« der Heimleiterin zu einer Reaktion gezwungen, ähnlich wie sie bei Schweizern immer das Bedürfnis hatte, auf das »oder?« am Satzende zu reagieren.

Bereits vor einem halben Jahr habe dieser Herr

einen Feueralarm ausgelöst, weil er ein halbes Hähnchen zwanzig Minuten in der Mikrowelle gelassen habe. Damals sei zum Glück nur das Federvieh verkokelt.

Sie räusperte sich. »Entschuldigung. Ich bin noch etwas durcheinander.« Sie berichtete weiter, die arme Ehefrau, nunmehr seine Witwe, habe ihren Mann allein gelassen, um mit den anderen Damen zu singen. »Ich fürchte, die Dame wird ihres Lebens nicht mehr froh. Sie wird sich unendlich schuldig fühlen. Dabei kann das doch nun wirklich keiner ahnen.« Sara unterbrach die hörbar mitgenommene Frau Strunk.

»Können Sie mir bitte noch sagen, in welchem Krankenhaus meine Oma liegt?«

»Sie ist dort nur zur Beobachtung, wissen Sie«, sagte die Heimleiterin. »Man hat sie nach Xanten gebracht. Dort …«

»Vielen Dank für die Auskunft, Frau Strunk.« Sara verabschiedete sich schnell, um einem weiteren Wortschwall zu entgehen, und rief im Sankt Josef-Hospital in Xanten an. Ihre Großmutter schlafe jetzt, sagte man ihr, sie solle für achtundvierzig Stunden zur Beobachtung im Krankenhaus bleiben, für den Fall, dass sie sich eine Gehirnerschütterung zugezogen habe, wonach es aber nicht aussehe.

Sara entspannte sich. Sie nahm sich vor, ihre Oma gleich am Nachmittag zu besuchen.

Vorsichtig schlich sie zurück ins Schlafzimmer, wo sie dem vertrauten Atmen von Vater und Sohn lauschte. Die beiden lagen in gleicher Pose nebeneinander, wie das Original und sein Mini-Me, und trotz aller Aufgewühltheit musste Sara lächeln. Einmal solch einen festen Schlaf haben, seufzte sie neidisch und legte sich vorsichtig ins Bett.

Sechs Jahre waren Lars und sie nun schon ein Paar, und irgendwie war von der ersten Begegnung an klar gewesen, dass dies eine ernsthafte Beziehung würde und nicht nur ein *Krösken,* wie ihre Oma flüchtige Affären bezeichnete.

Sie hatten sich in Afrika kennengelernt, wo sie für *Ärzte ohne Grenzen* arbeitete, während er dort sein Patenkind Momo besuchte. Lars kam mit Momo zu ihr, um dessen Ohren untersuchen zu lassen. Der Junge war fast taub, sein Trommelfell von einer schweren Entzündung perforiert. Doch zum Glück brauchte es nicht viel mehr als ein Antibiotikum, um aus Momo wieder einen lebhaften kleinen Kerl zu machen. Nach mehreren Besuchen im Ärzte-ohne-Grenzen-Camp streckte Lars Sara die geschlossene Hand hin, in der er offensichtlich etwas verbarg, und Sara antwortete verwirrt, sie erwarte kein Trinkgeld. Doch er hatte sie beharrlich gebeten, das, was sich in seiner Faust befand, anzunehmen. Es war ein Zettel mit seiner Telefonnummer und Adresse in Deutschland gewesen.

»Ich werde auf deinen Anruf warten«, hatte er gesagt und ihr dabei forsch einen Kuss auf die Wange gedrückt.

Lars war ein geradliniger, warmherziger Mensch, der wusste, was er wollte, und einen einmal eingeschlagenen Weg mit stoischer Dickköpfigkeit verfolgte. Er vermittelte ihr Ruhe und Gelassenheit, wenn sie selbst mal wieder mit sich und den Dingen haderte.

Seit Pauls Geburt allerdings stritten sie häufiger, was vor allem an ihrem Schlafmangel lag. Was man in jeder Frauenzeitschrift las, hatte sich leider als nur allzu wahr entpuppt: Das erste Jahr mit Kind stellte ein Paar auf die Probe. Die permanente Müdigkeit machte Sara dünnhäutig, und so manches Mal hatte Lars sie mit einer ungerechten Bemerkung über ihre organisatorische Unzulänglichkeit zur Weißglut gebracht. Neulich hatte sie ihm vor Wut eine randvolle Windel an den Kopf geworfen. »Scheiße!?«, entfuhr es dem völlig verblüfften Lars, und Sara musste vor lauter Elend lachen.

Wie die meisten jungen Mütter hatte auch Sara Mühe, Kind und Job unter einen Hut zu bringen. Sie hatte erst vor einigen Monaten wieder angefangen zu arbeiten, zunächst nur halbtags, wobei sie möglichst bald wieder Vollzeit arbeiten wollte. Doch das Gehetze zwischen Klinik, Tagesmutter, Kinderarzt und Haushalt brachte sie an ihre Grenzen. Finanziell war es ein Nullsummenspiel, weil sie in etwa das Geld, das sie verdiente, gleich wieder für die Kinderbetreuung ausgab. Sie zahlten für den Babysitter, wenn sie abends ausgehen wollten, für die Krabbelgruppe, wo Paul allerdings nur bis mittags bleiben konnte, und für Frau Brandt, eine pensionierte Lehrerin, die auf eigene Enkel wartete und, um nicht aus der Übung zu kommen, an zwei bis drei Nachmittagen in der Woche auf Paul aufpasste.

Sara konnte immer noch nicht schlafen. Sie dachte an ihre Oma. Sie hatte die ersten Jahre ihres Lebens zusammen mit ihrer Familie bei den Großeltern auf der Bönninghardt gewohnt, aber daran erinnerte sie sich nicht mehr. Sehr gut waren ihr allerdings die Ferien im Gedächtnis geblieben, die sie regelmäßig am unteren Niederrhein verbracht hatte. Sie hatte mit ihrer Oma oft ausgedehnte Spaziergänge gemacht, bei denen sie aus vollem Hals Wanderlieder schmetterten, wilde Beeren naschten und Champignons sammelten. Es gab unzählige davon auf den Wiesen der Bönninghardt, die Pilze gediehen auf dem Dung der vielen Kühe und Pferde besonders gut.

Die Bönninghardt war ein Ortsteil der Stadt Alpen, eine kleine Anhöhe, nahe der holländischen Grenze, die Überreste einer eiszeitlichen Moräne, also einer Schuttablagerung, die wegen ihrer knapp fünfzig Meter über Normalnull von den Einheimischen die *Hei*, plattdeutsch für Höhe, genannt wurde. Sara hatte als Kind die ländliche Atmosphäre geliebt, die Wiesen und Felder, den weiten Blick und die Tiere. Es gab dort einen kleinen Dackel und Ponys beim Nachbarn, auf denen sie Reiten lernte, wobei sie mehrfach in hohem Bogen abgeworfen wurde. Ihre ältere Schwester Anna hatte am Landleben nie Interesse gezeigt und lebte als Vorzeigehausfrau mit Mann und drei Kindern. Anna hatte ihre Heimatstadt nie verlassen, während Sara schon in der halben Republik gewohnt hatte: Hannover, Kiel, München, Berlin und immer wieder Düsseldorf. Da sie während ihres Studiums keine bezahlbare Wohnung gefunden hatte, war sie bei ihren Großeltern auf der Bönninghardt eingezogen. Sie hatte sich dort ausgesprochen wohlgefühlt, nicht nur wegen der hervorragenden Bratkartoffeln, die ihre Oma zubereitete, sondern auch weil sie immer gastfreundlich war und Saras Kommilitoninnen regelmäßig zur niederrheinischen Kaffeetafel einlud. Dabei erwies sie sich als lebenskluge Zuhörerin, die sich alle Namen und Geschichten bis ins Detail merkte. Das Gedächtnis ihrer Großmutter war bemerkenswert und hatte im Alter nicht im Geringsten nachgelassen. Sie trug immer noch lautstark einst auswendig Gelerntes vor. So kam Sara mit schöner Regelmäßigkeit in den Genuss der Fontane-Ballade »Archibald Douglas«. Und während sie selbst schon nach der dritten Strophe aufgeben musste, sprach ihre Oma alle dreiundzwanzig Vierzeiler mit Inbrunst, wie der alte Archibald höchstselbst, der nichts anderes von König Jakob erbittet, als in seinem Vaterland sterben zu dürfen.

Sara musste grinsen. Es passte zur Mentalität ihrer Großmutter, die eingefleischte Niederrheinerin war, genauso wie ihr Großvater, der sich gewünscht hatte, erst im Buchensarg sein Elternhaus zu verlassen. Es war ihm nicht vergönnt gewesen. In den letzten Jahren war es für die alten Leute einfach zu kompliziert geworden, sich in einem so gar nicht altengerechten Wohnhaus alleine zu versorgen. Und dann war ihre Oma gestürzt, und Sara hatte zusammen mit ihrem Vater die Entscheidung getroffen, die beiden ins »Betreute Wohnen« nach Burg Winnenthal zu bringen.

Sara drehte sich auf die Seite und blickte in Pauls weit aufgerissene Augen. Der Kleine lachte glucksend. »Psst«, machte Sara und legte den Finger auf die Lippen, was natürlich keine Wirkung zeigte. Also trug sie ihn leise nach unten ins Wohnzimmer, wo er genau in dem Moment mit forderndem Geschrei loslegte, als er das Brodeln des Wasserkochers hörte und erkannte, dass seine Mutter ihm ein Fläschchen zubereitete.

EINE TRAUERNDE WITWE

Paul gähnte herzhaft, als Sara ihn samt Babyschale aus dem Auto holte. In der vergangenen Dreiviertelstunde hatte er sich bitterlich über den engen Kindersitz beschwert, in dem er die siebzig Kilometer von Düsseldorf bis hierher gesessen hatte.

Sara hatte zunächst über die Freisprechanlage versucht, ihrem Vater in Thailand die beruhigenden Neuigkeiten mitzuteilen. Ein unmögliches Unterfangen. Am Rasthof Geismühle bei Krefeld hielt sie schließlich an, knallte die Autotür von außen zu und ließ Paul allein zurück. Als sie sein wütendes Gesichtchen sah, spürte sie eine Mischung aus Genugtuung und schlechtem Gewissen. Sie telefonierte in seinem Sichtfeld erneut mit ihrem Vater, winkte Paul manchmal lächelnd zu, was den Kleinen lediglich dazu ermunterte, mit neuer Wucht loszuschreien. Er beruhigte sich erst, als sie auf den Parkplatz der Burg Winnenthal einbogen und zum Stehen kamen. Sara wollte auf dem Weg zum Krankenhaus noch schnell nach ihrem Opa sehen, der zwar körperlich unversehrt war, am Telefon aber sehr aufgebracht geklungen hatte.

Die alte Wasserburg hatte das Feuer fast ohne sichtbare Schäden überstanden. Lediglich am rechten Türmchen der Vorburg erkannte Sara schwarze Spuren an der Außenwand. Unglaublich, dachte sie, was alte Steine alles aushalten. Und tatsächlich, auch als sie ins Innere trat, stellte sie fest, dass das Leben auf der Burg schon fast wieder seinen gewohnten Gang ging. Der rechte Flügel wurde noch gereinigt, das Löschwasser musste abgepumpt werden, aber in den Fluren des Ostflügels, in dem auch ihre Großeltern wohnten, sah man keine Spuren des nächtlichen Brandes. Ohne jemandem vom Heimpersonal zu begegnen, nahm sie den Aufzug in den zweiten Stock und klingelte am Apartment ihrer Großeltern. Sie hatte einen Schlüssel, benutzte ihn aber nur auf Aufforderung. Hinter der Tür hörte sie ihren Großvater rufen: »Ich komme schon.« Er klang kraftvoll, und so sah er auch aus, dachte Sara, als er die Tür öffnete. Seine Wangen waren rosig, er war akkurat gekämmt und gekleidet, auf den ersten Blick ließ nichts an ihm auf eine dramatische Nacht schließen.

»Wie geht es dir, Opa?«, fragte Sara.

»Frag lieber nicht«, antwortete er. »Ich habe kaum geschlafen. Wir können hier nicht bleiben. Wir sind hier nicht sicher.« Sara lächelte nachsichtig. Er war schon immer übervorsichtig und ängstlich gewesen.

»Es ist ja alles noch mal gut gegangen«, sagte sie beschwichtigend.

»Nichts ist gut. Es geht hier nicht mit rechten Dingen zu«, insistierte ihr Großvater. »Willst du damit sagen, dass es hier ein Burggespenst gibt?«, fragte sie lachend. Ihr Großvater blieb ernst. »Das war kein Unfall«, beharrte er. Sara legte ihm die Hand auf den Arm. »Opa, beruhige dich. Frau Strunk grämt sich sehr. Sie sagt, sie hätte besser auf den Herrn aufpassen müssen. Das wird ihr sicher nicht noch einmal passieren.«

»Das hat der arme Pitt nicht verdient.« Saras Opa schüttelte traurig den Kopf. Dann ging er langsam neben Paul in die Hocke und streichelte dem Kind, das ungewöhnlich friedlich in der Babyschale lag, sanft die Wange. »Das hat er nicht verdient«, wiederholte er noch einmal. Er holte seinen Schlüsselbund aus der Gesäßtasche und schüttelte ihn vor Pauls Gesicht. Der lächelte, und sein Uropa war zufrieden. Bald darauf verabschiedete Sara sich wieder, packte für ihre Oma noch einen Morgenmantel ein und machte sich auf den Weg ins Krankenhaus nach Xanten.

Keine Viertelstunde später stand Sara mit Paul im Sankt Josef-Hospital vor Zimmer 225 und klopfte.

»Herein«, hörte sie im Zweiklang und trat ein. Ihre Oma lag in einem Mehrbettzimmer zusammen mit einer Dame, die Sara schon einmal gesehen hatte, deren Namen ihr allerdings nicht einfiel. »Du erinnerst dich doch sicher an Lili Heinemann«, sagte ihre Oma. »Selbstverständlich«, log Sara höflich. Sie ging freundlich auf die Bettnachbarin zu und reichte ihr zur Begrüßung die Hand. Bevor sie ihre Großmutter herzte, stellte sie den schlafenden Paul samt Babyschale in einen Rollstuhl und richtete ihn so aus, dass Ruth ihren Urenkel sehen konnte. »Was macht ihr denn für Sachen!«, sagte sie anstelle einer Begrüßung.

»Och, nicht der Rede wert«, winkte ihre Oma ab und richtete sich auf, um ihren Paul besser sehen zu können. »So ein Engelchen«, schwärmte sie in Richtung ihrer Bettnachbarin. »Unser Paul ist wirklich ein unglaublich liebes Kind, den hört man nie weinen. Er ist immer so glücklich und zufrieden.« Sara verkniff sich einen Kommentar und schaute zu ihrem Sohn, der im Schlaf engelsgleich lächelte. Satansbraten, dachte sie. »Du kannst von Glück reden, Kindchen!«, hob ihre Oma wieder an. »Dein Vater hat sich in dem Alter die Seele aus dem Leib geschrien, Tag und Nacht, ich habe ein ganzes Jahr kaum geschlafen.« Sie saß bereits auf der Bettkante und schickte sich an, den Jungen zu knuddeln. »Nichts da, Oma. Du bleibst mal schön im Bett, sonst wird dir noch schwindlig. Und lass den Kurzen lieber schlafen.« Ihre Großmutter gehorchte widerwillig. »Schätzchen, dann erzähl doch mal, was gibt es Neues bei dir?«

»Oma, wir haben uns Sorgen um euch gemacht. Papa denkt darüber nach, zurückzufliegen«, sagte sie.

»Ach, so ein Unsinn. Mir geht es gut. Und selbst wenn nicht, würde ich nicht wollen, dass Chi meinetwegen den Familienbesuch abbrechen muss.« Ruth wandte sich an ihre Bettnachbarin. »Mein Sohn ist mit einer Thailänderin verheiratet. Er hat sie bei der Arbeit kennengelernt. Sie ist Krankenschwester, und Sie wissen ja, dass mein Sohn Herzchirurg ist.«

Sara musste grinsen. Ihre Großmutter war unglaublich stolz auf ihren einzigen Sohn, und sie verpasste keine Gelegenheit, es der ganzen Welt mitzuteilen. Sie war zudem eine leidenschaftliche Anekdotenerzählerin, und daher ahnte Sara sofort, auf welche Geschichte es nun hinauslaufen würde.

Etwa zehn Jahre nach der Trennung von Saras Mutter hatte ihr Vater Chi kennengelernt. Seine Familie nahm sie herzlich auf. Einzig Saras Oma machte sich anfangs Sorgen um ihn, denn als Chi zum ersten Mal die Familie ihres Ehemannes bekochte, hielt sie sich an traditionelle thailändische Rezepte. Im Hause van Rennings, also vor allem bei Walter und Ruth, galten sogar Nudeln als exotisch. Am Niederrhein aß man Kartoffeln, und zwar entweder in guter Butter kross gebraten oder mit *nem Emmerken Sauß,* wie ihre Oma zu sagen pflegte, also mit Soße, oder *untereinander,* das bedeutete, mit irgendetwas von Endivien bis Äpfeln zusammengematscht. Und was die

Würze der Speise anging, konnte allerhöchstens der Salzstreuer ausrutschen, wenn es mal richtig schiefging. Das wusste Chi natürlich, als sie der Familie grünes Curry auftischte. Und natürlich hatte sie, um die Schärfe zu mildern, nur die Hälfte der sonst üblichen Menge Chili verwendet. Dennoch endete das Antrittsmenü in einem Desaster. Walter, der sich an den niederrheinischen Spruch *Wat de Buhr niet kennt, dat frette niet* hielt, fischte nur das heraus, was er zu kennen glaubte und besonders mochte: die Schnibbelbohnen.

Noch ehe Chi ihn warnen konnte, hatte er sich bereits eine ordentliche Gabel voll in den Mund gestopft.

»Sie können sich Walters Gesicht nicht vorstellen«, juchzte Saras Oma zu ihrer Bettnachbarin gewandt. »Als Erstes wurden seine Ohren rot. Ehrlich, ich habe seine Ohren noch nie so leuchten sehen. Sie haben regelrecht geglüht, als hätte man Lämpchen darin angezündet.«

Nun musste auch Sara lachen, obgleich die Situation damals wirklich nicht komisch gewesen war. Ihr Opa hatte ausgesehen, als hätte er die Hölle verschluckt. Da er aber auf Manieren Wert legte, spuckte er die Chilis nicht etwa aus, sondern hielt tapfer die Hand vor den Mund, während ihm Schweißperlen auf die Stirn traten und Tränen über die Wangen liefen. Er vermied es, zu kauen, und hoffte offenbar, dadurch jeglichen weiteren Kontakt der Chilis mit seiner Mundschleimhaut zu vermeiden.

»Spuck aus. Spuck aus«, rief Chi. Walter jedoch hielt es vor lauter Höflichkeit noch eine ganze Weile unter Qualen aus, bis er die Chilis endlich doch ausspie. Er röchelte, sein Gesicht war hochrot, und Sara befürchtete einen Kreislaufkollaps. Nur Saras Vater blieb ruhig. Er blickte seiner Mutter in die Augen, bevor er ganz langsam aufstand, zum Kühlschrank ging und seinem Vater ein Glas Milch einschenkte. »Hier, trink das. Das nimmt die Schärfe.« Er lächelte, und Sara entdeckte zum ersten Mal in ihrem Leben einen Hauch von Sadismus in seinen Zügen. Chi war am Boden zerstört, doch Ruth hatte sie getröstet und sich noch einen Nachschlag genommen, wobei sie jedes einzelne Reiskorn umdrehte, um nur ja nichts Scharfes zu erwischen. Die Chilis schob sie allerdings sorgsam an den Tellerrand. »Noch jemand ein Böhnchen?«, flötete sie dabei mit diebischer Freude und erntete einen bösen Blick von Walter, der sich erst nach drei Gläschen Reiswein wieder beruhigte.

Die Zimmernachbarin lachte lauthals. Ruths Anekdote hatte ihre Wirkung nicht verfehlt.

»Weißt du eigentlich, wie es auf der Burg aussieht?«, erkundigte sich die Dame bei Sara, nachdem sie sich wieder gefangen hatte.

»Die meisten Apartments sind schon wieder bewohnbar. Lediglich im Westflügel gibt es noch ein paar Probleme wegen des Löschwassers«, erklärte Sara. »Der Trakt im alten Herrenhaus, in dem die Sozialräume sind, ist beinahe unversehrt.«

»Das ist schön«, sagte Lili Heinemann zu Saras Oma. »Dann müssen wir mit dem Singkreis nicht so lange aussetzen. Das ist schließlich unser Jubiläumsjahr, und da wollen wir doch an Heiligabend zeigen, was wir können.«

Sara sah ihre Großmutter eifrig nicken. Ihre Oma liebte es, zu singen. Sie war ganz begeistert von dem Singkreis im Seniorenheim.

»Bevor ihr wieder Arien schmettert, erholt ihr euch aber bitte noch ein bisschen«, lachte sie. »Das soll ich dir auch von Opa ausrichten. Er macht sich große Sorgen um dich.«

Ihre Großmutter verdrehte die Augen. »Quatsch. Der macht sich höchstens Sorgen, dass er kein Frühstück bekommt. Aber da muss er jetzt mal selber ran. Ich kann ja schlecht Schwester Carmen anrufen und ihr bis ins kleinste Detail erklären, wie sie sein Dubbel morgens und abends zuzubereiten hat.«

»Lass mal, Oma. Dein Mann ist schon noch in der Lage, sich selbst ein Butterbrot zu schmieren. Der ist topfit.«

Wieder verdrehte ihre Oma die Augen. »Wenn du wüsstest. Er ist wahnsinnig unselbstständig. Immer schon gewesen. Aber er hat's ja auch nie gelernt.

Seine Mutter hat immer alles für ihn gemacht, bis er geheiratet hat.« Sie machte eine Pause. »Und dann hab ich das übernommen.«

»Damit ist es nun vorbei«, hörte Sara aus dem Nachbarbett. »Das ist endgültig vorbei.«

Sie hatte keine Ahnung, wovon Frau Heinemann sprach. Ihre Oma bedeutete Sara, sie möge näher treten, um ihr etwas zu sagen. Sara zögerte. Ihre Großmutter hörte schlecht, was sie aber, wie viele Schwerhörige, nicht wahrhaben wollte. Wenn sie Sara etwas zuflüsterte, sprach sie meist so laut, dass es für jeden Normalhörenden wie ein heiseres Rufen klang. So auch diesmal: »Weißt du nicht, wer das ist? Der Mann von Frau Heinemann ist im Feuer ... krxxz!« Bei dem letzten Geräusch machte Ruth van Rennings ein Auge zu, ließ die Zunge raushängen und fuhr mit der flachen Hand vor ihrem Hals entlang. »Oh mein Gott«, entfuhr es Sara, der der Name des Verunglückten zwischenzeitlich entfallen war. Sie wusste selbst nicht, ob sich ihr Ausruf auf die Peinlichkeit der Situation oder ihr Mitgefühl bezog. Sie wandte den Kopf vorsichtig nach rechts, wo sie Frau Heinemann gequält lächeln sah. »Entschuldigen Sie bitte, Frau Heinemann, ich ... ich meine ... mein herzliches Beileid«, stammelte sie.

»Nenn mich Lili, Kindchen. Ruth, das gilt auch für dich. Ich finde, Frau Heinemann trifft es nicht mehr.«

Sara räusperte sich. Sie trat an das Bett der alten

Dame und ergriff ihre Hand: »Wenn ich irgendetwas für Sie tun kann, dann sagen Sie es bitte.«

»Du musst kein Mitleid mit mir haben, Kindchen, ich bin ja selbst schuld«, sagte Frau Heinemann, und Sara wunderte sich über ihre Gefasstheit. Sie vermutete, dass die alte Dame noch unter Schock stand.

»Sie dürfen so etwas nicht denken, Frau … Lili! Wann werden denn Ihre Angehörigen eintreffen, wer kümmert sich um Sie?«

»Das werden wir tun«, flüsterte Saras Oma ihr nun wieder in einer Lautstärke zu, die sicher bis auf den Krankenhausflur zu hören war, und Sara schüttelte ermahnend den Kopf. »Die Heinemanns haben nur einen Sohn, und der ist verschollen«, fuhr ihre Oma unbeirrt fort. »Aber die Betreuer im Heim machen das toll. Die sind wirklich alle sehr liebevoll. Und mit Beerdigungen kennen die sich aus.«

»Oma, bitte!«, sagte Sara scharf.

»Wir hatten immer mal wieder übers Einäschern gesprochen«, meldete sich Lili Heinemann in diesem Moment zu Wort. Der Satz traf Sara völlig unerwartet. Ein Lachen blieb ihr in der Kehle stecken, und sie versuchte krampfhaft, es durch einen Hustenanfall zu kaschieren. Frau Heinemann war die makabre Ironie nicht entgangen.

»Das musste er natürlich gleich wörtlich nehmen«, murmelte sie. »Man wird die Urne wohl auf dem Veener Friedhof beisetzen. Wahrscheinlich ohne mich, ich komme hier so schnell nicht raus. Meine Lunge hat die Kälte nicht gut vertragen.«

»Was ist denn mit Ihrem Sohn?«, fragte Sara vorsichtig. »Sollten wir nicht versuchen, ihn ausfindig zu machen? Er wird doch sicher zur Beerdigung kommen wollen.« Frau Heinemann lachte bitter. »Wenn ich unter die Erde komme, vielleicht. Aber bei Pitt … Nein, keiner aus der Familie wird bei der Beerdigung dabei sein.«

Sara traute sich nicht, weiter nachzufragen. Konflikte zwischen Vater und Sohn kannte sie zur Genüge. Auch Saras Vater hatte für ihren Opa nur wenig übrig. Einige Male hatten sie sich deswegen gestritten, weil sie seine Kälte ihm gegenüber kaum ertragen konnte. Aus ihrer Sicht war ihr Großvater ein liebenswerter alter Herr, der für seine fast neunzig Jahre noch sehr fit auf den Beinen war, sich ausgesprochen charmant verhielt und einen klaren Blick auf die Welt hatte. Sie wandte sich wieder an Lili Heinemann: »Ich werde das mit der Heimleitung klären. Man wird mit der Beerdigung sicher warten können, bis Sie entlassen werden. Wenn Sie mögen, kümmere ich mich darum.«

»Lass nur! Ich bin sicher, den letzten Weg schafft er auch ohne mein Geleit.« Sara konnte den Gesichtsausdruck der alten Dame nicht recht deuten. Menschen trauern eben auf sehr unterschiedliche Weise, dachte sie.

»Früher war das ganz normal«, riss Ruth sie aus den Gedanken.

»Was?«

»Na, dass Frauen nicht mit zur Beerdigung gingen. Ich kann mich noch an die Beerdigung meines Großvaters erinnern, da war ich vielleicht vier oder fünf, also war das 1933 oder 1934. Da durfte meine Oma gar nicht hinter dem Sarg herlaufen.«

»Wirklich?«, fragte Sara. »Deine Oma durfte ihren eigenen Mann nicht beerdigen?«

»Ich erinnere mich noch sehr genau daran: Die Herren trugen alle Zylinder, und als sie bei meiner Großmutter am Laden vorbeikamen, salutierten sie und hoben kurz ihre Kopfbedeckungen, um ihr Respekt zu zollen. Aber zum Friedhof durfte sie nicht. Ich habe in meinem alten Fotoalbum noch die Traueranzeige von Opa, da steht explizit drauf: ›Ohne Frauenbeteiligung‹.«

Sara schüttelte ungläubig den Kopf.

»Ts, ts«, machte Paul in diesem Moment, vermutlich weniger, um seine Empörung auszudrücken, als vielmehr, um sein Erwachen anzukündigen. Er würde Hunger haben, und Sara hatte nichts dabei. Rabenmutter, schalt sie sich. »Hast du vielleicht ein Stück Brot hier, an dem Paul lutschen kann?«, fragte sie ihre Großmutter, doch die verneinte. »Aber die Cafeteria hier ist wirklich gut. Ich habe selten so leckeren Kuchen in einem Krankenhaus gegessen.«

Ruth van Rennings hatte wegen ihres chronischen Rheumas schon in so vielen Krankenhäusern gelegen, dass sie einen Klinikführer hätte schreiben können. Ihre Bewertungskategorien erstreckten sich von medizinischer Kompetenz, die sie glaubte beurteilen zu können, über Fürsorglichkeit des Pflegepersonals, Zimmerausstattung, wobei Zimmernachbarn mit zur Ausstattung gerechnet wurden, bis hin zu Speisen und Getränken. Sara lächelte ihre Oma an.

»Na dann gehe ich da noch schnell hin, bevor wir losfahren. Lars will heute für uns beide kochen, da möchte ich pünktlich sein.« Sie gab ihrer Oma einen Abschiedskuss auf die Wange.

»Du hast wirklich Glück mit deinem Mann. Walter hat den Herd kein einziges Mal auch nur berührt.«

»Also ganz ehrlich: Wenn ich so kochen könnte wie du, würde Lars den Herd auch nicht anfassen«, lachte Sara.

»Dann muss ich dir wohl meine Rezeptsammlung vermachen, damit ihr zwei endlich mal heiratet. Denn wie heißt es so schön: Liebe geht durch den Magen.«

»Das hat bei euch ja ganz offensichtlich funktioniert«, sagte Sara.

»Das kann man wohl sagen. Nächsten Monat feiern wir nämlich Eiserne Hochzeit«, wandte Ruth sich an ihre Zimmergenossin, »wir sind dann fünfundsechzig Jahre verheiratet.« Sara zuckte zusammen. Ihre Oma hatte manchmal das Feingefühl eines Elefanten im Porzellanladen. Doch erneut schätzte sie die Witwe Heinemann falsch ein. »Da gratuliere ich aber«, sagte diese trocken, fast ein wenig spöttisch, »darauf trinken wir dann zusammen das ein oder andere Fisternölleken.«

»Was bitte?«, fragte Sara.

»Wie? Dat kennste nich?«, fragte Saras Oma mit gespielter Überraschung. »Dann wird es aber Zeit. Für ein Fisternölleken nimmst du ein Pinneken Klaren, tust ein Stück Zucker rein und ein paar Rosinen, und dann *hopp hopp, rin inne Kopp*. Das haben wir früher oft getrunken. Aber Walter verträgt das nicht mehr. Und der ist ja sowieso nicht so fürs Feiern«, seufzte sie.

»Ja, aber das können wir ihm doch nicht durchgehen lassen. Der Singkreis wird schon dafür sorgen, dass es ein würdiges Fest wird. Ich verspreche dir hoch und heilig: Wir Frauen werden da sein.« Frau Heinemann hatte mit enormem Pathos gesprochen, und Saras Oma lächelte glücklich.

DER LETZTE TAG DER
KINDHEIT

* Februar 1941 *

Ruth platzte fast vor Stolz, als sie den Karton aufmachte und ihre neuen Schlittschuhe auspackte. Sie
würde aussehen wie Fräulein Hoppla, die berühmte
norwegische Eiskunstläuferin, die viele Medaillen gewonnen hatte. An den eigentlichen Namen der Sport-
lerin konnte Ruth sich nicht erinnern, sie wusste nur,
dass Fräulein Hoppla als elfjähriges Mädchen an den
Olympischen Spielen teilgenommen hatte und, als
sie auf den Po gefallen war, »Hoppla« gerufen hatte.
Heute war Ruths Geburtstag, sie wurde zwölf. Mit
fünfzehn war Fräulein Hoppla schon Olympiasiege-
rin geworden. Ob sie das noch schaffen könnte? Sie
würde von nun an fleißig trainieren, nahm sie sich vor
und hüpfte ihrer Großmutter in die Arme. »Danke,
Oma. Du bist die Beste! Immer bekomme ich die al-
lerschönsten Geschenke von dir. Wollen wir auf den
Altrhein und die Schlittschuhe gleich ausprobieren?«

Ruth wurde nach der Schule von ihrer Großmutter betreut, ihre Eltern arbeiteten im Kaufhaus
in Xanten, wo sie täglich mit dem Auto hinfuhren,
obwohl man die drei Kilometer auch zu Fuß hätte
gehen können, wie Ruth es jeden Morgen tat, um
zum Gymnasium zu gelangen. In dem Kaufhaus gab
es Anziehsachen für Damen, aber auch Kurzwaren
und Puppen, die Ruths Mutter selbst bastelte. Der
Urgroßvater hatte das Geschäft 1890 gegründet, und
es war seitdem in Familienhand. Bis vor Kurzem
hatte es sogar zwei Geschäfte gegeben, ein weiteres
noch in Wesel, aber der Krieg hatte die Leute so ver-
armen lassen, dass sie es hatten schließen müssen.
So hatte es ihr zumindest der Vater erklärt. Ihr Vater
erklärte ihr immer alles. Er hatte eigentlich Lehrer
werden wollen, deshalb hatte er sogar an der Universität studiert. Sein älterer Bruder hätte das Kaufhaus Maaßen übernehmen sollen, doch dann kam
alles anders.

Ihr Onkel Ralf Maaßen war Anfang der Zwanzi-
gerjahre nach Hamburg gegangen, um im großen
Kontorhaus seine Ausbildung zu machen. Er war ein
kluger Kaufmann und mit seiner Lehre fast fertig,
als das Unheil geschah: Mehrere Lehrjungen trieben
nach Feierabend Unsinn und spielten im Paternoster, dem ersten, der je auf europäischem Festland
gebaut wurde, wie Ralf seinem Bruder stolz mitgeteilt hatte. Die Familie erfuhr nie, wie es sich genau

zugetragen hatte, aber offensichtlich geriet Ralf so unglücklich zwischen Geschossboden und Paternoster, dass sein Kopf vom Rumpf getrennt wurde. Nach einem Jahr der Trauer wurde schließlich Ruths Vater von seinem Studium zurückgerufen und zum künftigen Ladeninhaber bestimmt. Er musste seine Träume vom Lehrerberuf aufgeben.

Auch Ruth ging gern zur Schule. Von ihrem Vater hatte sie nicht nur die Wissbegierde geerbt, sondern auch eine schöne Gesangsstimme. Er sang im Kirchenchor, und Ruth wünschte sich sehr, eines Tages, so wie er, die Weihnachtskantate im Dom singen zu dürfen. Ruth hatte kastanienbraune Haare, auch darin glich sie ihrem Vater, die ihr in dicken, geflochtenen Zöpfen fast bis zur Taille reichten. Dazu grüne Augen. Die seien von der Mama, sagte ihre Großmutter immer und fügte hinzu, Ruth hätte sich von beiden Elternteilen das Beste ausgesucht. Die Großmutter sprach es nicht aus, aber sie betete täglich, dass ihre Enkelin nicht auch eines Tages an der schweren Krankheit würde leiden müssen, die Generationen von Maaßens geplagt hatte: Rheuma. Ruth hörte ihren Vater manchmal vor Schmerzen schreien. Seine Handknöchel waren dann wochenlang rot und geschwollen. Ihre Oma machte sich Sorgen, wenn Ruths Knie beim Beugen knackten, und hoffte, durch viele Leibesübungen einem Ausbruch der Krankheit vorbeugen zu können. Deshalb wohl auch diese wundervollen Schlittschuhe. »Komm, lass uns zum Altrhein gehen«, bat Ruth erneut.

Oma und Enkelin liefen eine halbe Stunde lang über den Xantener Berg, bis sie schließlich in Birten den Altrhein erreichten. Ruth liebte diesen Ort. Im Sommer kam sie manchmal an den Wochenenden, wenn das Geschäft geschlossen war, mit der ganzen Familie, mit den Eltern und der Oma nach dem Kirchgang hierher, um in der Natur zu picknicken. Ruths Mutter hatte dann einen Korb mit zahlreichen Leckereien dabei: Stuten und Kuchen und Schwarzbrot, dazu Würste und Kartoffelsalat mit Eiern. In der Hoffnung, etwas von dem Festmahl abzubekommen, näherten sich Enten, Gänse und sogar Kormorane bis auf Armeslänge. Ruth beobachtete die schimmernden Gefieder, um sie abends zu Hause nachzumalen. »Du musst mir etwas versprechen, mein kleines Mädchen«, flüsterte ihr Vater dann. »Versprich mir, dass du dein Abitur machst. Vielleicht kannst du Biologielehrerin werden. Willst du mir den Gefallen tun?« Ruth sah ihn jedes Mal mit heiligem Ernst an, legte die Hand aufs Herz und gelobte feierlich: »Ja, Papa, ich schwöre es.« Es war ein Ritual zwischen ihnen geworden, und Ruth hoffte insgeheim, sie könnte vielleicht sogar Ärztin werden und ein Heilmittel gegen die Krankheit ihres Vaters finden.

Manchmal baute Ruths Vater am Altrhein aus einem langen Stock und einem Stück Zwirn eine Angelrute. Dann drehte er einen Stein um, zog den nächstbesten Wurm, der nicht rechtzeitig in sein Erdloch geschlüpft war, hervor, steckte das arme Viech an eine Sicherheitsnadel und angelte mit unfassbarer Geduld. Und tatsächlich gelang es ihm das eine oder andere Mal, mit diesem notdürftigen Gerät kleine Schleien zu fangen, die sich in dem Gewässer zu Tausenden tummelten. Der Alte Fritz hatte vor mehr als hundert Jahren dieses Idyll geschaffen. Er hatte den Bislicher Graben bauen lassen und den Rhein damit begradigt. Und aus dem alten Flusslauf war eine Auenlandschaft entstanden, mit vielen hübschen Kopfweiden, die so typisch für den unteren Niederrhein waren. Ein Paradies für Fische, Vögel und Menschen. Im Winter, wenn harter Frost auf den Herbstregen folgte, waren der alte Rheinarm und die angrenzenden überfluteten Wiesen fast bis zum neuen Rheinlauf nach Wesel von einer dicken Eisschicht bedeckt. Und jeder, der Schlittschuhe oder auch nur glatte Sohlen hatte, kam nachmittags hierher, um sich zu vergnügen. Der Sonsbecker Metzger Theo Scholten, genannt der dicke Thei, hatte eine besondere Geschäftsidee entwickelt: Er stellte einen großen Einmachbottich mit heißem Wasser und Würstchen darin auf seinen Schlitten, zog ihn hinter sich her über das Eis und rief mit donnernder

Stimme: »Rutscht nicht vorbei – ohne 'ne Wurst vom dicken Thei.«

»Oma, wenn der dicke Thei da ist, essen wir dann eine Wurst bei ihm?«, fragte Ruth, während sie sich die Schlittschuhe zuschnürte. Ihre Großmutter schnaufte verächtlich. Ruth erschrak, hatte sie zu viel verlangt? Schlittschuhe, eine Geburtstagstorte und eine Wurst waren vielleicht zu viel der Wünsche. Sie schämte sich sofort, zumal ihre Eltern ihr immer wieder einbläuten, sie müsse sich glücklich schätzen, dass es ihnen trotz des Krieges so gut gehe. Sie wollte gerade ansetzen, sich zu entschuldigen, als sie erkannte, dass die Verachtung ihrer Großmutter einer Gruppe Uniformierter galt. Es waren junge Burschen in braungrünen Mänteln mit zwei Knopfreihen, Gürtel und einer Hakenkreuzbinde am Arm, die in Zweiergrüppchen über das Eis marschierten. Als sie an ihnen vorbeistolzierten, hoben sie zackig den rechten Arm und grüßten lauthals »Heil Hitler, Frau Maaßen«. Sie sahen dabei aus wie Marionetten, fand Ruth. Ihre Großmutter starrte den jungen Männern hinterher und rief ihnen ein wütendes »Grüß Gott, Heinzi« hinterher. Ruth sah, wie einer der Männer sich kurz umdrehte und ihrer Oma einen merkwürdigen Blick zuwarf. Er schickte sich an, zurückzukommen, doch die anderen zogen ihn mit sich fort. »Warum hast du den Mann so seltsam begrüßt?«, fragte Ruth.

»Der Heinzi weiß schon, warum ich das gesagt habe. Seine Großeltern kommen aus Bayern, dort sagt man zur Begrüßung nicht ›Guten Tag‹, wie bei uns, sondern ›Grüß Gott‹. Und ich finde, dass man ihn daran erinnern sollte, wo er herkommt, dieser Hitlerschnösel. Aber nun lass gut sein, Mädchen, zeig mir, wie schön du schon auf Kufen laufen kannst. Und dann kauf ich dir eine leckere Wurst.« Ruth hatte schon oft Diskussionen der Erwachsenen verfolgt, die voller Sorgen waren. Die Eltern lehnten den Krieg ab, ebenso die Nazis, aber wenn sie davon sprachen, so redeten sie immer leise und vorsichtig, denn die Nazis hatten Geld und waren ihre Kunden.

Ruth fuhr inzwischen ganz passabel Schlittschuh, es würde sicher nicht für Olympische Spiele reichen, aber Freude bereitete es ihr allemal. Zusammen mit ihrer Großmutter folgte sie dem Rheinarm, bis sie auf Höhe des Fürstenbergs angekommen waren. Ruth zog ihre Winterschuhe an und hängte sich die Schlittschuhe über die Schulter. Den dicken Thei hatten sie zu Ruths Bedauern heute nicht getroffen, sie würde sich am Abend mit Brot und Käse zufriedengeben müssen.

Das letzte Stück Wegs bis zum Geschäft der Eltern liefen sie schweigend nebeneinanderher. Ruth wurde dabei immer schneller, sie konnte es kaum erwarten, ihren Eltern von ihrem Ausflug zu erzählen. Und so flog sie ihrer Mutter in die Arme, als sie anka-

42

men, und erzählte freudig drauflos. Erst ein selbst gebackener Keks stoppte ihren Redefluss, sie ging damit nach hinten in den Laden zum Puppenregal und genoss jeden Bissen.

Ruth liebte das Kaufhaus in Xanten. »Nimm Maß bei Maaßens«, stand draußen auf einer Tafel, die ihre Mutter jeden Morgen neu bemalte. Darunter listete sie das Sonderangebot des Tages auf, meist handelte es sich dabei um Damenunterwäsche oder Schals für den Herrn. Neben Bekleidung gab es im Kaufhaus Maaßen so ziemlich alles, was das Herz begehrte, zumindest Ruths Herz. Es gab die Stoffpuppen, die aus ihren Knopfaugen freundlich dreinschauten, geflochtenes Wollhaar hatten und deren Körper aus eingefärbtem, mit Watte gefülltem Kartoffelsack bestanden. Das Kaufhaus Maaßen bot um diese Zeit, Anfang Februar, auch Verkleidungen für den baldigen Karneval. Der Veenze Fastelovend war am ganzen Niederrhein berüchtigt. Alle Dörfler beteiligten sich und bauten so viele Karnevalswagen, dass es am Ende deutlich mehr Wagen als Straßenmeter gab. Und in Xanten fand sonntags der Blutwurstzug statt, an dem von oben nicht nur Bonbons flogen, sondern auch die namensgebenden Nahrungsmittel in die aufgehaltenen Taschen der Kinder gesteckt wurden. Ruth überlegte, ob sie vielleicht Eisprinzessin werden könnte, wenn sie etwas Tüll an ihren Rocksaum nähte. Im nächsten Moment hörte sie die Ladenklingel und erkannte am Eingang den Mann in Uniform sofort als denjenigen, den sie auf dem Altrhein gesehen hatte. Heinzi. Er war diesmal allein unterwegs. Heinzi starrte Ruths Oma an, während er ihrem Vater ein Schild hinhielt. »Ich habe ein Geschenk für euch. Aus alter Freundschaft«, sagte er, aber er klang dabei nicht herzlich. Neugierig ging Ruth ein paar Schritte näher heran, bis sie lesen konnte, was auf dem Schild stand: Volksgenosse, trittst du ein, soll dein Gruß »Heil Hitler« sein. Die Mutter schob Ruth energisch zurück in den Verkaufsraum: »Bleib da und rühr dich nicht, das ist nichts für Kinder. Lass Papa und Oma das regeln.« Damit verstellte sie Ruth den Blick auf das, was vorne an der Kasse passierte. Ruth hörte, wie ihr Vater sich bedankte und die Oma energisch dazwischenging. »Das kommt überhaupt nicht infrage, Heinzi. So etwas hängen wir hier nicht auf. Wenn mein Mann noch lebte, hätte er dir den Hintern versohlt. Wir sind Katholiken. Und deshalb gibt es in diesem Haus entweder Gottes Segen oder einen Händedruck, aber kein *Heil Hitler*. Wir sagen *Guten Tag*. Und *Auf Wiedersehen*. Du kannst jetzt gehen, Heinzi.« Ruth sah die Augen ihrer Mutter, sie waren schreckgeweitet. »Mutter! Musst du immer gleich so unerbittlich sein?«, fragte Ruths Vater in einem Tonfall, als würde er ein Kind tadeln. »Der Heinzi meint es doch nur gut. Du wirst immer altersstarrsinniger.«

44

Heinzi genoss offensichtlich die Unstimmigkeiten in der Familie. »Ich meine es wirklich nur gut mit Ihnen, meine verehrte Frau Maaßen«, sagte er heuchlerisch, doch Ruths Oma hielt dagegen. »Hier im Laden sagt man *Guten Tag*. Und dabei bleibt es! Und du, Heinzi, verschwinde endlich, sonst erzähle ich deinen Freunden, wie du hier im Laden gestanden und dir in die Hosen gepisst hast, als du noch ein Dreikäsehoch warst. Zieh Leine!«

»Das werden Sie bereuen«, hörte man Heinzi noch schimpfen, doch seine Stimme klang unsicher und brüchig, als er den Geschäftsraum verließ. Die Ladentür schloss mit einem Klingeling. Für einen kurzen Moment herrschte Stille. Dann schrie Ruths Vater: »Wie oft habe ich dir gesagt, du sollst das lassen! Du wirst uns noch alle ins Gefängnis bringen mit deiner störrischen Art!«

»Was Recht ist, muss Recht bleiben. Glaubst du, ich habe Angst vor dem? Ist doch lächerlich. Der ist noch nicht mal ganz trocken hinter den Ohren«, entgegnete Ruths Großmutter. »Wenn dein Vater dich so sehen könnte, würde er dir eine Tracht Prügel versetzen. Diese Leute sind Verbrecher. Mit denen macht man keine Geschäfte.«

Und dann geschah etwas, womit niemand gerechnet hatte. Karl Maaßen ging in die Knie, er fasste sich an die Brust und stieß ein röchelndes »Och« aus. Er rollte sich auf die Seite und hustete.

Ruth begriff nicht und vernahm, was nun folgte, als wäre sie in Watte gepackt. Ihre Mutter schrie, die Großmutter schrie ebenfalls, und sie vermutete, dass auch sie selbst schrie, und zwar so laut, dass ihre Ohren schmerzten. Dann kamen Menschen in den Laden, alle beugten sich über ihren Vater, und Ruth spürte, wie sie durchgeschüttelt wurde. Zitterte sie wegen der Kälte? Ihr wurde schwarz vor Augen.

Als sie wieder zu sich kam, lag sie in ihrem Bett, die Mutter saß auf dem Matratzenrand und tupfte ihr die Stirn mit einem Waschlappen ab.

»Komm wieder zu dir, mein Mädchen«, murmelte sie und klang dabei so monoton, als würde sie den Rosenkranz beten.

»Was ist geschehen, Mama?«

»Dein Vater ist im Sankt Josef-Hospital. Das Herz hat ihm so wehgetan. Es ist ihm wohl das Rheuma auf die Pumpe geschlagen.« Zum ersten Mal sah Ruth ihre Mutter weinen, und sie konnte nicht anders, als einzustimmen. Ihre Mutter hatte sie immer behütet, alle Sorgen von ihr ferngehalten, doch in diesem Moment nahm Ruth Abschied von ihrer Kindheit. Sie richtete sich auf und umarmte ihre Mutter, um sie zu trösten. Dann zog sie sich Mantel, Schal und Mütze an und lief im Dämmerlicht durch die Hees zum Krankenhaus. Sie fühlte sich erwachsen, als sie an der Pforte nach dem Zimmer ihres Vaters fragte.

Sie klopfte, wartete nicht auf ein »Herein«, sondern näherte sich mit festen Schritten, küsste den halb Schlafenden auf die Stirn und versicherte ihm, dass alles gut werde.

WER SCHLAFENDE HUNDE
WECKT

Die Herztöne waren schnell, aber regelmäßig. »Alles in Ordnung«, beruhigte Sara die angehende Mutter. Sie lauschte dem Keuchen des Ultraschalls. Das Geräusch erinnere ihn an die Atmung von Darth Vader aus *Star Wars,* hatte Lars behauptet, als sie auf die Geburt von Paul warteten. Seitdem benutzte sie diesen Spruch, um nervöse Väter zu beruhigen.

Sara musste bei den Geräuschen der Sonografie eher an die Akustik unter Wasser denken, was ja der Realität eines ungeborenen Babys durchaus entsprach. Für sie klang es wie ein Taucher, der sich erschreckt hatte, beispielsweise weil vor ihm unerwartet eine Muräne aus einer Höhle geschossen war oder, mindestens ebenso schlimm, weil er zu weit nach unten gesackt und auf den empfindlichen Korallen gelandet war. Ein absolutes No-Go für jeden Taucher, der etwas auf sich hielt und der allein durch die Atmung seine Position im Wasser kontrollieren können sollte. Sara war viel gereist und an den schönsten Plätzen der Welt getaucht, ihr bislang beeindruckendstes Erlebnis hatte sie vor der Küste Ecuadors gehabt, wo sie mindestens zehn Minuten lang einen Riesenmanta beobachten durfte. Die Kopfflossen hatte der Rochen vorne zu einer Merkel-Raute zusammengelegt, und so kreiste er über ihnen, als wollte er mit ihnen spielen.

»Dr. van Rennings?«, der werdende Vater riss sie aus ihren Gedanken. »Wie geht es denn nun mit uns weiter?«, fragte er. Sara lächelte. »Ich fürchte, Sie müssen sich noch etwas gedulden. Dem Baby geht es noch zu gut im Bauch. Gehen Sie nach Hause und machen Sie es sich gemütlich.«

»Aber der errechnete Termin ist doch heute«, entgegnete der junge Mann. Wie zur Bestätigung warf er einen Blick auf seine Uhr. »Das weiß das Baby aber nicht«, lachte Sara. »Entspannen Sie sich. Es sind noch alle Babys auf die Welt gekommen. Früher oder später.«

»Aber ich habe mir heute extra freigenommen. Können Sie uns denn nicht irgendein Wehenmittel geben?«

Noch ehe Sara dem Mann antworten konnte, hörte sie vom Bett her seine Frau wettern: »Sag mal, hast du sie noch alle? Ich bin doch kein Gebärcomputer, der pünktlich auf die Minute loslegt, damit der Herr Vater seine Termine einhalten kann. Reiß dich mal zusammen!« Sara nickte. »Ihre Frau hat recht.

Wir sehen uns vermutlich erst in zwei Tagen wieder. Alles Gute.« Und damit verließ sie den Raum. Es war erst fünf vor zehn am Morgen, aber Sara verspürte bereits bleierne Müdigkeit. Sie war überzeugt, dass dieser Schlafmangel sie langsam, aber sicher dick, doof und depressiv machte. Anders als früher stopfte sie nach den durchwachten Nächten, in denen Paul sie am Schlafen gehindert hatte, vormittags in der Klinik unkontrolliert Süßigkeiten in sich hinein. Es gab im Schwesternzimmer ein großes Glas mit Gummibärchen und Lakritz, und Sara erwischte sich immer häufiger dabei, dass sie auf den langen Fluren in der Düsseldorfer Uniklinik bereit war, große Umwege in Kauf zu nehmen, nur um noch einmal schnell an dem Schnuppe-Glas vorbeizuschlendern. Sie setzte sich ins Schwesternzimmer, schloss die Augen und kämpfte gegen ihre Lust auf Lakritz an. Sie hatte noch eine Viertelstunde bis zu ihrem Termin mit Loreana. Loreana war die leitende Oberärztin, sie war Mitte vierzig und brillant. Sara war sich sicher, dass Loreana in nicht allzu ferner Zeit einen Posten als Chefärztin irgendwo in Deutschland übernehmen würde. Schon mit fünfunddreißig Jahren hatte sie sich habilitiert, sie schob mindestens zwei Wochenenddienste im Monat, und nebenher veröffentlichte sie auch noch wissenschaftliche Arbeiten. Sara, obwohl fast zehn Jahre jünger, kam sich neben Loreana immer vor wie eine sehr, sehr alte

Frau, die nicht einmal ansatzweise deren Energielevel erreichte, zumindest nicht mehr, seit Paul auf der Welt war.

Sara stand auf und ging zum Spiegel. Sie zupfte an ihrem kurzen Pony. Früher hatte sie lange kastanienbraune Haare gehabt, doch dann hatte sie ein halbes Jahr auf der Onkologie-Station gearbeitet und in dieser Zeit deutlichen Haarausfall bekommen. Sie war bis heute nicht sicher, ob es daran gelegen hatte, dass sie mit den Chemotherapie-Präparaten in Kontakt gekommen war, oder ob es stressbedingt gewesen war, denn der Umgang mit den schwerstkranken Frauen und ihren Familien hatte sie sehr mitgenommen. Damals hatte sie entschieden, sich einen Pixie-Haarschnitt zuzulegen. An guten Tagen fand sie seitdem, sie habe Ähnlichkeit mit Emma Watson, die als Kind die Hermine in *Harry Potter* gespielt hatte. Mit Hermine teilte Sara auch die Leidenschaft fürs Besserwissen und Strebertum, behauptete zumindest Lars, wenn er sie ärgern wollte. In diesem Moment fand ihr Blick in den Spiegel allerdings bloß ein blasses Gesicht mit einer leicht knolligen Nase, dazu dunkle Ränder unter den Augen. Sara seufzte, warf einen neuerlichen Blick auf die Uhr und machte sich auf den Weg in Richtung Cafeteria, wo sie Loreana treffen wollte.

Ihre Chefin war schon da und strahlte ihr entgegen. Loreana war groß, hatte lange blonde Haare, eine sportliche Figur und war zudem nicht nur intelligent, sondern wusste im Umgang mit den unterschiedlichsten Menschen immer exakt den richtigen Ton zu treffen, kurz gesagt: Sie war perfekt. Loreana hatte immer große Stücke auf Sara gehalten und sie gefördert, wo sie nur konnte. Seit Saras Babypause waren sie einander nur flüchtig begegnet. Sara war unsicher, ob ihre Chefin heute nur freundschaftlich mit ihr reden wollte oder ob es um etwas Ernstes ging. Ihr war bewusst, dass Loreana sich über ihren Entschluss, zunächst nur halbtags zurückzukommen, wenig erfreut gezeigt hatte.

»Schön, dich zu sehen. Setz dich doch. Was möchtest du trinken?« Loreana winkte mit einer eleganten Bewegung die Kellnerin herbei. Sara bestellte einen doppelten Espresso und ein Glas Wasser, das würde vielleicht gegen den Mehltau in ihrem Kopf helfen.

»Erzähl mal, wie geht es dir? Und wie geht es Paul?«, fragte Loreana, und Sara berichtete glücklich von ihrem Sohn, aber auch von der Anstrengung und dem Schlafmangel. »Mir war nicht bewusst, dass man einen kleinen Menschen gleichzeitig so schrecklich und so wunderbar finden kann«, schloss sie. »Weißt du, wenn er bei mir ist, dann wünsche ich mir nichts sehnlicher als Ruhe und, wie soll ich das nennen«, überlegte sie, »Freiheit. Ja, das ist es.

Ich wünsche mir Freiheit, körperliche und mentale Freiheit. Und wenn ich Paul nicht bei mir habe, dann steckt der Zwerg in meinem Kopf«, sie zeigte auf ihre linke Stirnhälfte, »irgendwo hier hat sich sein Bild eingenistet, und wenn er nicht in meiner Nähe ist, dann vermisse ich ihn schmerzlich. Ist das nicht verrückt?«

»Nun, ich denke, das wird sich mit der Zeit legen«, sagte Loreana trocken. »Und was das Schlafen angeht, musst du handeln. Du siehst wirklich blass aus.« Sara wurde hellhörig und versuchte misstrauisch zwischen den Zeilen ihrer Chefin zu lesen, ob sich hinter der Sorge in Wahrheit Unmut verbarg. War Loreana mit ihrer Arbeit unzufrieden? Hatten sich Saras Müdigkeit und Unkonzentriertheit vielleicht schon bemerkbar gemacht?

»Weißt du, es gibt ja auch Nacht-Nannys. Das kennt man vor allem in England. Die kommen ins Haus und bringen dem Kind im Nullkommanix das Schlafen bei. Dann kommen die Eltern auch mal zur Ruhe. So jemanden findet man sicher auch in Düsseldorf.«

Sara runzelte die Stirn. Die Vorstellung behagte ihr gar nicht. »Ich kann mir nicht vorstellen, dass Lars davon begeistert wäre, wenn nachts eine fremde Frau bei uns herumwuselt, während er schläft. Es sei denn, diese Nacht-Nanny ist etwa zwanzig Jahre alt und sehr attraktiv. Aber dann will ich sie nicht«, lachte sie, doch Loreana fand ihren Einwand nicht lustig. »Ist der inzwischen so drauf?«, fragte sie missbilligend.

»Nein, natürlich nicht. Das war nur ein Scherz«, beeilte Sara sich zu sagen. »Aber ich fände das auch seltsam«, schob sie nach.

»Ich würde mir wünschen, dass du hier in der Klinik mal wieder so richtig angreifst. Es wäre schade, wenn wir unser Ziel aus den Augen verlören.« Welches Ziel noch gleich, fragte sich Sara und hatte Sorge, dass man ihr die Ratlosigkeit ansah. Zum Glück kam in diesem Moment die Kellnerin und brachte den Espresso und das Wasser. Sara blickte aus dem Fenster und betrachtete eine Birke mit dürrem Stamm, deren Äste sich gegen den Wind stemmten. Es lag eine Ahnung von Frühling in der Luft, die Menschen draußen trugen zwar noch ihre dicken Steppjacken, aber sie sahen glücklich aus. Einige schlossen die Augen und neigten ihr Gesicht der Sonne entgegen. Weiter hinten bei den Parkplätzen sah Sara, wie ein Mann einer hochschwangeren Frau in einen SUV half. Tja, ein alter Passat wäre in diesem Zustand von Vorteil, dachte sie, und dabei fiel ihr der werdende Vater von ihrem letzten Termin wieder ein.

»Findest du nicht, dass man wenigstens den Babys eine kurze Zeit der Ineffizienz gönnen sollte?«, fragte sie Loreana unvermittelt. Ihre Chefin sah ihr prüfend in die Augen, und mit einem Mal strahlte ihr

Blick Wärme aus. »Natürlich. Du hast vollkommen recht. Entschuldige bitte.« Sara lächelte dankbar und fragte sich, ob Loreana sich Kinder gewünscht hätte oder noch wünschte.

»Weißt du, Sara, es würde mir wirklich gefallen, wenn wir den Laden hier gemeinsam aufmischten. Wir zwei könnten eine Menge erreichen, und gerade in der Gynäkologie müssen endlich mehr Frauen in Führungspositionen kommen.«

Das war Loreanas Lieblingsthema. Schon unzählige Male hatte sie sich darüber aufgeregt, dass erst im Jahr 2000 erstmals eine Frau einen Lehrstuhl für Frauenheilkunde bekommen hatte. Und auch Sara musste zugeben, dass die Situation verbesserungswürdig war. »Wir haben da einiges nachzuholen«, sagte Loreana, »und du, Sara, hast das Zeug dazu. Du bist sehr gut, du hast mit deinen Afrika-Aufenthalten eine Menge vorzuweisen, bist promovierte Fachärztin, dir steht alles offen. Das Einzige, was dir noch fehlt, ist die Habilitation, und mit Mitte dreißig wird es langsam Zeit.« Saras Herz klopfte, Loreana rührte an etwas, das mit der Schwangerschaft sanft entschlummert war: ihr Ehrgeiz. Während ihres gesamten Studiums hatte sie den Wunsch verspürt, ihrem Vater nachzueifern. Und das war nicht einfach, denn Klaus van Rennings war ein renommierter Herzchirurg, der Anfang der Achtzigerjahre sogar in Kapstadt am Groote Schuur Hospital bei Professor Christiaan Barnard gelernt hatte, also bei dem Mediziner, dem zum ersten Mal eine Herztransplantation gelungen war. Saras Interesse für Afrika war durch die Erzählungen ihres Vaters geweckt worden, und sie hatte deshalb, noch bevor sie ihren Facharzt gemacht hatte, insgesamt fast eineinhalb Jahre in Burundi und im Ostkongo bei *Ärzte ohne Grenzen* gearbeitet. Das Camp in Burundi lag südlich der Hauptstadt Bujumbura, bei Kabezi, am Ufer des Tanganjikasees. Der sechstgrößte See der Erde, gut sechzig Mal so groß wie der Bodensee. Das Gewässer hatte Sara sofort in seinen Bann gezogen, es hatte eine unendliche Ruhe ausgestrahlt. Aber auch die Flusspferde, die sich darin tummelten, hatten es ihr angetan. Sie hatte im ersten Moment nur die Schönheit des Sees gesehen und sich schon bald für diese Romantisierung geschämt. Viele der Strände waren vermüllt, andernorts wurden Abwässer in den See geleitet, und die Fischer versuchten, auch noch die letzten Fische herauszuholen. Was hätten sie auch anderes tun sollen? Burundi galt als eines der ärmsten Länder der Erde, viele Menschen waren HIV-infiziert und starben im Schnitt mit fünfzig Jahren. Die Frauen bekamen statistisch gesehen sechs bis sieben Kinder. Viele Mütter, manche von ihnen selbst noch Mädchen, höchstens fünfzehn oder sechzehn Jahre alt, hatte Sara im gynäkologischen Krankenhaus betreut und ihnen bei der Entbindung geholfen. Am Anfang hatte sie sich schwergetan, es fehlte in Kabezi an allem, angefangen von sterilen Skalpells bis hin zu Narkosemitteln. An ihrem ersten Arbeitstag wurde sie dem amtierenden Chirurgen vorgestellt. »Gut, dass du schon heute anfangen konntest, Sara«, hatte er gleich zur Begrüßung gesagt und ihr mit kräftigem Druck die Hand geschüttelt. »So kann ich dir noch eine kleine Einführung geben. Ich fahre nämlich morgen zurück nach Hause, und dann musst du hier übernehmen.«

»Klar, kein Problem«, antwortete Sara lächelnd, bis sie begriff, dass kein neuer Chirurg zu erwarten wäre.

»Das könnt ihr nicht machen! Ich bin Frauenärztin und keine Chirurgin. Das letzte Mal, dass ich ein Skalpell in der Hand hatte, war im Studium. Und auch nur, um eine Leiche aufzuschneiden«, sagte Sara in heller Panik.

»Du schaffst das schon«, antwortete der Chirurg ungerührt und klopfte ihr auf die Schulter. Dann wusch und desinfizierte er sich die Hände.

»Nein, das mache ich nicht«, sagte Sara und versuchte, ihrer Stimme einen entschlossenen Klang zu verleihen. »Ich kann nicht operieren, ich würde die Menschen umbringen, verstehst du?«

»Wenn du sie nicht operierst, werden die Menschen wahrscheinlich auch sterben. Ihre Chancen stehen mit dir allemal besser als ohne dich. Und im

Übrigen sind es vor allem Kaiserschnitte, die du machen musst, das ist zu bewältigen, glaube mir. Am besten kommst du gleich mit, und wir machen einen zusammen, okay?«

Und dann hatte Sara den ersten Kaiserschnitt ihres Lebens durchgeführt. Den ersten von Hunderten, die später folgten. Der Tod gehörte in Burundi zum Alltag. Sara hatte viele Säuglinge ins Waisenhaus bringen müssen, und es gab sogar Situationen, in denen die Ärzte in Burundi unfreiwillig zum Herrn über Leben und Tod wurden. Den Tag im Juni, als Sara seit genau drei Monaten im Camp war, was am Morgen mit einer Extra-Tasse Kaffee gefeiert worden war, hatten sich gleich zwei Babys ausgesucht, um, jeweils ungefähr in der neunundzwanzigsten Schwangerschaftswoche und damit viel zu früh, auf die Welt zu kommen. Es gab aber nur einen Brutkasten, und während Sara fieberhaft überlegte, was sie machen sollte, drängten die einheimischen Schwestern sie, das stärkere Neugeborene, einen kleinen Jungen, in den Brutkasten zu legen und das Mädchen sterben zu lassen. Sara haderte und grollte und tat dennoch, was ihr geraten wurde, da der Junge eindeutig die besseren Überlebenschancen hatte. Das neugeborene Mädchen war winzig, es wog nur tausenddreihundert Gramm, aber irgendetwas im Geschrei des Kindes sagte Sara, dass sie es schaffen könnte. Sara holte Watte und Stoff, wickelte das Baby ein und legte es der Mutter auf den Bauch, doch schon bald erkannte sie, dass im Körper der jungen Frau nicht genug Leben und Wärme waren, um etwas davon an ihr Neugeborenes abzugeben. Also band Sara sich das Kind selbst um den Körper. Wie ein kleines Vögelchen fütterte sie es mehrmals täglich mit einer Pipette. Wenige Wochen später zweifelte keiner mehr daran, dass die kleine Marie, so hatte Sara sie getauft, überleben würde, und die Schwestern rissen sich darum, das Mädchen mit dem ausgeprägten Appetit zu füttern. Nur die leibliche Mutter machte keinerlei Anstalten, sich um ihr Baby zu kümmern. Wenn Sara es ihr auf den Bauch legte, drehte sie sich zur Seite und blieb apathisch liegen. Drei Wochen nach der Geburt war die Mutter verschwunden. Jemand aus dem Dorf hatte gesehen, wie sie nachts das Hospital verlassen hatte, aber, statt zu ihrer Familie in Kabezi zurückzukehren, einfach in Richtung Osten verschwunden war. Sara hatte lange mit sich gerungen, ob sie Marie mit zurück nach Deutschland nehmen und adoptieren sollte. Sie hatte sich schließlich dagegen entschieden. Marie gehörte nach Burundi, dort war ihre Familie, und letztlich hatte Sara auch Angst davor gehabt, die Verantwortung für ein so kleines Wesen zu übernehmen, während sie noch in ihrer Facharztausbildung steckte. Sara hatte in den vergangenen Jahren oft an Marie denken müssen und hin und wieder auch Nachrichten von den Camp-Mitarbeitern erhalten. Marie lebte in einem Kinderheim, das sich aus internationalen Spendengeldern finanzierte, und besuchte dort eine Schule. Es ging ihr gut, sodass Sara ihre Entscheidung nie in Zweifel hatte ziehen müssen.

Wie sehr auch die Befürchtung, mit einem Kind ihre beruflichen Ziele nicht mehr verfolgen zu können, eine Rolle gespielt hatte, wurde ihr in diesem Moment noch einmal bewusst. Sie hatte immer hochstrebende Karrierepläne gehabt, solche, wie Loreana sie ihr gerade auf dem Silbertablett servierte.

Sara hatte immer davon geträumt, in die Forschung zu gehen, daran mitzuarbeiten, die Krankheit, die ihre Mutter getötet hatte, heilen zu können. Ihre Mutter war mit Anfang dreißig zum ersten Mal an Brustkrebs erkrankt. Einige Jahre hatte es so ausgesehen, als hätte sie die Krankheit besiegt, doch schließlich war der Krebs zurückgekommen. Saras Mutter hatte die Familie damals schon verlassen, sonst hätte ihr Ehemann sie vielleicht von ihrem Tun abgehalten. Aber so hatte sie sich der klassischen Medizin verweigert und war zu einem Guru in den indischen Dschungel gereist. Doch auch der hatte sie nicht mehr retten können.

»Ich würde sehr gerne im Bereich Tumorforschung arbeiten«, sagte Sara nach langem Schweigen zu Loreana, die sie die ganze Zeit über aufmerksam beobachtet hatte.

»Das habe ich mir gedacht. Es wird demnächst ein Platz für ein Forschungsstipendium an der Uni Cambridge ausgeschrieben. Dort gibt es derzeit eine große Studie, es geht um neue Tumormarker zur Früherkennung von Eierstock- und Brustkrebs. Ich bin sicher, dass man deine Bewerbungsunterlagen sehr wohlwollend prüfen wird. Ich habe noch engen Kontakt zu der Klinikleitung. Du passt wirklich gut dorthin mit deiner Qualifikation. Im Herbst würde es losgehen. Was sagst du?«

»Ja, aber«, stammelte Sara, »wie soll ich das denn machen? Ich habe Familie. Ich kann doch nicht einfach sagen: So, jetzt ziehen wir mal alle nach Großbritannien!«

Loreana verzog das Gesicht. »Warum nicht? Als Unternehmensberater kann Lars doch von überall aus arbeiten. Er wird dir so eine Chance sicher nicht verbauen wollen. Und Paul ist es ohnehin noch egal, wo er wohnt.«

Sara überlegte. Ganz so einfach war es natürlich nicht. Lars hatte eine Firma in Düsseldorf, mit einigen Angestellten, er konnte nicht einfach wegziehen. Doch Loreana ließ nicht locker. »Weißt du, ich rechne in den nächsten Jahren mit dem Ruf an einen Lehrstuhl oder mit dem Angebot, eine Klinik zu leiten. Wenn du habilitiert bist, nehme ich dich natürlich mit, und du könntest selbst Forschungsprojekte leiten.«

Der Köder schmeckte zu süß, als dass Sara ihn einfach hätte ignorieren können. »Meinst du denn, ich könnte hier wohnen und in Cambridge forschen?«, fragte sie vorsichtig.

»Nun, einfach würde das sicher nicht. Und die Flüge müsstest du selbst bezahlen. Aber wieso nicht? Ich würde dir raten: Sprich erst mal mit Lars. Vielleicht hat er ja Lust auf ein England-Abenteuer!« Loreanas Begeisterung war ansteckend, das stellte Sara immer wieder fest. Ihre Chefin schaute auf die Uhr. »Ich muss los. Sind wir zwei so weit klar?«

Und noch bevor Sara ihr antworten konnte, war Loreana bereits aufgestanden, hatte ihr zugenickt und war schnellen Schrittes zurück an die Arbeit gegangen. Sara sah ihr nach und fühlte sich plötzlich so energiegeladen wie schon lange nicht mehr.

EISERNE HOCHZEIT AUF
BURG WINNENTHAL

Noch klang der Chor, der zu ihren Ehren ein Ständchen darbot, verzerrt, eine Kakofonie, bei der Ruth das Gesicht verzog, als hätte sie in eine Zitrone gebissen. Ruth liebte Harmonie, die zwischenmenschliche wie die akustische, doch im Alter kam ihr die Fähigkeit zu beidem zunehmend abhanden. Ihre Stimme war früher einmal von beeindruckender Bandbreite gewesen, an guten Tagen hatte sie zweieinhalb Oktaven sauber intoniert, heute konnte sich ihr Gesang zwar immer noch in enorme Höhen emporschwingen, nur klang zu ihrem Leidwesen alles kratzig, oder ihre Stimme zitterte sich dramatisch zum rechten Ton hin, was meist mehr Zeit in Anspruch nahm, als der Rhythmus ihr zugestand. Für den Singkreis auf Burg Winnenthal allerdings reichte es allemal, denn was sie mit den Frauen hier verband, war mehr als nur die Freude an der Musik. Sie hatte zum ersten Mal seit sehr langer Zeit wieder das Gefühl, echte Freundinnen zu haben: Frauen, die aus vergleichbaren Verhältnissen kamen, ähnlich aufgewachsen waren, Gleiches erlebt hatten und fühlten. Freundinnen, bei denen sie es inzwischen sogar wagte, über ihre Ehe zu sprechen. So etwas war lange unvorstellbar gewesen. Die Letzte, mit der sie annähernd so offen hatte reden können, war Josefine Gielen gewesen, und die war nun schon dreißig Jahre tot. Alle anderen Frauen, mit denen Ruth sich im Laufe ihres Ehelebens umgeben hatte, waren Verwandte und Nachbarinnen gewesen, deren Männer in der Kirche neben Walter gebetet und in der *Deutschen Flotte* neben ihm am Tresen Bier getrunken hatten, daher wäre ihr Jammern über kurz oder lang ihrem Ehemann zu Ohren gekommen. Sosehr das Alter ihren Bewegungsspielraum auch einengen mochte, ihr Geist war freier denn je.

Inzwischen hatte sich der Chor auf dem Flur zusammengerauft und sang mit Inbrunst das Volkslied von den Ehestandsfreuden. Ruth lachte und schunkelte zu der einfachen Melodie: »Die Hochzeit ist bei meiner Treu ein pudelnärrisch Ding! Man isst und trinkt sich voll dabei, da heißt's nur tanz und spring«. Mit diesen Versen auf den Lippen passierte der Chor die Apartmenttür von Frau Scholten, einer griesgrämigen alten Dame mit stets perfekt sitzender Frisur, die Ruth an ihre Schwiegermutter erinnerte.

In diesem Moment ging die nächste Tür auf, und Ottilie Oymann schloss sich, als Braut verkleidet, dem Chor an. Mit Kränzchen und Schleier geschmückt sang sie nunmehr die zweite Strophe als Solo. »Sechs Wochen gehn so schummrig hin, da ist man taub und blind; die Ehleut' sind ein Herz und Sinn, da heißt's: mein Schatz, mein Kind!« Ruth verehrte Ottilie Oymann, diese Frau war so unglaublich, wie es ihr Name versprach. Sie war über neunzig Jahre alt und hatte die Energie eines jungen Dings. Seit einiger Zeit hatte sie eine Liaison mit Herrn Angenendt, der in diesem Augenblick aus der gegenüberliegenden Wohnung kam, sich wie Fred Astaire am Türrahmen festhielt und auf den Flur schwang, wobei er die nächste Strophe übernahm und sich mit seinem männlichen Bass beschwerte. »Da zankt das Weib, da schimpft der Mann, es kommt ein Wickelkind.« Diese letzten Zeilen wiederholte der Chor. Ruth stand im Flur und war überwältigt. »Walter«, rief sie, »Walter, komm schnell, das musst du sehen!« Als sich drinnen nichts rührte, sah sie zu ihrer Enkelin hinüber, die mit gezücktem Handy den Aufmarsch filmte. Der Singkreis musste mehrfach im Geheimen geprobt haben. Allen voran Ottilie Oymann und Bernd Angenendt. Bernd war der einzige Mann im Singkreis, er war früher Chorleiter des Xantener Kirchenchors gewesen und leitete auch die wöchentlichen Sitzungen im Seniorenstift Burg Winnenthal, die ihren Höhepunkt in der Aufführung zur Christmette im Xantener Dom fanden. An der vergangenen Weihnachtsaufführung hatte Ruth noch nicht teilgenommen, sie erhoffte sich aber einen Platz im Chor für das kommende Fest. Bernd Angenendt hatte ihre Stimme bei der letzten Probe sehr gelobt.

Der Chorleiter war ein würdiger Herr, um den Ottilie Oymann wohl jede Bewohnerin auf Winnenthal beneidete, die sich auf ihre alten Tage gerne noch einmal eine gute Partie geangelt hätte. Er war seiner Ehefrau zuliebe schon vor langer Zeit auf die Burg gezogen und hatte sie bis zu ihrem Tod liebevoll gepflegt. Noch zu ihren Lebzeiten hatten sich einige Damen aus dem Haus in Stellung gebracht, um im rechten Moment ihren Platz einzunehmen. Als es so weit war, hatte Bernd Angenendt eine angemessene Zeit der Trauer verstreichen lassen und sich dann um seine Zukunft gekümmert. Zunächst hatte er sich hervorragend mit Theresa Conrad verstanden, die seit jener Zeit nur noch als Mutter Theresa verspottet wurde. Sie hatte Herrn Angenendt aufopferungsvoll ihren Trost angeboten. Den frischen Witwer hatte sie immer wieder mit sorgenvoller Miene am Arm gestreichelt, und wenn eine andere Frau ihrer Ansicht nach zu aufdringlich war, hatte sie diese mit einem Hinweis auf »psychologische Unpässlichkeiten so kurz nach dem Tode seiner geliebten Frau« abgewehrt. Herr Angenendt hatte es geschehen lassen. Man sah die beiden einige Male gemeinsam im Speisesaal, sie besuchten regelmäßig zusammen den Gottesdienst in der Veener Kirche, sodass der Flurfunk auf der Burg bereits die Hochzeitsglocken läuten hörte, sehr zum Leidwesen der anderen Damen.

Lili Heinemann und andere verheiratete Bewohnerinnen hatten sich das Schauspiel angeschaut und sich darüber amüsiert, wie verliebt Mutter Theresa ihren Fang anschmachtete und welch böse Blicke sie erntete, wenn sie an seinem Arm durch den Speisesaal stolzierte. Doch dann wurde die zarte Romanze abrupt beendet. Da keiner sich aus erster Hand zu informieren wagte, machten bald Erzählungen von auffälligen Gedächtnisproblemen bei Theresa Conrad die Runde, sowie, nicht ohne eine gewisse Gehässigkeit, Vermutungen, der Mann habe wohl nicht von einer Pflegefalle in die nächste laufen wollen. Der armen Theresa Conrad ging es tatsächlich zunehmend schlechter. Sie nahm in Windeseile ab, war schließlich nur noch ein Strich in der Landschaft, und die bösen Gerüchte über eine schwere Erkrankung schienen sich zu bestätigen. Lili Heinemann hingegen war davon überzeugt, dass es nur der Liebeskummer war, der an der armen Frau zehrte.

Nachdem weitere Monate vergangen waren, sah man den sonst so braven und gottesfürchtigen Angenendt plötzlich das Leben in vollen Zügen genießen – und zwar an der Seite der lebenslustigen Ottilie Oymann. Und das verstand Ruth nur zu gut. Ottilie war das, was ihre Enkelin Sara eine Powerfrau nannte. Sie war einige Jahre älter als Herr Angenendt und hielt ihn doch gut gelaunt auf Trab. Hier ein Brunnenfest, da eine Kirmes, und auch der Karneval wurde ordentlich gefeiert. Ottilie Oymann war so, wie Ruth van Rennings gerne gewesen wäre: mutig, neugierig, frei. Sie war mehrfach verheiratet gewesen, einmal mit einem zwanzig Jahre älteren Mann, der sehr früh gestorben war und ihr ein beträchtliches Vermögen hinterlassen hatte, was ihrer mentalen Unabhängigkeit eine finanzielle hinzufügte. Ihre bis zu diesem Zeitpunkt letzte Ehe hatte sie nach eigenem Bekunden mit einem Säufer auf einer griechischen Insel geschlossen, der dort als Restaurantbetreiber gescheitert war. Als sie erkannt hatte, dass sie diesen Mann zwar liebte, er ihr aber nicht guttat, wollte sie sich trennen, doch ihr vierter Ehemann verunglückte tödlich, noch bevor sie sich hätte scheiden lassen können. Sie hatte diverse andere Männer vor ihm ebenfalls überlebt und fühlte sich mit dem Status einer mehrfachen Witwe rundum wohl. Sie besaß einen gesunden Instinkt, der sie immer vor Schlimmerem bewahrt hatte, und so war sie an den unteren Niederrhein, in ihre Heimat, zurückgekommen und hatte, obwohl sie jegliche gesellschaftlichen Konventionen mit Füßen trat, niemals Probleme mit

Ausgrenzung oder schlechtem Leumund gehabt. Schon früher hatte Ruth den Namen Ottilie Oymann gehört, über sie wurde am Niederrhein gesprochen, aber nie schlecht. Die Frau war ein gern gesehener Gast, eine rheinische Frohnatur mit Hang zum ausgeprägten Feiern, was vor allem der jüngeren Generation gefiel. Sie legte eine Unbekümmertheit und gute Laune an den Tag, der man sich nicht entziehen konnte, ein Prachtweib, das sich mit neunzig die Haare noch regelmäßig färbte, das jeden Raum mit Lachen füllte und dem Gegenüber das Gefühl gab, jung zu sein und voller verrückter Ideen. Es war Karneval 2016 gewesen, als sie Herrn Angenendt mit zur Veener Büttensitzung geschleppt hatte, und natürlich hatte er sich in dieses sprühende Wesen Knall auf Fall verliebt.

Herr Angenendt hatte Frau Oymann kurze Zeit später gefragt, ob sie mit ihm vielleicht draußen, also in Veen oder Birten, eine gemeinsame Wohnung beziehen wolle, aber sie hatte abgelehnt. Sie wollte ihre Unabhängigkeit auf gar keinen Fall aufgeben. Eventuell, so sagte sie, würden sie eines Tages heiraten, schon allein, damit ihr Geld, da sie kinderlos war, nicht einfach dem Staat zufalle, aber das werde man zu gegebener Zeit entscheiden. Sie war nicht gewillt, an den Tod zu denken, solange das Leben noch so viel Schönes bereithielt, sagte sie gerne, und Ruth wünschte, sie könnte genauso empfinden. Immer,

69

nicht nur in diesem Moment, wo das Leben auch für sie etwas Besonderes zu bieten hatte.

Sie sah das Paar Angenendt-Oymann Hand in Hand auf sich zukommen. »Der Eh'stand ist gemischte Speis, halb sauer und halb süß«, sangen die beiden zur Melodie des Zählreims, den man in ihrer Kindheit »Zehn kleine Negerlein« genannt hatte, was aber heutzutage, wie sie von Sara erfahren hatte, politisch inkorrekt war. Ruth folgte in solchen Dingen ihrer klugen Enkelin. Die Gesellschaft veränderte sich permanent, und sie war froh, dass sie durch Sara den Anschluss nicht verlor. Sie hätte es sich nie verziehen, wenn sie in ihrem Denken alt und rückständig geworden wäre, und deshalb versuchte sie, durch Kontakt zu Jüngeren sowie durch ausgiebige Zeitungslektüre möglichst viele Denkanstöße zu bekommen. Für sie war das Lesen der Nachrichten eine Mischung aus Hobby und Verpflichtung dem Leben gegenüber, und es brachte sie zur Weißglut, wenn sie sah, dass Walter die *Rheinische Post* immer schon nach dem Studium der Todesanzeigen zur Seite legte.

Der Singkreis hatte inzwischen sein Ständchen beendet. Walter hatte sich immer noch nicht blicken lassen, sodass Ruth die Gratulationen allein entgegennahm. Lili Heinemann flüsterte ihr etwas ins Ohr, was Ruth leider nicht verstand, da sie es vor lauter Aufregung nicht geschafft hatte, ihr Hörgerät einzuschalten. Sie sprach ein paar Begrüßungsworte und lud die ganze Mannschaft ein, in ihr bescheidenes Reich einzutreten und mit ihnen anzustoßen.

Ruth hatte ihrem Ehemann zuliebe auf ein großes Fest verzichtet. Ihr Sohn Klaus hatte sich mit Verweis auf seine Arbeit in Heidelberg entschuldigt, aber Ruth wusste, dass er in Wahrheit wenig Anlass sah, die Ehe der Eltern hochleben zu lassen. Und ihre zweite Enkelin Anna war eine viel beschäftigte Hausfrau und Mutter von drei Kindern, der sie ebenfalls nicht zumuten wollte, extra von Hannover anzureisen, nur um einmal kurz das Glas zu erheben.

Deshalb war außer Sara nur der Singkreis zu Gast, aber umso mehr freute sie sich über die Mühe, die sich die Gratulanten gegeben hatten. Sara hatte für alles gesorgt: Kleine Kanapees und guter Winzersekt, und wie es sich für den Niederrhein gehörte, hatte sie sowohl ein Fässchen Diebels Alt als auch eine Flasche Apfelkorn und klaren Korn organisiert.

»Es ist genau elf Uhr, meine Damen, erlauben Sie mir ein Herrengedeck?«, antwortete Bernd Angenendt auf Saras Frage, was er trinken wolle.

»Ja, selbstverständlich«, schaltete sich Bärbel Theussen ein. Sie saß seit einem schweren Autounfall im Rollstuhl. Ihre Kinder hatten sie nach Winnenthal gebracht, was sie anfangs erbost hatte. Doch schon lange hatte sie sich damit abgefunden, wenn nicht gar angefreundet. Da sie nicht mehr fahren konnte, hatte die Autonärrin nun ihren Rollstuhl geschmückt wie einst ihren geliebten Ford Taunus: mit einem Duftbaum und einem Autositz-Schonbezug aus Bambus.

»Dann nehmen wir die Damenvariante«, fügte sie hinzu. »Bier und Appelkorn.« Ruth sah, wie Sara grinste, was wohl auch Bärbel Theussen nicht entgangen war. »Ja, wat denn, Mädchen, ich werd doch wohl noch trinken dürfen. Meinen Lappen ham sie mir längst abgenommen, und umfallen kann ich auch nicht mehr.«

»Wohl bekomm's«, sagte Sara und zwinkerte Bärbel Theussen zu. Ruth war stolz auf ihre Enkelin. Sie hielt es für groteske Überheblichkeit, wenn man alte Menschen behandelte wie Kleinkinder und sich anmaßte, ihnen Alkohol, Zigaretten oder andere Suchtmittel mit dem Hinweis auf die Gesundheit zu verbieten. Eine Lernschwester hatte es neulich bei Lili Heinemann versucht. Die vielleicht zwanzigjährige Brünette hatte es tatsächlich gewagt, Lili vor versammelter Mannschaft eine gerade angezündete Zigarette aus dem Mund zu nehmen, mit dem Hinweis: »Das lassen wir mal lieber. So etwas ist gar nicht gut für unsere Lungen.« Lilis Augen waren vor Wut fast aus den Höhlen gesprungen.

»Wir hören mir jetzt mal schön zu, liebes Fräulein Schwester«, hatte sie scharf entgegnet, »und wir lernen heute unsere allerwichtigste Lektion: Wir sprechen niemals wieder in diesem Ton. Verstanden? Sonst wird die Omi sehr wütend.« Die »dumme Nuss«, wie Lili sie seitdem nannte, hatte verstanden. Nach knapp drei Monaten war sie nicht mehr zum Dienst erschienen. »Burn-out«, hatte Lili Heinemann gelästert und sich genüsslich eine Zigarette angezündet.

Sara hingegen fühlte sich sichtlich wohl im Kreise der alten Damen. Sie fragte die Frauen schließlich, dem Anlass gemäß, nach dem Rezept für eine lange währende Ehe.

Als hätten sie eine geheime Absprache getroffen, hoben alle Frauen ihr Pinneken mit Korn oder Apfelkorn gleichzeitig. »Prost«, rief Ottilie Oymann. »Wir setzen darauf, dass wir die Männer überleben«, sagte sie und stupste Bernd Angenendt liebevoll in die Seite. Der lachte mit. Ruth suchte Blickkontakt zu Walter, der ebenfalls lachte. »Jahaaa«, stieß er heiser hervor, was man im besten Fall als leise Belustigung werten konnte. »Also wir halten es da mit Alfred Hitchcock, nicht wahr, mein lieber Walter«, unterbrach Herr Angenendt das Gelächter. »Der hat gesagt: ›Richtig verheiratet ist ein Mann erst, wenn er jedes Wort versteht, das seine Frau NICHT gesagt hat.‹«

»Ha«, ließ sich Walter nun vernehmen und schaute Ruth in die Augen. »Es ist selten, dass bei meiner Frau etwas ungesagt bleibt.«

Die kleine Gesellschaft jubelte, und Ruth war verblüfft über Walters Schlagfertigkeit. Sie hatte nichts dagegen, wenn Scherze auf ihre Kosten gemacht wurden, denn dadurch rückte sie in den Mittelpunkt der Aufmerksamkeit, wo sie sich pudelwohl fühlte. Ganz im Gegensatz zu Walter. Ruth erkannte es an seiner angespannten Sitzhaltung. Wie sehr er sich konzentrierte, zeigte zudem sein unruhiger Blick. Jedes Wort sog Walter auf, und oftmals interpretierte er es im Nachhinein mit einer Prise Paranoia um. So hatte sie es an seinem achtzigsten Geburtstag erlebt, als ihr Sohn eine hinreißende, warmherzige Rede gehalten hatte. Die Gäste bogen sich vor Lachen, auch Walter lachte mit. Doch Walter hatte die Worte offenbar in einer schlaflosen Nacht hin- und hergewälzt und war in den frühen Morgenstunden zu dem Schluss gekommen, sein eigener Sohn habe ihn der Lächerlichkeit preisgegeben. Ruth müsse, darauf bestand er mit Nachdruck, dafür sorgen, dass Klaus sich entschuldigte. Einen halben Tag lang versuchte Ruth ihrem Mann zu erklären, dass alle Scherze voller Wohlwollen gewesen seien und ihr Sohn seine Eltern ehrte und liebte. Doch als Walters Wutausbrüche und Herabwürdigungen bis zum späten Nachmittag andauerten, gab sie klein bei und rief Klaus an. Der fiel aus allen Wolken und verweigerte die Entschuldigung, bis Ruth ihn anflehte: »Bitte, tu es für mich. Du weißt doch, dass ich sonst wochenlang dieses Gezeter hören muss, wenn er sich einmal in etwas hineingesteigert hat. Bitte.«

Klaus hatte sich schließlich entschuldigt, aber die Tatsache, dass er zur Eisernen Hochzeit der Eltern nicht erschienen war, hing nicht nur damit zusammen, dass er ein viel beschäftigter Mann war, sondern auch damit, dass er nach jenem Geburtstag jeglichen Respekt vor seinem Vater verloren hatte. Nicht nur, weil der sich über harmlose Neckereien echauffiert hatte, sondern vor allem, weil er nicht Manns genug gewesen war, so hatte Klaus es ausgedrückt, seinem eigenen Sohn persönlich die Stirn zu bieten.

Das war inzwischen fast ein Jahrzehnt her, und seitdem hatte sich nichts Vergleichbares ereignet. Heute aber fragte sich Ruth plötzlich, ob die kleinen Sticheleien des heutigen Tages bei Walter wieder zu einem Anfall von Gekränktheit führen könnten. Nun, sie würde es ertragen, wie sie es immer getan hatte, fünfundsechzig Jahre lang in regelmäßigen Abständen.

Die Runde hatte sich inzwischen anderen Themen zugewandt, doch Ruth konnte dem Gespräch nicht gut folgen. Sie überlegte, ob sie ihre Enkelin beiseitenehmen und sie bitten sollte, das vermaledeite Hörgerät richtig einzustellen. Sie rückte an Sara heran, die sich gerade intensiv mit der »Affenfrau« unterhielt. Ruth hatte all ihren neuen Freundinnen Spitznamen gegeben, die vor allem Sara als Eselsbrücken dienten, wenn sie telefonierten und Ruth ihr vom Leben auf der Burg erzählte.

Ruth rief Sara jeden Sonntagvormittag an, und sie war nie beleidigt, wenn ihre Enkelin keine Zeit für ein ausführliches Telefonat hatte. Aber wenn Sara sich die Zeit nahm, dann wollte Ruth sie auf gar keinen Fall langweilen. Daher schrieb sie während der Woche Notizen auf einen Zettel, mit amüsanten oder interessanten Details. Zum Beispiel über Frau Hendrichs, die »Affenfrau«, die ihre Kindheit zum Teil auf Schloss Anholt verlebt hatte. Das Wasserschloss gehörte dem Fürstengeschlecht Salm-Salm, mit dem sie sehr entfernt verwandt war, oder vielleicht war sie auch nur mit einem der Angestellten verwandt, das wusste Ruth nicht so genau. Auf jeden Fall verbrachte Frau Hendrichs während der Kriegsjahre ihre Ferien auf Schloss Anholt. Dort gab es ein Kapuzineräffchen. Kaum hatte sie das Anwesen betreten, sprang ihr das Äffchen auf die Schulter und wich ihr nicht mehr von der Seite. Es sei denn, das Mädchen schickte es mit einem Beutelchen in die fürstliche Küche und ließ es dort Bonbons und Leckereien stehlen, die sich Kind und Affe anschließend teilten. Das ging so lange gut, bis das Äffchen das Toupet eines Mitglieds der fürstlichen Familie klaute und in den Krefelder Zoo abgeschoben wurde. Frau Hendrichs erzählte oft und gerne von ihrer Kindheit und hatte bereits mehrfach bei der Heimleitung wegen eines Haustieres vorgesprochen, was ihr bislang jedoch verwehrt geblieben war.

Ruth ließ den Blick in die Runde schweifen. Sie hatte in ihrem Leben nicht oft Gelegenheit gehabt, sich als Gastgeberin zu beweisen, deshalb legte sie an diesem Tag besonderen Wert darauf, alles richtig zu machen. Sie beobachtete Walter, der zwischen Sara und der »Affenfrau« saß und sich in seinem Ohrensessel so weit es ging zurücklehnte, um das Gespräch der beiden Frauen nicht zu behindern. Ruth hörte sein heiseres »Jahaa« in regelmäßigen Abständen. Vielleicht bildete sie es sich auch nur ein. Eigentlich war ihr Hörvermögen nicht gut genug, um einen solchen Ton herauszufiltern, aber sie hatte sein Krächzen seit Jahrzehnten im Ohr, es traktierte ihren Hörnerv wie ein Tinnitus, und fast immer reagierte sie darauf ihrerseits mit einem nervösen Räuspern.

Unwillkürlich räusperte sie sich auch in diesem Moment und fing einen prüfenden Blick von Sara auf. Ruth war dankbar für ihr inniges Verhältnis, das sich in der Zeit verfestigt hatte, als sich Klaus und seine erste Frau Lotta getrennt hatten. Sara war fünfzehn gewesen, mitten in der Pubertät, als ihre Mutter beschlossen hatte, sich selbst zu verwirklichen, wie sie das genannt hatte. Ruth hatte damals, obwohl sie Lotta sehr gemocht hatte, wenig Verständnis für ihre Entscheidung aufgebracht. Aus ihrer Sicht war es egoistisch und falsch, das Wohl der Kinder für die eigenen Befindlichkeiten aufs Spiel zu setzen. Sie selbst war dazu nicht in der Lage gewesen, auch wenn es in den vergangenen fünfundsechzig Jahren immer wieder Situationen gegeben hatte, in denen sie kurz davor gewesen war, Walter zu verlassen. Sie hatten keine glückliche Ehe geführt.

»Oma?« Ruth hörte ihre Enkelin wie aus der Ferne und brauchte einen Moment, um in die Gegenwart zurückzufinden.

»Ruth, meine Liebe, wo bist du denn gerade gewesen?«, lachte Lili Heinemann.

»Da hat sich wohl jemand an die erste Verliebtheit erinnert«, stimmte Ottilie Oymann ein und zwinkerte Herrn Angenendt zu, der ihr eine fröhliche Kusshand zuwarf.

»Wir sprachen gerade darüber, dass man sich heute im Internet kennenlernt«, erklärte Frau Nivea, die eigentlich Schmitz hieß, aber von Ruth so genannt wurde, weil sie mit achtundachtzig Jahren immer noch nahezu faltenfrei war, und das auf die einfache Creme auf Wasserbasis zurückführte, mit der sie ihr Gesicht täglich pflegte. »Früher gab es den Heiratsmarkt in Birten, das war doch nicht viel anders. Nicht wahr?« Sie verzog ihr faltenfreies Gesicht zu einem strahlenden Lachen.

»Da hab ich meinen Theodor kennengelernt. Gott hab ihn selig«, erinnerte sich Ottilie Oymann.

»Wie muss ich mir das genau vorstellen?«, fragte Sara neugierig. »Standen da etwa die Mädchen in einer Reihe, und heiratswillige Burschen flanierten an ihnen vorbei und begutachteten sie?«

»Diese Vorstellung hätte meinem Mann gefallen. Gott hab auch ihn selig«, antwortete Lili Heinemann. »Mir allerdings nicht«, fügte sie trocken an. »Im Grunde war es eine Kirmes ohne Fahrgeschäfte. Ein Jahrmarkt eben. Es war die einzige Gelegenheit, auch mal einen jungen Mann aus der Nachbargemeinde kennenzulernen. Auf Dauer wäre hier sonst jeder Stammbaum ein Kreis. Es war ohnehin schon jeder mit jedem verwandt, was der Intelligenz nicht zugutekam, wie du dir denken kannst.« Alle lachten zustimmend.

»Habt ihr euch etwa auch auf dem Birtener Heiratsmarkt kennengelernt?«, fragte die »Affenfrau« in Richtung Jubelpaar, und Ruth fühlte alle Blicke gespannt auf sich ruhen. Sie genoss für einen kurzen Moment die Aufmerksamkeit, wandte sich ihrem Ehemann zu und schaute ihn herausfordernd an. Walters Augen weiteten sich, und Ruth nahm ein winziges Flackern wahr.

»Also zunächst einmal, auch an diesem besonderen Tag, unserem fünfundsechzigsten Hochzeitstag, möchte ich das noch einmal betonen: Als ich meinen Walter zum ersten Mal sah, war es um mich geschehen. Ich hatte nie zuvor einen so gut ausse-henden Mann gesehen.« Ruth hörte zustimmendes Gemurmel. »Aber wie es dazu kam, das ist eine lange Geschichte.«

BRAUTSCHAU OHNE BRÄUTIGAM

* August 1950 *

Ruth winkte fröhlich, als Hansi mit dem Bus direkt vor ihren Füßen zum Stehen kam und die Türen sich mit einem Quietschen öffneten. Wie jeden Morgen stieg sie vor ihrer Freundin Hanna in den Bus, um deren hochrotes Gesicht zu verbergen. Hanna war rettungslos verliebt in Hansi und glaubte, außer Ruth bekäme es niemand mit. In Wahrheit sah jeder aus einem Kilometer Entfernung, was los war, und auch dem charmanten Hansi war Hannas Leidenschaft nicht verborgen geblieben. Ruth beobachtete ein ums andere Mal, wie er sich den Hals verrenkte, wenn sie auf einer der hinteren Sitzreihen Platz nahmen, und natürlich hörte sie das leichte Zittern in seiner Stimme, wenn er Hannas Kleider, Hüte, Schuhe oder zur Not auch die Handtasche mit Komplimenten bedachte. Nur Hanna erkannte nicht, dass ihre Verliebtheit auf Gegenseitigkeit beruhte, und deshalb bestand sie darauf, Ruth müsse vor ihr in den Bus steigen und Hansi so lange ablenken, bis sie sich wieder beruhigt hatte.

Seit fast drei Jahren fuhr Ruth täglich mit dem Bus nach Geldern zum St.-Clemens-Hospital, wo sie als Kinderkrankenschwester arbeitete.

Sie hatte direkt nach dem Abitur eine Ausbildung begonnen und war von ihrer Mutter in die Obhut von Schwester Vincenza gegeben worden, eine Schwester des Klarissenordens, der im Kevelaerer Kloster lebte und weltliche Arbeit im Krankenhaus leistete. Als Hebamme hatte Schwester Vincenza Ruth auf die Welt geholfen, und da es eine besonders schwere Geburt gewesen und Ruth deshalb auch Einzelkind geblieben war, hing ihre Mutter besonders an dem sogenannten »Nönneken«, das ihnen beiden das Leben gerettet hatte.

Die Hoffnung des Vaters, Ruth könne an seiner Stelle Biologielehrerin werden, hatte sich nicht erfüllt, wenngleich sie den Wunsch in ihrem Herzen bewahrte. Ihr Vater hatte sich von dem Infarkt an ihrem zwölften Geburtstag nie mehr richtig erholt. Als die Bomben der Alliierten Xanten dem Erdboden gleichmachten und damit auch das Kaufhaus Maaßen, erlitt er einen weiteren Herzanfall und starb im Sankt Josef-Hospital, noch ehe Frieden herrschte. Margarethe Maaßen hatte das wenige, das die Bomben übrig gelassen hatten, aus dem Geschäft geholt und den Trümmern den Rücken zugekehrt. An Wiederaufbau war für sie ohne ihren Mann nicht zu denken, und so nutzte sie die erstbeste Gelegenheit, die sich ihr im Frühjahr 1946 bot, und verkaufte das Grundstück, auf dem sich das Kaufhaus Maaßen befunden hatte, an die Stadt Xanten. Geblieben waren der Witwe noch drei Wohnungen in Xanten und das Haus am Rande der Hees, in dem die drei Generationen Maaßen-Frauen nunmehr von dem Geld lebten, das die Mietwohnungen einbrachten. Es war genug zum Leben, sie konnten nicht klagen, aber nicht ausreichend, um der Tochter ein Studium zu bezahlen.

Ruth vermutete insgeheim, dass es der Mutter sogar sehr recht war, sie im Auge behalten zu können. Sie betonte stets, Ruth möge auf sich achtgeben, schließlich sei sie zu einem ausnehmend hübschen Mädchen herangereift. Ruth hatte lockiges brünettes Haar, wache grüne Augen und einen zierlich-eleganten Körper. Einige kecke Sommersprossen zierten ihre Nase. Fast täglich wurde Ruth von der Mutter ermahnt, sich nicht mit Männern einzulassen, Abstand zu halten, die Augen niederzuschlagen. Die Mutter erzählte immer wieder von dem Schicksal gefallener Mädchen, die sich von amerikanischen Soldaten hatten verführen lassen und, mit dickem Bauch, im Keller versteckt wurden. Ruth kannte nicht ein einziges Mädchen, dem das widerfahren war, aber es war ganz offensichtlich die größte Angst ihrer Mutter, und Ruth sah keinen Grund, zu rebellieren. Davon abgesehen gefiel ihr die Gemeinschaft mit Mutter und Großmutter.

Pünktlich zu Ruths zwanzigstem Geburtstag allerdings hatte ihre Mutter damit begonnen, sich nach einem geeigneten Ehemann für sie umzusehen. Ihre Freundin Hanna war entzückt gewesen, als Ruth ihr davon berichtete. Ihre eigene Familie machte keinerlei Anstalten, Hanna unter die Haube zu bringen, was wohl auch der Tatsache geschuldet war, dass ihre Mutter und die Brüder immer noch nach dem Vater suchten, der an der Ostfront verschollen war. Im Grunde kümmerte sich niemand so richtig um Hanna, was ihr in der jetzigen Situation gar nicht unangenehm war, denn so konnte sie sich hemmungslos ihren romantischen Träumen hingeben. Aus ihrer Sicht stand einer Hochzeit mit Hansi nichts im Wege, bis auf die Kleinigkeit, dass Hansi von seinem Glück offiziell noch nichts wusste und daher sein Dafürhalten auch noch nicht hatte kundtun können.

Im Sommer 1950, als auch Hanna bereits einundzwanzig Jahre alt war, befand sie, es sei an der Zeit, Hansi einen freundlichen Stups zu geben. Die Aufgabe fiel Ruth zu, die zwar keine Ahnung hatte, wie ein solcher Stups aussehen sollte, es aber auch nicht übers Herz brachte, ihrer Freundin den Gefallen zu verwehren.

»Verwickle ihn einfach in ein ganz normales Gespräch und komm dann geschickt auf das Thema«, hatte Hanna Ruth inständig gebeten.

»Wie soll ich das denn machen? Man redet doch nicht einfach mal so übers Heiraten.«

»Du bist doch so gut in solchen Dingen. Du schaffst das schon«, erwiderte Hanna. »Du hast doch diesen, na, wie heißt es, Konversationsunterricht bei Frau Klausewitz gehabt. Hauptsache, er lädt uns am Ende zu einem Treffen ein.«

Frau von Klausewitz war eine adelige Dame, deren Lebensplanung vom Krieg durcheinandergebracht worden war. Sie hatte aus Hinterpommern fliehen müssen, war in Xanten gelandet und verdiente sich ihren spärlichen Unterhalt durch Benimm- und Konversationsunterricht, den am Niederrhein zwar viele nötig hatten, aber mindestens genauso viele für unnötig hielten. Allein Ruths Großmutter zeigte sich von der Vorstellung, ihre Enkelin könne etwas vom edlen, weltmännischen Habitus der Dame abbekommen, angetan. Was Ruth dabei gelernt hatte, war in der momentanen Situation allerdings wenig hilfreich.

»Wieso überhaupt ›uns‹?«, entgegnete sie skeptisch.

»Ja, denkst du denn, ich dürfte mich allein mit einem Mann treffen? Aber wenn wir zwei uns in einem Café verabreden und der Hansi zufällig auch da ist, ist das gar kein Problem. Versprich mir, dass du das heute machst!«

Hanna und Ruth stiegen jeden Morgen an der Haltestelle vor dem Krankenhaus in den Bus, der sie in zwanzig Minuten nach Alpen brachte. Dort nahmen sie Hansis Bus, der sie bis nach Geldern fuhr. Auf dem Weg nach Alpen hatten sie einen Schlachtplan geschmiedet. Als Ruth nach dem Einsteigen allerdings wie üblich eine Weile mit Hansi über das Wetter plauderte, um Hannas Verlegenheit zu kaschieren, erkannte sie, dass ihre Vorbereitungen nicht präzise genug gewesen waren. Die Mädchen nahmen Platz, und Ruth versuchte krampfhaft, die Ellbogenhiebe von Hanna zu ignorieren. »Lass das«, zischte sie ihrer Freundin zu. »Wie soll ich mich denn konzentrieren, wenn du mir ständig in die Rippen stößt?«

»Mach schon, wir sind bereits auf der Bönninghardt!«, flüsterte Hanna.

Ruth suchte verzweifelt nach einer geeigneten Überleitung. Und nach einem nochmaligen Hieb in die Seite versuchte sie ihr Glück.

»Meine Mutter meint, ich müsste langsam heiraten«, sagte sie und fügte, wie sie es bei Frau von Klausewitz gelernt hatte, eine einladende, offene Frage an. »Was hältst du davon, Hansi?«

Ruth hörte Hanna neben sich stöhnen, während Hansi sich überrascht zu ihr umdrehte, dabei das

Steuer des Busses verriss und um ein Haar neben der Diebels-Brauerei bei Issum im Straßengraben gelandet wäre.

»Was meinst du damit, Ruth? Willst du etwa mich heiraten?«, fragte er mit einem schiefen Grinsen.

»Ich doch nicht«, antwortete Ruth entsetzt, doch als sie sich anschickte, die Verwirrung aufzuklären, bekam sie von Hanna einen kräftigen Tritt. »Untersteh dich«, zischte diese ihr zu.

»Also, ich meine«, Ruth stotterte, »so war das nicht gemeint.« Hilflos sah sie zu Hanna, die starr nach vorn schaute.

»Das ist gut«, sagte Hansi. »Mein Herz ist nämlich schon vergeben. An deine wunderschöne Freundin.« Ruth atmete erleichtert aus, während Hanna puterrot wurde und den Tränen nahe war.

Der Rest war kinderleicht. Sie verabredeten sich für den Nachmittag in der Gaststätte *Thiesen* auf der Bönninghardt. Ruth kam sich ein wenig verrucht vor. Die Bönninghardt und ihre Bewohner hatten in Xanten keinen sehr guten Ruf. Vor rund zweihundert Jahren waren hier Menschen aus der Pfalz angesiedelt worden, die auf dem kargen, unfruchtbaren Boden schnell verarmten. Einige versuchten weiterzuziehen, andere blieben und wurden Besenbinder, Tagelöhner oder Räuber. Mit denen und auch mit ihren Nachkommen wollten die Xantener nichts zu tun haben, zumal viele von ihnen evangelisch waren.

An diesem Nachmittag aber betrat Ruth ihrer Freundin zuliebe Bönninghardter Boden und prostete dem Busfahrer Hansi, nunmehr dem offiziellen Verehrer ihrer Freundin, in der Gaststätte zu. Das junge Paar verstand sich glänzend, hatte sich ganz offensichtlich eine Menge zu sagen und vergaß alles um sich herum. Ruth saß auf einem Hocker an der Bar und trank langsam ihr Bier. Sie mochte den malzigen Geschmack des Obergärigen, der sie immer an die Altbiersuppe erinnerte, die ihre Großmutter gekocht hatte, als sie noch bei Kräften gewesen war. Sie hatte Fleischbrühe, Bier, Ei und Sahne zusammengerührt, dazu hatte Ruth sogar schon als Jugendliche ein Glas Bier trinken dürfen. Sie vertrug das Getränk gut, anders als Hanna, deren Stimme zunehmend schriller wurde. Ruth sah auf die Uhr, es war inzwischen kurz nach sechs. Sie beschloss, dass es Zeit wäre zu gehen, und setzte sich nur mit Mühe gegen ihre ausgelassene, von Verliebtheit und Altbier beschwipste Freundin durch. Hanna und Hansi turtelten noch während der gesamten Fahrt nach Xanten miteinander, und Ruth freute sich mit ihnen.

»Ruth, ich habe ein wenig darüber nachgedacht, was du gesagt hast. Du weißt schon, dass du heiraten sollst und so«, wandte sich Hansi plötzlich an Ruth. »Wie wäre es denn mit meinem Bruder Walter? Der ist noch zu haben und ein ziemlich schmucker Bursche.«

»Also, ich weiß nicht …«, stammelte Ruth überrascht. Doch Hanna schien von der Idee sehr angetan. »Das wäre doch großartig, Ruth. Dann wären wir eine Familie, Schwägerinnen, nicht nur Freundinnen«, juchzte sie. Ruth blickte aus dem Fenster. Manchmal, wenn sie in den Tag hineinträumte, sah sie sich mit einer Schar von sechs Kindern auf der Bislicher Insel sitzen und picknicken. Sie hatte sich nie besonders viele Gedanken um den dazugehörigen Ehemann gemacht. Aber sie war neugierig auf das Leben als erwachsene, verheiratete Frau. Und vielleicht war es ja ein Wink des Schicksals, dass der nette, zuvorkommende Hansi noch einen Bruder hatte. Ruth hatte großes Vertrauen in die Welt, und so legte sie ihre Skepsis ab und stimmte zur allgemeinen Freude einem Treffen mit Walter zu.

* * *

Der Herbst war bereits im fortgeschrittenen Stadium. Hansi und Hanna hatten sich in den letzten zwei Monaten, stets in Begleitung von Ruth, so oft wie möglich nach Feierabend bei *Thiesen* getroffen. Ruth las dann an der Theke und überließ die zwei Verliebten einander.

Eines Tages kam Hanna wieder einmal auf Hansis Bruder zu sprechen. Sie wünschte sich sehnlich, Hansis Familie vorgestellt zu werden, und hoffte auf einen Heiratsantrag. Sie fand, man könne bei dieser Gelegenheit zwei Fliegen mit einer Klappe schlagen und Walter und Ruth miteinander bekannt machen. Ruth hatte ihre Mutter in Hannas Pläne eingeweiht. Margarethe Maaßen war überrascht gewesen, hatte aber keinerlei Einwände vorgebracht. Ein junger Mann mit guter Schulbildung aus einer angesehenen Familie schien ihr ein adäquater Anwärter für ihre geliebte Tochter.

Es war ein wolkenloser Sonntag im Oktober, als sich Margarethe Maaßen und ihre Tochter auf zwei alte Fahrräder schwangen und sich auf den Weg in die immer noch zerstörte Innenstadt von Xanten machten. Man hatte entschieden, Walter van Rennings und seine Familie im Hotel van Bebber beim Pfannkuchenessen zu treffen, gemeinsam mit Hanna und ihrem Bruder, der wohl die Funktion des Familienoberhauptes einnehmen sollte, obwohl er gerade mal siebzehn Jahre alt war.

In dem Haus, in dem vor kaum sechs Jahren Winston Churchill übernachtet hatte, um die alliierten Truppen bei der Rheinüberquerung moralisch zu unterstützen, wurde die Witwe Maaßen mit überbordender Ehrerbietung empfangen. Die Hausdame machte sogar einen angedeuteten Knicks. Ruth wunderte sich über die Bedeutung, die die Kaufhausfamilie Maaßen für die Xantener immer noch hatte, obwohl das Geschäft schon lange nicht mehr existierte. Sie wünschte sich insgeheim, dass auch Hansi und sein Bruder mitbekämen, welches Ansehen sie genossen. Sie wollte gefallen an diesem Tag, aber sie wusste nicht genau, warum. Ihre Gemütslage schwankte zwischen unwillig und neugierig, aufgeregt und gleichgültig. Kurz bevor sie sich auf den Weg gemacht hatten, waren ihr Zweifel an dem gesamten Unterfangen gekommen, aber sie wollte ihre Freundin nicht im Stich lassen.

Ruth ging hinter ihrer Mutter her in den Salon des Hotels, vorbei am Stammtisch, an dem der berühmte Politiker Heinrich Hegmann mit seiner Entourage saß. Ruths Mutter nickte ihm zu und ging weiter. Plötzlich blieb sie stehen, Ruth hinter ihr, danach Hanna und deren Bruder Arno, als stünden sie in einer Warteschlange. Ruth spähte über die Schulter ihrer Mutter auf die Runde am Tisch vor ihnen. Ein älterer Herr taxierte sie von oben bis unten, was sie so sehr verunsicherte, dass sie den Blick senkte und ihre Lackschuhe anstarrte, die sie eine Stunde zuvor noch mit großer Sorgfalt geputzt hatte. Hansi sprang auf und stürzte auf Hanna zu, gab ihr einen Handkuss, begrüßte dann sehr förmlich Ruths Mutter, schließlich sie selbst mit einem Augenzwinkern und gab Arno einen freundlichen Klaps auf die Schulter.

»Meine Damen, junger Mann, darf ich Sie mit meiner Mutter bekannt machen, Maria van Rennings, und natürlich mein Vater, Berthold. Wir sind erfreut, euch alle kennenzulernen. Nehmen Sie doch bitte Platz, gnädige Frau.« Ruth sah, wie stolz Hanna auf ihren Hansi war. Ihre Mutter begann bereits engagiert die Konversation mit der Familie van Rennings. Doch einer fehlte noch.

Schon kurze Zeit später zog Hansi alle Aufmerksamkeit auf sich, indem er zunächst ungeschickt aufstand, dabei seinen Stuhl umwarf, sich anschließend räusperte und sagte: »Liebe Hanna, ich möchte die Gelegenheit an diesem schönen Tag nutzen, um ganz offiziell um deine Hand anzuhalten. Geliebte Hanna, willst du meine Frau werden?«

Hansis Mutter nickte wohlwollend, während ihr Mann der zukünftigen Schwiegertochter einen merkwürdigen Blick zuwarf. Es lag etwas darin, das Ruth nicht benennen konnte, etwas, das in ihr ein Gefühl von Argwohn zurückließ. Sie schaute zu Hanna. Ihre Freundin war noch nie so schön gewesen wie in diesem Moment. Alles an ihr glänzte: das brünette Haar, die bernsteinfarbenen Augen, auch ihr Gesicht leuchtete, aber nicht etwa rot, sondern wie die Sammlung alter Goldmünzen, die ihre Mutter zu Hause versteckte und die sich Ruth manchmal heimlich ansah. Auch Margarethe Maaßen war gerührt. Sie tupfte sich mit einem Taschentuch die Augenwinkel trocken.

Hanna und Hansi saßen jetzt nebeneinander und hielten sich beglückt an den Händen, sodass der Stuhl neben Ruth frei geworden war. Sie blickte auf die Uhr. Walter hatte bereits eine halbe Stunde Verspätung, das war unhöflich, aber sie hoffte, dass es einen nachvollziehbaren Grund gebe. »Hansi, wann wird denn dein Bruder erwartet?«, fragte sie schließlich.

»Ach, ja, der kann leider nicht kommen. Entschuldige, aber ich war so mit dem Antrag beschäftigt, dass ich vergaß, es euch mitzuteilen.«

Ruth war überrascht, wie sehr diese Neuigkeit sie enttäuschte. Sie hatte sich wohl doch mehr auf das Kennenlernen gefreut, als sie es sich eingestanden hatte. Sie blickte zu ihrer Mutter, die die Stirn runzelte.

Hansis Vater ergriff das Wort: »Es tut meinem Sohn Walter sehr leid. Aber er ist unpässlich und konnte deshalb nicht kommen. Wir dachten, Hansi hätte Sie davon in Kenntnis gesetzt, aber«, er warf einen amüsierten Blick zu dem jungen Paar am Tisch, »Sie sehen ja, wo der Junge mit seinen Gedanken ist.«

»Was hat er denn? Doch hoffentlich nicht eine dieser unangenehmen Sommergrippen?«, erkundigte sich Ruths Mutter.

»Nein, nein«, winkte Herr van Rennings ab, »dem geht es gut, er ist in Bedburg-Hau und erholt sich. Walter hat bloß ein kleines Alkoholproblem.«

EIN GLORIA FÜR DEN ALT

»Na denn, Prost«, sagte Frau Nivea und hob ihr Glas. Die restliche Gesellschaft stimmte lachend ein. Sara fühlte sich unangenehm berührt. Sie beobachtete, wie ihr Großvater die Lippen aufeinanderpresste und auf den Boden starrte. Sara hatte den Impuls, ihn zu verteidigen, doch vielleicht hätte er sich dann erst recht geschämt.

»Sara, schau nicht so entsetzt«, sagte ihre Oma schnell. »Mit Alkoholproblem war damals nicht das Gleiche gemeint wie heute. Natürlich war dein Opa kein Alkoholiker, der trinkt ja nicht mal einen Schnaps.«

»Puh, da bin ich aber froh«, sagte Sara und wischte sich theatralisch den Schweiß von der Stirn. »Aber trotzdem, wie kam es denn, dass Opa und du nach diesem ersten – sagen wir mal – missglückten Rendezvous trotzdem noch geheiratet habt? Wenn ich damals zu Papa gesagt hätte: Lars hat ein Alkoholproblem, hätte er wohl Himmel und Hölle in Bewegung gesetzt, um mir diese Beziehung auszureden.«

»Alkoholiker war damals nur ein anderer Ausdruck für *der feiert gerne*. Da war nichts dabei«, übernahm Ottilie Oymann die Erklärung. »Walter hatte einfach nur einen schlimmen Schädel. Nicht wahr, Walter? Du hattest schon mal vorsorglich Junggesellenabschied gefeiert und dir heftig einen getrötet.«

»Jahaa«, lachte Walter mechanisch, und Sara spürte, wie unwohl er sich an diesem Vormittag fühlte.

Im Gegensatz zu ihrer Oma. Die genoss den Rummel sichtlich. »Richtig, Ottilie. Genau das haben wir auch gedacht. Und dann habe ich mich wirklich in ihn verliebt. Er wirkte so elegant, als ich ihn das erste Mal sah!« Die Damen murmelten gerührt und zustimmend. Saras Großvater sah immer noch hervorragend aus. Er hatte zwar schlohweißes, aber volles Haar, war groß gewachsen, schlank und hielt sich stets aufrecht, so gut er konnte. Seine Haut war immer ein bisschen rosig und hatte verblüffend wenig Falten.

»Wisst ihr«, fuhr Ruth fort, »ich hatte noch nie einen so schönen Mann gesehen. Er stand an der Bushaltestelle. Ich weiß gar nicht mehr, ob sein Bruder Hansi das arrangiert hatte oder ob es Zufall war, jedenfalls saß ich mit Hanna im Bus, und dann sah ich zuerst so einen schönen schwarzen Hut. Den hat der Opi auf der Bönninghardt die ganzen Jahre im Schrank gehabt. Aber man trägt ja heute kaum noch Hüte. Schade eigentlich.«

»Du hast dich in den Hut verliebt?«, feixte Sara.

»Auch!« Ihre Oma schaute sie schelmisch an. »Und dann habe ich ja auch noch den Rest gesehen. Dieser große junge Mann im grauen Ledermantel. Er sah wirklich umwerfend aus. Das hat Hanna damals auch gesagt. Wenn ich nicht mit Hansi verlobt wäre, hat sie gesagt, dann würde ich Walter nehmen. Tja, da war es um mich geschehen. Und als wir einander dann endlich vorgestellt wurden, habe ich ihm gesagt, wie sehr ich seinen Hut mochte.« Ruth schaute verschmitzt von einem zum anderen und ergötzte sich an der gespannten Erwartung. »Walter war zunächst verlegen. Und dann hat er ganz galant gesagt, unter diesen Umständen möge ich doch den Hut mit Haut und Haaren in Besitz nehmen. Ich bin bis heute nicht sicher, ob wir das Gleiche gemeint haben«, lachte sie. »Aber ich habe genickt, und dann haben wir geheiratet. Das ist nun fünfundsechzig Jahre her.«

Die Gäste spendeten Beifall, nur Saras Opa schien noch immer keinen Anteil am Geschehen zu nehmen. Sara fragte sich, wie die Liebesgeschichte danach weitergegangen sein mochte, behielt die Frage allerdings für sich. Sie wollte ihrem Opa weitere Witze auf seine Kosten ersparen. Sie nahm sich vor, ihre Oma später unter vier Augen danach zu fragen. Sara ging in die Küche und holte Platten mit kleinen Häppchen. Die Gesellschaft brauchte bei dem

Trinktempo, das vorgelegt wurde, dringend eine feste Grundlage.

»Liebe Ruth«, hörte sie Herrn Angenendt sagen, als sie gerade aus der Küche zurückkam. »Wie du weißt, geht es unserem Alt nicht besonders gut.« Sara fühlte sich sanft getadelt. »Das erledige ich sofort«, lachte sie. »Ich zapfe schnell ein Neues.«

Sie griff nach dem halb vollen Glas, doch Herr Angenendt sah sie verdutzt an und hielt reflexartig sein Bier fest. Ottilie Oymann lachte auf. »Das ist ein Missverständnis, liebe Sara. Er meint unsere Alt-Stimme im Chor. Frau de Kok liegt im Sterben.«

»Oh. Entschuldigung.« Mehr brachte Sara nicht heraus. Burg Winnenthal war voller Fettnäpfe. Sie wusste, dass Frau de Kok Mitglied des Singkreises war, und ihre Oma hatte ihr von der besonderen Beziehung zwischen Frau de Kok und ihrer besten Freundin erzählt. Die beiden hatten im hohen Alter noch eine Lebensgemeinschaft eintragen lassen. Dabei waren sie nicht lesbisch. Sie wollten nur, da beide kinderlos geblieben waren, dass die jeweils andere im Falle eines Falles versorgt wäre und sie berechtigt waren, medizinische Auskünfte einzuholen, falls eine von ihnen ins Krankenhaus musste.

»Ich habe Frau de Kok gestern besucht«, nahm Herr Angenendt den Faden wieder auf. »Sie wird in diesem Jahr wohl nicht mehr am Weihnachtskonzert teilnehmen können.«

»Das tut mir sehr leid«, sagte Saras Oma.

»Ja, es ist traurig. Aber sie hatte ein schönes Leben, sagt sie selbst. Liebe Ruth, warum ich jetzt davon spreche, hat einen Grund. Frau de Kok hat dich sehr gern. Und sie wünscht sich, dass du beim Weihnachtskonzert ihren Alt-Part übernimmst.«

Ruth schloss für einen Moment die Augen, dann warf sie Walter einen schnellen Blick zu.

»Wir würden natürlich die klassischen Weihnachtslieder vortragen«, erläuterte Herr Angenendt, »und in diesem Jahr würde ich gerne *Engel auf den Feldern singen* in unser Repertoire aufnehmen. Hierzulande nennt man dieses Lied meist nur *Das Gloria*.« Saras Oma nickte. Es war ihr anzusehen, wie sehr sie sich freute. »Du könntest wunderbar die zweite Stimme übernehmen«, fuhr er zufrieden fort.

Ein zustimmendes Gemurmel war zu vernehmen.

»Ich fühle mich geehrt. Aber ich weiß nicht, ob meine Stimme noch trägt«, sagte Ruth bescheiden.

»Aber selbstverständlich«, hörte Sara den Singkreis protestieren. »Deine Stimme ist fantastisch«, versicherte ihr der Chorleiter. »Wir haben ja noch einige Monate Zeit zum Üben. Und, wenn ich das in aller Bescheidenheit sagen darf: Ich bin ein guter Lehrer.«

»Um ehrlich zu sein, habe ich immer davon geträumt, einmal in der Christmette zu singen«, erklärte Saras Oma gerührt. Sie blickte wieder zu ihrem Ehemann, der sich in diesem Moment kräftig räusperte, als hätte er sich an einer Brotkrume verschluckt. »Lasst mich eine Nacht darüber schlafen«, sagte Ruth schnell.

Die Gäste blieben noch bis dreizehn Uhr, dann machten sie sich auf den Weg in die Kantine, um das Mittagessen nicht zu verpassen. Sara wunderte sich über das Chaos, das der kleine Umtrunk hinterlassen hatte. Auf dem Boden waren Krümel verteilt, Papierservietten hatten sich an Stuhllehnen verfangen, ein Schnapsglas lag umgestoßen auf dem Tisch, die letzten Tropfen des Eierlikörs hingen unentschieden am Glasrand.

Saras Großvater schlurfte vorsichtig zwischen dem Wohnzimmer und der kleinen Küche hin und her und transportierte jede Tasse einzeln. »Nun lass doch, Walter«, ermahnte ihn die Großmutter. »Du stehst eh nur im Weg herum. Geh doch auch zum Mittagessen runter.«

Walter reagierte nicht, und Ruths Stimme wurde schärfer. »Du brauchst mir nicht zu helfen. Das tust du doch sonst auch nicht. Geh essen, ich räume hier alleine auf.«

»Lass Opa doch mithelfen. Ihr habt schließlich auch zusammen gefeiert«, ging Sara sanft dazwischen. Der Tonfall ihrer Oma war ihr fremd. Auf der Bönninghardt hatte sie niemals erlebt, dass Ruth ihren Mann tadelte. Im Gegenteil, sie hatte viel Wert darauf gelegt, dass Walter in alles einbezogen wurde. »Das musst du dem Opi auch noch erzählen«, hatte ihre Großmutter beispielsweise gesagt, wenn er bei einem Gespräch nicht im Raum gewesen war. Meist erzählte sie Saras Geschichten dann aber gleich selbst. Ihre Oma liebte Geschichten, und sie liebte es, zu erzählen. Aber heute hatte Sara mehrfach eine bittere Note in ihren Worten wahrgenommen, auch wenn die bei den Gästen für ausgelassenes Gelächter gesorgt hatte.

»Oma, du darfst so nicht mit Opa umgehen. Die Alkoholiker-Geschichte war gemein.«

»Ach, Unsinn, ich habe doch nur einen Witz gemacht. Und alle haben verstanden, dass Alkoholismus nur eine Ausrede war. Dein Großvater hatte Depressionen, aber das durfte man damals nicht sagen. Außerdem sind ihm die Frauen vom Singkreis herzlich egal. Er kann die nicht leiden. Im Grunde will er zu niemandem hier Kontakt haben. Deshalb geht er jetzt auch nicht allein essen, obwohl er Hunger hat. Da könnte ihn ja jemand ansprechen.«

»Darum geht es nicht!«, wehrte sich Saras Großvater. Er hatte ihre Worte offenbar mit angehört und kam in die Küche zurück. »Wir werden keinen Kontakt mehr zu diesen Leuten pflegen.«

»Aber Opa, das war doch ein nettes Fest. Und mir scheint, alle mögen euch beide sehr«, versuchte Sara zu schlichten, doch ihr Opa ignorierte sie.

»Du gehst mir nicht mehr zu diesem Singkreis, Ruth«, sagte er mit erhobenem Zeigefinger. »Und du wirst dich schon gar nicht im Xantener Dom lächerlich machen. Deine Stimme klingt alt, und ich möchte nicht in der Kirche sitzen und mich schämen müssen.«

Sara war völlig konsterniert, und auch ihre Oma stand in der Küche wie vom Donner gerührt. Wo kam dieser plötzliche Groll her, fragte Sara sich und verteidigte sofort ihre Großmutter.

»Das stimmt nicht, Opa. Omas Stimme ist wunderbar. Außerdem ist es doch schön, wenn sie Anschluss im Singkreis hat.«

»Diese Frauen führen nichts Gutes im Schilde. Ruth, ich verbiete es dir«, knurrte er. Saras Oma hielt dem Blick ihres Mannes lange stand. Sie sah trotzig und entschlossen aus, obwohl ihre Augen verdächtig schimmerten.

»Das reicht, ihr zwei«, sagte Sara entschlossen. »Schämt euch, an eurem Hochzeitstag so zu streiten. Los, Opa, wir gehen unten einen Happen essen, dann kannst du dein Mütchen kühlen.«

AMOR UND PSYCHE

Geduldig wartete Sara, bis ihr Großvater Stock, Hut, beide Beine und den Rest seines Körpers in ihrem kleinen Fiat verstaut hatte, dann drückte sie vorsichtig die Beifahrertür zu und atmete tief durch. Ihr Opa hatte sich geweigert, in der Kantine mit »den Weibern« zu essen, also hatte sie beschlossen, sich im *Haus Grünthal,* einem kleinen Restaurant in der Nähe, zu stärken.

Während sie den Fiat auf die Straße lenkte, fragte sie vorsichtig: »Was genau hast du eigentlich gegen die netten Damen vom Singkreis?«

»Die wollen mir an den Kragen. Wie dem armen Peter Heinemann. Der ist nicht einfach so gestorben. Seine Frau hatte da die Finger im Spiel.« Sara war fassungslos. »Opa! Das kannst du doch nicht ernst meinen!«

»Peter Heinemann war ein guter Kerl, nur hatte er zuletzt einfach nicht mehr genug Kraft, um seine Frau in die Schranken zu weisen. Er hatte regelrecht Angst vor ihr. Und du siehst, wie es ihm ergangen ist.«

»Opa, bitte. Das ist doch Unsinn. Herr Heine-mann war nicht mehr ganz zurechnungsfähig in den letzten Monaten, das hat mir die Heimleiterin erzählt. In seinem Zimmer hat es vor einem halben Jahr schon einmal fast gebrannt.«

»Die Geschichte mit dem Hähnchen meinst du? Rate mal, wer das Hähnchen in die Mikrowelle ge-steckt hat! Das war nicht er. Und geraucht hat er auch nicht mehr.«

Sara konnte sich beim besten Willen nicht erklä-ren, woher ihr Opa diese kruden Ideen hatte.

»Sie hetzen meine eigene Frau gegen mich auf«, fuhr er aufgebracht fort. »Ich erkenne Omi gar nicht wieder, wenn diese Emanzen dabei sind. Immerzu stellt sie mich bloß.«

»Ach Opa, das war doch lustig gemeint. Und an-schließend hat Oma dir eine wunderbare Liebeser-klärung gemacht, aber die hast du nicht gehört, weil du die beleidigte Leberwurst gespielt hast.«

»Es war weder witzig noch witzig gemeint. Sie weiß ganz genau, warum ich damals in der Klinik war.«

Sie waren auf dem Parkplatz von *Haus Grünthal* angekommen, und Sara war froh, das Gespräch kurzzeitig unterbrechen zu können. Sie betraten den Gastraum, nahmen an einem der Fenstertische Platz und bestellten Rouladen mit Kartoffeln und Rosen-kohl. Sara orderte für ihren Großvater Malzbier, sie selbst nahm ein Wasser.

»Ich wollte eine andere heiraten, deshalb war ich in der Klinik«, sagte ihr Opa, und Sara verschluckte sich vor Schreck. Doch ihr Großvater ignorierte ihren Hustenanfall. »Deine Großmutter hat mir das nie verziehen.«

Sara hörte gebannt zu, als ihr Großvater seine Version der Verlobungsgeschichte erzählte. Sie hatte ihn selten am Stück so lange sprechen hören. Ihr Opa war immer wortkarg gewesen mit einer Tendenz zur leichten Muffeligkeit, ganz anders als ihre Oma, die liebend gerne *Dönekes vertellte,* wie es im niederrheinischen Platt hieß.

»Ich war ein schmucker Bursche, als ich jung war«, sagte er, während die Getränke gebracht wurden. »Und ich war schlau. Deshalb hat mein Vater mich auf die höhere Handelsschule geschickt. Ich habe danach, wie alle jungen Männer, in der Maschinenfabrik Hüsken gearbeitet. Allerdings nicht als Schlosser, sondern in der Verwaltung.« Er betonte das Wort Verwaltung mit Stolz. Zu seiner Zeit und in dieser Gegend hatte man mit der höheren Handelsschule schon als Intellektueller gegolten, hatte Saras Oma mal gesagt. »Und dann habe ich mich in die Kioskbesitzerin verliebt, bei der ich immer mein Feierabendbier getrunken habe. Wo die Liebe hinfällt …«, seufzte er. »Sie war nicht die Richtige für mich, da hatte mein Vater schon recht. Also hat er mir eine andere Frau vorgestellt, deine Oma. Aber, wie junge Leute so sind«, sagte er kopfschüttelnd, »habe ich mich zunächst dagegen gewehrt. Tja, deshalb war ich damals nicht mit im Hotel van Bebber. Das weiß die Omi auch. Deshalb ärgert es mich, dass sie etwas Falsches erzählt, nur um mich zu blamieren.«

Sie schwiegen eine Weile, das Essen wurde gebracht, und Saras Großvater langte mit großem Appetit zu.

»Aber wegen Liebeskummer landet man doch nicht in der Nervenheilanstalt. Hast du etwa versucht, mit der Kioskbesitzerin durchzubrennen?«, nahm Sara den Faden wieder auf.

Ihr Großvater wiegelte ab. »Das hätte mir mein Vater niemals verziehen. Nein, das hätte ich nie getan.«

Sara lächelte. Sie wusste von ihrer Oma, wie autoritätsgläubig ihr Opa war. Und unter Autorität verstand er alles, was eine Uniform, einen weißen Kittel oder auch nur einen Titel trug. Aber vor allem hatte ihr Großvater wohl das vierte Gebot, *Du sollst Vater und Mutter ehren,* zeit seines Lebens sehr genau genommen.

»Aber wieso bist du dann in Bedburg-Hau gelandet?«, insistierte sie. »Hast du dich so schlimm betrunken, dass du dort zur Ausnüchterung hinmusstest?«

Ihr Großvater sah sie ausdruckslos an. Dann hielt

er ihr den rechten Arm hin. »Deswegen!«, sagte er. Sara sah eine feine, kaum noch wahrnehmbare weiße Linie auf dem Unterarm, direkt neben dem Handgelenk. »Wie ist das passiert?«, fragte sie.

Ihr Großvater nahm einen Schluck von seinem Malzbier. »Die Narbe stammt von 1945.« Er räusperte sich und erzählte Sara von den letzten Kriegstagen, als Hitler alle verfügbaren jungen Männer verfeuerte. Eines Tages war im Hause van Rennings der Marschbefehl für die zwei Söhne eingetroffen. Hansi hatte begeistert zugesagt, Walter um sein Leben gefürchtet. Er flehte seinen Vater an, er möge dafür sorgen, dass er nicht an die Front müsse. Doch sein Vater zeigte sich entsetzt über die Feigheit seines Zweitgeborenen. Walter fühlte sich wie ein Versager, aber die Angst vor dem Krieg war mächtiger. Betrunken und verzweifelt lief er zum Sägewerk seines Freundes. Er hatte keine Erinnerung daran, was genau passiert war, aber am nächsten Tag wachte er mit einer Wunde am Handgelenk auf. Man vertuschte den Vorfall, damit er nicht als Kriegsdienstverweigerer an die Wand gestellt würde.

»Seit dieser Zeit galt ich in der Familie als labil. Und als ich von meiner ersten großen Liebe nicht lassen wollte, haben sie mich schon mal vorsorglich nach Bedburg-Hau gebracht und in der Zeit die Ehe mit deiner Großmutter arrangiert.«

Er stopfte sich ein Stück Kartoffel mit Soße in

den Mund und kaute. Sara hörte wie gebannt zu. Sie wagte kaum zu atmen, um den Redefluss ihres Großvaters nicht zu unterbrechen. Nie zuvor hatte sie etwas derart Persönliches aus dem Leben ihres sonst so schweigsamen Großvaters erfahren. Allerdings hätte sie sich gewünscht, dass die Liebesgeschichte ihrer Großeltern romantischer gewesen wäre. Als hätte ihr Opa ihre Gedanken erraten, fuhr er fort.

»Ich habe die Ehe mit deiner Großmutter nie bereut. Sie war eine gute Partie, darauf hat mein Vater geachtet. Sie war wohlerzogen und konnte gut kochen. Und sie war wirklich ein sehr hübsches Mädchen. Das hat mir gefallen. Ich glaube, wir haben eine gute Ehe geführt, niemand im Dorf hat schlecht über uns geredet. Vielleicht war ich manchmal nicht streng genug, dann wäre sie heutzutage vielleicht nicht so …«, er suchte nach dem richtigen Wort, »… verführbar. Sie ist so leicht zu manipulieren. Und das machen sich diese Frauen auf Burg Winnenthal zunutze.«

Sara starrte ihren Opa an, in ihr regte sich Empörung, doch sie sagte nichts dazu. Sie schaute auf die Uhr, es war gleich drei, der Singkreis würde sich erst in einer Stunde treffen, und Sara war sehr wohl bewusst, dass ihre Großmutter diesen Termin gerade heute nicht ausfallen lassen würde. Sie beschloss, alles zu tun, um den Konflikt nicht weiter anzuheizen, und schlug ihrem Opa vor, schnell im Haus auf der

Bönninghardt vorbeizuschauen, in dem die Groß-eltern bis vor wenigen Monaten noch gelebt hatten.

»Es wird Zeit, dass das Haus wieder bewohnt wird«, sagte Saras Großvater nachdenklich. »Sonst verfällt es noch.«

»Sollen wir es mal von einem Makler schätzen lassen?«, fragte Sara. Doch ihr Großvater sah sie entrüstet an. »Das kommt nicht infrage. Solange ich lebe, bleibt das Haus meines Vaters in meinem Besitz. Wenn es nach mir gegangen wäre, würden wir immer noch dort wohnen. Ich habe nur meiner kranken Frau zuliebe darauf verzichtet.«

»Schon gut, Opa. Lass uns nur einfach mal nach dem Rechten sehen.«

Sie bestellten noch einen Nachtisch, und Sara lenkte das Gespräch auf das Lieblingsthema ihres Großvaters: die Gänse vom Niederrhein.

EINE NOTE AUS DEM SINGKREIS

Ruth winkte ihrer Enkelin und ihrem Mann hinterher, als die den endlos langen Flur Richtung Aufzug gingen. Sie hatte Sara heimlich gebeten, alle Hebel in Bewegung zu setzen, um ihn so lange fernzuhalten, bis der Singkreis vorbei wäre.

Sie ging zurück ins Apartment und glaubte, Walter mit den Fingernägeln knipsen zu hören. Wenn er unzufrieden war, ließ er seine Fingernägel übereinanderschnellen. Seit fünfundsechzig Jahren hörte sie dieses Geräusch, inzwischen klang es wie ein Kreischen in ihren Ohren. Sie ertrug es nicht mehr, es machte sie wahnsinnig. Walter knipste, wenn Ruth Kontakt zu anderen Menschen hatte, er knipste bei jeder Feier und sogar bei jedem Telefonat, das sie führte.

Jetzt hörte sie das Geräusch also auch schon, wenn Walter gar nicht da war. Vor einer halben Stunde hatte er geknipst wie James Last.

»Ich schätze nicht, wie du über meine Familie

sprichst«, hatte Walter gesagt. Die Sätze hallten in ihrem Kopf nach. »Und ich schätze auch nicht, wie diese Frau Heinemann darüber lacht. Ihr Mann ist noch nicht kalt in der Erde, da sitzt sie hier schon wieder und trinkt und raucht. Und wie du dich der an den Hals schmeißt und dich mit deinen Geschichten anbiederst. Schlimm! Und das vor unserer Enkelin. Hast du nicht gemerkt, wie peinlich Sara dein Auftreten war?«

Es wollte Ruth einfach nicht gelingen, die Stimme ihres Mannes abzuschütteln oder zu ignorieren, was er gesagt hatte. War etwas dran an seinen Vorwürfen? War ihr Verhalten Sara unangenehm gewesen? Aber ihre Enkelin war dazwischengegangen, als Walter geschimpft hatte, sie stand also offenbar auf Ruths Seite. Oder nicht?

Sein Singkreis-Verbot hatte sie eingeschüchtert. Sie wusste, dass er nicht das Recht dazu hatte, aber sie stammte aus einer Zeit, in der die Frau dem Manne Gehorsam geschworen hatte. In Ruth stritten Wut, Empörung und Unsicherheit.

Zwei Stunden später schob sie den Rollator in den Aufzug. Im Erdgeschoss stieg sie aus und fühlte sich immer noch hin- und hergerissen zwischen Mitleid mit ihrem Mann, der auf Burg Winnenthal so unglücklich wirkte, und ihrem Wunsch, die Freundschaft mit den Frauen aus dem Singkreis auszubauen.

Sie konzentrierte sich auf den Weg durch die eindrucksvolle Eingangshalle des alten Schlosses, und schob an dem Porträt einer Frau vorbei, die ihren Lebensabend vor sechshundert Jahren auf Winnenthal verlebt hatte: Maria von Burgund. Anfang des 15. Jahrhunderts war ihr die Burg von ihrem Ehemann, dem Herzog von Kleve, geschenkt worden, als Widdum, so nannte man damals einen Witwensitz. Maria von Burgund hatte ihr Witwendasein noch einige Jahre genießen können, schließlich war ihr Ehemann gute zwanzig Jahre älter gewesen, sie hatte ihn mit nicht einmal vierzehn geheiratet. Ruth fragte sich, ob das Mädchen wohl glücklich gewesen war und ob Glück im 15. Jahrhundert überhaupt als Lebensziel gegolten hatte. Maria von Burgund hatte ihrem Herzog zehn Kinder geschenkt, darunter auch die spätere Mutter des französischen Königs Ludwig XII. Ein Widdum für die Witwen des Niederrheins. Das passte bis heute, fand Ruth. Bloß, dass sie selbst noch keine Witwe war und es mutmaßlich auch nie werden würde, denn Walter erfreute sich blendender Gesundheit, von Kopf bis Fuß. Sogar auf seine Zähne achtete er peinlich genau. Nach jedem Essen putzte er sie ausgiebig und wienerte die Zwischenräume mit Zahnseide. Den angesabberten Faden ließ er auf dem Waschbeckenrand liegen. Einmal hatte Ruth überlegt, ob sie ihm damit das kaputte Unterhemd stopfen sollte.

Von Natur aus war Walter nicht sehr robust, deshalb hatte er sich zeit seines Lebens geschont, auf sich geachtet, und in späteren Jahren war aus seiner Schwäche eine Stärke geworden. Ruth hingegen hatte die Grenzen, die ihr der Körper aufzeigte, nie hinnehmen wollen. Doch mittlerweile hatte sie keine andere Wahl mehr. Sie war die Schmerzen nach dem Wirbelbruch nicht mehr losgeworden, dennoch dankte sie Gott heimlich jeden Tag dafür, denn ohne diesen Unfall würden sie immer noch auf der Bönninghardt wohnen. Walter hatte sein Elternhaus nicht verlassen wollen, doch das Leben in der Kate war zunehmend schwieriger geworden. Mit den Treppen kamen beide gut zurecht, doch irgendwann bemerkte Ruth, dass Walter sich nicht mehr wusch. Auch nicht, nachdem sie ihn mehrfach dazu aufgefordert hatte. Das Problem war, dass Walter Angst hatte, er könne in der alten Duschkabine ohne Haltegriffe ausrutschen und unglücklich fallen. Also hatte Ruth beschlossen, ihm zu zeigen, wie er es anstellen musste. »Walter, siehst du, wie du das machen musst? Den linken Fuß hier in die Ecke, aber Vorsicht. Dann greifst du nach dem Handtuchhaken, mit der rechten Hand stützt du dich gegen die Kante, und dann schwingst du das rechte Bein hoch. Das ist alles.« Sie sah sich triumphierend zu ihrem Ehemann um und verlor genau in diesem Augenblick den Halt. Sie fühlte noch, wie ihr Kopf aufschlug und irgendwo im Körper ein Knochen barst. Als sie aus der Ohnmacht erwachte, lag sie im Sankt Josef-Hospital, ihr Sohn Klaus saß an ihrem Bett. Er hielt ihre Hand. »Du wirst keinen Tag länger in diesem verfluchten Haus bleiben, Mutti«, erklärte er tonlos.

»Aber der Papi will doch da nicht weg«, sagte Ruth verzweifelt.

»Ich habe mir das lange genug angesehen. Es reicht. Mutti, ihr braucht Hilfe! So geht das nicht weiter.«

»Aber …«

»Kein ›Aber‹! Wenn dieser Mann meint, er müsste in dem alten Haus bleiben, dann soll er das tun. Er hat lange genug den Patriarchen gespielt, jetzt geht es nur noch um dein Wohlbefinden. Komm zu uns nach Heidelberg!«

Ruth hätte das Angebot gern angenommen, aber sie hatte sich geschworen, ihrem Sohn niemals zur Last zu fallen, also antwortete sie beinahe ruppig: »Unsinn. Was soll ich denn in Heidelberg. Da kenne ich doch niemanden. Und ich will nicht, dass meine Schwiegertochter mich pflegen muss. Das kommt gar nicht infrage. Ende der Diskussion.«

»Wie du meinst«, sagte er nach kurzem Schweigen. »Aber ich möchte zumindest, dass du irgendwo untergebracht bist, wo man gut zu dir ist und ein Auge auf dich hat. Verstehst du?«

Ruth hatte verstanden, und es hatte ihr gutgetan,

diese Worte zu hören. Doch sie hatte ihrem Mann versprochen, an seiner Seite zu bleiben, bis dass der Tod sie scheide. Was auch immer Klaus seinem Vater anschließend gesagt hatte, Walter hatte eingewilligt, und so waren sie schließlich auf Burg Winnenthal gelandet.

Seitdem war Ruth dankbar für diesen Wirbelbruch. Sosehr sie körperlich auch eingeschränkt war, sie fühlte sich freier als zuletzt auf der Bönninghardt. Sie hatte das Haus kaum noch verlassen können, hatte so gut wie keine sozialen Kontakte mehr aufrechterhalten können. Hier kam jeden Tag eine Pflegerin, mit der sie sich unterhalten konnte. Sie wusste, dass Schwester Barbara Ärger mit ihrer pubertierenden Tochter hatte. Julias Ehemann war erst krank und dann arbeitslos geworden, was zu finanziellen Engpässen geführt hatte. Carmen hatte den dritten Bandscheibenvorfall und fragte sich, ob sie dem Stress in der Altenpflege noch gewachsen war. Für alle hatte Ruth ein offenes Ohr und einen guten Rat, und alle dankten es ihr mit besonderer Fürsorge.

Ruth blieb einen Moment vor dem Underberg-Gemälde stehen. Sie mochte dieses leicht anstößige Bild, das eine Nackte zeigte, die am Meer saß und ihre Hand ins Wasser hielt. Ihre Schöpferin, Ruth Underberg, hatte ebenfalls hier auf Burg Winnenthal gelebt und gearbeitet. »Die Sardinierin« hieß das Gemälde und hatte im Seniorenstift am katholischen

Niederrhein bereits für einige Diskussionen gesorgt. Die Sardinierin strahlte überbordende Freiheit aus, wie Ruth sie auch ihrer Schöpferin unterstellte: frei im Geist, frei von familiären Verbindlichkeiten. Ob ihr ein solcher Zustand noch einmal vergönnt wäre? Ihr lief die Zeit davon, von Monat zu Monat fühlte sie ihre Kraft schwinden.

»Bin ich die Erste?«, fragte Ruth, als sie den Probenraum betrat.

»Nein, das Letzte«, antworteten die anderen lachend im Chor. Es war so etwas wie ihre Losung geworden.

»Schön«, ergriff Lili Heinemann das Wort, »dann lasst uns anfangen. Ich möchte euch Katharina Ingenerf vorstellen, sie ist neu hier.« Die Gruppe aus sechs Damen, darunter Frau Nivea, die Affenfrau und Ottilie Oymann, Herr Angenendt war diesmal nicht dabei, begrüßte den schüchternen Neuankömmling. »Ihr Mann lässt sie nur eine halbe Stunde allein. Offiziell erledigt sie gerade Formalitäten im Seniorenbüro.« Ruth lächelte Frau Ingenerf aufmunternd zu.

»Mein Mann meint es nur gut mit mir«, murmelte diese mit schöner, tiefer Stimme. »Ich bin immer so schnell erschöpft.«

»Schätzchen«, erklärte Lili Heinemann, »mein Mann hat mir jahrzehntelang eingeredet, ich müsse mich schonen. Erst seit ich hier bin, weiß ich, dass ich mir eine ganze Menge zutrauen und zumuten kann.«

»Ich … ich glaube, ich muss los«, stammelte Frau Ingenerf, »ich kann leider nicht bleiben.« Sie ging zur Tür. Ruth rief ihr hinterher: »Wenn Sie mal Lust auf ein Schwätzchen unter Frauen haben, dann finden Sie uns hier.« Frau Ingenerf drehte sich um und lächelte liebenswürdig, was wohl so viel bedeuten sollte wie: Danke. Aber nein, danke.

Die Damen sahen sich wissend an. Es dauerte manchmal, bis neue Bewohnerinnen ihre alten Gewohnheiten abschütteln konnten, das wusste Ruth aus eigener Erfahrung.

»Tja, so richtig wat zum Proben haben wir nicht«, bemerkte Ottilie. »Ohne Bernd bleibt uns eigentlich nur eins.« Die anderen Frauen sahen sie fragend an, als sie zu dem kleinen Kühlschrank ging und eine Bio-Milchflasche aus braunem Glas herausholte. »Asti Spumante«, flötete sie. »Alles, was man für einen gepflegten Mädelsabend braucht. Gestern frisch umgefüllt. Ich gehe einfach nicht gerne mit einer Sektflasche durch die Burg«, erklärte sie. Dann nahm sie fünf Saftgläser vom Tisch und schenkte ein. »Auf uns«, sagte Lili, und sie ließen die Gläser klirren. »Ich weiß nicht, ob ich beim Weihnachtskonzert die Alt-Stimme übernehmen kann«, sagte Ruth nach dem ersten Schluck.

»Warum das denn nicht?«, fragte Ottilie.

»Walter hat Angst, sich meinetwegen schämen zu müssen. Und es ist ja auch nicht ganz falsch. Meine Stimme …«

»Ruth, bitte lass dir nichts einreden«, unterbrach Frau Nivea bestimmt. »Das kann Bernd doch wohl besser beurteilen. Er ist schließlich der Chorleiter. Und wenn der sagt, du kannst das, dann wird das auch stimmen.«

»Außerdem«, sagte Lili streng, »ohne eine Alt-Stimme müssten wir alle auf das Weihnachtskonzert verzichten.« Ruth nickte nachdenklich, natürlich wollte sie ihre Freundinnen auf keinen Fall hängen lassen.

»Nach meinem Eindruck hat Frau Ingenerf genau die richtige Stimmlage. Vielleicht könnte sie notfalls diesen Part übernehmen«, schlug sie vor.

»Aber wir wollen doch mit dir singen. Und Frau Ingenerf hat offensichtlich kein Interesse und dazu ziemliche Probleme mit ihrem Ehemann«, merkte Frau Nivea an, die nie verheiratet gewesen war, was vermutlich der wahre Grund für ihr faltenfreies Gesicht war.

»Die habe ich auch«, gab Ruth kleinlaut zu. »Walter möchte nicht, dass ich weiter mit euch singe.«

»Och«, sagte Ottilie überrascht. »Dat hätt ich nich gedacht, dat dein Mann so einer ist. Wir kommen doch gut miteinander klar. Und eigentlich müsste

117

er doch froh sein, wenn er zwischendurch mal ein bisschen Ruhe hat.«

Ruth lächelte. Ottilie Oymann kam mit jedem klar. Sie hatte ein sonniges Gemüt und nahm alles leicht. Anders als Lili Heinemann, die bei Ruths Ankündigung sofort eine kämpferische Miene aufgesetzt hatte.

»Also, ich denke, wir müssen den guten Walter mal ein wenig umwerben, damit er versteht, dass du hier in bester Gesellschaft bist, liebe Ruth. Was ist denn seine große Leidenschaft?«, fragte Ottilie fröhlich.

»Vögel!«

»Was?«, fragte Ottilie ungläubig.

»Na, Wildgänse, Kormorane, Tauben, Eichelhäher, alles, was hierzulande unterwegs ist. Die hat er früher stundenlang mit seinem Fernglas beobachtet.«

»Oje«, seufzte Ottilie. »Also, ich denke, entweder muss Bernd dann mal von Mann zu Mann mit ihm reden, oder ich trinke so lange mit ihm, bis er nachgibt.« Sie lachte.

»Ich fürchte, dass wird nicht reichen«, ging Lili dazwischen. »Du darfst dir das nicht bieten lassen. Wenn du singen willst, meine liebe Ruth, dann singst du auch.«

»Ihr habt leicht reden«, antwortete Ruth. »Ihr wisst ja nicht, was für ein Theater er macht, wenn er sich in etwas reinsteigert. Heute hat Sara ihn sich mittendrin geschnappt und ist mit ihm zum Essen gefahren. Aber das geht natürlich nicht jedes Mal.«

»Dann müssen wir uns etwas einfallen lassen«, beschloss Lili grimmig, und Ruth zuckte unwillkürlich zusammen. »Keine Sorge. Wir müssen ihn ja nicht gleich um die Ecke bringen«, sagte sie und zwinkerte ihr zu. »Aber vielleicht braucht er eine besondere Therapie. Ich habe schon den Eindruck, dass Walter verändert wirkt in letzter Zeit, du nicht?« Während sie das sagte, ging Lili zu ihrer Handtasche und zog einen zusammengefalteten Zeitungsartikel heraus, den sie Ruth in die Hand drückte. »Schau mal, hier sind Demenzsymptome aufgeführt. Vielleicht wäre es gut, wenn er mal gründlich untersucht würde.«

Ruth warf einen verblüfften Blick auf den Zeitungsartikel. »Aber er ist doch gar nicht …«, wollte sie gerade erwidern, doch Lili unterbrach sie scheinheilig: »Menschen in diesem Zustand sollten sich nicht aufregen. Sei einfach nett zu ihm und versuche, nicht zu streiten.«

»Das ist immer die beste Methode«, pflichtete Ottilie ihr bei, der es wohl unangenehm war, dass Lili etwas im Schilde führte.

Sie tranken noch einen letzten Schluck aus Ottilies Milchflasche, dann gingen sie auseinander. Ruth hatte den Zeitungsartikel eingesteckt und beeilte sich, nach oben zu kommen.

»Wo warst du?«, empfing Walter sie misstrauisch, als sie die Tür aufschloss. Ruth überlegte nur kurz.

»Heute ist Freitag. Da muss ich immer ins Seniorenbüro und die Einkaufsliste abgeben. Samstags wird doch eingekauft.« Sie schaute sich im Apartment um. »Wo ist Sara?«

»Schon weg. Sie geht heute Abend noch zu einer Geburtstagsfeier.«

»Ach richtig, heute hat Alexa Geburtstag«, sagte Ruth mehr zu sich selbst. Alexa war eine langjährige Freundin von Sara, die sie häufig am Niederrhein besucht hatte. Ruth hatte sie einige Male bekocht und sich über Alexas gesunden Appetit gefreut. Ihr Lieblingsgericht war der niederrheinische Jägerkohl à la Ruth van Rennings. Vielleicht sollte sie Sara anrufen und ihr das Rezept diktieren, überlegte sie, dann könnte sie es heute Abend handschriftlich als Präsent überreichen.

»Möchtest du dein Abendbrot zu den Nachrichten?«, fragte sie Walter und kannte seine Antwort schon, bevor er nickte. Eine Schnitte Rosinenbrot mit Margarine und Blutwurst und darauf ein dünn geschnittenes Vollkornbrot aus der Dorfbäckerei Theussen, großzügig mit Rübenkraut bestrichen. Jeden Morgen und jeden Abend das Gleiche, schon Walters Vater hatte sich diese Kombination von Ruth ans Bett bringen lassen. Ruth ging zum Kühlschrank, für einen Moment ruhte ihr Blick auf dem extrascharfen Senf. Dann griff sie zur Margarine.

Sie kochte eine Kanne Kamillentee und setzte sich zu Walter. Sein Kiefer knackte beim Kauen, auch das ging ihr auf die Nerven. Fünfundsechzig Jahre Ehe waren vielleicht doch kein Grund zum Feiern.

… ODER FÜR IMMER SCHWEIGEN

April 1952

Der Polterabend war ein ausgelassenes Fest. Die Luft war nach dem warmen Frühlingstag noch lau. Über einer Feuerstelle brutzelte ein Spanferkel, das in regelmäßigen Abständen mit Bier beträufelt wurde, dabei zischten die Flammen auf und wurden von den Männern mit noch mehr Bier gelöscht. Ruth und Hanna tanzten fröhlich mit den Nachbarinnen, die gekommen waren, um das Porzellan zerspringen zu lassen. Ruth suchte Walter in dem Pulk von Menschen, doch sie entdeckte ihn nicht. Sie hätte sich gerne noch einmal seiner versichert, denn ein bisschen aufgeregt war sie schon. Morgen sollte ihr großer Tag sein, der schönste ihres Lebens. Sie, Ruth Maaßen, würde Walter van Rennings heiraten. Sie musste sich zusammenreißen, um zur kirchlichen Trauung frisch zu sein. Aber es war schwer, sich gegen die trinkfreudige Nachbarschaft zu wehren.

Kaum hatte sie ein Glas geleert, drückte man ihr freudestrahlend ein neues in die Hand.

Als es langsam dunkel wurde, raunte Hanna ihr zu: »Jetzt wollen wir mal sehen, wie viel Tradition diese Familie erträgt.« Sie nahm einige Nachbarinnen beiseite, flüsterte ihnen etwas zu, dann stürmte die versammelte Weiblichkeit mittleren Alters auf Walter zu und brachte ihn unter Gelächter zu Fall. Ruth sah mit einer Mischung aus Belustigung und Entsetzen, was da vor sich ging. In Xanten praktizierte man solche Polterabendbräuche nicht mehr. Sie schaute zu ihrer Mutter, deren Gesicht Verlegenheit und diebische Freude widerspiegelte. Hanna war mittendrin, sie lachte ihr helles Lachen, von Walter vernahm man keinen Laut. Die Männer standen inzwischen feixend im Halbkreis um den Pulk herum. Eine voluminöse Nachbarin versuchte gerade, Walter die Hose vom Gesäß zu zerren. Sie hatte offenbar eine Stoffschicht zu viel erwischt und johlte: »Oh, là, là, Ruth, da kannst du dich aber freuen.«

Die anderen Frauen lachten wenig damenhaft, während die Männer Walter aus den Fängen der dicken Nachbarin befreiten und ihn an die Theke begleiteten, die Familie van Rennlings im Innenhof aufgebaut hatte. Die Damenmeute, von Hanna angeführt, kam nun zu Ruth, die unwillkürlich ihren Rock festhielt. Aber die üppige Nachbarin mit dem etwas derben Charme umarmte Ruth herzlich und lachte rau. Sie hielt triumphierend ihre Trophäe in die Luft. »Damit ist wohl klar, wer hier im Haus künftig die Hosen anhat«, verkündete Hanna, band Ruth die Hose um die Hüften, und die Frauen klatschten. Sie umringten sie und drängten sie ans andere Ende der Theke, um mit einem klaren Schnaps auf die geklärten Herrschaftsverhältnisse anzustoßen.

Aus den Augenwinkeln sah Ruth, wie Hansi Hanna unwirsch an der Hand nahm und hinter sich herzog. Sie kam nicht dazu, sich um ihre künftige Schwägerin zu kümmern, denn die Nachbarinnen hatten sich weitere Spiele für das Brautpaar ausgedacht, unter anderem eines, bei dem Ruth und Walter, dem man inzwischen eine neue Hose organisiert hatte, mit verbundenen Augen tanzen sollten.

Als Ruth für einen Moment am Rand des Geschehens verschnaufte, kam Maria van Rennings auf sie zu. »Weißt du, wo Hanna ist?«, fragte sie. Und noch ehe Ruth antworten konnte, sagte sie gepresst: »Meine Liebe, hüte dich vor einem van Rennings. Sie machen ihre Ehefrauen nicht glücklich.« Damit ließ sie Ruth stehen, die völlig verdattert zurückblieb.

»Auf die Braut«, riefen die Nachbarinnen im nächsten Moment und zogen Ruth zurück auf die Tanzfläche. Benommen fragte sie sich, ob das gerade wirklich passiert war. Vielleicht hatte sie sich verhört bei all der Musik und den lärmenden Menschen. Vor allem die Kinder machten sich einen Spaß daraus, das noch nicht ganz zerschlagene Porzellan immer wieder heftig auf den Betonboden krachen zu lassen.

Erst nach Mitternacht wurden Ruth und ihre Mutter nach Hause gebracht. Die Tatsache, dass sie angetrunken war, führte vermutlich dazu, dass sie das merkwürdige Gespräch mit Maria van Rennings verdrängte, und so schlief Ruth tief und fest vor ihrem großen Tag.

Die Hochzeitszeremonie fand in der katholischen Nikolauskirche zu Veen statt. Da die Familie van Rennings sich im Reiterverein engagierte, standen Reiter vor der Kirche Spalier, mit fein geschmückten Pferden, deren Schweif und Mähne zu Zöpfen geflochten waren. Dahinter wartete eine weiße Kutsche mit einem kräftigen Friesen im Geschirr, um das Brautpaar in die nahe gelegene Gaststätte *Zur deutschen Flotte* zu bringen, in deren Obergeschoss sich ein Tanzsaal befand. Erst hier hatte Ruth Gelegenheit, wieder mit Hanna zu sprechen. Zuvor in der Kirche war sie zu aufgeregt gewesen, zu konzentriert auf die Zeremonie. Hanna hatte ihr Gesicht unter einem Hutschleier verborgen. Als Ruth näher kam, erkannte sie, dass Hannas Gesicht verquollen aussah.

»Hanna!«, sagte sie erschrocken. »Ist alles in Ordnung?«

Hanna drehte den Kopf zur Seite. »Wir haben beide zu viel getrunken. Hansi und ich.« Sie legte ihre Hand an Ruths Wange. »Vergiss es. Heute ist dein großer Tag. Lass uns nicht mehr darüber reden.« Dann ging sie schnell fort und stellte sich zu einem Grüppchen Nachbarn. Ruth fiel die seltsame Bemerkung ihrer Schwiegermutter wieder ein. Als sie sich umwandte, trafen sich ihre Blicke. Maria van Rennings hatte sie beobachtet. Mit einer vorsichtigen Kopfbewegung bedeutete sie Ruth, sie möge sich an die Seite ihres Mannes stellen. Und Ruth gehorchte.

Am Abend stand Ruth am Schlafzimmerfenster, starrte hinaus und wartete auf Walter. Der Gedanke an die Hochzeitsnacht machte sie nervös, und sie bereute es, Hanna nicht ausführlich dazu befragt zu haben. Doch als Walter schließlich nach oben kam und sich zu ihr ins Bett legte, zeigte er keinerlei Interesse an ihr. Er wünschte eine gute Nacht, drehte sich um und schlief ein. Ruth blieb wach neben ihm liegen und fragte sich, ob sie etwas falsch gemacht hatte. Doch dann beruhigte sie sich, es war für sie beide ein anstrengender Tag gewesen.

In den folgenden Nächten erging es ihr jedoch ebenso. Walter sagte »Schlaf gut«, drehte sich um und begann leise zu schnarchen.

Erst nach einer Woche vertraute Ruth sich Hanna an. »Ach, das wird schon«, sagte Hanna ausweichend, und Ruth spürte, dass sie ihr etwas verheimlichte.

»Sei ehrlich zu mir«, forderte sie ihre Schwägerin auf.

»Hansi hat mir erzählt, dass es wohl schon vor dir eine Frau in Walters Leben gab, die durfte er aber nicht heiraten. Sie hieß Eva-Marie. Mehr weiß ich auch nicht. Hansi will nicht darüber reden. Also stell besser keine Fragen und warte ab. Walter wird sie schon vergessen.«

Die Nachricht erschütterte Ruth. Hatte Maria van Rennings sie beim Polterabend davor gewarnt, dass die van Rennings-Männer ihre Ehefrauen nicht glücklich machten, weil sie noch andere Frauen nebenher hatten? Sie fühlte sich getäuscht und betrogen, und obwohl Hanna sie darum gebeten hatte, es nicht zu tun, nahm sie sich vor, Walter darauf anzusprechen.

»Wer ist Eva-Marie?«, fragte sie also geradeheraus, als Walter an diesem Abend ins Schlafzimmer kam. Er zuckte zusammen, als hätte er einen Schlag bekommen. Schnell schloss er die Zimmertür und setzte sich wie benommen zu Ruth auf die Bettkante.

»Ich schwöre, dass ich sie nicht mehr gesehen habe, seit ..., seit wir verheiratet sind«, sagte Walter und spähte dabei immer wieder ängstlich zur Tür.

»Also ist es wahr«, flüsterte Ruth. »Du liebst eine andere Frau?«

»Nein, das ist es nicht«, sagte Walter leise. »Vater sagt, ich sei ihr hörig.«

Ruth rang mit sich und ihren Gefühlen. »Erzähl mir von ihr«, bat sie, doch Walter schüttelte den Kopf.

»Ich möchte aber wissen, woran ich bin«, verlangte Ruth und hob die Stimme. Walter legte seinen Finger an die Lippen. Erneut blickte er zur Tür. »Schon gut«, sagte er beschwichtigend und begann von Eva-Marie zu erzählen. Zunächst einsilbig und knapp, doch Ruth ließ nicht locker. Wenn Walter nicht antworten wollte, drohte sie, laut zu werden, und sofort knickte er ein. Immer wieder fragte Ruth nach, wollte es noch genauer wissen, bis sie sich ein zusammenhängendes Bild von Eva-Marie und ihrer Beziehung zu Walter machen konnte.

Eva-Marie lebte demnach auf der Bönninghardt, wie die Familie van Rennings. Ihr Apartment war klein, es bestand nur aus zwei winzigen Zimmern, in dem einen waren Bett, Sofa, Tisch und Radioapparat untergebracht, das andere hatte ein großes Außenfenster, weshalb sie es zu einem Büdchen umfunktioniert hatte, in dem die Leute nach Feierabend Bier kauften oder morgens die Zeitung. Die Bönninghardter redeten schlecht über Eva-Marie. Sie kam aus Duisburg und war geschieden. Manche behaupteten, ihr Gatte sei ein Ami, der sie einfach so habe sitzen lassen, den gemeinsamen Sohn habe er mitgenommen. Andere waren in ihren Spekulationen noch gehässiger. Einige Frauen des Dorfes mieden den kleinen Kiosk nicht nur, sie verboten ihren Männern sogar, auch nur in die Nähe zu kommen. Die Kioskbesitzerin habe niemals einen Mann gehabt, sagten sie hinter vorgehaltener Hand, sie habe ein Kind geboren, das von einem Freier stamme. Den Säugling habe sie im Straßengraben elendig verenden lassen. Sie sei an den Niederrhein geflohen, um ihre Spuren zu verwischen. Eva-Maries kleine Verkaufsbude reiche nie und nimmer aus, um Miete und Essen zu erwirtschaften. Sie müsse noch eine ganz besondere Ware feilbieten, hetzten die Frauen der Bönninghardter Gesellschaft, sonst könne sie sich das teure Zeug, mit dem sie täglich ihr Gesicht schminkte, nie und nimmer leisten.

In Walters Augen war die Kioskbesitzerin eine Schönheit. Blond mit wilden lockigen Haaren, große wasserblaue Augen, volle rote Lippen. Auf dem Rückweg von der Maschinenfabrik Hüsken kaufte er bei ihr sein Feierabendbier. Walter trank immer nur ein Glas, kaufte also nur eine halbe Flasche Bier, was ihm reichte. Die andere Hälfte trank Eva-Marie. »Na, Jungchen, wie war die Arbeit heute?«, fragte sie dabei jeden Tag aufs Neue.

Eines Tages, und Walter wusste angeblich bis heute nicht, warum, versicherte er Ruth, seien sie sich näher gekommen als üblich, und auf einmal habe er ihren unwiderstehlichen Geruch wahrgenommen.

Süßlich und herb. Und dann habe sie ihn mit ins Bett genommen. Walter schaffte es in den folgenden Tagen nur mühsam, sich während seiner Arbeitszeit in der Maschinenfabrik Hüsken zu konzentrieren. Normalerweise war er hundertprozentig korrekt. Walter war zuständig für das Personal, er kontrollierte die Stechuhr und füllte die Lohntüten mit unbestechlicher Akribie. Aber zu jener Zeit erwischte man ihn oft, wie er vor sich hinstarrte, immer wieder auf die Uhr blickte und unaufmerksam war. Die Kollegen feixten und lästerten, er sei bis über beide Ohren verliebt. Als er es sich eingestanden hatte, lief er zu Eva-Marie und verkündete euphorisch: »Ich werde dich heiraten!«

»Ach, Jungchen«, gab Eva-Marie trocken zurück. »Du darfst so etwas nie wieder sagen. Nie wieder, hörst du.«

Doch Walter ließ sich nicht aufhalten und berichtete noch am selben Abend seiner Familie von seinem Vorhaben. Sein Vater brüllte schon, bevor Walter seine Ankündigung in Gänze ausgesprochen hatte. Familie van Rennings war längst über die Liebelei des Sohnes informiert, die Klatschweiber der Bönninghardt zerrissen sich bereits die Mäuler.

Berthold van Rennings hatte Walter gedroht. Womit genau, wollte Walter nicht sagen. Er presste die Lippen zusammen und schüttelte vehement den Kopf, als Ruth ihn danach fragte.

Eine Weile saßen sie nach Walters Beichte schweigend nebeneinander.

»Es tut mir leid«, murmelte er erschöpft und ließ den Kopf hängen. Ruth nahm seine Hände in ihre. Obwohl Walter von einer anderen Frau erzählt hatte, war sie nicht eifersüchtig, sie empfand vielmehr Mitleid. Er hatte sie ja nicht betrogen, all das war vor ihrer Zeit geschehen. Sie war nicht ärgerlich, sondern fühlte sich ihm seltsam verbunden. Es war, als hätte Walter ein Geheimnis mit ihr geteilt. Das Vertrauen, das er ihr mit diesem Geständnis geschenkt hatte, wog schwerer als die Lüge, die bis jetzt über ihrer Ehe gelegen hatte. »Ist schon gut«, sagte sie leise. »Ich verzeihe dir. Wir fangen einfach noch einmal von vorne an.«

Walter sah sie dankbar an. »Ich verspreche dir, dich niemals zu betrügen«, sagte er heiser. »Ich verspreche dir, ein guter Ehemann zu sein.«

Dann küsste er sie.

GIRLS' NIGHT OUT

Unser Sohn hatte Hunger. Sind Pizza essen. Bis später. Kuss, stand auf dem Zettel. Sara hoffte, dass es nur ein Scherz war und Lars ihrem neun Monate alten Kind nicht etwa ein Stück Salami-Pizza in den Mund schieben würde. Dann sah sie in der Küche ein leeres Hipp-Gläschen mit einer Notiz. *Entspann Dich,* stand darauf. Sie grinste. Lars kannte sie ziemlich gut.

Sara zog sich aus und ging unter die Dusche. Als sie sich für die Party zurechtmachte, überlegte sie, wann wohl der geeignete Zeitpunkt wäre, um Lars von dem Cambridge-Angebot zu erzählen. Auch wenn sie in vielem perfekt harmonierten, hatte Sara das Gefühl, dass dieses Stipendium eine Prüfung für ihre Beziehung sein könnte. Ihre Freundin Alexa hatte lange Zeit mit Lars zusammengearbeitet. Sara hoffte, dass sie ihr einen Rat geben könnte.

Ihre Freundin hatte anlässlich ihres achtunddreißigsten Geburtstags zu einer *Girls' Night Out* geladen, eine Art Singkreis für Mittdreißigerinnen, dachte Sara schmunzelnd. Sie kamen langsam in ein Alter, wo man sich einen Spaß daraus machte, nur unter Frauen zu feiern, auch weil die ersten Paare sich bereits wieder getrennt hatten.

Sara blickte auf die Uhr. Halb acht, sie musste los.

Beeindruckender Lärm drang ihr entgegen, als Alexa ihr wenig später die Tür öffnete. Sara hörte lautes Gelächter, Stimmen und Gläserklirren. »Es sind nicht so viele, wie man bei dem Geräuschpegel vermuten könnte«, sagte Alexa. Sara gratulierte ihrer Freundin und folgte ihr in die Wohnung. »Ich soll dich ganz lieb von meiner Oma grüßen«, sagte sie und überreichte ihr ein kleines Präsent. Sie hatte einen Bogen Büttenpapier genommen, das Rezept mit Tinte niedergeschrieben und eingerollt.

»50 Gramm Spitzkohl, 150 Gramm Speck, mhmm«, lachte Alexa, »da werde ich allerdings vorher noch einen Halbmarathon laufen müssen.«

Sie erkundigte sich nach Ruth. »Nach fünfundsechzig Ehejahren hat auch sie Geschmack an Mädelsabenden gefunden«, sagte Sara. »Ich glaube, Burg Winnenthal war das Beste, was ihr passieren konnte.«

Die Gäste standen in kleinen Grüppchen zusammen, fast alle mit einer Sektschale in der Hand, einige rauchten. Die meisten kannte Sara von früheren Festen. Alexa war im gleichen Unternehmen wie Lars Beraterin gewesen und hoch dotiert in New

York, Rio und Tokio unterwegs gewesen. Dieses Leben hatte sie auch noch mit zwei Kindern durchgezogen. Als ihr Ältester in die Schule gekommen war, hatte sie viel Zeit in London verbracht und die Hausaufgaben ihres Kindes per Skype kontrolliert. Dann war sie erneut schwanger geworden und hatte sich entschieden, das Leben auf der Überholspur zu beenden und etwas kürzerzutreten. Inzwischen arbeitete sie halbtags in einer Anwaltskanzlei und kümmerte sich begeistert um ihre drei Jungs. Der jüngste war in Pauls Alter, die beiden würden bald gemeinsam in den Kindergarten gehen. Es sei denn, Sara nähme Paul mit nach England. Sie verdrängte den Gedanken schnell.

»Nimm dir einen Drink«, sagte Alexa und überließ sie sich selbst.

Sara begrüßte Laura, eine Französin, ebenfalls Anwältin, und Pippa, eine Radiomoderatorin, die ihr Singleleben in vollen Zügen genoss. Sara hatte sie immer nur bester Laune erlebt. Ein einziger Mann war anwesend, Maximilian, der von jeher zu Alexas »Mädelstruppe« gehört hatte. Er war dauerunglücklich verliebt, in irgendeinen »wahnsinnig gut aussehenden Scheißkerl«, und als beste Freundin perfekt geeignet, zumal er auch noch Schuhdesigner war. »Wie geht es dir?«, fragte Sara und hoffte auf ein aktuelles Liebesdrama, von dem Maximilian köstlich selbstironisch berichten würde. Sie wurde nicht enttäuscht. »Schlecht«, sagte er theatralisch. »Ich gehe ein vor Sehnsucht.« Er warf die Hand in Richtung Schulter zur Karikatur seiner selbst. »Und dein hübscher Lars? Seid ihr noch ein Paar oder darf ich bald mal mein Glück versuchen?« Er drückte ihr sein Champagnerglas in die Hand. »Hier, du musst schnell etwas trinken! Ich hole mir ein neues. Und dann reden wir.«

Unterdessen kam Alexa zurück, eine etwa vierzig Jahre alte Frau im Arm, die Sara nicht kannte. »Sara, das ist Vidhya, meine Schwägerin. Sie ist mit meinem Bruder gerade erst von Mumbai hierhergezogen. Ich fürchte, es ist immer noch ein ziemlicher Schock für sie, sie ist nämlich in einem kleinen Kaff in der Nähe deiner Großeltern gelandet: in Rheinberg.«

Sara gab Vidhya die Hand zur Begrüßung und mochte sie auf Anhieb. Sie hatte eine fantastische Ausstrahlung, ihr Blick war wach und selbstbewusst. »Oh du comest from there? It's fun. I like it«, kauderwelschte sie fröhlich drauflos. Sie einigten sich schnell darauf, vornehmlich englisch zu sprechen, aber Vidhya bestand darauf, so viele deutsche Worte wie möglich unterzubringen. »Ich muss lernen«, sagte sie. »Schneller.« Sara war beeindruckt. Vidhya war erst seit neun Wochen in Deutschland und verstand schon ziemlich viel. Sie stammte aus einer sehr wohlhabenden Familie in Mumbai und hatte dort als Vice President von MTV India gearbeitet. Mit Alexas

Bruder Michael hatte sie eine Tochter, die vier Jahre alt war. Michael war von einer britischen Bank nach Indien geschickt worden, auch er hatte dort einen guten Job gehabt, doch beide hatten entschieden, dass sie ihr Kind lieber in Europa großziehen wollten. »Meine Mutter war schockiert, weil man hier kein Personal hat«, erklärte sie lachend. Kein Personal war für indische Mütter der Upperclass offenbar gleichbedeutend mit *unter der Brücke schlafen.* »Sie findet es schrecklich, dass ich nicht arbeite, sondern mich um unser Kind kümmere. Das sind für sie niedere Dienste. Frauen, die wie ich eine gute Ausbildung haben, müssen arbeiten.«

»Für mich ist Indien das Land, in dem Witwen verbrannt werden und Mädchen vergewaltigt, wenn man sie nicht versteckt. Wie passt das zusammen mit dieser Gleichberechtigung in der Arbeitswelt?«, fragte Pippa, die sich zu ihnen gesellt hatte, verwundert.

Vidhya zuckte mit den Schultern. »In Indien treffen sehr verschiedene Welten aufeinander. Im reichen Indien hast du Personal für alle Lebensbelange, und als gut ausgebildete Frau erziehst du deine Kinder nicht selbst.«

»Und wenn du als deutsche Frau arbeiten willst, musst du dich als Rabenmutter beschimpfen lassen. Das gibt's nirgendwo sonst auf der Welt. In Frankreich bringt man sein Kind mit drei Monaten in eine Kinderkrippe, die bis abends geöffnet hat, nicht wahr, Laura? So macht man das, wenn man weibliche Führungskräfte haben will«, sagte Alexa, die einige Male daran gescheitert war, eine zuverlässige Betreuung zu finden. Ein Los, das sie mit Sara teilte, wenngleich Alexas Geschichten nicht zu überbieten waren. Ihre erste Kinderfrau war zwar sehr liebenswert gewesen, allerdings nicht krisenfest. Eines Tages war Alexa von der Arbeit nach Hause gekommen und hatte einen Leiterwagen der Feuerwehr vor der Tür stehen sehen. Halb von Sinnen vor Angst rannte sie in die Wohnung und sah ihren knapp einjährigen Sohn an der Lampe baumeln, unter ihm lag ein Bolzenschneider von ungeheurem Ausmaß. Das Kind steckte in einem ringförmigen Lampenschirm fest, der sein Köpfchen umgab wie ein zu heiß gewaschener Heiligenschein. Die ältere Dame hatte mit Alexas Sohn gespielt und ihn mit Schwung in die Luft geworfen, dabei war er unglücklich in der Lampe stecken geblieben. Statt das Kind zu befreien, hatte die Frau es dort baumeln lassen und war panisch zum Auto gerannt, wo sie ihr Handy vermutete. Als dann auch noch die Haustür zufiel, hatte eine Nachbarin die Feuerwehr rufen müssen. Der Kleine war mit einem Schrecken davongekommen, und Alexa hatte sich nach einer neuen Tagesmutter umgesehen. »Mit einer vernünftigen staatlichen Betreuung wäre uns so manches Leid erspart geblieben«, seufzte sie.

Doch Laura reagierte anders als erwartet. »Ich habe euch immer beneidet, ihr könnt hier wählen, ob ihr eine halbe, eine Dreiviertel- oder Siebenachtelstelle wollt. In Frankreich sind die weiblichen Führungskräfte mit vierzig in der Burn-out-Klinik. Du hast nichts von deinen Kindern. Sie werden vom Staat erzogen, während du arbeitest. Die Frauen holen ihre Kinder abends ab, zack zack Essen, zack zack Badewanne und ab ins Bett. Und wenn du versuchst, ihnen noch etwas vorzulesen, schläfst du mit ein. Das ist nicht gerade das, was man unter *savoir vivre* versteht.«

Auch eine Sichtweise, dachte Sara, eine, die ihr noch nicht in den Sinn gekommen war. In Sachen Kinderbetreuung war auch ihr Frankreich immer wie das Gelobte Land erschienen.

Sie ging zu der kleinen Bar, die Alexa im Wohnzimmer aufgebaut hatte, und goss sich Champagner nach. Sie hatte noch nichts gegessen und merkte, wie der Alkohol ihr zu Kopf stieg. In diesem Moment klingelte es. »Ah, da ist das Sushi«, rief Alexa und riss die Tür auf. Zwei Männer brachten mehrere Tabletts mit Sashimi, Nigiri und California Rolls herein, stellten die mit Ingwer und Wasabi hübsch drapierten Platten auf den gedeckten Tisch und verschwanden fast geräuschlos binnen weniger Minuten wieder.

»So, Ladies … and Gentleman, jetzt stärken wir uns erst mal, und dann gehen wir zu Cocktails über.

Ihr wisst, dass ich um Mitternacht Geburtstag habe, und ich habe nicht vor, den nüchtern zu begehen. Meine Familie ist bis morgen Nachmittag in der Eifel, ihr könnt also völlig hemmungslos sein. Auf einen schönen Abend.« Sie hielt ihr Champagnerglas in die Höhe und leerte es dann in einem Zug.

Sara nahm neben Maximilian Platz. Insgesamt waren sie zu elft, neben Alexa, Vidhya, Laura, Pippa und Maximilian noch die Galeristin Mia, Alexas Kolleginnen Julia und Sandra, ihre Yogalehrerin Christiane und ihre Tennispartnerin Ann-Katrin. Mit Letzterer hatte Sara einige Male Tennis gespielt, bis Ann-Katrin die Lust vergangen war. Sara war ihr einfach zu schlecht gewesen, und sie machte daraus keinen Hehl. Sie war von brachialer Offenheit, was so gar nicht zu ihrem Beruf passte. Ann-Katrin war Mediatorin bei Gericht und musste dabei täglich ganz besonderes diplomatisches Geschick aufbringen. Im Privatleben konnte davon keine Rede sein, sie klatschte und tratschte für ihr Leben gern und nahm alles und jeden aufs Korn, und zwar, das machte sie sympathisch, am liebsten, wenn derjenige anwesend war und sich angemessen wehren konnte.

Sie aßen und tranken vergnügt und wurden zunehmend ausgelassener. Ann-Katrin erzählte von einem Steuerberater, der von seiner Frau betrogen wurde. Sie hatte eine Affäre mit einem sehr jungen

Golflehrer, und jeder im Klub wusste davon, bis auf den armen Tor, der jeden Samstag den Geliebten seiner Ehefrau mit einem fröhlichen Winken begrüßte.

»So etwas würde ich nie machen«, entrüstete sich Alexa.

»Was?«, fragte Maximilian.

»Fremdgehen!« Sie schob sich eine weitere California Roll in den Mund, bis sie bemerkte, dass zehn Augenpaare sie erwartungsvoll anstarrten und auf eine Begründung warteten.

»Na, das ist doch total unhygienisch«, sagte Alexa kauend, woraufhin Pippa vor Lachen fast zusammenbrach.

»Oh mein Gott, Alexa, das ist die beste Begründung für Treue, die ich je gehört habe.«

»Mein Sex ist immer unhygienisch«, merkte Maximilian stolz an. Doch alle ignorierten seine Worte, was ihn zu einem beleidigten Augenrollen veranlasste. Sara hatte längst beschlossen, es Alexa gleichzutun und ordentlich zu trinken, wobei Maximilian ihr mit größtem Vergnügen assistierte und ihr bereitwillig einen Gin Tonic nach dem anderen mixte.

»Was ist denn nun eigentlich mit deinem Typ?«, fragte sie ihn. »Ach, der übliche Quatsch. Ich habe mich natürlich mal wieder voll verliebt, aber Fernando will keine Beziehung.«

»Fernando? Von dem habe ich ja noch nie gehört.«

»Hach, Fernando! Sein Body ist …«

»Maxi, keine Details«, bremste Sara ihn schnell. Maximilian wurde gerne explizit. Er hatte bei ihrem letzten Treffen ausgiebig von Orgien in Kölner Hinterzimmern erzählt, in unmittelbarer Nähe zum Kölner Dom. »Da wären fast die Heiligen Drei Könige entjungfert worden, so hat es da gerumst«, hatte er seine Schilderung beendet; seitdem war Sara gewarnt.

»Ich will nur wissen, wie es auseinandergegangen ist«, sagte sie.

»Der wollte nur meinen Körper, aber ich habe ihn geliebt.« Maximilian zog das »ie« in die Länge und tupfte sich imaginäre Tränen ab. »Und wie geht es dir?«, fragte er. Alexa war inzwischen zu ihnen herangerückt. Sara erzählte den beiden von Cambridge. »Ich würde es wirklich wahnsinnig gerne machen«, schloss sie. »Aber Paul ist halt noch sehr klein.«

»Umso besser«, sagte Alexa sofort. »In dem Alter ist das doch noch gar kein Problem. Wenn es in England eines gibt, dann gute Nannys. Da kann ich dir sogar noch jemanden empfehlen, wenn du willst.«

»Höre ich da was von England?«, mischte sich nun die Galeristin Mia ein. »Das musst du machen! London ist die beste Stadt der Welt«, seufzte sie sehnsüchtig.

Maximilian ignorierte Mia. »Darf ich hier mal eine Lanze für die Männer brechen? Was sagt denn Lars dazu?« Sara sah ihn schuldbewusst an. »Ich bin noch nicht dazu gekommen, mit ihm darüber zu reden.«

»Wie gut, wenn man für sein Lebensglück ganz allein verantwortlich ist«, grinste Pippa.

»Dann wird es aber Zeit«, sagte Alexa. »Ganz ehrlich. Beim Thema Kind und Karriere kann ich dir helfen. Mann und Karriere ist ein ganz anderes Kapitel.«

»Aber du kennst doch Lars«, wandte Sara ein. »Er ist nun wirklich nicht der Macho-Typ, der ein Heimchen am Herd will.«

Alexa lächelte gequält. »Das war Hannes auch nie. Aber wenn es an seine Lebensqualität geht, hört sich das alles plötzlich ganz anders an. Mein Mann findet nämlich mittlerweile, der Stress mit der Doppelbelastung und dem Organisationsaufwand stehe in keinem Verhältnis zu dem mauen Verdienst. Was ich mit der halben Stelle verdiene, entspräche so ziemlich unserem Steuervorteil, wenn ich gar nicht arbeitete. Und dann hätte ich ja mehr Zeit für die Jungs und wir weniger Betreuungskosten. Also versuche ich den Stress vor ihm zu verheimlichen, was alles nur noch schlimmer macht. Und dann kriege erst ich die Krise und dann er.«

»Aber warum hörst du denn nicht auf zu arbeiten? Man kann sich doch den lieben langen Tag mit schönen Dingen beschäftigen. Also ich würde mich sofort von einem tollen Mann aushalten lassen«, rief Maximilian.

Alexa lachte auf und zwinkerte ihm zu. »Jeder hat eben seinen eigenen Weg zum Glück.« Sie stand auf, drehte die Musik lauter und begann im Wohnzimmer zu tanzen, die anderen folgten ihr. Maximilian, Sara und Pippa blieben zurück.

»Seht euch an. Ihr seid alle so selbstständig, unabhängig, verdient euer eigenes Geld, und Dinge reparieren könnt ihr auch noch. Ihr braucht uns Männer gar nicht mehr, und das macht uns Angst.« Maximilian verschluckte inzwischen so manche Silbe.

»Seit wann verstehst du denn etwas von Männern, Maxi? Emanzipation ist nun wirklich nicht dein Thema. Und in diesem Zustand schon gar nicht«, neckte Sara ihn.

»Das gilt für uns alle. Es ist zu spät für ernste Themen«, beschloss Pippa und marschierte ebenfalls auf die Tanzfläche.

Wenig später zauberte jemand noch einen Joint hervor, und danach hatten Sara und die Gastgeberin ihr erklärtes Ziel erreicht: absolute Unzurechnungsfähigkeit. Sie lachten, bis ihnen die Bäuche wehtaten, und sie fühlten sich wie damals im Dschungel von Belize, wohin sie zu Beginn ihrer Freundschaft gereist waren. Durch einen Zufall waren sie an einen Rastafari namens David geraten, hatten in seiner Blockhütte übernachtet, mit ihm täglich Gras geraucht und einen Lachflash nach dem anderen bekommen. Danach hatte Sara sich geschworen, das

Zeug nie mehr anzurühren, aber heute, fand sie, war ein guter Abend, um diesen Schwur zu brechen.

Kurz nach Mitternacht, die Gastgeberin war wenige Minuten vor ihrem Geburtstag eingeschlafen, verließ Sara die Wohnung in Begleitung von Maximilian. Sie stützten sich gegenseitig und torkelten vergnügt die Straße entlang.

»Schschsch«, ermahnte sie Maximilian, als sie in ihrer Tasche umständlich nach ihrem Hausschlüssel kramte, bis sie endlich aufgab und den gesamten Inhalt auf den Gehweg kippte.

»Es nützt nichts, sich zu verstecken«, ermahnte sie den Schlüssel, woraufhin Maximilian erneut losprustete. Auch Sara bog sich vor Lachen. »Hör auf«, flehte sie. »Ich kann nicht mehr. Du musst gehen.« Sie versuchte, ihm einen Abschiedskuss auf die Wange zu drücken, doch sie waren beide nicht mehr standfest, sodass ihre stürmische Umarmung Maximilian umwarf und er sie mit zu Boden riss. Lachend rollte sie sich von ihm herunter und sah in diesem Augenblick Lars am Küchenfenster stehen.

»Scheiße«, entfuhr es ihr. Sie zeigte mit dem ausgestreckten Arm auf das erleuchtete Fenster.

»Du mussim erklärn, dass's nich iss, vonaches aussit«, hauchte Maximilian.

»Ich fürchte, es ist genau das, wonach es aussieht. Wir sind völlig betrunken«, sagte Sara. Dann kroch sie auf den Hauseingang zu, wo Lars sie in Empfang nahm.

»Dich kann man keine fünf Minuten allein lassen«, sagte er, hob sie kurzerhand hoch und trug sie über die Schwelle.

»Ssssubertyp«, hörte sie Maximilian in ihrem Rücken. »Isss nehm den, wenn du wechgehs.«

WER WIND SÄT ...

»Aufwachen!« Walter rüttelte Ruth an der Schulter. »Können wir endlich etwas essen? Ich habe Hunger.« Sie brauchte einen Moment, um zu sich zu kommen. Er hatte sie aus einem schönen Traum gerissen, in dem sie sich im Sommer auf der Bislicher Insel gesehen hatte. Benommen schaute sie auf die Uhr.

»Walter, es ist erst sechs. Lass mich bitte noch ein bisschen drömmeln.«

Während Walter morgens bereits mit dem ersten Sonnenstrahl aus dem Bett sprang, hatte Ruth abends noch jede Menge Energie. Auch gestern hatte sie noch lange wach gelegen, als Walter schon längst schlief. Sie hatte den Zeitungsartikel gelesen, den ihr Lili Heinemann zugesteckt hatte. Würde sie so weit gehen? Sie sah Walter an. »Komm, steh auf! Die Vögel singen schon«, bettelte er. Irgendwie rührte er sie, Walter war mitunter wie ein Kind. Sie hatten nur wenige Gemeinsamkeiten, aber die Liebe zur Natur hatte sie immer verbunden. Oft hatte er sie morgens in aller Herrgottsfrühe geweckt, und sie waren hinausgegangen, um den Stimmen der Vögel zu lauschen. Walter erkannte das helle Trillern der Blaumeise, das deutlich tiefere Trällern der Kohlmeise, den Alarmton des Buntspechts und natürlich die Pfiffe des Dompfaffs. Viele Vogelstimmen konnte er beeindruckend gut imitieren. Manches Mal, wenn sie im Garten gesessen hatte, war Ruth sich sicher gewesen, dass Walter mit Zeisig, Meise oder Gimpel besser kommunizieren konnte als mit den Menschen. Als Klaus noch ein kleiner Junge war, waren sie häufig zur Bislicher Insel gefahren, wie Ruth es aus ihren Kindertagen kannte. Sie hatten im Gras gesessen, und Walter hatte seinem Sohn das Pfeifen beigebracht. Er war in der Lage, auf Grashalmen Töne zu erzeugen, als wären sie Flöten. Manchmal hatte Ruth dazu gesungen.

Vielleicht könnte sie ihn von dem Weihnachtskonzert doch noch überzeugen, überlegte sie. Vielleicht musste sie ihn einfach nur ins Boot holen.

»Lass uns raus auf den Balkon gehen und den Vögeln zuhören«, schlug sie daher vor und schob die Bettdecke zur Seite. Es war April, sie fühlte den Wetterumschwung deutlich in den Gliedern. Sie biss die Zähne zusammen, rappelte sich auf, ging ins Bad und holte ihren Morgenmantel.

»Du hast mir keine Sachen rausgelegt«, bemerkte Walter, als sie zurückkam. »Ich kann mich nicht anziehen.«

Ruth seufzte und versuchte ihren Ärger hinunterzuschlucken. Sie war selbst schuld. Sie hatte von ihrer Schwiegermutter ein unselbstständiges Kind übernommen und diesen Zustand aus eigener Kraft nie geändert. Ihn sogar verschlimmert, wenn sie ehrlich war. Je länger sie verheiratet waren, desto mehr hatte sie ihm jegliche Alltagsaufgaben abgenommen, bis er schließlich bei den raren Restaurantbesuchen »Ruth, was kann ich denn hier essen?« gefragt hatte, statt selbst zu entscheiden. Aber dies war nicht der Moment, um zu streiten. Mach es wie Ottilie, ermahnte sie sich. Einfach lächeln und das Leben nicht zu ernst nehmen. Sie suchte die Kleidung für Walter heraus und ließ ihn damit allein.

Als er angezogen war, hatte sie bereits den Tisch auf dem Balkon gedeckt. »Hörst du das Pfeifen? Was ist das für ein Vogel?«, fragte sie ihren Mann aufmunternd. Walter horchte einen Moment, schien sich zu konzentrieren und gab dann auf. »Hier zu viel Krach. Alle machen zu viel Lärm. Auf der Bönninghardt war mehr Ruhe.« Ruth schwieg. »Ich bin mit Sara an unserem Haus vorbeigefahren«, fuhr er mit tonloser Stimme fort. »Ich möchte, dass wir dorthin zurückkehren. Wir gehören hier nicht hin. Ich möchte den Sommer in unserer Kate verbringen.«

Walters Wunsch traf Ruth völlig unerwartet. Ihr blieb die Luft weg. Als sie sich wieder gefasst hatte, versuchte sie es mit Vernunft. »Wir können dort nicht mehr alleine wohnen. Darf ich dich daran erinnern, dass du nicht mehr duschen konntest und deshalb gestunken hast wie ein Otter? Und dass ich im Bad so schwer gestürzt bin, dass ich immer noch Schmerzen habe?«

»Wir haben unten im Haus doch noch ein Zimmer frei. Das könnten wir an eine Polin vermieten, die uns pflegt. So hatten wir es einmal festgelegt. Darf ich dich daran erinnern?«

Ruth wurde schlecht. Sie wollte unter gar keinen Umständen weg von hier. Es hatte in ihrem Erwachsenenleben wenige Phasen gegeben, in denen sie sich so geborgen und geschätzt gefühlt hatte wie auf Burg Winnenthal. Hier gab es Menschen, die sie mochte und die ihr Aufmerksamkeit schenkten, Pflegepersonal, das sich liebevoll um sie kümmerte, und es gab den Singkreis. Auf der Bönninghardt hatte sie jeden Tag kochen müssen, was mit zunehmendem Alter immer mühseliger und vor allem zeitaufwendiger geworden war. Hier gab es jeden Mittag Essen, und sie konnte die Zeit nutzen, um in Ruhe die Zeitung von vorne bis hinten durchzulesen. Nein, sie wollte nicht weg, Burg Winnenthal war ihr Zuhause.

Hatte sie Walter gerade eben noch versöhnlich stimmen wollen, so gewannen nun Wut und Verzweiflung die Oberhand. Lili hatte recht. Sie musste Walter irgendwie ruhigstellen. Sie konnte nicht mehr damit rechnen, dass er sich hier noch einlebte, zumal er in den letzten Jahren bloß noch sturer geworden war. Sie unterdrückte ihren Zorn. Sie musste klug vorgehen.

»Ich mache Kaffee«, sagte sie und stand auf. Statt in die Küche ging sie ins Badezimmer. Mit klopfendem Herzen nahm sie Walters Rasierer, steckte ihn in die Tasche ihres Morgenmantels und lief zum Kühlschrank. Sie legte den Rasierer ins Eisfach und bereitete Walters Brote und eine Kanne Pröttkaffee zu. Dann ging sie zurück auf den Balkon und wartete auf Schwester Carmen. Ruth musste sich jeden Tag Stützstrümpfe anziehen lassen, seit sie nach dcm schweren Sturz erst eine Thrombose bekommen und infolgedessen beinahe an einer Lungenembolie gestorben wäre. Sie hatte den Dienstplan genauestens im Kopf, und so wusste sie, dass heute ihre Lieblingspflegekraft zu ihr käme.

»Guten Morgen. Wie geht es euch?«, flötete Schwester Carmen, als sie nur wenige Minuten später ins Apartment trat. »Lasst euch nicht beim Frühstück stören. Ich lege schon mal alles bereit, damit ich dich bei *de Hammelpööt* packen kann.« Carmen dachte sich jeden Morgen eine neue Bezeichnung für das Überziehen der Thrombosestrümpfe aus. Solche Sprüche erleichterten Ruth die unangenehme Prozedur enorm und befreiten sie von jeglichem Schamgefühl.

Jetzt oder nie, sagte sie sich, als Carmen ins Schlafzimmer ging.

»Walter, hör auf damit, lass mich in Ruhe!«, rief sie sehr laut. Walter sah sie irritiert an: »Was ist denn? Ich habe doch gar nichts gemacht.« Er flüsterte fast, um kein Aufsehen zu erregen. Ruth legte nach. »Jetzt sei nicht so aggressiv. Hilfe, Carmen, hilf mir«, rief sie und beobachtete ihren Mann, der sie besorgt anschaute. Walter sprang auf, kam zu ihr und packte sie an den Schultern, damit sie wieder zu sich käme. Dabei verloren sie das Gleichgewicht, und Ruth kippte samt Stuhl nach hinten. Zum Glück war Walter so kräftig, dass er den Sturz verlangsamen konnte, indem er den Stuhl festhielt. So ließ er sie, wie zum Kuss über sie gebeugt, langsam zu Boden gleiten. Ruth lag jetzt auf dem Rücken und schaute verblüfft auf ihre Beine, die angewinkelt in der Luft hingen. »Steh doch nicht so rum. Hilf mir auf«, herrschte sie Walter an, der unsicher an ihr zerrte. Er griff ihren Arm und zog daran, ließ ihn wieder fallen und versuchte es von der anderen Seite, während Ruth ihn fassungslos gewähren ließ. Welch ein Segen, dass sie auf Burg Winnenthal waren. Zu Hause wäre sie vermutlich in dieser Position verschimmelt. Zwanzig Jahre später hätte man sie als Skelett vor der Balkontür liegend gefunden, während ihr Ehemann immer noch kopflos und konfus um sie herumgestolpert wäre. Als Walter sich anschickte, ihre Beine nach hinten über den Kopf zu drücken, als erwartete er von seiner fast neunzigjährigen Frau eine Rückwärtsrolle, kam endlich Schwester Carmen angelaufen und trennte die beiden. »Herr van Rennings, lassen Sie sofort Ihre Frau los«, sagte sie ungeduldig.

»Aber Ruth …, die Mutti …, meine Frau, die muss doch …«

»Die muss überhaupt nichts, beruhigen Sie sich, Herr van Rennings.«

»Ich danke dir, Carmen«, sagte Ruth mit Leidensmiene. »Sei nicht so streng mit meinem Mann, er kann nichts dafür. Er hat wieder diese Schlafstörungen, und dann wird er aggressiv und unruhig. Das wird immer schlimmer.«

»Aber ich habe doch gar nichts gemacht«, verteidigte sich Walter heiser. Während Schwester Carmen vorsichtig den Stuhl aufstellte und ihr hochhalf, sah Ruth in Walters Augen einen Ausdruck, der verriet, dass er ihr Spiel durchschaut hatte. Er blickte sie durchdringend an, schwieg jedoch.

»Ich schlage vor, Sie legen sich hin und schlafen ein bisschen, Herr van Rennings. Das wird Ihnen guttun. Dann sind Sie nachher zum Mittagessen wieder fit«, sagte Schwester Carmen, ihr Ton zeigte, dass sie keine Widerrede duldete. Dann kümmerte sie sich um Ruth, die immer noch etwas benommen auf dem Stuhl neben der Balkontür saß.

»Was war denn eigentlich los?«, wollte Schwester

Carmen wissen, während sie ihre Halswirbelsäule abtastete.

»Ich wollte ihr nur helfen«, krächzte Walter aus dem Schlafzimmer.

»Walter, ich habe doch nur gesagt, dass wir nicht zurück in unser Haus ziehen können. Deshalb musst du nicht gleich so wütend werden«, schimpfte Ruth.

»Haben Sie Schmerzen?«, fragte Schwester Carmen.

»Ich glaube, ich habe mir den Kopf gestoßen. Könnten Sie mir vielleicht etwas Eis aus dem Gefrierfach holen?«, bat Ruth und spürte, wie ihr Herz bis zum Hals schlug. Sie kam sich schäbig vor, aber dann schob sie ihre Skrupel beiseite. Der Keim war gelegt, nun musste sie es auch zu Ende bringen. Ruth hörte, wie der Kühlschrank geöffnet wurde, dann das Gefrierfach. »Wat soll dat denn?«, fragte Schwester Carmen in einem Dialekt, der verriet, dass sie den Niederrhein noch nie verlassen hatte. Sie kam mit dem Eisbeutel zurück ins Wohnzimmer und hielt Ruth einen Nassrasierer entgegen. »Warum bitte liegt der im Eisfach?«, fragte sie. Ruth musste sich zusammenreißen. Sie verengte die Augen zu Schlitzen. »Was ist das?«, fragte sie scheinheilig.

»Ein Rasierer!«, antwortete Schwester Carmen.

»Herrje, es wird immer schlimmer«, murmelte Ruth und schüttelte den Kopf. »Ich weiß nicht, was ich noch machen soll.« Sie blickte der Schwester nach, die sich in den Türrahmen des Schlafzimmers stellte und den Rasierer in die Höhe hielt.

»Herr van Rennings, hat es einen Grund, warum Sie den ins Eisfach gelegt haben?«

»Das muss meine Frau gemacht haben«, erwiderte Walter. »Ich gehe nicht an den Kühlschrank. Ich bin überhaupt nur wenig in der Küche«, fügte er wahrheitsgemäß an.

»Na«, konterte Schwester Carmen, »ich glaube, Sie sind etwas durcheinander. Kann das sein?«

»Vielleicht durch den Unfall gerade«, verteidigte Walter sich, doch er klang mutlos. Er wusste, dass er bei Schwester Carmen schlechte Karten hatte.

»Wie auch immer. Ich schlage vor, Sie ruhen sich ein wenig aus, und dann sehen wir weiter«, sagte die Pflegerin bestimmt und zog die Schlafzimmertür hinter sich zu. »Ruth, es tut mir leid, aber ich fürchte, wir müssen Ihren Mann mal gründlich untersuchen lassen«, sagte sie vorsichtig.

»Das habe ich auch schon gedacht«, gab Ruth zurück.

»Ich kümmere mich darum, dass der Doktor nach ihm sieht«, versprach Schwester Carmen, half Ruth in die Stützstrümpfe und verabschiedete sich. Ruth wagte nicht, nach Walter zu sehen. Sie versteckte den Zeitungsartikel, in dem alle klassischen Demenzsymptome aufgeführt waren, in der Küchenschublade unter dem Besteckkasten.

Es war kein gutes Gefühl, das sich ihrer bemächtigte, aber sie versuchte, es zu verdrängen. Sie hatte das Recht dazu, Walter der Vergesslichkeit zu bezichtigen, wegen all der Ereignisse, die sie niemals vergessen würde.

SONNTAGSSPAZIERGANG

* März 1953 *

Die ersten Monate ihrer Ehe waren anders verlaufen, als Ruth es sich vorgestellt hatte. Hanna und sie hatten ihren Beruf als Kinderkrankenschwestern aufgegeben und waren nun von morgens bis abends mit dem Haushalt beschäftigt. Sie taten sich schwer mit der Umstellung, zumal ihre Schwiegermutter ein strenges Regiment führte. Sie hielt ihnen permanent vor, nicht ordentlich zu putzen, kritisierte ihre Näharbeiten und fand Flecken auf den bereits gewaschenen Hemden. Beim Kochen durften sie nur die Handlangerarbeiten übernehmen, obwohl Ruth von ihrer Großmutter hervorragend kochen gelernt hatte. »Der Besen«, nannte Hanna ihre Schwiegermutter nur noch, und manchmal, wenn Maria van Rennings mal wieder unzufrieden war und Hanna den Rücken zukehrte, machte die eine Geste, als würde sie sich auf einen Hexenbesen setzen und davonfliegen. Wenn sie beide auf den Knien lagen, um den Boden zu schrubben, verdrehte Hanna nur die Augen, machte dazu ein zischendes Geräusch, und Ruth konnte ein Kichern nur mit Mühe unterdrücken. Hannas Humor und ihre Unerschütterlichkeit halfen Ruth durch diese erste Zeit.

Walter hatte sein Versprechen gehalten. Er ehrte Ruth, er war ein guter Ehemann, aber Warmherzigkeit und überschwängliche Gefühle lagen nicht in seiner Natur. Und dann, nach fast einem Jahr, stellte sie fest, dass sie schwanger war.

Als sie Hanna davon erzählte, nahm die sie in den Arm, doch ihr Blick war glasig.

»Was ist los?«, fragte Ruth.

»Ach nichts. Ich wünschte nur, bei Hansi und mir liefe es auch so gut«, sagte sie traurig. Sie sprachen wenig über ihre Ehemänner. Hanna wehrte immer ab, wenn Ruth sie nach Hansi fragte. Zudem hatte ihre Mutter ihr eingebläut, man solle sich nicht in die Ehe anderer Leute einmischen. Sie hielt Hannas Hand. »Das wird schon«, sagte sie und knuffte sie liebevoll in die Seite.

Walter hatte recht verhalten auf die Schwangerschaft reagiert. Anzeichen von Freude registrierte Ruth bei ihrem Ehemann erst, als er die gute Nachricht eines Sonntags der versammelten Familie verkündete. Maria van Rennings lächelte ihrem Mann zu, stand auf und kam kurz darauf mit einer Flasche Sekt und fünf Gläsern zurück.

»Auf den Stammhalter«, sagte Berthold van Rennings und nickte Walter freundlich zu. Ruth hoffte zwar, dass sie ein Mädchen unter dem Herzen trug, aber das musste sie ihrem Schwiegervater ja nicht unter die Nase reiben. »Gut gemacht, Junge«, sagte der und stieß mit seinem Sohn an. Es war das höchste Lob, das Ruth je aus seinem Munde gehört hatte. Sie schlang die Arme um Walter und gab ihm einen Kuss. Doch ihr Ehemann schob sie weg. »Benimm dich«, zischte er und schaute schnell zu seinem Vater.

»Aber ich wollte doch nur …«, stieß Ruth überrascht hervor, bevor sie von ihrer Schwiegermutter unterbrochen wurde.

»Ruth und Hanna, kommt ihr bitte. Wir müssen uns um den Braten kümmern.« Ruth seufzte und folgte ihr in die Küche, wo sie sofort gemaßregelt wurde.

»Du benimmst dich wie eine Dirne!«, schimpfte ihre Schwiegermutter. Hanna sprang Ruth zur Seite. »Die beiden sind verheiratet. Und Ruth ist schwanger. Es ist ziemlich offensichtlich, dass die beiden sich küssen.«

Aber Maria van Rennings erwiderte bloß: »Das gehört nicht in die Öffentlichkeit!«

»Wieso Öffentlichkeit? Wir sind doch eine Familie«, hielt Hanna dagegen.

»Ihr gehört nicht zur Familie. Ihr gehört euren

Männern. Das ist ein Unterschied.« Sie hielt Ruth die Zwiebeln hin.

»Warum bist du so garstig zu uns?«, fragte Ruth wütend. »Wir bemühen uns jeden Tag, es dir recht zu machen.«

Maria van Rennings wirkte überrascht, sie schüttelte kurz den Kopf, nahm Ruths Hand und sah sie eindringlich an. »Weil es besser ist, wenn ich euch ermahne, als wenn es die Männer tun. Ich habe euch Mädchen gern, das müsst ihr mir glauben«, antwortete sie und drehte sich um. Das Gespräch war beendet.

Verwirrt sah Ruth zu Hanna, doch die kramte angestrengt im Gemüsekorb unter der Küchenbank. Ruth konnte sich nur allzu gut vorstellen, dass Berthold van Rennings seine Frau schon öfter zusammengestaucht hatte, wenn ihm etwas nicht passte. Er war hart, unnachgiebig und schroff. Dennoch verehrte Walter ihn abgöttisch. »Er musste sich ganz allein durchkämpfen«, pflegte Walter seinen Vater zu verteidigen. Wer unter diesen Bedingungen aufwachse, der könne sich keine Schwäche leisten.

Berthold van Rennings war zur Jahrhundertwende mit sechs Jahren Waise geworden. Seine Mutter war bei der Geburt ihres vierten Kindes gestorben, sein Vater hatte sich wenige Tage später auf dem Dachboden erhängt. Berthold hatte ihn gefunden und seine beiden älteren Geschwister gerufen. Die drei

Kinder hatten den Vater vom Seil geschnitten und nicht gewusst, was sie tun sollten. Sie hatten Angst gehabt vor dem Waisenhaus, von dem man sich Furchtbares erzählte, und auch, dass sie die Beerdigung nicht würden bezahlen können. Hilflos war der Älteste von ihnen, selbst erst zehn Jahre alt, in die Küche gegangen, hatte einen Laib Brot und das letzte Geld genommen und gerecht unter den drei Kindern aufgeteilt. Sie hatten beschlossen, dass sich von Stund an jeder allein durchschlagen müsse. Berthold van Rennings hatte seine Geschwister nie wiedergesehen. Er war mit sechs Jahren mutterseelenallein gewesen, ausgestattet nur mit einem unbändigen Überlebenswillen. Er hatte gebettelt und gestohlen, wie viele andere Menschen auch.

Walters Vater hatte gesehen, wie Diebe auf der Flucht erschossen wurden, andere waren vor Hunger krank geworden. Er hatte mehr Glück gehabt. Mit sechzehn beschloss er, es wäre auf Dauer gesünder, sich eine richtige Arbeit zu suchen, und da er weder faul noch dumm war, fand er eine Anstellung beim Magenbitterhersteller Underberg in Rheinberg, wo er sich so geschickt anstellte, dass er bald in der Hierarchie aufstieg, von der Firma Underberg eine kleine Kate auf der Bönninghardt erst mieten und später kaufen konnte und damit auch genug vorzuweisen hatte, um eine Frau zu ehelichen: Maria van Rennings.

Walters Schilderungen hatten auf Ruth gewirkt wie eine Heldensage. Es tat ihr manchmal leid, mit anzusehen, wie sehr sich Walter nach einem Lob seines Vaters verzehrte, der eindeutig seinen erstgeborenen Sohn Hansi bevorzugte. Walter zuliebe bemühte auch Ruth sich, Bertholds Wohlwollen zu erlangen.

Ruth rannen inzwischen Tränen über die Wangen, so viele Zwiebeln hatte sie geschält und klein gehackt. Sie warf die Zwiebelstücke in den Bräter, der schon mit ausgelassener Butter auf dem Herd stand.

»Ich mach das«, ging ihre Schwiegermutter dazwischen, als Ruth gerade das Fleisch anbraten wollte. »Die Männer essen den Braten nur so, wie ich ihn mache.«

In diesem Moment wurde Ruth übel. Sie hielt sich die Hand vor den Mund und rannte den Flur hinunter ins Bad. Nach einigen Minuten kam Hanna mit einem kühlen Lappen zu ihr und tupfte ihr die Stirn ab. »So entkommen wir wenigstens der Küchenhexe«, flüsterte sie und zwinkerte Ruth zu.

Zwei Wochen vergingen auf der Bönninghardt, Frühling lag in der Luft. Nach dem Sonntagsbraten pflegten Berthold und Maria van Rennings sich zu einem Mittagsschlaf zurückzuziehen, die jungen Leute machten dann oft einen Ausflug.

»Lass uns spazieren gehen«, schlug Ruth Walter vor, und der, gut gelaunt, willigte ein. Sie liefen hinter der Kate entlang auf den Besenbinder Weg. Von hier hatten sie an diesem klaren Tag einen wunderbaren Blick auf die Landschaft. Die meisten Wiesen lagen noch brach, doch hie und da hatte einer der Bauern schon gepflügt. Das satte Grün und das feuchte Braun bildeten ein hübsches Mosaik. Walter erzählte von seiner Arbeit in der Maschinenfabrik. Sein Vorgesetzter hatte sich krankgemeldet, und so war er im Moment Ranghöchster in der Personalabteilung. Die Verantwortung tat ihm sichtlich gut, fand Ruth, er wirkte regelrecht heiter und fröhlich. Sie selbst fühlte sich dagegen seit einigen Tagen nicht richtig wohl. Ihr Bauch war aufgebläht, die Schwangerschaftsübelkeit setzte ihr zu. Statt mit der Zeit abzuebben, war sie in den vergangenen Wochen sogar noch stärker geworden. Auch in diesem Moment rumorte es in ihrem Leib. Sie musste verschnaufen. »Warte einen Augenblick«, bat sie Walter und setzte sich in den Schatten einer alten Trauerweide, »ich habe den Eindruck, unser Töchterchen wird ein Laufmuffel.«

»Wieso Tochter? Ich dachte, wir bekommen einen Jungen«, sagte Walter so scharf, dass Ruth ihn verwundert anschaute. »Walter, das war doch nur ein Scherz. Wir müssen uns überraschen lassen, ob es ein Junge oder ein Mädchen wird. Hauptsache, es kommt gesund auf die Welt!«

»Mein Vater wünscht sich einen Stammhalter«, murmelte Walter.

»Und ich wünsche mir ein Mädchen«, hielt Ruth dagegen und stand auf. »Ich kann nicht mehr. Lass uns unten über den Bergweg nach Hause laufen«, sagte sie und ging los.

Nach wenigen Metern hatte Walter sie eingeholt. »Du musst dich meinen Eltern gegenüber respektvoller benehmen.«

Ruth hatte mit einer Entschuldigung gerechnet und traute ihren Ohren nicht. »Was soll das denn heißen?«

»Dass du dich manchmal aufführst, als hieltest du dich für etwas Besseres, nur weil du aus einer Kaufhausfamilie stammst. Vater sagt, du bist manchmal genauso arrogant wie deine Mutter.«

Ruth stockte der Atem. Doch noch bevor sie sich fassen und etwas erwidern konnte, ließ Walter sie stehen. Er hatte die Hände hinter dem Rücken verschränkt und zog an ihr vorbei, lief so zügig, dass Ruth kaum hinterherkam. »So warte doch auf mich«, rief sie ihm ärgerlich hinterher. Walter ging stur weiter. Meinetwegen, dachte sie, dann rennen wir eben nach Hause. Sie legte einen Zahn zu und holte auf, doch Walter beschleunigte seinerseits. Ruth begann zu schwitzen. Ihr Bauch war schwer, und sie hatte das Gefühl, dass sich irgendetwas in ihr verdrehte, dennoch lief sie weiter. Schließlich näherten sie sich der Lei, über die Walter federnd hinwegsprang. Als Ruth vor dem knietiefen Bach ankam, überlegte sie fieberhaft, was sie tun sollte. »Walter«, rief sie, »du musst mir hinüberhelfen. Komm zurück.« Als er keinerlei Anstalten machte, umzudrehen, fügte sie leise hinzu: »Warum hältst du immer nur zu deinen Eltern und nie zu mir?«

Kurzerhand zog Ruth ihre Schuhe und Socken aus und stieg in den Bach. Doch die Steine waren glitschig, sie rutschte aus und fiel auf die Knie. Schimpfend hockte sie im kalten Wasser, die Schuhe waren ihr aus der Hand gefallen und lagen irgendwo im Schilf. Sie hatte keine Zeit, danach zu suchen. Wild entschlossen sprang sie auf die Füße und lief weiter. Sie sah ihren Mann etwa dreihundert Meter vor sich. In diesem Moment durchfuhr sie ein jäher Schmerz, sie fiel zu Boden und wurde ohnmächtig.

Ruth erwachte und erkannte sofort, wo sie war: in ihrem Mädchenzimmer in der Hees.

»Mama?«

Margarethe Maaßen kam eilig aus der Küche, als sie Ruths Stimme hörte. »Gott sei Dank, mein Kind«, sagte sie und umarmte ihre Tochter. »Oma und ich waren wirklich in Sorge.«

»Was ist passiert?«, fragte Ruth. Da war dieser Spaziergang, rief sie sich ins Gedächtnis, und dann war sie gefallen. Ihr Kopf schmerzte. »Du bist immer noch ganz heiß, mein Schatz«, sagte ihre Mutter und legte ihr einen kühlen Waschlappen auf die Stirn. »Mein Gott, wir haben gedacht, wir würden dich verlieren, so sehr hast du gefiebert.«

»Mir ging es schon seit Tagen nicht gut, ich hatte Schmerzen im ganzen Körper. Ich muss mir eine üble Grippe eingefangen haben.« Ihre Mutter nickte und sah sie mitleidig an. »Komm erst einmal zu dir, mein Kind. Dann reden wir.«

Ruth erblickte ihre Großmutter im Türrahmen. »Oma, wie schön, dich zu sehen.« Ihre Großmutter setzte sich ebenfalls auf den Bettrand. »Ich habe einen Kuchen gebacken und Limonade gekauft. Vielleicht bist du nachher schon stark genug, und wir können ihn zusammen essen.«

Ihre Oma strich ihr liebevoll das Haar aus dem Gesicht. »Du hast ganze drei Tage geschlafen, kleine Schlafmütze«, sagte sie. Und mit einem Mal kam die Erinnerung zurück, der Streit mit Walter, der Tadel, sein Wegrennen und der Schmerz. Ruth tastete nach ihrem Bauch, ihre Großmutter schüttelte stumm den Kopf.

Ruth schloss die Augen und versank erneut in unruhigen Träumen. Als sie wieder aufwachte, saß ihre Großmutter immer noch an ihrem Bett. Ruth liefen Tränen über die Wangen, sie spürte sie kaum.

»Ich werde nie wieder mit ihm reden und nie wieder zu ihm zurückkehren«, sagte sie tonlos.

»Und ich würde dich am liebsten für immer hierbehalten«, sagte ihre Oma sanft. »Aber er ist dein Ehemann.«

»Das ist mir egal. Er ist einfach weggelaufen! Er hat mich im Stich gelassen.«

»Ich weiß, wie du dich fühlst. Ich habe auch ein Kind verloren. Du suchst jemanden, der schuldig ist. Aber es gibt keinen Schuldigen. Vielleicht Gott, aber es macht keinen Sinn, den Höchsten zu hinterfragen.«

»Ich suche keinen Schuldigen, Oma. Ich will einfach nicht mehr zurück auf die Bönninghardt.«

Die Großmutter streichelte ihre Wange: »Wir werden sehen, was wir machen können.«

In dem Moment kam ihre Mutter zurück ins Zimmer. »Schwiegermama, wie kannst du dem Mädchen so einen Floh ins Ohr setzen. Natürlich gehst du zurück zu deinem Ehemann, mein Kind. Wenn Walter aus der Klinik zurück ist, wird er dich abholen, und ihr werdet euch aussprechen. Mach mir keine Schande.«

»Wieso ist Walter in der Klinik?«, fragte Ruth benommen.

»Er ist vor Gram ganz krank geworden. Seine Eltern haben ihn nach Bedburg-Hau gebracht. Deine Schwiegermutter hat es uns gesagt, als sie hier war und sich nach dir erkundigt hat. Sie ist eine liebe Frau, sie hat sich entschuldigt. Sie bedauert, dass sie nicht besser aufgepasst hat.«

Ruth schwieg, sie war zu erschöpft, um zu reagieren.

»Mach dir keine Sorgen. So etwas passiert manchmal«, sagte ihre Oma. »Du bist stark und jung. Du wirst noch viele Kinder bekommen.«

»Du schaffst das schon. Ihr beide, Walter und du, ihr schafft das«, fügte ihre Mutter hinzu und streichelte sie.

Ruth starrte verzweifelt an die Zimmerdecke.

»Walter muss sich bei dir entschuldigen und mir in die Hand versprechen, dass er dich künftig besser behandelt, sonst lasse ich dich nicht gehen«, sagte ihre Großmutter entschlossen.

»Misch dich da nicht ein«, ging Margarethe Maaßen dazwischen, doch Ruths Oma ließ sich nicht beirren.

»Wenn er nicht Abbitte leistet, bleibt sie bei uns! Dann verdient er sie nicht. Amen.« Sie bekreuzigte sich und machte Ruth heimlich ein Zeichen: Sie drückte beide Daumen.

AUSSPRACHE IM JAPAN-RESTAURANT

»Halt dich *krabbelig*«, sagte ihre Oma zum Abschied, und Sara legte nachdenklich auf.

»Ist irgendetwas nicht in Ordnung?«, fragte Lars.

»Oma macht sich Gedanken um Opa. Er wird etwas tüddelig, meint sie. Aber ich habe sie beruhigt. Mir erscheint er ganz normal. Er gewöhnt sich einfach nicht so schnell an die neue Umgebung wie Oma. Kannst du mir bitte mal die Kette zumachen?«

Ungeschickt machte Lars sich an dem Verschluss zu schaffen, bis er unverrichteter Dinge aufgab. »Du hast wirklich keinen Schmuck nötig. Du bist eine Naturschönheit«, versuchte er, seine Ungeschicklichkeit zu überspielen. Sara hatte die Kette noch nie getragen. Dabei besaß sie sie schon seit mehr als sechs Jahren. Es war das erste Schmuckstück, das Lars ihr geschenkt hatte, und Sara hütete es wie ihren Augapfel. Sie seufzte. Sie legte das Kollier zurück in die Schachtel und klappte den Deckel mit einem Knall zu. Ihre Blicke trafen sich im Spiegel.

Lars sah sie zärtlich an, voller Vorfreude auf den Abend.

Einmal im Monat waren sie fest verabredet, nur sie beide. Ein echtes Rendezvous, an jedem ersten Donnerstag im Monat. Lars hatte oft Abendtermine mit Klienten, aber diesen Tag hielt er sich frei, selbst wenn die Kunden aus Japan, China, Amerika oder sonst woher angereist kamen. Ihre Verabredung war ihm heilig. So ging es auch Sara. Egal, wie müde sie war, sie wäre nie auf die Idee gekommen, diesen besonderen Abend auf dem heimischen Sofa zu verbringen. Stattdessen kleidete sie sich sorgfältig, schminkte sich und bestellte den Babysitter so früh, dass sie manchmal sogar noch fünf Minuten hatte, um einen kleinen Powernap zu halten, was ihr heute allerdings nicht gelungen war. Kaum hatte sie ihr Kleid angezogen, hatte Paul ihr auch schon auf die Schulter gespuckt. Er hatte leichtes Fieber. Sie hatte die Babysitterin Mareike gebeten, regelmäßig Pauls Temperatur zu messen, dem Kind gegebenenfalls einen fiebersenkenden Saft einzuflößen und ihnen sofort Bescheid zu geben, sollte sich sein Zustand verschlechtern. Paul hatte den ganzen Tag über gespielt und war vergnügt gewesen, er schien nicht ernstlich krank. Er hatte allerdings, wie alle Kleinkinder, einen siebten Sinn dafür, wann seine Mutter ohne ihn ausgehen wollte.

»Ich schau schnell noch einmal nach Paul«, sagte Sara, »und dann können wir los.«

»Oh nein, das mache lieber ich. Sonst versucht er nur, dich doch noch hierzubehalten«, grinste Lars und ließ sie stehen. Er hatte recht. Paul verlangte momentan permanent nach seiner Mutter. Jedes Mal, wenn sie im Hausflur stand, sich den Mantel anzog, war Paul in Tränen aufgelöst, ein kleines Bündel Trauer. Kaum hatte sie die Tür von außen geschlossen, strahlte er seine Babysitterin an, als hätte es die Tränen nie gegeben. Sara wusste, dass es dem Hausfrieden nicht zuträglich war, wenn man dem Weinen immer nachgab. Henry, der Sohn ihrer Freundin Alexa, war inzwischen fünf. Eine Zeit lang hatte er jede Nacht so lange bitterlich geheult, bis seine Mutter in sein Zimmer kam und ihn ins Elternbett holte. Eines Tages hatten die Eltern entschieden, es drauf ankommen zu lassen. Nach einer Viertelstunde war Henry ins Schlafzimmer der Eltern gekommen und hatte geklagt: »Mama, es ist wirklich nicht hilfreich, wenn du mich so schreien lässt.« Dann hatte er sich auf dem Absatz umgedreht und war zurück ins Kinderzimmer gestapft. Seit dieser Nacht war Ruhe.

Lars hatte ein gutes Gespür dafür, wann Paul wirklich verzweifelt war und wann er bloß Theater spielte. Er verbrachte viel Zeit mit seinem Sohn. Schon als Paul gerade mal vier Monate alt war und Sara ihn noch stillte, hatte er eine »Vater-Sohn-Tour« mit ihm unternommen. Er hatte einen mobilen Gefrierschrank organisiert und war mit Paul drei Tage nach Holland ans Meer gefahren, wo er eine kleine Hütte auf einem Campingplatz besaß. In der Tiefkühlkiste lagerte er eingefrorene Muttermilch, die Sara sich über mehrere Wochen hinweg abgepumpt hatte, unter Protest allerdings, denn sie hatte sich dabei gefühlt wie eine Kuh im Melkstand.

Sara hatte Lars den Wunsch nach einer frühen Reise mit dem Baby nicht abgeschlagen, obwohl ihr mulmig zumute gewesen war. Zur Beruhigung hatte sie täglich Fotos und Filme von Vater und Sohn bekommen, oder kleine Audiobotschaften von dem glucksenden, glücklichen Baby. Lars war ein guter Vater, auch wenn er strenger war als Sara.

»Sara, komm schnell«, rief Lars plötzlich aus dem Wohnzimmer, und Sara hätte wetten können, dass Paul ihm den Anzug vollgespuckt hatte. »Was ist denn?«

»Mach das noch einmal, Paul«, hörte sie Lars zu ihrer Verwunderung sagen. »Na komm schon. Sieh mal, da ist die Mama.« Sara verschränkte die Arme und schaute Vater und Sohn belustigt an.

»Weißt du, was er gerade gemacht hat?«

»Keine Ahnung. Einen Flickflack vielleicht?«

Lars sah sie triumphierend an. »Er hat gerade sein allererstes Wort gesprochen.«

»Ist nicht wahr! Und ich war nicht dabei! Was hat er gesagt?«

»Papa!«

»Papa?«, fragte Sara mit kaum verhohlener Enttäuschung. Neun lange Monate in ihrem Bauch und weitere an ihrer Brust hatten ihren Sohn als Erstes »Papa« sagen lassen? »Undankbarer Bengel«, schimpfte sie leise vor sich hin, als sie aus dem Hintergrund ein lautes Räuspern vernahm. Die Babysitterin blickte Lars mit gespieltem Vorwurf an. Sie räusperte sich noch einmal.

»Ja, ja. Schon gut! Also, es war wohl eher ein *Mama* als ein *Papa*.« Sara sah ihren Sohn an, der bei dem Wort »Mama« formvollendet in die Hände klatschte. »Aber«, hob Lars erneut an, »liebe Mareike, es wird deine Aufgabe sein, ihm heute Abend das Wort *Papa* beizubringen. Warum soll die Gleichstellung immer nur euch Frauen etwas bringen?«, neckte er. Doch Sara reagierte nicht darauf. Sie nahm Paul in den Arm und gab ihm einen Kuss auf die Stirn. »Recht so, mein Kleiner. Die Mama ist ganz wichtig«, säuselte sie. »Sagst du denn noch einmal Mama?« Doch Paul verzog keine Miene.

Sie verabschiedeten sich von Mareike und Paul und gingen zur Tür.

Das war offenbar der Augenblick, auf den Paul gewartet hatte. »Mama?«, sagte er und fing laut an zu weinen. Sara blieb abrupt stehen, doch Lars schob sie mit sanftem Druck vorwärts. »Komm«, sagte er ungerührt, »und untersteh dich, sonst fang ich auch an zu heulen.«

172

»Du willst ihn ja nur bestrafen, weil er *Mama* gesagt hat. Und nicht *Papa!*«

»Richtig. Mit knapp einem Jahr muss er lernen, dass es Folgen hat, wenn man das Falsche sagt«, lachte Lars und hielt ihr die Tür auf.

Sie fuhren ins *Emilio*, ein japanisches Restaurant in Düsseldorf, das zwar Sushi und Sashimi anbot, sonst aber wenig Japanisches an sich hatte. Der Koch war Mexikaner, in Baden-Baden ausgebildet, seine Crew kam aus aller Herren Länder, und das Restaurant war Monate im Voraus ausgebucht. Lars war daher besonders stolz darauf, dass er über Geschäftskunden einen Tisch hatte ergattern können.

Einem schönen Abend stand nichts im Wege, bis auf die Kleinigkeit, dass Sara ihrem Lebensgefährten immer noch nichts von Cambridge und dem Forschungsstipendium gesagt hatte, sie aber nicht mehr allzu lange damit würde warten können. Wollte sie sich bewerben, müsste sie ihre Unterlagen bis zum Monatsende zusammengestellt haben.

Sie begannen mit einer großen Platte Sashimi von Lachs, Thunfisch, Dorade und St. Petersfisch, die der Kellner in der Mitte des Tisches platzierte. Jeder bekam ein Schälchen mit einer klassischen und einer würzigeren Sojasoße und Stäbchen gereicht. Sie stürzten sich mit Appetit auf den rohen Fisch.

»Was ist los?«, fragte Lars nach einer Weile. »Du

wirkst so nachdenklich. Ist es wegen deiner Großeltern?«

Sara wiegte den Kopf, dankbar, dass Lars ihre Anspannung missdeutete. Sie erzählte von den Reibereien zwischen ihren Großeltern und von Walters erster Liebe. »Dafür hat die Ehe aber lange gehalten«, kommentierte Lars.

»Bis jetzt«, sagte Sara nachdenklich. »Die Stimmung kippt gerade. Für Oma ist Burg Winnenthal der ideale Ort, um den Lebensabend zu verbringen, und sie erfüllt sich mit dem Weihnachtskonzert einen Traum. Für Opa ist das alles eher ein Albtraum. Er fürchtet sich außerdem regelrecht vor Lili Heinemann.«

Lars schmunzelte. »Was genau fürchtet er denn?«

»Er glaubt, dass Frau Heinemann das Feuer absichtlich gelegt hat, um ihren Mann loszuwerden.« Lars lachte hell auf. »Es ist natürlich absurd«, fügte Sara hinzu, »allerdings muss ich zugeben, dass sie mit diesem Verdacht kokettiert. Bei dem Umtrunk zur Eisenhochzeit hat sie sich plötzlich eine Zigarette in den Mund gesteckt. Und als sie die anzünden wollte, habe ich vorsichtig angemerkt, dass es nicht erlaubt ist, in den Apartments zu rauchen, schon gar nicht mehr seit dem Brand.«

»Und was hat sie gesagt?«

»Sie hat mich angeguckt wie eine Diva und nonchalant gesagt: ›Rauchen entspannt mich.‹ Dann hat sie sich die Zigarette angezündet.« Sara machte eine Pause und trank einen Schluck Wasser. »Opa will zurück nach Hause, hat er gesagt, als wir auf der Bönninghardt vorbeigefahren sind. Ich glaube, er hofft immer noch, dass er eines Tages wieder dorthin zurückkehrt.«

»Hältst du das für realistisch?«

»Fragst du mich als Ärztin oder als Enkelin? Ich glaube, in beiden Fällen lautet die Antwort *Nein*. Es sei denn, er ginge allein zurück. Oma kriegen keine zehn Pferde mehr weg von der Burg. Sie blüht regelrecht auf, hat Freundschaften geschlossen und fühlt sich anscheinend ein bisschen wie Hanni und Nanni im Altenheim.«

Der Kellner kam und unterbrach ihr Gespräch.

Lars bestellte einen Riesling. »Wir haben schließlich etwas zu feiern«, sagte er nach dem ersten Schluck.

»Aha? Was denn?«

»Nun, zum einen haben wir seit ein paar Stunden ein Kind, das sprechen kann …«

»Ob das ein Grund zum Feiern ist, wird sich noch zeigen. Wenn er so wird wie mein Neffe Bastian, dann redet er bald von morgens bis abends ohne Unterlass.«

»Bei Bastian ist es Notwehr. Er will sich deine Schwester vom Hals halten«, lästerte Lars.

Saras ältere Schwester Anna war für Lars ein beliebtes Spott-Objekt, weil sie ihre drei Kinder seit dem Krabbelalter von morgens bis abends förderte. Sie war der festen Überzeugung, dass Kinder in den ersten drei Jahren in der Prägephase waren, und flößte ihnen entsprechend Fremdsprachen, Kunst und klassische Musik ein. Das war ihre Erfüllung. Für sich persönlich hatte Anna nie besondere berufliche Ambitionen gehegt. Sie liebte das Leben als Mutter von entzückenden Kindern, die noch niemals eine Fertigmahlzeit zu sich hatten nehmen müssen, ebenso wenig wie ihr Ehemann, der ein langweiliger, aber erfolgreicher Versicherungsvertreter war. Zu Bastians sechstem Geburtstag hatte Anna eine Wohnzimmerdekoration inklusive Kuchen und Muffins in Käpt'n-Sharky-Design gezaubert, und als der Kleinste seinen ersten Geburtstag feierte, durfte er sich über eine selbst gebackene Drache-Kokosnuss-Torte freuen. Selbstredend sahen die Kinder immer aus wie aus dem Ei gepellt, hatten nie zu lange oder gar dreckige Fingernägel und verströmten einen angenehmen Duft nach Weichspüler, genauso der Ehemann, dessen Hemden Anna täglich persönlich stärkte. »Eines Tages wird er sich die Hemden von seiner Sekretärin zerwühlen lassen«, hatte Lars gespottet, als er von diesem besonderen Service erfuhr.

Das Thunfisch-Tatar wurde serviert. »Du hast mich noch nicht nach dem zweiten Grund zum Feiern gefragt«, sagte Lars zwischen zwei Häppchen.

»Du hast nicht gesagt, dass es noch einen zweiten gibt«, sagte Sara neugierig. »Was ist passiert?«

Lars grinste und machte eine Geste, als zöge er an imaginären Hosenträgern.

»Du siehst einen gemachten Mann vor dir.«

»Wieso? Hast du auf dem Speicher eine Schatzkarte gefunden?«

»Die Richtung stimmt.«

»Du hast eine neunzigjährige, kinderlose Milliardärin kennengelernt, die dich adoptieren will.«

»Bingo! Man hätte es nicht besser umschreiben können. Allerdings ist sie letztes Jahr erst siebzig geworden.«

Sara riss die Augen auf in Erwartung einer komischen Geschichte, doch Lars wurde ernst.

»Wir haben es geschafft, Sara. Wir haben lange um diese alte Lady gebuhlt, und heute haben Max und ich den Vertrag unterzeichnet. Wir arbeiten künftig mit der Energieagentur NRW zusammen. Man könnte sagen, unser Schiff liegt ab jetzt in einem sicheren Hafen.«

Lars wirkte unglaublich erleichtert. Tatsächlich wurde Sara erst in diesem Moment, wo die Anspannung von ihm abfiel, so richtig bewusst, wie gereizt und nervös Lars in den letzten Monaten gewesen war. Sie hatte es primär auf die langen Nächte mit Paul zurückgeführt, aber offenbar war es um anderes gegangen. »Ich wollte dich nicht damit belasten,

177

aber wenn es nicht geklappt hätte, dann hätten wir die Firma aufgeben müssen.«

Vor einem Jahr hatte Lars mit seinem Kollegen und Freund Max eine eigene Unternehmensberatung gegründet. Beide waren zuvor Berater bei BCG gewesen. Lars war in diesem Job zunächst sehr glücklich gewesen, er hatte das Reisen geliebt, die vielen Menschen und die fremden Länder, nicht zuletzt auch die gute Bezahlung, aber nach einer Weile hatte er sich so sehr gelangweilt, dass er einmal bei einer bereits zigfach gehaltenen Powerpoint-Präsentation mitten im eigenen Satz eingeschlafen war.

Lars hatte vor seinem Wirtschaftsstudium einen Bachelor in Physik gemacht, Max wiederum hatte ein Diplom in Ingenieurwissenschaften mit Schwerpunkt Energietechnik vorzuweisen, und als Angela Merkel im März 2011 nach dem Tsunami in Fukushima die Energiewende ausgerufen hatte, war den beiden klar geworden, dass der Schwerpunkt Energieberatung zukunftsträchtig war. Als er dann noch Sara kennenlernte und den Wunsch verspürte, eine Familie zu gründen, wusste Lars, dass die Reiserei ein Ende haben musste. Er wollte sesshaft werden, mit Ehefrau, Kind und eigener Unternehmensberatung.

»Das ist wirklich großartig. Gratuliere«, sagte Sara, stand auf und umarmte ihn. »Ich freue mich so für euch.« Sie schmiegte ihr Gesicht an seine Wange, weniger aus einem Anfall von Zärtlichkeit als vielmehr aus Angst, er könne sehen, wie sehr es in ihr arbeitete. Natürlich freute sie sich für Lars. Sie ahnte allerdings, dass es ihre eigene berufliche Entscheidung verkomplizieren würde.

»Bist du noch bei mir?«, holte Lars sie aus ihren Gedanken zurück.

»Wie bitte?«, fragte Sara.

»Was treibt dich denn um? Du bist merkwürdig heute Abend. Ist irgendetwas passiert? Raus mit der Sprache«, lockte er freundlich. »Dich beschäftigen doch nicht nur die Sorgen um deine Großeltern?«

»Nein«, antwortete sie gedehnt und gab sich einen Ruck. »Nein, ich wusste nur nicht, wie ich es dir sagen sollte. Ich habe auch einen Grund zur Freude …« Sie kam nicht dazu, weiterzusprechen. Lars' Gesicht glühte vor Freude.

»Nein!«, stieß er aus. »Sag jetzt nicht, oh mein Gott, das wäre ja wunderbar. Bekommen wir … noch ein Baby?«, schrie er beinahe durchs Restaurant, sodass das Pärchen am Nachbartisch fröhlich mitlachte.

»Äh, nein. Nein!«, sagte Sara bestimmt. Es ärgerte sie, dass Lars nicht auf die Idee kam, sie könne ebenfalls berufliche Neuigkeiten haben.

»Nein, ich bin nicht schwanger. Aber Loreana will mich für ein Forschungsstipendium vorschlagen. Es geht um Tumormarker und um die Früherkennung von Brust- und Eierstockkrebs. Sie möchte unbedingt, dass ich mich danach habilitiere und wir dann vielleicht sogar irgendwann zusammen die Abteilung übernehmen. Ich habe gar nicht damit gerechnet, ich hatte befürchtet, dass sie mit meiner Arbeit nicht mehr zufrieden ist und mich deswegen zum Gespräch einbestellt hat.«

Lars' Blick schien Sara zu durchdringen, während er geduldig darauf wartete, dass sie Luft holte. Sara machte eine Pause, hob ihr Weinglas und prostete Lars zu.

»Das klingt ganz wunderbar, mein Schatz. Aber dieses Gespräch mit Loreana hat doch schon vor Wochen stattgefunden. Warum erzählst du mir erst heute davon, wenn du schon so lange von diesem Karrieresprung weißt? Früher hättest du mich noch aus der Klinik angerufen. Gibt es einen Haken?«

»Na ja, ich wollte mir erst selbst darüber im Klaren sein, ob ich diesen Schritt wirklich gehen will. Weißt du, wegen Paul. Und auch deinetwegen.«

Lars sagte nichts.

»Das Forschungsstipendium ist in Cambridge, ich würde die Woche über dort sein und freitagabends zurück nach Düsseldorf fliegen. Ich hätte wohl keine Wochenenddienste mehr.« Den letzten Satz murmelte sie nur noch und ärgerte sich darüber. Lars reagierte immer noch nicht. Bis auf ein leichtes Muskelzucken am linken unteren Augenlid sah sie keine Regung in seinem Gesicht.

»Wie lange würde das so gehen?«, fragte er jetzt kühl.

»Maximal zwei Jahre.«

Lars schnaubte verächtlich. »Und wie stellst du dir das vor?«

»Ich könnte Paul mitnehmen. Alexa hat Kontakte, sie könnte mir eine zuverlässige Nanny organisieren.«

»Ach? Alexa könnte dir eine zuverlässige Nanny organisieren«, wiederholte er in sarkastischem Ton. »Kann Alexa dir auch einen neuen Vater und Ehemann organisieren? Ich komme ja in deinen Plänen offensichtlich nicht mehr vor.«

»Wir sind nicht verheiratet. Schon vergessen?«

Es war ein Reflex. Die Worte hatten sich wie von selbst geformt, hatten die angespannte Stimmung lösen und lustig klingen sollen, doch in dem Moment, als Sara sie aussprach, wusste sie, dass es ein Fehler gewesen war.

»Höre ich richtig? Ja, zum Teufel, wir sind nicht verheiratet. Aber bis gerade habe ich mich so gefühlt. Ich habe mich dir verbunden und verpflichtet gefühlt. Ich habe geglaubt, dass wir nicht nur eine Familie gegründet haben, sondern auch als solche zusammenleben wollen. Vielleicht sogar noch mit weiteren Kindern. Wolltest du nicht immer mindestens drei? Und nun erklärst du mir mal eben, dass du diese Pläne geändert hast. Ich bin ein liebevoller

Vater, ganz abgesehen von den anderen Selbstver-
ständlichkeiten, als da wären: Ich betrüge dich nicht,
ich ehre dich, und auch ohne Trauschein glaube ich
an den ganzen Scheiß von wegen bis dass der Tod
uns scheidet. Ich wusste nicht, dass dein Ehrgeiz uns
scheiden würde.« Lars hatte sich in Rage geredet, er
wirkte tief getroffen. Das Pärchen am Nebentisch
verfolgte unverhohlen ihre Diskussion.

»Kannst du bitte etwas leiser sprechen. Der ganze
Laden hört schon mit.«

»Soll doch der ganze Laden mithören. Du er-
öffnest mir hier gerade, dass du unsere Familie auf
dem Altar des Karrierestrebens opferst. Erwartest du
ernsthaft, dass ich dabei ruhig bleibe?«

In diesem Moment kam der Kellner mit dem
Weißfisch, den er in die Mitte des Tisches stellte.
In aller Ruhe trug er zunächst Sara, dann Lars auf.
Dann nahm er die Weinflasche und leerte sie in ihre
Gläser.

»Darf es noch eine weitere Flasche für Sie sein?«,
fragte er ungerührt.

»Nein, danke!«, antwortete Sara schnell, wurde
aber von Lars übertönt.

»Sehr gerne. Bitte eine Flasche Roten aus dem
Duerotal. Ich verlasse mich auf Ihre Empfehlung.
Danke.«

»Kannst du mal wieder runterkommen von deinem hohen Ross!«, sagte sie, sobald der Kellner au-

ßer Hörweite war. »Es ist doch noch gar nichts entschieden. Wir sprechen doch gerade darüber, um zu einer gemeinsamen Entscheidung zu kommen.«

»Dafür klingt es aber schon sehr konkret. Du hast dir schon Gedanken gemacht, was aus Paul wird, was aus dir wird, nur was aus mir wird, scheint keine Rolle zu spielen.«

Sara wollte in diesem Moment nicht mehr recht behalten. Sie wollte nur noch, dass dieses unwürdige Gezanke ein Ende nahm. Am Nachbartisch sah sie den jungen Mann grinsen, während seine Frau ihn wütend anguckte.

»Wir regen uns sowieso über ungelegte Eier auf. Es werden sich sicher Tausende auf das Stipendium bewerben. Die werden mich ohnehin nicht nehmen«, sagte sie beschwichtigend.

»Du hast dich längst entschieden. Das ist es, worum es mir geht. Das Stipendium in Cambridge bedeutet dir ganz offensichtlich mehr als unsere Familie.«

»Das ist nicht wahr. Wir reden von zwei Jahren, nicht von unserem ganzen Leben. Warum machst du daraus so ein Problem?«

»Weil Paul noch nicht einmal ein Jahr alt ist. Er wird in dieser Zeit sprechen lernen, er wird laufen lernen, er wird vom Baby zum Kind. Ich wäre gerne dabei. Ganz abgesehen davon, dass wir noch weitere Kinder wollten. Wann wäre denn die Zeit dafür? Nach der Karriere, in zehn Jahren? Hast du das Social Freezing auch schon in die Wege geleitet?«

»Warum kommst du nicht mit nach Cambridge?«, fragte Sara betont gelassen.

Lars zögerte einen Moment. »Du hättest früher mit mir sprechen sollen. Wie ich bereits sagte, habe ich heute einen Vertrag unterschrieben. Und ich werde Max nicht hängen lassen, nur weil meine Lebensgefährtin gerade auf einem Egotrip ist.«

»Hör auf, mich anzuklagen. Das bringt uns doch nicht weiter«, sagte Sara, aber Lars ließ sich nicht auf ihren versöhnlichen Tonfall ein.

»Ich klage dich nicht an. Ich bringe Fakten: Du möchtest gerne beruflich mehr erreichen. Das verstehe ich. Die Frage ist, ob das zu diesem Zeitpunkt sein muss oder ob es nicht auch noch später ginge. Wenn du dich entscheidest, dass es genau jetzt sein soll, in Cambridge, dann kann ich es dir nicht verbieten. Aber vergiss diese Nanny-Sache. Wenn du gehst, bleibt Paul bei mir.«

»Was soll das denn heißen?«, fragte Sara.

Das Nachbarpärchen, so schien es ihr, war inzwischen ein bisschen näher gerückt, um nur ja nichts zu verpassen. Lars schaute kurz zu ihnen hinüber, bevor er ruhig und sachlich fortfuhr: »Nimm diesen Job in Cambridge an, tu, was du nicht lassen kannst. Ich will auf keinen Fall, dass du eines Tages Paul oder mir vorwirfst, wir hätten dein Leben und deine Karriere versaut. Viel Glück!«

Damit nahm er sein Glas, schüttete den letzten Rest Weißwein hinunter und schmeckte laut und vernehmlich nach.

»Die Rechnung, bitte!«, hörte Sara vom Nebentisch. Die Frau hatte sie bestellt. Vor dem Dessert.

ZWIEGESPRÄCH

»Sie müssen uns mit Ihrem Mann bitte allein lassen.«

»Aber er braucht mich«, wehrte sich Ruth. »Er findet sich doch ohne mich gar nicht zurecht.«

»Frau van Rennings, genau deshalb sind wir hier. Um festzustellen, ob Ihr Mann mehr Pflege braucht, als er derzeit bekommt«, sagte der Herr vom medizinischen Dienst und schob sie sanft aus dem Zimmer.

»Prüfen Sie bitte auch, ob er dement wird, er kann sich wirklich kaum noch an Dinge erinnern.«

»Bitte. Lassen Sie uns unsere Arbeit machen.«

Ruth hätte dem Arzt gerne noch mehr mit auf den Weg gegeben. Ein paar Hinweise hatte sie immerhin loswerden können, hatte von dem Rasierer im Eisfach erzählt und davon, dass Walter schlecht schlief, dass er manchmal durch die Burg irrte, auf der Suche nach ihr. Sie hatte betont, er sei unruhig und ängstlich und würde sich gedanklich viel mit der Vergangenheit beschäftigen. Doch sie wusste, dass Walter sich vor dem Fremden zusammenreißen und einen mustergültigen Eindruck hinterlassen würde.

Nach den Ereignissen auf dem Balkon hatte Schwester Carmen Wort gehalten und diesen Arzttermin arrangiert. Es ging darum, Walter in die erste oder zweite Pflegestufe eingruppieren zu lassen. Dann wäre zumindest der Umzug zurück auf die Bönninghardt für immer passé. Nervös saß Ruth im Wohnzimmer und kaute an ihren Fingernägeln, als es unerwartet klopfte, die Tür aufging und Sara ins Apartment trat.

»Sag mal, werde ich auch tüddelig, oder hast du dich gar nicht angekündigt?«, fragte Ruth erstaunt.

Sara lachte. »Nein, ich komme unangemeldet. Lars und Paul sind heute in den Archäologischen Park Xanten gefahren, und ich muss gleich noch schnell auf die Bönninghardt. Ich muss dort was holen.«

»Kannst du diese blöde Hütte bitte anzünden, wenn du alles hast, was du brauchst?«, seufzte Ruth. Sara sah sie prüfend an.

»Meint Opa es wirklich ernst? Will er dorthin zurück? Das ist unmöglich.«

»Hoffentlich sehen das die Ärzte auch so. Der medizinische Dienst ist gerade da und bestimmt seine Pflegestufe.«

»Mach dir keine Sorgen, Oma«, sagte Sara und tätschelte ihre Hand.

»Was suchst du denn auf der Bönninghardt? Willst du doch das alte Babybettchen holen, in dem schon dein Vater geschlafen hat? Es steht auf dem Speicher.«

»Bloß nicht«, lachte Sara. »In meinem alten Zimmer sind noch Unterlagen, die ich für eine Bewerbung brauche.« Sie erzählte in wenigen Sätzen von dem Forschungsstipendium in Cambridge.

»Lässt Lars das denn zu?«, fragte Ruth skeptisch.

»Verbieten kann er es mir ja schlecht. Wir leben schließlich im 21. Jahrhundert!«

Ruth biss sich auf die Lippen. Sie wollte nicht altmodisch wirken, aber zu ihrer Zeit war es tatsächlich ganz anders gewesen. Walter hatte ihr verboten zu arbeiten, es war sozusagen seine erste Amtshandlung als Ehemann gewesen. Direkt nach den Flitterwochen war er zum Nönneken gegangen und hatte ihr mitgeteilt, Ruth komme fortan nicht mehr zur Arbeit. Es war hart für sie gewesen, sie hatte ihren Beruf als Kinderkrankenschwester geliebt, aber so war es nun mal. Wer als Mann etwas auf sich hielt, der ließ seine Frau zu Hause bleiben. Das mochte heute gesetzlich anders geregelt sein, aber manche Dinge blieben dennoch gleich, da war Ruth sich sicher.

»Er kann es dir nicht verbieten, aber ich vermute, er wird nicht erfreut sein. Er ist doch so ein Familienmensch.« Lars war in ihren Augen ein wunderbarer, moderner Mann und ein Glücksgriff. Er kümmerte sich um sein Kind, er wickelte es sogar. Walter hätte damals nicht im Traum daran gedacht. Seine ganze Freizeit verbrachte Lars mit der Familie. Ruth hatte den Eindruck, dass er sogar gern mit nach Winnenthal kam, um Zeit mit Walter und ihr zu verbringen.

Sara nickte missmutig. »Komm, lass uns runter in die Cafeteria gehen. Solche Probleme löst man besser mit vollem Magen«, bestimmte Ruth. »Etwas Süßes zum Nachtisch wird dich sicher aufheitern, das hat schon geholfen, als du noch klein warst.« Sie lächelte Sara an.

Als sie aufstanden, kam der Pflegearzt aus dem Schlafzimmer, gefolgt von einer Assistentin und Schwester Carmen.

»So, Frau van Rennings, das Wichtigste ist: Sie müssen sich keine Sorgen machen. Ihr Mann fühlt sich sehr wohl«, sagte er und drückte Ruths Hand.

»Ja, aber was heißt denn das?«, fragte sie.

»Dass er sich von Ihnen sehr gut betreut fühlt. Er kann zwar einige Dinge nicht mehr allein, aber er konnte uns glaubhaft versichern, dass er nicht mehr Unterstützung benötigt als die, die er von Ihnen bekommt. Es geht ihm gut, Frau van Rennings«, fügte der Arzt lächelnd hinzu.

»Und was ist mit seiner Verwirrtheit?«, fragte Ruth.

»Wir beurteilen nur die Pflegebedürftigkeit. Für alles andere müssten Sie wohl zu einem Neurologen. Nach allem, was Sie mir erzählt haben, könnte es sich um eine beginnende Demenz handeln. Aber heute hatte ihr Mann einen sehr klaren Tag. Und wie es aussieht, werden Sie noch viele glückliche Stunden miteinander haben.«

»Na großartig«, sagte Ruth tonlos. Sie bemühte sich zu lächeln und verabschiedete die Ärzte. Es war nichts gewonnen, dachte sie entmutigt. Schwester Carmen war noch bei ihnen geblieben. »Vielleicht rufe ich vorsichtshalber auch noch einen Hausarzt an«, schlug sie vor. »Falls es wirklich Alzheimer ist, sollten wir entsprechende Medikamente für ihn haben.«

Sara runzelte die Stirn. »Ich glaube nicht, dass Opa dement wird. Das war überhaupt nicht mein Eindruck, als ich neulich mit ihm unterwegs war.«

»Am Anfang gibt es halt auch nur sehr selten solche Ausfallerscheinungen«, beeilte Ruth sich zu sagen. »Aber wenn man ihn täglich um sich hat, fällt es schon auf, wie er abbaut.« Sie versuchte, Sara aus der Tür zu schieben, doch Sara bestand darauf, zuerst nach ihrem Großvater zu sehen. Ruth trottete hinter ihrer Enkelin ins Schlafzimmer, nachdem Schwester Carmen sich verabschiedet hatte.

»Mir geht es sehr gut«, krächzte Walter ihr munter entgegen. »Ich brauche keine fremde Pflege.« Ruth beschloss, nicht darauf einzugehen.

»Ich gehe mit Sara runter in die Cafeteria. Wir müssen etwas besprechen.«

»Ich komme mit«, sagte Walter.

»Das geht nicht«, erwiderte Ruth schnell. »Wir

wollen in Ruhe reden. Sara zieht vielleicht nach England.«

»Aber da sind doch die ganzen Terroristen! Was willst du denn da, Kind?«, fragte Walter verwundert. Ruth musste schmunzeln. »Sara darf vielleicht an einem Forschungsprojekt in der Nähe von London mitarbeiten. Das wäre ein toller Karrieresprung. Sie würde dann allerdings während der Woche dort wohnen müssen.«

»Und das hat Lars erlaubt?«, fragte Walter erwartungsgemäß.

»Natürlich!«, antwortete Ruth und tat empört. »Wir leben schließlich nicht mehr im Mittelalter. Heutzutage haben Männer längst nicht mehr das Recht, ihren Frauen etwas zu verbieten.« Sie zwinkerte Sara zu, die belustigt den Kopf schüttelte.

»Weißt du, Opa, Lars ist natürlich ein bisschen betrübt, und deswegen wollte ich mit Oma runter in die Cafeteria und sie um Rat fragen.«

»Aber ich kann doch dabei sein«, insistierte Walter.

»Herrgott, Walter! Lars lässt seine Frau alleine nach England gehen, und ich darf noch nicht einmal alleine in die Cafeteria. Das ist doch nicht dein Ernst«, brach es aus Ruth heraus.

»Du willst doch nur wieder in den Singkreis und mit dieser Lili Heinemann Gemeinheiten gegen mich aushecken.«

»Opa, was ist denn mit dir los? So kenne ich dich gar nicht«, sagte Sara.

Ruth verdrehte die Augen. »Also das ist wirklich nicht neu. Wenn ich früher rübergegangen bin zu meiner Freundin Josefine, hat es keine dreißig Minuten gedauert, bis dein Opa auf der Matte stand und mich nach Hause geholt hat.«

»Das war doch nur, weil ich mir Sorgen gemacht habe. Du warst doch so krank, und wenn du von Josefine kamst, warst du immer so aufgebracht. Ihre Gesellschaft hat dir nicht gutgetan.«

»Das reicht!«, ging Sara beherzt dazwischen. »Ich möchte mich mit Oma von Frau zu Frau unterhalten. Und ich verspreche dir, es wird ihr kein Haar gekrümmt und wir hecken auch keine Gemeinheiten aus.« Walter brummelte etwas in sich hinein und drehte sich zur Wand. Ruth ließ sich von ihrer Enkelin unterhaken.

»Warum kontrolliert er dich so?«, fragte Sara, als sie Richtung Aufzug gingen.

»Ich weiß es nicht, es gibt keinen Grund. Aber glaub mir, das hat er früher auch schon gemacht. Besonders schlimm war es, nachdem Hanna, seine Schwägerin, weggelaufen ist und seinen Bruder verlassen hat.«

»Aber warum hast du dir das gefallen lassen?«, fragte Sara, und Ruth schwieg, sie hatte keine Antwort darauf. Sie war einfach nicht auf die Idee gekommen, sich etwas nicht gefallen zu lassen. Selbst auf Burg Winnenthal fiel es ihr schwer, sich einem Verbot ihres Mannes zu widersetzen, er war schließlich das Familienoberhaupt.

Sie gingen in die gut besetzte Cafeteria, Ruth nickte einigen Damen zu und genoss die anerkennenden Blicke, die Sara galten. Sie setzten sich an den letzten freien Tisch, und Sara erzählte, wie Lars auf Cambridge reagiert hatte. »Er will Paul unbedingt während der Woche bei sich in Düsseldorf behalten.«

Ruth erschrak. »Das geht doch nicht! Das kann er doch nicht machen!«

»Doch, das kann er. Wir haben ein gemeinsames Sorgerecht«, sagte Sara nachdenklich.

Ruth betrachtete ihre Enkelin. Beziehungen zwischen Mann und Frau hatten sich grundlegend verändert, dachte sie wieder einmal. Die Frauen hatten sich viele Freiheiten und Möglichkeiten erkämpft, Ruth hatte das mit Wohlwollen verfolgt. Sie freute sich, dass eine junge Frau wie Sara ganz selbstverständlich studierte, dass sie selbstbestimmt durchs Leben ging und ihrem Partner ebenbürtig war. Doch dass Frauen heutzutage freiwillig auf ihre Kinder verzichteten, das ging ihr zu weit. Ohne ihren Sohn wäre sie nirgendwo hingegangen. Er war das Beste, was ihr in ihrem Leben je passiert war, auch wenn sie schnell geahnt hatte, dass sie durch ihn für immer an die Familie van Rennings gekettet sein würde.

»Wenn du mir ein Glas Saft holst, dann erzähle ich dir, wie wir das früher gehalten haben«, schlug Ruth vor. Eine andere Perspektive hatte noch niemandem geschadet, dachte sie.

HANDEL AUF DER HEI

* Oktober 1957 *

Es war Sonntag, und sie erwarteten Margarethe Maaßen zum Essen. Seit der Fehlgeburt hatte Ruths Mutter beinahe wöchentlich nach ihrer Tochter gesehen, anfangs, um Ruths Heimweh zu mildern und ihr über den Verlust hinwegzuhelfen. Inzwischen kam sie, um sie zu unterstützen, denn Ruth war erneut schwanger und ihr Bauch schon so rund, dass sie glaubte, jeden Moment zu platzen.

Walter war seit der Fehlgeburt zuvorkommend und aufmerksam, und selbst ihre Schwiegereltern fanden ab und an wohlwollende Worte. Sie hatten ihnen sogar eine Woche Ferien in Holland am Meer geschenkt, damit Ruth sich erholen konnte. So waren sie nach Vrouwenpolder gefahren, ein kleines Dorf in Zeeland. Walter besaß inzwischen eine Isetta, die hatten sie mit dem Notwendigsten bepackt und waren gen Westen gefahren. Mit jedem Kilometer, den sie zurücklegten, schien ihr Mann freier durchzuatmen. Am Meer angekommen, zogen sie sich Schuhe und Socken aus und liefen barfuß durch den Sand, ein Gefühl, das Ruth seit Kindertagen nicht mehr genossen hatte. Sie stutzte, als sie sah, wie ängstlich Walter am Rande des Wassers entlangging, unsicher, als könnte der Boden jeden Moment unter ihm wegbrechen.

»Warum guckst du so skeptisch?«, fragte sie ihn lachend.

»Ich habe Angst, dass der Sand mich verschlingt wie ein Sumpf. Siehst du nicht, wie er unter meinen Füßen absinkt?«

»Ach, Unsinn. Das ist doch kein Sumpf. Bloß Matsch und Schlick. Warst du etwa noch nie am Meer?«

»Noch nie«, gab Walter kleinlaut zu. Da nahm Ruth ihn an die Hand und führte ihn ein paar Meter in das kalte Wasser hinein. Er zögerte und wollte umkehren, doch schließlich genoss auch er es, wie die Wellen seine Beine umspülten. Und dann rannte er am Strand auf und ab wie ein herumtollender Hund. Ruth betrachtete ihn und begriff, dass Walter noch nie in seinem Leben so frei gewesen war wie in diesem Moment. Stürmisch rannte er auf sie zu und umarmte sie. Er gab ihr einen Kuss auf den Mund und nahm ihre Hand. Wenn sie daran zurückdachte, so schien es Ruth, als habe Walter sie in diesen sieben Tagen gar nicht mehr loslassen wollen. Er strich ihr das Haar aus dem Gesicht, wenn es vom Wind zerzaust wurde. Er suchte unter dem Tisch, an dem sie die Mahlzeiten gemeinsam mit der Bauernfamilie einnahmen, nach ihrer Hand, und sie teilten Nächte voller Zärtlichkeit. In dieser Urlaubswoche war Ruth schwanger geworden.

In ihrem Zustand musste Ruth nicht mehr zur Kirche gehen. Sie stand deshalb schon morgens in der Küche und bereitete das Essen vor. Die Mahlzeiten wurden im Hause van Rennings stets in großer Runde eingenommen. Walter, Berthold und Hansi kamen täglich in der Mittagspause nach Hause, und noch bevor sie sich setzen konnten, stand auch schon die Suppe auf dem Tisch. Sie war der Auftakt jedes noch so kleinen Mahls. Ihre Schwiegermutter hatte Ruth erzählt, dass sie selbst im Krieg die letzten Lebensmittel so lange in Wasser gekocht hatte, bis sie am Ende Geschmack abgegeben hatten. »Ich hätte auch alte Socken gekocht und zur Käsesuppe erklärt«, hatte sie gesagt. Das war ein gutes Jahrzehnt nach Kriegsende nicht mehr nötig, und so kochte Ruth an diesem Sonntag eine kräftige Rindfleischbrühe, die gleich für mehrere Tage vorhalten sollte. Täglich außer freitags stand zudem Fleisch auf dem Tisch, dazu gekochte Kartoffeln mit einer guten Soße. »Ohne ein Emmerken Sauß geht dat ja wohl nich«, befand Walters Vater jedes Mal, wenn er sich etwa einen Drittelliter davon über seine Erpelen goss.

Dazu gab es Salat oder Gemüse, als Dessert Apfelmus, Wackelpeter oder gezuckerten Quark.

Ruth hoffte, dass auch Hanna am Mittagessen teilnehmen würde. Es bereitete ihr Sorgen, zu sehen, wie unglücklich ihre Freundin war. Sie sprach selbst mit Ruth nur noch das Notwendigste, überhaupt war aus dem lebenslustigen Mädchen eine stille, geradezu verschlossene Frau geworden. Auch Hansi hatte sich verändert. Er sprach mit Hanna nur noch in herrischem Ton, alle Verliebtheit schien schon lange verschwunden. Manchmal sah Ruth Flecken in ihrem Gesicht oder an den Armen, doch Hanna vertraute sich ihr nicht an. »Rede mit mir«, hatte sie erst am Vortag wieder flehentlich zu ihr gesagt, doch sie hatte ihr nur traurig die Wange gestreichelt. »Du hast deine eigenen Probleme. Du brauchst nicht noch meine dazu. Schon gar nicht in deinem Zustand«, hatte Hanna gesagt und tapfer gelächelt.

Es gab Gerüchte im Dorf, dass Hansi sich über seine Frau beklage. Sie sei kalt und unsensibel und deshalb empfange sie kein Kind von ihm. Vor Kurzem war Ruth in die Küche gekommen und hatte ihre Schwiegermutter und Hanna betend vorgefunden. Es war ein ungewohnt einträchtiger Moment zwischen den beiden gewesen.

Als Maria van Rennings an diesem Sonntag zu Hanna und Ruth in die Küche kam, nahm sie Ruth das Schälchen mit der vorbereiteten Salatsoße aus der Hand, steckte ihren Zeigefinger hinein und leckte ihn ab. Sie schmeckte nach, schmatzte zweimal und grollte liebevoll. »Da ist wohl jemand verliebt bis über beide Ohren! Zu viel Salz. So mag Berthold die Soße nicht. Kipp noch ein bisschen Büchsenmilch und Zucker hinein, dann ist sie gut.« Sie gab Ruth das Schälchen zurück und nickte anerkennend. »Gar nicht mal schlecht!«

Ruth gab die empfohlenen Zutaten hinein und probierte die Soße. »Da muss ich mich aber mal selber loben«, sagte sie fröhlich und zuckte zusammen, als ihre Schwiegermutter einen schweren Hustenanfall bekam. Hanna eilte ihr sofort zu Hilfe, setzte sie auf einen Stuhl und brachte ihr ein Glas Wasser. »Du musst zum Arzt, Schwiegermama«, sagte sie. Sie hatte recht. Auch Ruth war aufgefallen, dass Maria van Rennings seit geraumer Zeit gesundheitlich angeschlagen war. »Lass nur, es geht schon wieder«, antwortete diese und stellte sich wieder an den Herd.

In dem Moment läutete es, und Ruth lief zur Tür.

»Wie schön, dass du gekommen bist, Mama!«, rief sie und fiel ihrer Mutter um den Hals.

»Werde ich vielleicht Zwillingsoma?«, fragte diese und beäugte belustigt den geschwollenen Bauch.

Sie setzten sich ins Esszimmer, wo nur sechs Gedecke auf dem Tisch standen. Hanna hatte offenbar nichts vom Besuch gewusst.

»Ich hole noch schnell einen Teller und Besteck«, sagte Ruth zu ihrer Mutter. »Nimm schon mal Platz.« Die Sitzordnung war immer dieselbe. Vor Kopf saß Berthold van Rennings als Haushaltsvorstand, eingerahmt von seinen Söhnen nebst Gattinnen. Maria van Rennings saß am anderen Ende der Tafel, und, sofern Ruths Mutter da war, saß sie neben ihrer Tochter. Dorthin geleitete Ruth sie auch heute.

»Ich bringe dir schon etwas Wasser, wenn du möchtest.«

»Ach weißt du, ich habe ein bisschen Magenprobleme. Würdest du mir bitte einen Underberg oder ein anderes Schnäpschen holen?«

Ruth wusste, dass ihre Mutter keine Magenprobleme hatte. Sie genehmigte sich täglich ein Piccolöchen zum Frühstück, um ihren niedrigen Blutdruck auf Touren zu bringen, dann das übliche Elf-Ührken, und auch ein Schnäpschen am Nachmittag gehörte zum Tagesablauf. Wenn Ruth sie besorgt darauf ansprach, verteidigte sie sich: »Ist doch nichts Besonderes. Das Piccolöchen wurde mir vom Arzt verschrieben. Und gegen die Verdauungsschmerzen am Nachmittag muss ich ja wohl auch etwas tun.«

Ruth besorgte ihr einen Magenbitter, von dem es, weil Berthold bei Underberg arbeitete, unzählige Kisten im Haus gab. Kaum stand der Kräuterschnaps auf dem Tisch, drehte Ruths Mutter den kleinen Schraubverschluss ab, klemmte das Fläschchen zwischen die Schneidezähne und warf den Kopf in den Nacken, dass es nur so gluckerte.

In diesem Moment trudelte auch der Rest der Familie ein. Ruth nahm eine winzige Veränderung in Haltung und Mimik ihrer Mutter wahr, als Berthold van Rennings den Raum betrat. Sie akzeptierte ihn als Oberhaupt der Familie, in die ihre Tochter eingeheiratet hatte, und es verstand sich von selbst, dass sie ihm Respekt entgegenbrachte, auch wenn ihr gesellschaftlicher Status höher war als seiner. Berthold van Rennings war sich dieses Klassenunterschieds sehr wohl bewusst, und er bekämpfte sein Minderwertigkeitsgefühl zumeist mit Arroganz. Sobald er Ruths Mutter gewahr wurde, reckte er das Kinn in die Höhe.

»Aha, haben wir mal wieder ein Schlückchen nötig?«, fragte Berthold süffisant zur Begrüßung, als er das leere Underberg-Fläschchen sah. Ruths Mutter ging nicht darauf ein. »Stellt euch vor, man hat beim Amphitheater in Xanten wieder etwas ausgegraben. Es soll so etwas wie ein Badehaus der alten Römer gewesen sein. Unglaublich, was die vor zweitausend Jahren schon alles gebaut haben«, erzählte sie voller Begeisterung, während Hanna und Maria van Rennings die Suppe auftrugen. Sie war stolz auf die lange Geschichte und Bedeutung der Stadt Xanten, doch alle anderen am Tisch schienen sich nur wenig dafür zu interessieren. Schweigend aßen sie ihre Suppe.

Dann räumten Hanna und Ruth die Teller ab und trugen den Hauptgang auf.

Margarethe Maaßen ertrug die Stille bei Tisch nur schwer. In Ruths Elternhaus hatte man sich beim Essen immer unterhalten. Deshalb plauderte sie ungezwungen weiter und wandte sich an Ruth: »In unserem Kaufhaus gibt es jetzt echte Pelze. Eine kurze Persianerjacke hat es mir besonders angetan.« Ein Räuspern unterbrach sie, es war Berthold van Rennings.

»Geht es dir gut, lieber Berthold?«, fragte sie. »Hast du dich verschluckt? Möchtest du etwas Wasser?«

Berthold ignorierte die Frage, leckte seine Gabel ab und legte das Besteck ordentlich auf den Tellerrand. Dann beugte er sich zu Ruths Mutter hinüber.

»Wir sind eine bodenständige katholische Familie. Wir mögen keinen Pomp und sparen unser Geld lieber für die wesentlichen Dinge.«

Das scharfe Einatmen von Ruths Mutter war deutlich zu hören.

»Ich habe lediglich angemerkt, wie hübsch diese Jacke ist«, sagte sie. Ruth bemerkte den schnellen Blickwechsel zwischen Berthold und seinem Sohn.

»Ich würde mir wünschen, dass du zugunsten deines Enkels etwas weniger verschwenderisch lebst«, sagte Walter jetzt mit belegter Stimme. Ruth traute ihren Ohren nicht, doch sie wollte keinesfalls, dass die Situation am Tisch eskalierte. Sanft legte sie die Hand auf Walters Arm. »Das eine hat doch mit dem anderen nichts zu tun. Mama wird unser Kind mit Sicherheit mehr als genug verwöhnen.«

»Das kommt nicht infrage. Unser Kind wird nicht durch derartigen Luxus verzogen und verweichlicht«, sagte Walter schnell. Wieder warf er seinem Vater einen Blick zu und fuhr fort: »Im Übrigen, liebe Schwiegermama, habe ich den Eindruck, dass du mit der Verwaltung deines ehelichen Erbes etwas überfordert bist. Zukünftig werde ich mich darum kümmern.«

Ruth blieb der Mund offen stehen. Sie konnte sich nicht mehr zurückhalten. »Was erlaubst du dir, Walter? Wie kannst du es wagen, so ungehörig mit meiner Mutter zu reden?«

»Sei still!« Walters Stimme war schneidend.

»Lass nur, mein Kind«, sagte Margarethe Maaßen mit versteinerter Miene. »Es war falsch von mir, so begeistert von diesen teuren Dingen zu reden. Es tut mir leid, das wird nicht wieder vorkommen.«

»Das ist mal sicher«, knurrte Berthold van Rennings und zerteilte dabei eine Kartoffel mit dem Messer. »Mein Sohn kann mit Geld umgehen. Das hat er gelernt.«

»Das glaube ich, verehrter Berthold«, hob Ruths Mutter ungerührt an, »dennoch werde ich mein Vermögen weiterhin selbst verwalten. Vielen Dank für dein großzügiges Angebot, Walter, aber ich komme alleine klar.«

Ruth hörte ein Scharren auf dem Holzboden. Walter zuckte zusammen, räusperte sich mehrmals und sagte dann: »Keine Widerrede, liebe Schwiegermutter. Ich werde das zukünftig übernehmen. Es ist meine Aufgabe, und ein van Rennings erfüllt seine Pflicht.«

Berthold van Rennings schaute nun auf. Sein Tonfall war eisig und machte deutlich, dass er keine Widerrede mehr duldete. »Das ist Männersache, und qua Gesetz ist es Walters Aufgabe, das Geld seiner Familie zu verwalten. So, und nun genug geredet. Ich will einen Schnaps.«

»Es ist mein Geld«, beharrte Ruths Mutter, ihre Stimme klang nun brüchig. Dennoch schaute sie Berthold trotzig an. Dieser verweigerte den Blickkontakt. Langsam und betont wiederholte er: »De jure ist Walter euer Familienoberhaupt. Er entscheidet, was mit dem Geld der Familie passiert. Mein Sohn wird das Geld verwalten, er wird dir eine …«, er zögerte, »angemessene monatliche Apanage zukommen lassen. Lerne, damit auszukommen. Es wird dir guttun.« Mit diesen Worten rückte er seinen Stuhl nach hinten und stand auf: »Ich empfehle mich«, beendete er die Diskussion und folgte seiner Frau in die Küche. Ruth hasste ihre Ohnmacht. Sie hätte ihrem Schwiegervater am liebsten eine Ohrfeige gegeben.

Ihre Mutter schien das zu spüren. Sie nahm Ruths Hand. »Liebes, ich könnte noch einen Magenbitter vertragen. Sei so lieb und hole einen aus dem Keller.« Sie wollte offenbar alleine mit Walter sprechen. Ruth zögerte einen Moment, doch dann entschied sie sich, ihrer Mutter zu vertrauen. Sie blieb längere Zeit weg, und als sie mit dem Kräuterschnaps ins Esszimmer zurückkam, saß Margarethe Maaßen ihrem Schwiegersohn mit einem Lächeln gegenüber. Sie hatte verhandelt, und anders als Walter lag ihr das Feilschen im Blut. Margarethe Maaßen war zufrieden. Wie viel sie sich als monatliche Apanage herausgehandelt hatte, erfuhr Ruth nicht, aber es schien üppig zu sein. »Das hübsche Pelzjäckchen vermache ich dir eines Tages«, flüsterte sie Ruth noch ins Ohr, bevor sie sich verabschiedete.

Erst am Abend, als sie gemeinsam im Bett lagen, wagte Ruth es, das Gespräch erneut auf ihre Mutter zu lenken.

»Uns fehlt es doch an nichts«, begann sie vorsichtig und schmiegte ihren prallen Bauch an Walters Rücken. »Warum also willst du das Geld meiner Mutter kontrollieren?«

»Wir werden alle zusammen von diesem Geld leben müssen«, antwortete Walter sehr ruhig. »Deine Mutter, du, ich und unser Sohn. Da muss sich jeder etwas einschränken.«

»Aber du verdienst doch genug bei Hüsken. Was ist denn mit deinem Gehalt?«

»Ich habe gekündigt«, sagte er tonlos.

»Was?« Ruth glaubte, sich verhört zu haben.

»Ich habe gekündigt. Nächste Woche ist meine letzte Arbeitswoche.«

»Du hast gekündigt? Ausgerechnet jetzt, wo wir ein Kind bekommen? Um Himmels willen, warum denn bloß?«

»Weil ich mir das alles nicht länger gefallen lassen konnte«, antwortete Walter trotzig.

»Was genau?«

»Dass mir dort niemand den nötigen Respekt erweist.« Ruth hatte geahnt, dass Walter sich nicht wohlfühlte in seinem Job. Er sprach nicht viel darüber, aber sie hatte herausgehört, dass seine Kollegen ihn seit der Geschichte mit Eva-Marie nicht mehr ernst nahmen. Man hatte ihn *Dirnenliebchen* genannt, diesen Spitznamen war er nicht wieder losgeworden. Ob seine Kündigung mit dieser alten Geschichte zusammenhing?

»Ich verstehe nicht recht, wovon du redest«, sagte Ruth.

»Ich habe mir schon gedacht, dass du das nicht verstehst«, seufzte Walter, und sie wurde wütend.

»Sag mal, spinnst du? Wir bekommen ein Kind, und der Herr will nicht mehr arbeiten gehen, sondern lieber seiner Schwiegermutter auf der Tasche liegen? Bist du noch bei Trost?« Sie schrie nun fast. »Du Faulpelz! So wirst du bestimmt kein gutes Vorbild für dein Kind.«

Walter antwortete nicht. Er tat, als wäre er eingeschlafen. Mühsam rappelte Ruth sich auf. Walter schnarchte leicht.

»Also das ist doch die Höhe«, schimpfte sie. Er rührte sich nicht.

Sie kochte innerlich, aber sie wusste inzwischen, dass es keinen Zweck hatte, Walter unter Druck zu setzen. Wenn sie vernünftig mit ihm reden wollte, musste sie besonnen und ruhig sein.

Also stand sie auf und beschloss, etwas frische Luft zu schnappen. Im Garten atmete sie mehrmals tief durch, bis sie sich wieder gefangen hatte und sich stark genug fühlte, die Diskussion mit Walter fortzusetzen.

Zurück im Schlafzimmer fand sie Walter in exakt der gleichen Position vor, wie sie ihn verlassen hatte. Er hatte sich wie ein Baby auf der Seite eingerollt, ein Arm lag schützend über seinem Gesicht.

Sie berührte ihn sanft an der Schulter. »Walter?« Als sie keine Antwort bekam, rüttelte sie etwas fester an ihm. »Lass uns vernünftig darüber reden«, bat sie, doch erneut reagierte er nicht. Ruth fühlte die Wut wieder aufflammen. »Verflixt noch mal, Walter«, zeterte sie. Doch Walter war inzwischen wirklich eingeschlafen. Vor Morgengrauen würde man ihn nicht mehr wach bekommen.

»Na warte«, sagte sie mehr zu sich selbst, stand auf, nahm den Gürtel ihres Bademantels und wickelte das eine Ende fest um ihr Handgelenk. Das andere Ende schlang sie um Walters Arm, damit er sich am nächsten Morgen nicht einfach aus dem Bett stehlen konnte. Er würde ihr Rede und Antwort stehen, darauf konnte er Gift nehmen.

FRÄULEIN RETTIG
ZUM DIKTAT

»Das mit den Fesseln am Arm hat er sicher falsch verstanden.« Ottilie Oymann hatte sich während Ruths Erzählung mit einem lautstarken »Mahlzeit« zu ihnen gesellt und lachte nun aus tiefster Kehle. Sie zwinkerte Sara zu. »Weißt du, was ich meine?« Sara lächelte höflich und nickte. Die alte Dame konnte unmöglich meinen, was Sara vermutete. Sicherheitshalber fragte sie nicht nach.

Doch davon ließ sich eine Ottilie Oymann natürlich nicht aufhalten. »Also, mein verstorbener Ehemann, Gott hab ihn selig, der …«

»Welcher von deinen verstorbenen Ehemännern?«, fragte Saras Oma trocken.

»Theo, der erste, wenn ich mich nicht irre. Der hat in dieser Hinsicht nichts ausgelassen. Und ich habe alles mitgemacht, auch Fesselspiele. Ich war ja jung und dachte, das muss so sein.«

Sara wusste nicht, ob sie weinen oder lachen sollte.

»Den musste ich regelmäßig zu einem Paket zu-

sammenschnüren, und dann gab es was aufn Frack.«
Frau Oymann lachte über ihre eigene Formulierung,
Saras Oma schaute angestrengt auf die Tischkante,
konnte aber ein Kichern nicht unterdrücken, und
auch Sara grinste. Frau Oymann brachte sie auf andere Gedanken.

»Ja, mein Theo. Der neigte zur Übertreibung.
Bloß war es eines Tages zu viel des Guten. Da habe
ich ihn im Kleiderschrank mit einem Strick um den
Hals gefunden. Erst hab ich gedacht, der wird doch
wohl nicht so dusselig sein und sein Jackett auf einen
Kleiderbügel hängen, während er noch drinsteckt.
Dann habe ich verstanden: Er hatte sich in meiner
Abwesenheit ein bisschen Freude verschaffen wollen, wollte sich ein bisschen würgen, das mochte er.
Aber dann ist er wohl weggerutscht. Oder er konnte
nicht genug kriegen. Jedenfalls war er tot. Gott hab
ihn selig. Die Polizei wollte meinem Göttergatten
natürlich einen Selbstmord anhängen. Aber ich habe
den Beamten erklärt, dass es ein Sex-Unfall gewesen sein musste. Na, die haben vielleicht belämmert
aus der Wäsche geguckt. Zum Glück haben sie mir
geglaubt, sonst hätte die Versicherung wohl nicht gezahlt. Meine Güte, das war ein Ärger.«

Sara hätte zu gern die Polizisten gesehen, die sich
Ende der Vierzigerjahre von Ottilie Oymann einen
Sex-Unfall schildern ließen. Vermutlich hatte keiner
von ihnen gewagt, genauer nachzufragen.

»Immerhin hat er sich erkenntlich gezeigt und dir den ganzen Schotter hinterlassen«, lachte Lili Heinemann, die in der Zwischenzeit ebenfalls zu ihnen gestoßen war.

»Das kannste laut sagen«, griente Frau Oymann. »Dafür hätte ich auch noch ein paarmal an der Krawatte gezogen.« Sie verzog entschuldigend das Gesicht, als sie Saras Blick auffing, und fügte schnell hinzu: »Du darfst uns alte Weiber nicht zu ernst nehmen, mein Kind. Das ist fast siebzig Jahre her, glaub mir, da macht man schon mal ein Späßchen über den Schlamassel von anno dazumal, und mein Theo, der dreht sich deshalb auch nicht im Grabe um. Der hatte was übrig für schwarzen Humor.«

»Was gibt es denn heute zu essen?«, fragte Frau Heinemann in die Runde.

»Du hast den gebackenen Fisch bestellt. Mit Reis«, antwortete Frau Oymann.

»Die beiden sitzen immer zusammen am Tisch«, erklärte Ruth zu Sara gewandt. »Zu mir kommen sie nur, wenn ich besonderen Besuch habe.«

»Na, entschuldige mal, wenn Walter hier sitzt, macht es auch nicht halb so viel Freude«, erwiderte Frau Heinemann. »Der möchte doch immer mit dir alleine essen.«

Sie gaben der Bedienung ein Zeichen, die sofort herbeieilte und die Bestellung aufnahm.

»Mal schauen, ob der Koch diesmal den Salzstreuer gefunden hat oder ob das wieder Schonkost ist«, sagte Ruth. Sie hatte Sara während des Studiums täglich mit niederrheinischen Gerichten bekocht, von Sauerbraten mit Schnibbelbohnen über Bratkartoffeln, *Himmel und Erde,* also Blutwurst mit Kartoffelbrei und Apfelmus, bis hin zu Endivien mit Kartoffeln, was sie *Endivien untereinander* nannte, und in der Zeit von April bis Ende Juni natürlich Spargel, Spargel, Spargel. Sie hatte genaue Vorstellungen davon, was eine gute Küche ausmachte, welche Kombinationen genießbar waren und, vor allem, welche nicht. Letztere beherrschte der »lange Rainer«, wie der Koch hier genannt wurde, par excellence. Egal, was er auftischte, es war Ruth und ihren Freundinnen nicht genehm. Zu salzig, zu laff, und wenn ausnahmsweise alles schmeckte, dann waren die Portionen unverschämt groß.

»Nächste Woche trifft sich wieder der Ernährungskreis. Da werde ich mich beschweren. Das geht doch so nicht weiter«, schimpfte Saras Oma auch prompt, als die Suppe serviert wurde. Die Studentin, die in der Kantine als Bedienung aushalf, ließ sich nicht beirren.

»Einen guten Appetit wünsche ich Ihnen, Frau van Rennings«, sagte sie sehr laut, sehr deutlich und mit einer stoischen Note.

»Danke, Nicole«, sagte Saras Großmutter. »Sie

können ja wahrlich nichts dafür, dass der lange Rainer einfach kein Händchen fürs Kochen hat.«

»Oma, sei nicht so ungerecht. Hier sitzen vermutlich achtzig Frauen, die alle fabelhaft kochen können. Und jede denkt, dass ein Gericht genau so schmecken muss, wie sie es gewohnt ist. Der Mann hat doch gar keine Chance.«

»Zu viel Salz ist einfach zu viel Salz. Und laff ist laff«, antwortete ihre Oma nur.

»Bäh«, machte derweil Lili Heinemann und ließ einen Löffel Rinderbrühe wieder zurück in die Suppentasse laufen. »Ist mal wieder ungenießbar.«

»Och«, sagte Ottilie Oymann, »ich find, et geht heute.« Die beiden Damen sahen zu Ruth hinüber, die vorsichtig einen Löffel Suppe probierte.

»Heiß!«

»Das ist schon mal von Vorteil bei einer Suppe«, spöttelte Sara.

»Aber schmeckt nach nichts! Wenn das eine Hühnerbrühe sein soll, dann fress ich einen Besen quer.«

»Es ist eine Rinderkraftbrühe«, unkte Frau Oymann.

»Auch nicht«, urteilte Ruth ungerührt. »Da ist höchstens mal ein Rind dran vorbeigelaufen.«

»Oma, jetzt ist aber mal gut. Die Suppentasse ist doch schon halb leer gelöffelt.«

»Der Hunger treibt's rein«, murmelte Ruth.

»Schmeckt es dir auch nicht?«, wandte sich Frau

Oymann nach einer Weile an Sara. »Du hast deine Suppe noch gar nicht angerührt. Und auch wenn deine Oma motzt: So schlimm ist sie wirklich nicht.« Sie beugte sich zu ihr und flüsterte: »Ich fand sie sogar richtig lecker.« Sie zwinkerte ihr zu. Sara bekam jedoch nichts runter.

»Das arme Ding hat Liebeskummer«, hörte Sara ihre Oma sagen und hoffte, dass sie nicht ins Detail gehen würde. Vergebens.

»Wisst ihr, Sara hat gerade ein großartiges Karriereangebot bekommen. In London.« Sie verzog den Mund. »Da könnt ihr euch sicher denken, dass unser Lars nicht begeistert ist.« Die Selbstverständlichkeit, mit der sie »unser Lars« sagte, legte nahe, dass Lars und Sara ein gängiges Gesprächsthema im Hause Winnenthal waren.

»Komm Oma, lass gut sein. Wir sollten die anderen nicht mit so etwas langweilen. Wir müssen außerdem langsam mal wieder nach Opa sehen.«

Ihre Oma überhörte den Einwand. »Sara meint, Lars könnte auch mal für zwei Jahre beruflich kürzertreten, sich um die Erziehung von Paul kümmern und mit nach London gehen.«

»Nein! Ein echter Mann muss für seine Frau sorgen. Du willst doch keinen Lächgänger zu Hause haben«, sagte Ottilie Oymann, und sogar Lili Heinemann pflichtete ihr bei: »So war es schon immer. Und das wird sich auch nicht ändern!«

Sara wollte protestieren, aber es fiel ihr nichts Überzeugendes ein. Sie musste an ihre Schulfreundin Marianne denken, die eine ziemlich toughe Anwältin geworden war. Sie hatte Harald geheiratet, einen gebildeten, klugen Mann, der mit Hingabe Geige spielte. Harald besaß ganz offensichtlich großes Talent, nur Ehrgeiz hatte er überhaupt nicht. Deshalb waren die beiden übereingekommen, dass er die Erziehung der Kinder übernehmen würde. Marianne hatte altes Geld, war Partnerin in einer großen Kanzlei geworden und brachte ein mehr als auskömmliches Salär nach Hause. Sie liebte ihren Mann, doch irgendwann begann sie sich zu langweilen und brannte mit einem Seniorpartner durch. Harald durfte die Geige behalten, aber die Kinder wuchsen seitdem bei der Mutter in New York auf. Es war auch für Männer nicht leicht, ihrer traditionellen Rolle zu entkommen, dachte Sara.

»Ein Mann, der seine Familie nicht ernähren kann, war damals eine Katastrophe«, sagte Saras Oma. »Deshalb war ich ja auch so fuchsteufelswild, als dein Opa gekündigt hatte.«

»Was ist denn eigentlich am nächsten Morgen passiert, nachdem du dich mit dem Gürtel an deinen Mann gebunden hattest?«, fragte Sara, um endlich die Aufmerksamkeit von sich wegzulenken.

»Also, dein Opa hat zwar irgendwann eingesehen, dass er Mist gebaut hat, aber er hatte Angst, die

Kündigung rückgängig zu machen. Sein Chef, Herr van der Landen, war nämlich ein Ekel. Was hat mein lieber Mann also gemacht? Richtig, er hat abgewartet, bis ich die Geduld verliere und selbst etwas unternehme. Und so bin ich dann mit dickem Bauch zu Hüsken marschiert. Ich war schon klitschnass geschwitzt, als ich da ankam.« Sie machte eine kurze Pause, trank einen Schluck und genoss die Aufmerksamkeit ihrer Zuhörerinnen.

»Ich kannte die Sekretärin, Fräulein Rettig, noch von früher, aus dem Geschäft meiner Eltern. ›Frau van Rennings‹, hat sie gesagt, ›ich darf eigentlich niemanden ohne Termin vorlassen. Aber für Sie mache ich eine Ausnahme. Ich ahne ja, warum Sie hier sind.‹ Ich bin also rein ins Büro, und da stand ich vor diesem fiesen Fleischklops, verschwitzt, außer Atem und in anderen Umständen. ›Was kann ich für Sie tun, junges Fräulein?‹, hat er gefragt, obwohl er genau wusste, warum ich da. ›Mein Mann hat einen Fehler gemacht‹, habe ich gesagt, ›den möchte er rückgängig machen. Er möchte sehr gerne auf seinem alten Posten weiterarbeiten.‹ Und dann hat der Fleischklops ganz süffisant gefragt, warum Walter mich vorschicke und ob ich vielleicht als Bittgeschenk zu verstehen sei.«

Ottilie Oymann sog vernehmbar Luft ein und verzog angewidert das Gesicht, Sara schwieg fassungslos.

»Der wusste, wie man Menschen demütigt. Er hat

verlangt, dass ich mich vor seinem Schreibtischstuhl niederknie.«

»Dem hätt ich wat lang gezogen. Aber nicht die Ohren, da kannste sicher sein«, rief Frau Oymann empört.

»Das nennt man sexuelle Nötigung. Du hast den Kerl doch hoffentlich angezeigt«, sagte Sara, als sie ihre Sprache wiedergefunden hatte.

»Schätzchen«, ging Lili Heinemann dazwischen, »wir kannten diesen Ausdruck noch nicht einmal. Damals konnte man als Frau schon froh sein, wenn man körperlich unversehrt aus so etwas wieder rauskam. Niemand hätte ihr geglaubt, wenn sie sich beklagt hätte. Der Kerl hätte einfach behaupten können, die wollte das oder sie habe sein Verhalten provoziert.«

»Genau so ist es«, pflichtete Ruth ihr bei. »Aber seine Sekretärin hat mich gerettet. Ich glaube, sie hat an der Tür gelauscht. Jedenfalls platzte sie im rechten Moment ins Büro, und als sie mich in dieser misslichen Position vorfand, hat sie sich sofort zu mir auf den Boden gekniet. ›Ich verliere diese dummen Haarnadeln auch ständig‹, hat sie gesagt und mir mit den Worten ›Da ist das dumme Ding ja!‹ eine von sich in die Hand gedrückt. Ich bin dann mit ihr zusammen rausgegangen.«

»Bravo!«, rief Frau Oymann.

»Aber wisst ihr, was das Schlimmste für mich war?

Walter hat danach gesagt, ich hätte ja nicht hingehen müssen. Er war sogar wütend auf mich, ich hätte durch mein Verhalten eine solche Situation herausgefordert, sagte er.«

Das Schlagwort #*metoo* schoss Sara durch den Kopf. Zwar kamen solche Übergriffe heute noch immer vor, wie die Debatte zeigte, doch immerhin konnte derart ekelhaftes Verhalten geahndet werden. Das wenigstens war ein Fortschritt, dachte sie.

»Alle gleich, die Kerle«, schimpfte Frau Heinemann.

»Das stimmt nicht!«, entgegnete Ottilie Oymann. »Meine Männer muss ich in Schutz nehmen. Theo war wild, aber er liebte die Frauen, Albert war zu kurz an meiner Seite, um einen bleibenden Eindruck zu hinterlassen, aber er hat mich nie schlecht behandelt, Heinz war gutmütig, nur ein bisschen langweilig, Dimitri ein Macho durch und durch, aber galant bis in die Haarspitzen. Und dann erst der süße Giovanni!«

»Der ist mir neu«, entfuhr es Saras Oma, und Sara musste lachen.

»Wir waren auch nicht verheiratet, dazu kam es nicht. Giovanni war Gastarbeiter. Als ich ihn kennenlernte, hat er als Bergmann auf Lohberg gearbeitet. Später haben wir zwei die erste Eisdiele Dinslakens eröffnet. Giovanni hat das leckerste Eis gemacht, das ich je gegessen habe«, seufzte Frau Oymann.

»War Giovanni nicht der junge Mann, der dein Geld für die Eisdiele auf sein Konto überwiesen hat, um dann mit einer Jüngeren nach Italien abzuhauen?«, fragte Frau Heinemann bissig.

»Warum betonst du eigentlich immer nur das Schlechte? Giovanni hat mich zwei Jahre lang sehr glücklich gemacht«, entgegnete Ottilie Oymann schmunzelnd. Dann wurde sie wieder ernst. »Aber das sind olle Kamellen. Wir sollten uns nicht ständig mit der Vergangenheit beschäftigen. Lasst uns lieber in die nahe Zukunft blicken. Bernd will am Nachmittag den Chor zusammenrufen. Meine Lieben, da sollten wir unsere Stimmen etwas geölt haben.«

Saras Oma rutschte nervös auf ihrem Stuhl herum. Sara sah sie in Richtung Tür blicken. »Ich muss aufpassen, dass Walter nicht hier auftaucht. Er will partout nicht, dass ich mich mit euch treffe.«

»Das war bei Pitt mit fortschreitender Demenz genauso«, sagte Lili Heinemann. »Er fühlte sich verfolgt und war aggressiv, dann wieder traurig und verwirrt. Du solltest Walter rechtzeitig auf eine andere Station bringen lassen, wo er rund um die Uhr überwacht wird. Das hätte ich bei Pitt besser auch getan.«

Sara behagte es nicht, wie über ihren Großvater gesprochen wurde. Prüfend sah sie ihre Oma an, die sich ebenfalls unwohl zu fühlen schien. Die anderen Damen bedrängten sie regelrecht. »Ruth, bitte«, insistierte Lili Heinemann, »du musst etwas unternehmen. Denk doch mal an dich. Wie lange willst du dir denn noch seinetwegen Dinge versagen, die dir Freude machen.« Ruth nickte zögerlich, und Sara hatte das Gefühl, dass ihre Oma ihr etwas verheimlichte. »Da muss ich Lili ausnahmsweise mal recht geben«, pflichtete Ottilie Oymann bei. »In deinem Alter darfst du ruhig mal egoistisch sein. Den Dienst an der Familie hast du zur Genüge getan.«

Saras Oma zögerte. »Das ist wohl wahr«, sagte sie schließlich. »Anders als meine Schwägerin bin ich immerhin auf der Bönninghardt geblieben.«

EIN KIND MIT VIELEN
NAMEN

* Februar 1958 *

Ruth schrie sich die Seele aus dem Leib, sie hatte To-
desangst. Neben dem Bett standen ihre Mutter und
die Hebamme, sie flüsterten sorgenvoll. Margarethe
Maaßen hatte zur Entbindung ihres Enkels Schwester Vincenza geholt. Seit achtzehn Stunden lag Ruth
bereits in den Wehen, und das Baby schien kaum
voranzukommen.

Schwester Vincenza reichte ihr eine Tasse Tee.
»Trink das, mein Kind. Du musst dich ein bisschen
ausruhen. Wenn du etwas geschlafen hast, versuchen
wir es noch einmal, sonst bringen wir dich ins
Krankenhaus.« Ruth sank der Mut. Sie wollte keine
Narbe, die senkrecht über den ganzen Bauch verlief.
Erneut krampfte sich ihr Unterleib zusammen. Sie
schnappte nach Luft und schrie, bis ihr schwindlig
wurde. Dann wurde es Nacht.

Ein helles Weinen drang von ferne in ihr Bewusst-
sein, und schlagartig wurde ihr klar, dass es ihr Baby

war. Es lebte. Doch als sie sich aufrichten wollte, um nach ihm zu schauen, durchzuckte sie erneut ein glühender Schmerz.

»Bleib liegen, Mädchen«, hörte Ruth Schwester Vincenza, die mit einem kleinen Bündel an der Wickelkommode zugange war. Erst jetzt erkannte sie, dass sie inzwischen im Krankenhaus lag. »Hier ist dein prachtvoller kleiner Stammhalter«, sagte Schwester Vincenza liebevoll. Ruth schossen die Tränen in die Augen. »Ist es wirklich ein Junge?«, brachte sie schließlich heraus, und aus dem Hintergrund antwortete ihre Mutter.

»Walter wird sehr glücklich sein.«

»Aber ich wollte doch ein Mädchen«, entfuhr es Ruth, und sie schämte sich sogleich dafür.

»Ruth!«, schalt Schwester Vincenza sie auch prompt. »Ihr seid beide am Leben. Das ist das Wichtigste. Danke Gott auf Knien dafür.«

»Nun gut«, sagte Ruth, »dann wird der junge Mann eben bald ein Schwesterchen bekommen.« Die Nonne und ihre Mutter wechselten einen kurzen Blick. Ruth lief ein Schauer über den Rücken. Sie kannte die Antwort, noch bevor sie die Frage zu Ende gesprochen hatte. »Es ist doch alles in Ordnung mit mir, oder?« Margarethe Maaßen stand auf, kam ans Bett ihrer Tochter und nahm ihre Hand. »Es ist dir leider nicht vergönnt, mehrere Kinder zu bekommen, mein Schatz.«

»Aber warum?«

»Das Baby steckte im Geburtskanal fest«, erklärte Schwester Vincenza. »Die Ärzte mussten es durch den Bauch holen. Bei der nächsten Geburt würdest du sterben.«

Schwester Vincenza war eine gottesfürchtige Frau, die sich in ihr Schicksal fügte, egal, was es bereithielt. Und das erwartete sie auch von anderen Menschen. Ruth schwieg. Sie weinte stumm. Schwester Vincenza war inzwischen mit dem Wickeln fertig, sie legte Ruth den Säugling behutsam in die Arme. »Klaus! Mein kleiner Klaus«, sagte Ruth und streichelte sein Gesichtchen. »Mama, ich werde ihn Klaus nennen, nach deinem Vater. Er wird einen Namen aus meiner Familie tragen.«

Ruth schwor sich in diesem Moment, als sie ihren Sohn zum ersten Mal an die Brust legte, alles daranzusetzen, aus ihm keinen typischen van Rennings zu machen. Sie würde einen freundlichen, klugen und mitfühlenden Menschen aus ihm machen. Sie hatte die Erziehung in der Hand.

Erst nach einer Woche kam sie zurück auf die Bönninghardt. Walter hatte sie weder im Krankenhaus besucht noch in den darauffolgenden Tagen bei ihrer Mutter. Dafür holte er sie nun mit dem Auto ab. Ruth machte sich nichts daraus. Ihre Mutter hatte ihr versichert, junge Väter könnten mit Säuglingen nichts anfangen, das sei ganz und gar Frauensache. Als sie aus dem Wagen stieg, begrüßte sie ihr Schwiegervater in der Einfahrt, seine Frau stand einen Schritt hinter ihm. Er strahlte und wollte Ruth das Kind aus dem Arm nehmen. Doch sie gab es Walter. Stolz und Glück waren in seinen Augen zu sehen, als er Klaus hielt. Doch nur wenige Sekunden später hielt er ihn pflichtschuldig dem Vater hin. »Sieh nur, Vater! Ein echter van Rennings.« Und als der Opa seinen Enkel gen Himmel schwang, schob Walter feierlich nach: »Er soll Berthold heißen.«

Ruth ging wütend dazwischen. »Nein. Sein Name ist Klaus, nach meinem Großvater.« Berthold van Rennings sah Ruth merkwürdig an und hielt das Baby noch etwas höher. Ihr wurde unheimlich zumute. »Gib mir mein Kind. Bitte, gib es mir«, sagte sie ängstlich.

»Berthold ist ein guter Name für meinen Enkel«, befand ihr Schwiegervater und ließ den Säugling in Ruths Arme gleiten. »Und du werd bloß nicht hysterisch.«

Klaus hatte keinen Mucks von sich gegeben, solange er in der Luft schwebte. In den Armen seiner Mutter begann er nun erschrocken zu weinen, vielleicht auch, weil Ruth ihn mit aller Kraft an sich drückte. Durch den Tränenschleier hindurch traf ihr Blick den der Schwiegermutter. Ihr Gesicht schien ungerührt, bis auf ein leichtes Zucken der Oberlippe.

Und plötzlich verstand Ruth: Maria van Rennings hasste ihren Mann genauso wie sie selbst.

»Ich taufe dich auf den Namen Berthold Walter Klaus van Rennings«, sprach Willi Scheep, der holländische Pastor der St.-Nikolaus-Gemeinde Veen, zehn Tage später. Und auch, wenn bei der Gemeindeverwaltung Berthold als Rufname unterstrichen war, so wurde der Junge doch selten so genannt. Er lernte bald, auf viele Namen zu hören. Mutter und Großmutter riefen ihn Klaus, Walter nannte ihn meist Männlein, Hansi Berti, und die Großeltern väterlicherseits titulierten ihn Junior.

Hanna würdigte den Kleinen keines Blickes, wenn einer der Männer in der Nähe war. Nur wenn sie allein waren, herzte sie Klaus und verwöhnte ihn mit Streicheleinheiten und Komplimenten. Ruth hätte sie gerne zur Patentante bestimmt, doch sie hatte abgelehnt, wofür Ruth Verständnis hatte. Seit Klaus auf der Welt war, musste Hanna sich noch mehr Vorwürfe von ihrem Mann und ihrem Schwiegervater anhören. Ruth hatte den Verdacht, dass Hansi noch brutaler war als früher, aber wenn sie versuchte, Hanna zu trösten, winkte die Freundin ungeduldig ab. »Pass auf dein Söhnchen auf. Ich komme gut alleine klar.«

Am Maifeiertag sprach Walter das Tischgebet.

»Herr, wir danken dir für die Gaben und für unseren gesunden Sohn«, betete er ehrfürchtig.

»Na, ich hoffe, dass der Herr nicht allein daran beteiligt war, lieber Bruder«, spottete Hansi, der beim Frühschoppen zu viel getrunken hatte. »Wenigstens einer, der dem Haus van Rennings einen Stammhalter beschert«, sagte Berthold und schaute Hansi tadelnd an.

»Was guckst du so? Das liegt doch nicht an mir!«, sagte Hansi, woraufhin Hanna sofort aufbrauste.

»An wem soll es denn sonst wohl liegen? An mir etwa? Ich kann doch nichts dafür, dass du so ein Schlappschwanz bist!«

»Du frigide Kuh. Du …«

»Hört sofort auf damit«, donnerte Berthold van Rennings. »Tragt eure Ehestreitigkeiten nicht an unserem Tisch aus. Hanna, du redest nie mehr so mit deinem Mann! Geh auf dein Zimmer.«

»Mit Vergnügen«, zischte Hanna, »ich kann diese Familie ohnehin nicht mehr ertragen.« Sie schob ihren Stuhl wütend nach hinten und verließ den Raum. Hansi machte keinerlei Anstalten, sie zurückzuhalten oder ihr nachzugehen, bis sein Vater ihn schickte: »Krieg sie in den Griff«, sagte er eisig.

»Ich übernehme das«, bot sich Maria van Rennings an. Sie war aschfahl im Gesicht. Sie ging zum Putzschrank unter der Treppe, holte einen Teppichklopfer heraus und lief hinter Hanna her. Ruth sackte das Herz in die Magengrube. Sie schaute zu Klaus, der klein und zerbrechlich auf einer Decke auf dem Boden lag. Dann blickte sie zu Walter, doch die drei Männer aßen ungerührt weiter. Plötzlich hörte sie Schreie von oben. Es war Hanna, die ganz offensichtlich von ihrer Schwiegermutter gezüchtigt wurde, und nun konnte Ruth nicht mehr an sich halten. »Wie könnt ihr so etwas zulassen? Seid ihr alle verrückt geworden?«, herrschte sie die Männer an und rannte aus dem Raum. »Lass sie in Ruhe«, schrie sie, während sie die Treppe hochhastete. Als sie die Zimmertür aufriss, um sich auf ihre Schwiegermutter zu stürzen, sah sie, wie diese den Finger auf die Lippen legte. Maria van Rennings nahm erneut Schwung und ließ den Teppichklopfer auf ein Kissen am Boden sausen. »Aua«, schrie Hanna in einem lang gezogenen Ton. Hanna zwinkerte ihr zu, dann gab es einen weiteren Schlag auf das Kissen. Ruth brach vor Erleichterung in hysterisches Lachen aus.

»Es tut mir leid«, sagte ihre Schwiegermutter, als sie das Prügel-Theater beendet hatten, und starrte zu Boden. »Ich kann nichts mehr für euch tun. Ich fürchte, ihr werdet meinen Mann bald erst richtig kennenlernen. Wenn ihr in Not seid, geht zu Josefine Gielen, sie wohnt auf der Dickstraße. Sie hat mir versprochen, dass sie für euch da sein wird, wenn ich es nicht mehr bin.«

Sie erzählte stockend, dass sie einige Wochen zuvor bei Doktor Holz gewesen war, um sich etwas gegen die hartnäckige Bronchitis zu holen. Doch der hatte eine ganz andere Diagnose gestellt: Maria van Rennings hatte die Schwindsucht, ihr körperlicher Verfall schritt rasend schnell voran.

Nur wenige Monate später starb sie in ihrem Bett, während Hanna und Ruth neben ihr wachten.

**

»Ich habe sie besucht!«, sagte Hanna, einige Wochen, nachdem sie ihre Schwiegermutter beerdigt hatten. »Ich habe es wirklich getan. Sie will mir helfen.«

»Wer?«, fragte Ruth unkonzentriert. Sie musste sich um Klaus kümmern und um das Essen.

Hanna ließ nicht locker. »Erinnerst du dich daran, was Josefine Gielen uns angeboten hat?«

Ruth nickte, ohne zu wissen, worauf Hanna hinauswollte. Jeder in der Gegend kannte diese Frau, obwohl sie als Zugezogene in der Dorfgemeinschaft niemals richtig hatte Fuß fassen können. Sie selbst war einige Male bei ihr gewesen, um Eier und Gemüse zu kaufen. Josefine Gielen war auffallend klein, Ruth schätzte sie auf höchstens einen Meter fünfzig, und hatte flammend rotes Haar. Wenn sie gemeinsam mit ihren vielen ebenso kleinen Geschwistern in der Kirchenbank saß, spotteten die Veener hinter vorgehaltener Hand über die »Ameisenversammlung«. Sie trug niemals Röcke, was für Frauen ihres Alters ungewöhnlich war. Josefine Gielen hatte Hanna und Ruth auf der Beerdigung ihrer Schwiegermutter besonders innig kondoliert. »Kommen Sie mich besuchen, wenn Sie Hilfe brauchen«, hatte sie gesagt. Walter hatte sich immer sehr über Josefines freien Lebensstil aufgeregt. »Wenn es nicht die Beerdigung meiner Mutter gewesen wäre, hätte ich sie weggeschickt«, hatte er geschimpft. »Die setzt ihrem Mann Hörner auf. Die hat Haare auf den Zähnen.«

»Ich war bei ihr«, sagte Hanna erneut. »Vielleicht kann sie mir helfen. Im Dorf heißt es, dass sie Frauen vor ihren prügelnden Männern versteckt.«

Ruth schaute sie nachdenklich an. »Ja, aber würdest du denn wirklich gehen?«, fragte sie skeptisch. Hanna nickte stumm.

Ruth hatte ihr nicht geglaubt, bis sie eines Nachts plötzlich hochschreckte. Seit der Geburt ihres Sohnes hatte sie einen leichten Schlaf. Sofort schaute sie nach ihm, er schlummerte tief und fest in seiner Wiege und schmatzte im Schlaf, was bedeutete, er würde bald wach werden und nach der Brust verlangen. Sie beschloss, sich schnell noch ein Glas Wasser zu holen. Langsam ging sie die Treppe hinunter, stieß die Tür zur Küche auf und fühlte im selben Moment einen Schlag auf den Kopf. Sie sackte zusammen.

»Oh mein Gott, Ruth«, hörte sie jemanden aufgeregt flüstern. Ihr Kopf schmerzte höllisch. Sie lag auf dem Küchenboden, dann klatschte ihr ein nasses Spültuch ins Gesicht. »Ruth, wach auf!« Hanna hatte sich über sie gebeugt. »Ruth, es tut mir so leid, das habe ich nicht gewollt. Ich dachte, du wärst Hansi.« Ruth war noch benommen. »Was ist denn hier los?«, fragte sie. Erst jetzt sah sie, dass Hanna mitten in der Nacht einen Mantel trug.

»Ruth, ich gehe. Bitte verrate mich nicht. Alles, was ich brauche, sind ein paar Stunden Vorsprung.« Ruth blickte auf den kleinen Koffer, der neben Hanna auf der Erde stand. Ihre Freundin sah zauberhaft aus. Ein enger Rock betonte ihre schlanke Figur, dazu trug sie eine sonnengelbe Bluse und ein blaues Kopftuch. Ihre Augen strahlten auf einmal wie früher.

»Willst du nicht mit mir kommen? Ich möchte dich nicht mit ihnen allein lassen.«

Ruth schüttelte den Kopf. »Ich kann hier nicht weg«, sagte sie mit fester Stimme. »Ich habe ein kleines Kind.« Ruth nahm Hanna in die Arme. »Ich wünsche dir Glück, bitte lass mich von Zeit zu Zeit wissen, wie es dir geht, ja?«, sagte sie und drückte Hanna an sich. Eine Weile hielten sie einander fest.

»Es tut mir leid, aber ich kann nicht mehr«, sagte Hanna zum Abschied. »Bitte pass auf dich auf, und wenn du Hilfe brauchst, wende dich an Josefine.«

»Was soll ich Hansi sagen?«

»Sag ihm gar nichts. Du weißt von nichts, hörst du? Ich habe ihm sehr viel Schlafmittel verabreicht. Vielleicht wird er gar nicht mehr aufwachen.« Sie gab Ruth einen Kuss auf die Wange, öffnete die Haustür und ging erhobenen Hauptes davon.

Hansi wurde wieder wach, doch zu Ruths Verwunderung fragte er nicht nach Hanna. Nicht am nächsten Morgen und auch nicht später. Niemand in der Familie erwähnte sie, aber im Dorf wurde bald getuschelt. Hinter vorgehaltener Hand erzählte man sich, Hansi habe seine Frau zu Tode geprügelt und hinter dem Haus im Garten verscharrt. Und hätte Ruth nicht noch in der Nacht ihres Verschwindens mit Hanna gesprochen, so hätte sie diesem Gerücht sicher Glauben geschenkt.

Ruth vermisste Hanna schmerzlich. Wieder und wieder dachte sie an die unbeschwerten gemeinsamen Jahre, bevor Hanna sich mit Hansi getroffen und sie sich auf Walter eingelassen hatte.

Durch Hannas Flucht wurde ihre Situation unerträglich. Ruth durfte kaum mehr das Haus verlassen. Nur selten hatte sie die Erlaubnis, mit Klaus im Kinderwagen spazieren zu gehen. Gelangte sie vor die Tür, so musste sie immer genau sagen, wohin sie wollte und wann sie zurück wäre. Sobald sie über das gebilligte Zeitmaß hinaus fortblieb, weil sie beispielsweise am Zaun mit einer Nachbarin gesprochen hatte, kam Walter mit der Isetta hinter ihr hergefahren und holte sie unter irgendeinem Vorwand nach Hause.

Doch war das Leben unter Walters Fuchtel nicht, wovor Maria van Rennings die jungen Frauen gewarnt hatte. Wie gut sie ihren Gatten gekannt hatte, stellte sich heraus, als Berthold van Rennings in Rente ging und die Vormittage mit Ruth in der Kate verbrachte.

Fast ein Jahr war seit Hannas Verschwinden vergangen, als Ruth wie üblich in der Küche stand. Klaus spielte andächtig mit einem kleinen Holztraktor in seinem Laufstall, während sie am Spülstein Kartoffeln schälte. Sie pfiff ein Lied, als ihr Schwiegervater hereinkam.

»Mädchen, die pfeifen, und Hühner, die krähen, denen soll man beizeiten die Hälse umdrehen«, sagte er und schaute sie herausfordernd an. Ruth hatte das Gefühl, er suche Streit. Sie warf einen schnellen Blick in Richtung ihres Sohnes.

Berthold, der ihren Blick bemerkt hatte, sagte: »Warum bekommt ihr nicht endlich ein zweites Kind? Hat Walter das Interesse an dir verloren?« Ruth straffte die Schultern. Sie musste auf der Hut sein. Ihr Schwiegervater kam näher und baute sich vor ihr auf. Er überragte sie um bestimmt einen

Kopf, seine Statur war massig. Ruth wich zurück, bis sie mit dem Rücken an den Spülstein stieß. Sie brachte keinen Ton heraus. »Antworte mir!«, Bertholds Stimme klang bedrohlich, kalt. Ruth bemühte sich, ruhig zu sprechen, um Klaus nicht zu erschrecken, der sein Spiel unterbrochen hatte. Er war ganz still.

»Du weißt doch, was die Ärzte …«

Weiter kam sie nicht. Berthold packte sie grob. »Vielleicht muss ich meinem Sohn mal Beistand leisten.«

Ruth versuchte ihn wegzudrücken, doch er war zu stark. Dann griff sie hinter sich in die Spüle, ertastete das kleine Kartoffelmesser und hielt es ihm mit einer schnellen Bewegung vors Gesicht.

»Lass mich los!«, grollte sie, doch sie war zu zittrig, um ihm Angst einzujagen. Berthold drückte ihr Handgelenk so fest, dass sie das Messer fallen ließ. Dann stieß er sie lachend zu Boden und ging.

Ruth atmete zweimal tief durch, dann stand sie auf, strich sich die Schürze glatt und hob Klaus aus dem Laufstall.

»Ist gut, mein Kleiner. Nichts passiert. Alles ist gut. Wir packen ein paar Sachen und fahren zur Oma. Freust du dich?«, fragte sie und verbarg ihre Tränen in den Haaren des Jungen. Rasch verließ sie die Küche, sie hörte ihren Schwiegervater im ersten Stock umhergehen, doch als sie mit einem kleinen

Koffer bepackt das Haus verlassen wollte, war die Tür verschlossen. Wütend rüttelte sie daran, schaute aufs Schlüsselbrett und erkannte, dass Berthold ihren Fluchtversuch vorhergesehen hatte. In unbändigem Zorn trat sie gegen die Haustür, schlug noch einmal mit der Faust zu, doch das massive Holz bewegte sich nicht.

Ruth fühlte alle Energie schwinden. Mit Mühe schleppte sie den Koffer nach oben, legte sich dort aufs Bett und schloss die Augen, bis sie sich wieder gefangen hatte.

Am Abend, als Walter nach Hause kam, setzte sich Ruth an den Tisch, als wenn nichts gewesen wäre. Klaus spielte mit seinem Kinderbesteck aus Plastik und ließ seine Gabel immer wieder auf den Teller fallen. Dann nahm er sein Messerchen und hielt es vor die Gabel. »Opa – Mama – böse!«, plapperte er.

»Scht!«, machte Ruth, doch ihr Sohn hörte nicht auf. Wieder und wieder spielte er die Szene nach. Walter guckte Ruth fragend an.

»Opa bum«, brabbelte Klaus und fuchtelte mit dem Messerchen vor Walters Nase herum.

»Das reicht!«, herrschte Berthold van Rennings. »Bring das Kind weg.«

»Er isst noch«, sagte Ruth trotzig.

»Er geht sofort ins Bett«, insistierte Berthold, und Walter pflichtete ihm bei.

»Ruth, tu, was Vater sagt. Bring Berti nach oben.«

Ruth gehorchte zähneknirschend. Sie wollte keinen Eklat vor dem Kind. »Komm, Klaus.« Sie betonte seinen Namen überdeutlich, dann nahm sie den protestierenden Jungen aus dem Kinderstuhl und trug ihn nach oben.

Als er das Essen beendet hatte, kam Walter zu ihr ins Zimmer.

»Was sollte diese Respektlosigkeit gegenüber meinem Vater?«

»Dein Vater hat mich heute Vormittag angegriffen. Um es genau zu sagen: Er wollte mir an die Wäsche. Und dein Sohn saß daneben und hat alles beobachtet. Ich musste mich mit dem Messer …« Es klatschte. Ruths Wange brannte. Dann schrie Walter.

»Sag so etwas nie wieder. Hörst du? Nie wieder.« Er rannte aus dem Zimmer und knallte die Tür zu. Ruth brauchte einen Moment, um sich aus der Starre zu lösen, dann lief sie wutentbrannt hinter Walter her, doch auf halber Treppe hielt sie inne. Sie hörte Stimmen aus dem Wohnzimmer.

»Du hast nicht das Recht dazu!«, hörte sie Walter sagen.

»Sie hat es doch gewollt. Du hättest sie sehen sollen, wie sie dastand mit ihrem engen Kleid und mich provoziert hat.«

»Sei still!«, sagte Walter.

»Wenn du nicht weißt, wie man mit einer Frau umgeht, muss ich das wohl übernehmen.«

»Lass uns einfach in Ruhe«, sagte Walter mit gepresster Stimme. Ruth hörte bald darauf, wie die Haustür zuschlug.

Als sie sich zur Nacht kleidete, kam Walter zurück, er hatte Bier getrunken. »Du darfst meinen Vater nicht mehr provozieren. Sonst muss er dich ja so behandeln. Hast du das verstanden?«

Walter drückte sie auf das Bett und schob ihr Nachthemd hoch. Ruth schloss kurz die Augen. Dann nahm sie sein Gesicht entschlossen in ihre Hände: »Walter, sieh mich an«, sagte sie mit fester Stimme. »Ich habe nichts getan.«

Sie sah, wie eine Träne seine Wange hinunterlief.

»Ich weiß«, sagte Walter und legte den Kopf an ihre Schulter.

GLORIA IN EXCELSIS DEO

»Was ist aus Hanna geworden?«, erkundigte sich Sara, nachdem Ruth ihrer Enkelin von der Nacht erzählt hatte, in der Hanna verschwunden war. Sie gingen durch die Burghalle in Richtung Probenraum. »Hast du sie jemals wieder gesehen?«

»Nein«, antwortete Ruth traurig. »Es wurde viel spekuliert damals. Die einen sagten, sie sei tot, die anderen behaupteten, man habe sie als Seiltänzerin in einem Wanderzirkus gesehen.«

»Und wo war sie wirklich?«, fragte Lili Heinemann.

»Josefine Gielen hat mir erzählt, dass sie nach Kevelaer ins Kloster gegangen ist. Sie hat sich nie mehr bei mir gemeldet. Ich glaube, sie hatte Angst, dass Berthold sie eines Tages finden könnte.«

»Ja, ja«, knurrte Lili. »Schwiegerväter waren damals die Pest. Pitt hat die Ehefrau seines eigenen Sohnes …«

»Lili, bitte!«, ging Ottilie vehement dazwischen. »Verdirb uns nicht die Laune mit den alten Gruselgeschichten.«

»Asche auf sein Haupt«, murmelte Lili trotzig, als sie in den Probenraum einbogen, wo der Chorleiter sie in Empfang nahm.

»Darf ich noch kurz bei euch Mäuschen spielen?«, fragte Sara. »Eigentlich muss ich los, aber ein bisschen neugierig bin ich doch, nachdem ich schon so viel vom Singkreis gehört habe.«

»Aber selbstverständlich«, antwortete Bernd Angenendt. »Ein Chor braucht doch Publikum.«

Ruth fragte sich, ob Sara nur eine Begegnung mit Lars hinauszögern wollte. Aber dann wischte sie den Gedanken beiseite und freute sich. Vielleicht würde Sara ja Walter davon überzeugen können, dass Ruth beim Singen glücklich war und ihm dadurch kein Ungemach drohte.

Berndt Angenendt stellte seine Damen in drei Reihen auf, Ruth und Ottilie vorne. Auch Frau Nivea, die Affenfrau, Frau Theussen und sogar Frau Ingenerf waren zur Probe erschienen.

»Wir beginnen der Jahreszeit entsprechend mit etwas Fröhlichem«, sagte Bernd und verteilte die Texte. »*Die Vogelhochzeit.* Ruth, ist dir die zweite Stimme geläufig?« Ruth nickte.

»Und bitte, zwei, drei.« Er ließ Ottilie und Ruth gemeinsam die ersten Strophen singen, der Rest setzte erst beim Refrain ein. Danach bat er Ottilie, die erste Stimme allein zu singen, und ließ Ruth einstimmen.

Doch Ottilie brach schon nach der zweiten Zeile ab.

»So kann ich nicht arbeiten!«, sagte sie und hielt sich komödiantisch den Handrücken an die Stirn. »Ruth singt zu laut, das bringt mich aus dem Konzept.«

Bernd Angenendt sah angestrengt auf seine zwei wichtigsten Sängerinnen und kratzte sich am Kopf. »Ruth, deine Stimme trägt wirklich besonders gut. Aber die zweite Stimme sollte den Sopran nicht übertönen. Ottilie, kannst du nicht mit etwas mehr Volumen singen?«

»Vielleicht, Liebster! Aber nicht mit einer derart trockenen Kehle.«

»Dann nimm dir einen Schluck Wasser. Wir machen fünf Minuten Pause!«

»Wasser? Ist das dein Ernst?«, fragte Ottilie indigniert. »Mein Schatz, ich dachte, du könntest für deine Künstlerinnen ein etwas edleres Getränk besorgen.« Sie klimperte mit den Wimpern, und Bernd Angenendt verstand. »Ich bin gleich wieder da!«

Ottilie sah ihm verzückt nach. »Ich trage mich wirklich mit dem Gedanken, noch einmal zu heiraten. Was meint ihr?«, fragte sie in die Runde.

»Ganz ehrlich, freiwillig würde ich nicht noch einmal heiraten«, sagte Ruth.

»Sie kann es sich erlauben. Ottilies Männer sterben ja immer früh«, bemerkte Lili spöttisch.

»Viermal verheiratet und nicht einmal geschieden«, stimmte Ottilie stolz zu. »Und relativ treu noch obendrein.«

»Was heißt denn hier relativ?«, fragte Sara.

»Es gab da einmal eine Zeit, aber ich war natürlich noch sehr jung«, begann Ottilie und sah sich prüfend um, ob man ihr auch aufmerksam zuhörte.

»Mein zweiter Ehemann, Albert, Gott hab ihn selig, er war schon recht alt, als wir heirateten. Seine Augen waren nicht mehr gut, und deshalb hat er mich kurz nach Kriegsende, irgendwann im Frühherbst 1945, nach Hamburg geschickt, da sollte ich für ihn einen neuen Trecker abholen. Herrje, war das eine schöne Reise«, schwärmte Ottilie. Sie war mit dem Zug nach Norden gereist, umringt von alliierten Soldaten, mit denen sie sich offensichtlich hervorragend verstanden hatte. »Die boten mir immer Schokolade an und wollten ein Küsschen dafür. Und ich kann euch sagen, als ich in Hamburg ankam, konnte ich keine Schokolade mehr sehen.« Sie schlug sich lachend auf die Schenkel.

»Ich muss sagen, die Amerikaner waren echte Gentlemen. Ich bin dann mit dem Trecker die vierhundert Kilometer über Land zurückgetuckert. Vier Tage habe ich dafür gebraucht.«

»Wo haben Sie denn in der Zeit übernachtet?«, fragte Sara neugierig.

»Na, ich bin halt auf die Höfe gefahren und habe

gefragt, ob ich in der Scheune schlafen darf. Im Münsterland habe ich auf dem Hof von Heinz Kötter übernachtet. Mein Gott, war das ein schöner junger Kerl. Da durfte ich sogar im Haus schlafen. Und was soll ich euch sagen. Als mein zweiter Ehemann, Gott hab ihn selig, überraschend starb, da wurde Heinz mein dritter Ehemann.«

»Und Ihr Mann, also der zweite, Gott hab ihn selig, hat sich das gefallen lassen?«, spottete Sara liebevoll.

»Ich habe den guten Albert wirklich nicht hintergangen. Nur geflirtet.« Sie sprach das Wort nicht englisch aus, eher so, dass es nach *flirren* klang.

»So, meine bezaubernden Damen, das versprochene Kaltgetränk.« Bernd Angenendt trug eine Flasche Asti Spumante im Weinkühler herbei, hinter ihm folgte ein Kellner aus der Cafeteria mit acht Gläsern auf einem Tablett. Formvollendet öffnete er die Flasche und schenkte ihnen ein.

»Danke, nein, ich muss noch fahren«, wehrte Sara ab. »Was ist mit dir, Oma?«, fragte sie. »Hatte Opa jemals Grund, eifersüchtig zu sein?«

Ruth überlegte. Es hatte nie einen anderen Mann in ihrem Leben gegeben, aber sie war jung und hubsch gewesen. Und vielleicht hatte sie bei anderen Männern mehr Interesse geweckt, als ihr bewusst gewesen war. »Es gab da mal einen Bahnhofsvorsteher«, begann sie, dann fuhr ihr der Schreck in die Glieder. Sie sah Walter im Türrahmen stehen.

Ruth brauchte einen Moment, um die Fassung wiederzugewinnen. Hatte er etwa schon länger dort ausgeharrt? Als Walter sich der Aufmerksamkeit seiner Ehefrau sicher war, kam er näher. Ruth fasste Ottilie am Arm. Walter kam auf sie zu, er sah ungehalten aus. »Komm hoch!«, sagte er mit heiserer Stimme.

»Och, Walter«, sagte Ottilie fröhlich. »Komm, setz dich doch zu uns. Deine Enkelin lauscht uns auch gern, und eine Männerstimme, die Bernd unterstützt, könnten wir gut gebrauchen.«

»Ich bin nicht gut bei Stimme«, sagte Walter kühl.

»Da hilft ein Sektchen. Einen Schluck haben wir für dich noch übrig«, lockte Ottilie unbeirrt.

»Nein, danke. Ruth, du kommst jetzt bitte mit nach oben.«

Ruth starrte ihn mit brennenden Wangen an. Sie schaffte es nicht lange, seinem Blick standzuhalten. »Ja, ja, beruhige dich, ich komme ja schon«, sagte sie und hoffte, sie klänge dabei gelassen.

»Ruth, wir sind doch gerade mitten in der Probe«, sagte Lili vorwurfsvoll. Und an Walter gerichtet: »Nun lass deine Frau doch mal in Ruhe.«

»Ich habe Hunger«, sagte Walter.

»Dann geh in die Cafeteria!«, erwiderte Lili. »Die Suppe ist hervorragend.«

»Nein, nein, schon gut«, wehrte Ruth schnell ab. »Ich muss sowieso meine Rheuma-Medikamente nehmen. Walter, geh doch schon mal vor, ich verabschiede mich noch in Ruhe, und dann komme ich.«

Doch Walter rührte sich nicht von der Stelle. »Es hat keinen Zweck, dass Ruth noch weiter mit euch probt. Wir gehen bald zurück nach Hause.«

Ruth schwieg. Sie schämte sich für ihre Schwäche. Vor zehn Minuten hatte sie sich noch so stark gefühlt.

Ottilie verstand ihre Not und rettete geschickt die Situation. »Ich denke, wir sollten für heute aufhören. Ich muss eh noch mehr an meiner Stimme arbeiten, bevor wir weiterproben können. Ich brauche wohl dringend ein paar Einzelstunden beim Chorleiter.« Sie zwinkerte Ruth zu, stand auf und hakte sich bei Walter unter. »Begleitest du mich noch bis zum Aufzug?«, fragte sie, drehte Walter samt Rollator einfach um und zog ihn neben sich her.

Ruth seufzte. Sie wandte sich zu Sara, die die Szene nachdenklich verfolgt hatte. »Siehst du, was ich meine? Er wird immer seltsamer. Vermutlich ist er eine Stunde lang durchs Haus geirrt, bevor er uns hier gefunden hat.«

»Hmm«, machte Sara nur, und Ruth war sich nicht sicher, was ihre Enkelin von der ganzen Situation hielt. Sie versuchte, einen lockeren Ton anzuschlagen.

»Komm, mein Schatz, gib mir noch einen Kuss,

und dann sieh zu, dass du dich an deine Bewerbung setzt. Ich drücke dir die Daumen.«

»Und lass dir von deinem Mann bloß kein schlechtes Gewissen einreden«, rief Lili Sara noch hinterher, als sie sich verabschiedet hatte.

»Nun hör mal auf, sie gegen Lars aufzuhetzen«, sagte Ruth tadelnd.

»Wieso? Wenn uns früher jemand aufgewiegelt hätte, wäre uns so manches erspart geblieben, oder etwa nicht? Und du, meine Liebe, musst langsam etwas unternehmen, sonst wirst du in deinem Leben kein Weihnachtskonzert mehr singen.«

»Es ist eben nicht so einfach«, verteidigte sich Ruth. »Er ist so unglücklich hier.«

»Dann soll er doch allein zurück auf die Bönninghardt ziehen. Ich habe jedenfalls keine Lust, jede Probe vorzeitig abzubrechen, nur weil dein Ehemann nach dir verlangt.«

»Er wird nicht ohne mich gehen«, sagte Ruth tonlos.

»Dann sieh zu, dass du ihn auf andere Art loswirst. Du hast doch diesen Zeitungsartikel. Wenn du es geschickt anstellst und ihn ein bisschen provozierst, wird die Heimleitung schnell glauben, dass er etwas mehr Aufsicht braucht. Vielleicht kann man ihn für ein paar Monate in der Pflegeabteilung unterbringen. Nur bis Weihnachten. Das schadet ihm doch nicht.«

Ruth nickte, dann stand sie auf und schob den Rollator langsam Richtung Aufzug. Lili war ihr manchmal unheimlich, aber Ruth musste zugeben, dass ihre Tricks sehr effektiv waren.

Die Vorstellung, wieder allein mit Walter auf der Bönninghardt zu wohnen, machte sie krank. Sie malte sich aus, wie er in seinem Ohrensessel saß und mit den Fingernägeln knipste, und wusste, dass sie das unter allen Umständen verhindern wollte.

Fünfundsechzig Jahre lang hatte sie an seiner Seite gestanden, seine Schwächen und Schrullen ertragen, sie konnte nicht mehr. Sie wollte sich nicht mehr alle sozialen Kontakte verbieten lassen. In den letzten Jahren auf der Bönninghardt war er immer allein einkaufen gegangen, nicht etwa, wie er behauptete, um sie zu schonen, sondern um sie von anderen Menschen fernzuhalten. Vielleicht hätte sie mit ihrer Freundin Hanna gehen oder mit Josefines Hilfe verschwinden sollen, aber sie hatte es nie übers Herz gebracht, Walter zu verlassen.

Nur ein einziges Mal hatte sie eine Scheidung ernsthaft in Betracht gezogen, als Walter sie genötigt hatte, ein Haus aus dem Erbe der Kaufhausdynastie zu veräußern. Er hatte mit dem Erlös sein Elternhaus kaufen, also seinen Bruder Hansi auszahlen wollen.

»Warum ziehen wir nicht nach Xanten, und Hansi bleibt mit deinem Vater hier wohnen?«, fragte sie. »Mein Vater wünscht sich, dass ich mit meiner Familie bei ihm wohne«, antwortete Walter. Und als er ihr Wochen später den Vertrag über den Kauf der Katstelle vorlegte, erkannte sie, warum Berthold sie im Haus haben wollte. Sie fand darin eine Klausel, die ihr die Zornesröte ins Gesicht trieb. Als Schwiegertochter verpflichtete sie sich mit ihrer Unterschrift, Walters Vater bis zum Tode zu pflegen.

»Das unterschreibe ich nicht«, sagte sie kühl. »Niemals.«

»Aber er ist doch mein Vater. Einer muss sich um ihn kümmern.«

»Du vielleicht. Aber ich nicht. Ich unterschreibe das nicht. Wenn du mich dazu zwingen willst, verlasse ich dich, wie es meine Schwägerin mit Hansi getan hat, dann könnt ihr alle sehen, wo ihr bleibt.« Ruth wusste, dass sie mit diesem Satz ihre schärfste Waffe gezogen hatte. Aber sie hatte die Rechnung ohne ihren Sohn gemacht. Klaus hatte den Streit mit angehört. Die lauten Stimmen hatten ihn wohl geweckt.

»Bitte nicht, Mutti!«, hörte sie ihn plötzlich hinter sich. »Ich will nicht der Sohn von Geschiedenen sein«, schluchzte er so herzzerreißend, dass Ruth sich fragte, was das Kind sich unter »Geschiedenen« eigentlich genau vorstellte. »Niemand in meiner Klasse ist der Sohn von Geschiedenen. Das kannst du mir nicht antun!«

Ruth war wie gelähmt. Sie sah zu Walter, auf dessen Gesicht sie einen triumphierenden Zug wahrzunehmen glaubte, blickte auf ihr weinendes Kind und wurde plötzlich von einer Welle aus Wut und Verzweiflung gepackt. Wie von Sinnen griff sie nach dem erstbesten Gegenstand, einem fast vollen Senfglas, und mit einem Wurf von ungeahnter Kraft entlud sich ihre Frustration. Als sie wieder klar sehen konnte, war die Wand hinter Walter von gelbgrünem Schmodder bespritzt, ihr Mann hatte ein senfgelbes Ohr, das sich langsam rot färbte, und als sie ihren Sohn ansah, erkannte sie auch, warum. Splitter waren durch den Raum geflogen und hatten sowohl ihren Ehemann am Ohr als auch ihren Sohn an der Stirn getroffen. Klaus stand mit weit aufgerissenen Augen auf der Treppe und gab keinen Ton von sich. Niemand sprach, auch Ruth nicht. Wenige Sekunden später hatte sie den Vertrag unterschrieben, Klaus nach oben ins Bad gebracht, den Splitter aus der Wunde gezogen und sie mit Jod gereinigt.

Ein halbes Jahrhundert war das nun her, aber Ruth erinnerte sich noch an jedes Detail dieser Auseinandersetzung. Sie versuchte, den Gedanken abzuschütteln und an etwas Schönes zu denken, um nicht mit dieser Wut im Bauch auf Walter zu treffen. Sie wollte keinen Streit mehr. Ruth wünschte, sie hätte etwas von der Leichtigkeit, mit der Ottilie durchs Leben ging. Vielleicht wäre dann der Bahnhofsvorsteher ihr Ehemann Nummer zwei geworden und Gott hätte ihn selig.

ZUG NACH SÜDEN

* August 1966 *

»Er muss mehr essen, Frau van Rennings«, sagte der Kinderarzt.

Klaus war sieben Jahre alt, aber er wog so viel wie ein Fünfjähriger. Der Junge war immer schon schmächtig und nervös gewesen. Doch seit dem Tod ihrer Mutter wollte er kaum noch etwas zu sich nehmen. Er schien unter dem Verlust seiner »Oma Xanten«, wie er sie immer genannt hatte, fast so sehr zu leiden wie Ruth selbst.

Margarethe Maaßen hatte in den letzten Wintertagen eine Grippe bekommen, diese aber, wie es ihre Art war, auf die leichte Schulter genommen und als Erkältung deklariert. Als Ruth realisiert hatte, wie schlecht es wirklich um ihre Mutter stand, war es bereits zu spät gewesen. Sie war stark dehydriert und befand sich in einem Dämmerzustand, aus dem sie nicht mehr erwachte. Drei Tage und Nächte saß Ruth mit Klaus an ihrem Bett und hoffte darauf, dass das

Fieber sinken würde. Als sie starb, nahm Ruth ihren Sohn in den Arm, sie knieten sich vor das Bett und verharrten dort so lange, bis Ruth in der Lage war, den Bestatter zu informieren.

Am Tag nach der Beerdigung kündigte Walter fristgerecht zum Jahresende seine Stelle bei Hüsken, um sich fortan ausschließlich um die Immobilien zu kümmern. Sie stritten deswegen häufig, was dem Jungen nicht guttat. Als Klaus nach einem lauten Streit seiner Eltern wieder einmal jegliche Nahrungsaufnahme verweigerte, klatschte Ruth ihm resigniert eine Handvoll Kartoffelpüree ins Gesicht. Sofort bereute sie ihre Reaktion, entschuldigte sich bei dem überraschten Kind, küsste ihm das Püree von der Stirn und vereinbarte einen Arzttermin.

Der Kinderarzt war ein Xantener, er kannte Ruths Familie, deshalb vertraute sie ihm nach einigem Zögern an, wie es um die Situation zu Hause bestellt war. Er riet, den Jungen während der Sommerferien in das Kindererholungsheim Ingerlhof am Tegernsee zu schicken. Die frische Luft dort werde ihm guttun und seinen Appetit fördern.

Und so brachten Ruth und Walter ihren Sohn zum Bahnhof nach Duisburg, wo er in einer Gruppe ebenso schmächtiger Kinder den Zug nach Süden bestieg. Ruth winkte ihm nach, auch als der Zug schon längst nicht mehr zu sehen war. »Du musst groß und stark werden, mein Sohn«, hatte sie ihm zum Abschied zugeflüstert. »Wir müssen beide stark sein.«

»Ja, Mutti«, hatte Klaus gesagt. »Ich werde ganz viel essen. Das verspreche ich.«

Ihr Sohn schrieb lange Briefe, er hatte fürchterliches Heimweh. Er erzählte von den grimmigen Schwestern mit ihren Häubchen und den ordentlich gestärkten Schürzen, er beschrieb das Schweigen und den muffigen Holzgeruch des Hauses, das Rascheln der Ratten im Fassadengrün, berichtete von Lebertran, verkochtem Gemüse und fettem Fleisch. Die Leibesübungen hasste er ebenso wie die großen Schlafsäle. Jeden Brief beendete er mit der Bitte: *Mutti, lass mich zurück nach Hause. Ich werde essen, ich verspreche es.*

Ruth sandte ihm Durchhalteparolen und freute sich, als endlich der Tag seiner Rückkehr kam. Sie fuhr erneut mit Walter zum Bahnhof nach Duisburg, wo sie einige der Eltern wiedererkannte, die ihre Kinder sechs Wochen zuvor hier verabschiedet hatten. Der Zug fuhr ein, die Bremsen quietschten, und die lärmende Schar stob quer über den Bahnsteig. Ruth stellte sich auf die Zehenspitzen, um besser sehen zu können. Da, ganz am Ende, sah sie einen kleinen Jungen, konnte ihn aber im Gegenlicht nicht genau erkennen. Hatte ihr Klaus so sehr zugenommen, fragte sie sich, doch dann bog der Junge ab und stürzte sich in die Arme einer anderen Mutter. Ruths Nacken begann zu kribbeln. »Walter, Klaus ist nicht dabei!«

»Wo soll er denn sein?«, fragte ihr Mann. Er ging gemessenen Schrittes zum Schaffner. »Entschuldigung, wir suchen unseren Sohn, Klaus van Rennings. Er war mit den anderen Kindern im Erholungsheim am Tegernsee. Ist er vielleicht noch im Zug?«

»Wann de wells, dann geh mal luure«, antwortete der Mann in kölschem Dialekt. »Ävver en drei Minuten jöcke mr wigger, ejal ob de drinne bes ov drusse.« Walter ging vorsichtig einen Schritt in den Waggon, traute sich aber offenbar nicht, sich vom Einstieg zu entfernen. »Klaus?«, rief er. »Klaus, bist du hier?« Ruth hielt es nicht mehr aus. Sie ging entschlossen auf den Schaffner zu: »Passen Sie mal gut auf, junger Mann. Ich steige da jetzt ein und suche meinen Sohn. Wagen Sie es bloß nicht, abzufahren, bevor ich ihn gefunden habe. Sonst mache ich Ihnen richtig Ärger. Verstanden?«

Der Schaffner musterte Ruth mit einer Mischung aus Verblüffung und Wohlwollen. Dann tätschelte er ihren Arm: »Maach janz in Ruhe, Mädsche. Wir wollen doch, dat der Jong widder noh Hus kütt.«

Ruth durchsuchte den ganzen Zug, sie rief in jedes Abteil hinein, zunehmend lauter, zunehmend ängstlicher.

»Walter, wir nehmen den nächsten Zug zum Tegernsee!«, sagte sie bestimmt, als sie wieder auf dem Bahnsteig stand. »Geh bitte und kauf die Tickets.«

»Wir können Vater nicht alleinlassen, das weißt du doch. Wir müssen erst nach Hause fahren. Und dann sehen wir weiter. Vielleicht kommt der Junge mit einem anderen Zug.«

Ruth hatte genug. Noch nicht einmal, wenn es um ihren Sohn ging, war Walter stark genug, seinem Vater die Stirn zu bieten. Scharf sagte sie: »Ich gehe hier nicht eher weg, bis ich mein Kind gefunden habe. Ich werde nicht nach Hause fahren. Gib mir Geld für einen Zugfahrschein.«

Walter war weiß vor Zorn. »Dein hysterisches Gekreische hilft uns auch nicht weiter. Nun reiß dich mal zusammen. Die Leute gucken ja schon.«

Ruth sah sich um, und tatsächlich schauten ein paar Passanten zu ihnen herüber. Sie wurde rot, als ein Mann näher kam. Es war der Bahnhofsvorsteher.

»Entschuldigen Sie das Benehmen meiner Frau«, begann Walter, doch der Bahnhofsvorsteher unterbrach ihn.

»Ich habe mitbekommen, was passiert ist, meine Dame«, sagte er an Ruth gewandt. »Und ich verstehe Ihre Aufregung. Würde es Ihnen helfen, wenn ich Ihnen mein Telefon zur Verfügung stelle?«, fragte er.

Ruth kramte in ihrer Handtasche, denn sie hatte tatsächlich eine Notfallnummer vom Ingerlhof am

Tegernsee. »Das ist sehr zuvorkommend.« Der Bahnhofsvorsteher bat sie, ihm in sein Büro zu folgen. Am Fenster stand ein Schreibtisch, darauf das dunkel gerahmte Foto einer Frau, daneben ein Telefon.

Ruths Finger zitterten, sie hatte Mühe, die Löcher der Wählscheibe zu treffen. Sie hörte ein Freizeichen. Zehnmal klingelte es, bevor am Tegernsee jemand den Hörer abnahm.

»Kindererholungsheim Ingerlhof, Schwester Sentenzia am Apparat.«

»Ja, Schwester, Ruth van Rennings ist mein Name. Mein Sohn Klaus ist heute nicht mit dem Zug zurückgekommen und …«

»Ach, der arme Klaus. Hat man Ihnen denn nicht Bescheid gesagt?«

Ruth wurde schwindlig. »Was ist passiert?«, stieß sie heiser hervor.

»Klaus hat Pech gehabt. Er hat sich die Röteln eingefangen, jetzt muss er wohl noch eine Weile hier in Quarantäne liegen. Bleiben Sie dran, ich versuche, ihn ans Telefon zu holen.«

Walter hatte mitgehört und machte erbarmungslos Zeichen, sie solle endlich auflegen. Man hörte die Einheiten nur so rattern, der Tegernsee war weit entfernt.

»Das reicht, das wird viel zu teuer«, zischte er, doch Ruth stellte sich stur. Wieder kam ihr der Bahnhofsvorsteher zu Hilfe.

»Lassen Sie nur, guter Mann. Das zahlt Vater Staat. Machen Sie sich darum keine Sorgen.«

Walter traute sich offenbar nicht, dem Uniformierten zu widersprechen.

»Mutti!«, hörte Ruth schließlich Klaus' dünne Stimme. »Mutti, bitte komm mich holen!« Und sie beschloss in diesem Moment, auf jegliche medizinische Vorbehalte zu pfeifen, das Geschimpfe ihres Mannes und ihres Schwiegervaters zu ignorieren und ihren Sohn endlich zurückzuholen.

»Leg schnell auf und geh zurück ins Bett. Du musst dich noch ein bisschen schonen für die Fahrt nach Hause. Ich komme.« Sie legte auf und wandte sich entschlossen an den Bahnhofsvorsteher. »Was kostet ein Ticket, und wann fährt der nächste Zug?«

Der Mann strahlte sie an, offensichtlich fand er Gefallen an Ruth, was auch Walter nicht entging. »Heute geht leider kein Zug mehr, schöne Frau. Aber übermorgen. Die Fahrt hin und zurück kostet fünfundzwanzig Mark. Sie können das Ticket kurz vor der Fahrt bei mir lösen.« Er reichte ihr die Hand, als würde er einen Vertrag besiegeln wollen, und Ruth schlug ein. Sie sahen einander kurz in die Augen, und in diesem Moment durchströmte sie eine Ahnung davon, wie es hätte sein können. Es kam ihr vor wie eine Ewigkeit, bis Walter ungeduldig an ihrem Ärmel zog. »Wir müssen gehen«, sagte er laut und lief mit langen Schritten voran. Im Auto machte er ihr Vorhaltungen. »Du bist peinlich. Was sollen die Leute von dir denken?« Ruth hörte nicht hin. Sie schaute aus dem Fenster und lächelte in sich hinein. Nach einer halben Stunde kamen sie auf der Bönninghardt an, Walter ging schnurstracks ins Zimmer seines Vaters, Ruth folgte ihm. »Du kannst eine Frau nicht alleine durch Deutschland reisen lassen. Das gehört sich nicht. Also entweder fährst du oder keiner«, entschied Berthold van Rennings, als Walter ihm von Ruths Plänen erzählt hatte.

»Dann bleibt das Kind in Bayern, bis es gesund ist und allein zurückkommen kann«, erwiderte Walter. Ruth entfuhr ein verächtlicher Laut. Sie drehte sich auf dem Absatz um, ging in ihr Zimmer und sperrte die Tür von innen zu. Wenn Walter zu zetern anfing, würde sie ihn hineinlassen, aber bis dahin hätte sie eine kleine Tasche gepackt. Die beiden würden sie nicht aufhalten, zur Not würde sie aus dem Fenster klettern. Sie griff nach hinten in das obere Regalfach des Wäscheschrankes, den sie von ihrer Mutter geerbt hatte. Erst nach einigen Wochen hatte sie bemerkt, dass sich verborgen zwischen den Leintüchern die Schatulle mit den Münzen ihres Vaters befand. Es war eine alte Sammlung, und Ruth vermutete, dass ihre Mutter sie absichtlich vor der Familie van Rennings versteckt hatte.

Ruth nahm zwei Münzen, damit würde sie das Bahnticket bezahlen, und steckte sie in ihren Kulturbeutel. Sie würde zuvor zu einer Bank gehen müssen, um die Goldmünzen einzutauschen, überlegte sie. Vermutlich war jede mindestens fünfzig Mark wert. Zufrieden packte sie das Nötigste in eine unauffällige Einkaufstasche aus Sackleinen. Kaum war sie fertig, rüttelte Walter an der Tür.

»Warum schließt du dich ein? Mach auf!«

Ruth beeilte sich, dem nachzukommen. »Entschuldige wegen vorhin, ich habe mich vergessen. Aber mein Mutterherz, verstehst du?«, sagte sie scheinheilig.

Walters Gesichtszüge wurden weich und verzeihend. »Ich vermisse unseren Sohn ja auch. Aber auf die paar Tage kommt es doch nicht an.«

Ruth schluckte. Sie hätte sich Walter gerne anvertraut, hätte ihren Plan gerne mit ihm gemeinsam geschmiedet. Aber sie wusste, dass er sich wieder auf Bertholds Seite schlagen würde. Also ging sie hinunter zu ihrem Schwiegervater und machte ihm das Abendbrot. Darüber hinaus versuchte sie, sich in den nächsten sechsunddreißig Stunden unauffällig zu verhalten.

Am Morgen vor der Abfahrt bereitete sie ihrem Ehemann ein besonders üppiges Frühstück und freute sich, dass die Kündigung bei Hüsken noch nicht wirksam war. Sie füllte ihm wie jeden Tag den Henkelmann mit Fleisch und Kartoffeln, verabschiedete ihn an der Haustür und brachte anschließend ihrem Schwiegervater das Brot. Sie stellte ihm eine Kanne Wasser und eine weitere mit Kakao ans Bett und schnitt ihm etwas Obst. Dann gab sie ihm die Zeitung. »Was hast du vor?«, fragte er misstrauisch. Ruth brach der Schweiß aus, doch sie versuchte ruhig zu bleiben. »Nichts, wieso? Ich gehe gleich einkaufen.«

»Sonst gehst du doch immer freitags einkaufen«, hakte er skeptisch nach.

»Ich will einen Kuchen backen. Ich habe ein Rezept von deiner Frau wiedergefunden. Das würde ich gerne ausprobieren.«

Berthold van Rennings brummte etwas Unverständliches und wandte sich ab. Ruth trat vor die Tür und blinzelte in die Sonne. Sie atmete tief durch und ging nach Alpen, zu der Bushaltestelle, an der sie mit Hanna früher Hansis Bus bestiegen hatte. Hier hatte alles seinen Lauf genommen. War sie unglücklich? Ohne Walter gäbe es Klaus nicht, an guten Tagen reichte das, um sich mit dem Schicksal zu versöhnen. Heute war ein guter Tag, sie freute sich auf ihr kleines Abenteuer, sie freute sich auf die Zugreise und ganz besonders auf ihren Sohn. Angst hatte sie nicht, jedenfalls nicht vor den Konsequenzen. Ihre einzige Sorge war, dass Berthold oder Walter sie entdeckten, bevor sie im Zug saß. Sollten sie danach doch machen, was sie wollten.

Der nette Bahnhofsvorsteher stellte ihr ein Ticket für die Reise aus und wünschte ihr viel Glück. Ruth wäre ihm beinahe um den Hals gefallen. Er wartete mit ihr auf dem Bahnsteig, und sie unterhielten sich wie alte Freunde. Er erzählte voller Wärme von seiner verstorbenen Frau, an die Ruth ihn erinnere, erzählte, dass sie einander bereits in der Schule kennengelernt und mit achtzehn Jahren geheiratet hatten. Er habe es nicht einen Tag bereut, sagte er, und Ruth fragte sich, was Walter wohl über sie und ihre Ehe sagen würde.

»Holen Sie Ihr Kind zurück und kommen Sie beide gesund wieder«, sagte er, als Ruth schließlich in den Zug stieg. Sie sah ihn auf dem Bahnsteig stehen und winken.

Endlose Stunden fuhr der Zug durchs Land, doch Ruth wurde nicht müde, hinauszuschauen. Sie stellte sich vor, wie sie mit den Schiffen auf dem Rhein um die Wette fuhr, so wie sie es zu Lebzeiten ihres Vaters getan hatte. Er hatte ein Holzbötchen aufs Wasser gesetzt, und sie hatte versucht, es am Ufer einzuholen. Gegen Mittag ging sie in den Speisewagen und gesellte sich zu einer ebenfalls allein reisenden Dame, mit der sie schnell ins Gespräch kam. Die Frau war Münchnerin und schwärmte Ruth vom Viktualienmarkt vor, vom Marienplatz und dem Glockenspiel am Rathaus. »Kommen Sie mich besuchen, wenn Sie mal in München sind. Ich habe viel Zeit. Meine Kinder leben im Rheinland, und mein Mann ist schon tot. Ich habe gerne Besuch«, sagte sie zum Abschied, und Ruth wünschte, sie könnte die Einladung annehmen.

Die Sonne ging schon unter, als sie endlich am Tegernsee ankam und am Ingerlhof läutete. Sie war aufgeregt, denn sie fürchtete plötzlich, man könne ihr den unangekündigten Besuch übel nehmen. Eine junge Schwester begrüßte sie. »Da wird sich der Kleine aber freuen«, sagte sie nur und führte Ruth in einen großen Speisesaal, in dem hinten in der Ecke mutterseelenallein ein Junge hockte und seine Suppe löffelte. Ruth ließ ihre Tasche fallen und rannte zu ihrem Sohn.

»Klaus!«, rief sie und drückte ihn an sich. Die Mahnungen der Schwester: »Röteln sind ansteckend, wissen Sie das, gute Frau?«, ignorierte sie. Sie umarmte ihn, dann schob sie ihn ein Stück von sich weg und sah ihn sich genauer an. Er war rot gesprenkelt und sah mit seinen wässrigen Fieberaugen zum Fürchten aus. Dennoch konnte sie sich ein Lachen nicht verkneifen. Klaus streckte ihr nur seinen Bauch entgegen und klopfte darauf. »Schau, wie dick ich geworden bin, Mutti«, sagte er, und Ruth küsste ihn auf die fiebrige Stirn.

Sie blieb eine Nacht im Kindererholungsheim und nahm ihren Sohn am nächsten Morgen gegen den ausdrücklichen Protest der Heimleiterin mit.

Ruth verdrängte, was sie auf der Bönninghardt erwartete. Es zählte der Moment, und den wollte sie auskosten bis zur letzten Minute. Als sie in München am Bahnhof standen, um dort umzusteigen, durchzuckte sie mit einem Mal ein Gedanke: Was, wenn sie hier bliebe? Sie hatte die Adresse der Dame aus dem Speisewagen, vielleicht könnten sie für eine Weile hier wohnen, sie könnte Arbeit suchen, ein neues Leben beginnen. Einen Augenblick genoss sie die Vorstellung, schmeckte der Freiheit nach, dann verließ sie der Mut. Doch wo sie schon einmal hier waren, würden sie sich wenigstens die Stadt ansehen, beschloss sie und nahm Klaus an die Hand. Sie bestaunten die vielen Stände am Viktualienmarkt, lauschten dem Glockenspiel am Rathaus und gingen schließlich in die Liebfrauenkirche, wo sie eine Kerze anzündeten. Still saß sie auf der Bank mit Blick auf den Altar, ihren Jungen an sich gedrückt, und dankte Gott für diesen Tag.

Die Nacht verbrachten sie im Schlafwagen, und am nächsten Morgen stiegen sie in Duisburg aus, wo sie auf den freundlichen Bahnhofsvorsteher trafen, der sie auf eine Tasse Kaffee einlud.

Nach einer Weile verabschiedeten sie sich und nahmen den nächsten Bus, der nach Alpen fuhr.

Klaus hatte die Freundlichkeit des Mannes in Uniform offenbar sehr beeindruckt. So sehr, dass er Ruth Jahre später gefragt hatte, ob dieser Mann vielleicht ihr Geliebter gewesen sei. Sie hatte laut gelacht und ihn gefragt, wie er auf solch absurde Gedanken käme. »Ich hätte es mir gewünscht«, hatte er nachdenklich geantwortet. »Ich hatte gehofft, er wäre mein richtiger Vater.«

VON RÄUBERN UND
FREIHEITSLIEBENDEN

Sara schloss die Eingangstür des alten Bauernhauses auf, trat in den kühlen Flur, wo sie ihre Jacke an die Garderobe hängte. Sie ging in die Küche zu der blauen Rowenta-Kaffeemaschine, staubte sie ab und fragte sich, ob das Kaffeepulver in dem fest verschlossenen Einmachglas noch genießbar war. Das Brodeln des Wassers schien ihr unendlich laut, und unwillkürlich fürchtete sie, jemanden aufzuwecken. Als sie während des Studiums hier gewohnt hatte, war ihre Oma jedes Mal wach geworden, wenn sie nachts von einer Party nach Hause gekommen war. Ruth kam dann in einem rosafarbenen Morgenmantel und mit Haarnetz, das ihre Dauerwelle schützen sollte, die Treppe herunter und behauptete, sie könne nicht schlafen und sei dankbar für Gesellschaft. Sie saßen dann noch beieinander und sprachen über alles, was ihnen in den Sinn kam. Je nach Uhrzeit begann Ruth danach, das Frühstück für ihren Ehemann vorzubereiten. Manchmal buk sie sogar das

Rosinenbrot selbst. »Dein Opa mag es gern, wenn es noch warm ist«, hatte sie gesagt, wenn Sara ungläubig den Kopf schüttelte.

Während Sara ihren Kaffee trank, las sie in der *Rheinischen Post* vom vergangenen Herbst. Im Lokalteil, dem *Boten für Stadt und Land,* wurde Erntebilanz gezogen. Bauern aus Veen und von der Bönninghardt wurden zitiert. Sie waren unzufrieden mit dem Wetter und fürchteten dramatische Einbußen bei der anstehenden Weizenernte. *Die Bauern haben immer wat zu kühmen,* zitierte sie in Gedanken ihren Großvater.

Die denkmalgeschützte Katstelle, in der ihre Großeltern bis zuletzt gelebt hatten, war auch das Haus ihrer Kindheit. Ihre ersten Lebensjahre hatte Sara hier verbracht, sie war in den nahe gelegenen Kindergarten gegangen, hatte später allerdings die Schule in Hannover besucht.

Sara hatte ausschließlich gute Erinnerungen an das Haus. Auf der Tenne, die bis heute dem kleinen blauen Peugeot ihres Großvaters als Garage diente, hatte sie oft die Heldengeschichten der Bönninghardt nachgespielt. Ihre Oma hatte gern von einem sagenumwobenen Räuberhauptmann erzählt, was Sara als Kind gleichermaßen gegruselt wie entzückt hatte. Er und seine Bande waren als die *Vogelfreien der Bönninghardt* in die Geschichte eingegangen.

Wilhelm Brinkhoff hatte Mitte des 19. Jahrhun-

derts gelebt. Er war der Robin Hood vom Niederrhein, hatte die Reichen von Kleve bis Köln bestoh-
len und seine Beute mit den Bönninghardtern geteilt.
Mehrmals hatte die Polizei ihn erwischt und in der
Schwanenburg von Kleve ins Gefängnis gesteckt,
doch immer wieder war er ihnen entwischt und
hatte irgendwo auf der Bönninghardt Unterschlupf
gefunden, und niemals hatte ihn einer von der Hei
verraten. Eines Tages war er spurlos verschwunden, wie vom Erdboden verschluckt. Da man nicht
glaubte, dass er am Galgen geendet war, vermutete
man, er habe sich nach Rotterdam durchgeschlagen,
sei mit dem Schiff nach Amerika gereist und dort ein
schwerreicher Mann geworden.

Sara hatte Brinkhoffs Behördenstreiche und Taten
als Kind so oft gehört, dass sie sie auswendig kannte.
Sie hatte sich ausgemalt, wie sie ihn täglich in seinem
Versteck besuchte, um ihm Nahrung und Wasser zu
bringen. Vom Mittagstisch hatte sie manchmal eine
kleine Ration abgezweigt, sie auf einem Tellerchen
drapiert und auf die Tenne gebracht. Zu ihrer großen Freude waren das Brot, die Kartoffeln oder die
Scheibe Fleisch am nächsten Tag verschwunden.
Vermutlich hatte sich eine Rattenkolonie daran güt-
lich getan.

Im Schuppen neben der Tenne hatte ihr Opa seine
Werkstatt betrieben, hier hatte er oftmals ihre Fahrradreifen geflickt. Sie sah ihn vor sich, wie er mit

geschickten Fingern den Mantel löste, den Flicken für den Schlauch mit Spezialkleber versah und zum Schluss seinen großen alten Druckluftkompressor der Marke Ritter anschloss und den Fahrradreifen wieder aufblies.

Sie hatte ihn als liebevollen Menschen erlebt, fast ein wenig unbedarft und immer sehr bemüht um das Wohlergehen seiner Frau. Es fiel Sara nach wie vor schwer, sich ihren Opa als so dominant vorzustellen, wie ihre Oma ihn neuerdings darstellte.

Als Ruth in der Dusche gestürzt war, hatte Saras Vater sich sofort ins Auto gesetzt und war die dreihundert Kilometer an den Niederrhein in Rekordzeit gefahren. Er hatte eine innige Beziehung zu seiner Mutter. Alles, was aus ihm geworden sei, habe er ausschließlich ihr zu verdanken, betonte er häufig. Sein Vater war ihm an guten Tagen egal. An schlechten verachtete er ihn. Nie fragte er nach Walters Befinden, nie erwähnte er ihn, es sei denn, um sich über ihn aufzuregen. Walter sei so wenig greifbar gewesen, dass er kein Gefühl für ihn in sich finde, hatte Saras Vater neulich gesagt und dann lange geschwiegen.

Sie hatten sich deshalb nach dem Sturz aufgeteilt: Sara war für Opa zuständig, ihr Vater für Oma. Als Sara an jenem Tag auf der Bönninghardt angekommen war, hatte ihr Opa niedergeschlagen gemurmelt: »Sie wird nicht wieder nach Hause kommen, das spüre ich.« Sara hatte ihn aufmuntern wollen: »Sei nicht so pessimistisch, Opa! Du weißt doch, wie hartnäckig Oma ist. Und sie hat mir versprochen, dass sie nicht stirbt, bevor Lars und ich einen Trauschein haben.«

»Das meine ich nicht«, hatte ihr Großvater gesagt. »Sie wird nicht mehr hier wohnen wollen. Sie will unser Haus verlassen. Wer kümmert sich dann um mich?«

Inzwischen würde Sara diese Frage sicher anders bewerten, aber damals hatte sie sich nicht viel dabei gedacht. Nicht einmal, als ihre Oma Sara aufgetragen hatte, ihrem Großvater Kleidung rauszulegen. Sie hatte genaue Anweisungen bekommen. Jeden zweiten Tag frische Unterwäsche und Socken, einmal in der Woche eine frische Hose und ein Hemd.

»Kann er sich denn die Wäsche nicht selbst aus dem Schrank nehmen?«, hatte Sara ungläubig gefragt.

»Nein, das kann er nicht«, hatte ihre Oma bloß geantwortet.

»Wenn er keine andere Wahl hat, wird das schon gehen, denke ich.«

»Dann zieht der wochenlang dasselbe an. Und wenn er stinkt, fällt das auf mich zurück. Am Tag nach der Hochzeit hat meine Schwiegermutter mich zu Walters Schrank geführt und mir gesagt, dass sie die Sachen nun nicht mehr herauslegen werde.

Das müsse ich künftig tun. Und dann hat sie mir erklärt, wann Walter was anzieht. Tja, und so habe ich es beibehalten, bis heute.«

Ihre Großmutter war bereit gewesen, sich ihrem Mann unterzuordnen, obwohl sie das Geld in die Ehe gebracht, einen höherwertigen Schulabschluss vorzuweisen hatte und aus besserem Hause stammte.

Sara erwischte sich manchmal bei dem Gedanken, ihre Oma räche sich vielleicht im Alter für etwas, an dem sie selbst nicht ganz unschuldig war.

Würde sie es Lars und Paul auch eines Tages vorwerfen, wenn sie ihnen zuliebe auf die Bewerbung in Cambridge verzichtete? Riskierte sie wirklich ihre Beziehung und die Familie, wenn sie ihren Karriereträumen folgte? Und was, wenn sie Cambridge sausen ließ, Lars sich eines Tages jedoch in eine andere Frau verliebte oder sie sich aus anderen Gründen trennten? Solche Fragen hatte sich früher niemand gestellt, sie waren der Preis der Entscheidungsfreiheit. Sara seufzte. Vielleicht sollte sie einfach aufhören, alles schwarzzumalen, und erst mal eine vernünftige Bewerbung zusammenstellen, ermahnte sie sich.

Sie ging hoch in ihr altes Zimmer, in dem sie als Studentin drei Jahre lang gewohnt hatte, um die Unterlagen von ihren Auslandsaufenthalten zusammenzusuchen. Dass die immer noch bei ihren Großeltern gelagert wurden, hing mit Saras vielen

Umzügen zusammen. Mit jedem Wohnungswechsel hatte sie Einrichtungsgegenstände hinter sich gelassen. Manche waren auf dem Sperrmüll gelandet, andere, die ihr wichtig waren, aber im aktuellen Leben keinen Platz fanden, waren in der Bönninghardter Katstelle mit ihren halben Kellern, kleinen Opkammern, diversen Zimmern und der Tenne geblieben. Ihre Großeltern hatten ihr dabei freie Hand gelassen, hatten an »Saras Zimmer«, wie sie es nannten, nichts verändert. Über dem Bett hing immer noch eine Leinwand von Walt, ein Künstler, mit dem Sara eine kurze Affäre gehabt hatte. Sie hatte lange nicht mehr an ihn gedacht.

Sara war damals schon mit Lars zusammen gewesen, sie sprachen über ein gemeinsames Leben und Kinder. Lars war kein Spinner, kein Träumer, er war bodenständig und hatte klare Vorstellungen vom Leben. Da gab es kein Lavieren und kein Zaudern. Das hatte Sara auf der einen Seite sehr für ihn eingenommen, andererseits fand sie es auch beängstigend.

Dieser Maler versprach ihr dagegen für einen Moment ein anderes Leben, ein wildes, sorgloses und naives Leben, in dem Geld und Karriere keinerlei Bedeutung hatten. Walt hauste in einem Keller mit nichts als einer Matratze, seinen Farben, Pinseln und Leinwänden. Sie hatten sich auf einer Vernissage kennengelernt, auf die Sara von ihrer Freundin Mia, der Galeristin, geschleppt worden war. Sara hatte sich schnell gelangweilt, doch plötzlich betrat Walt den Raum, und ihre Blicke begegneten sich. Er begrüßte Mia und stellte sich Sara vor. Für den Rest des Abends waren sie unzertrennlich, und als die Gesellschaft sich aufgelöst hatte, zogen sie einfach weiter in die nächste Bar. Sara redete und redete, und während sie redete, dachte sie nur daran, wie es wäre, ihn zu küssen. Sie verbrachte die Nacht in Walts Keller und auch den nächsten Tag. Sie fuhr am nächsten Morgen ins Krankenhaus und abends wieder zu ihm zurück, ohne auch nur einen Gedanken an Lars zu verschwenden. Sie hatte nicht das Gefühl, Lars zu betrügen, es war, als wäre sie kurz in ein anderes Leben eingetaucht. Zwei Wochen vergingen, bis sie Lars, der zu jener Zeit häufig auf Geschäftsreisen war, erklären musste, warum sie so selten zu erreichen war. Sie sagte es ihm freiheraus: »Ich bin verknallt. Es tut mir leid.« Lars machte ihr keine Vorwürfe. »Gut, wir reden darüber, wenn ich zu Hause bin«, sagte er. Das war alles. Als er zurück war, sprachen sie sich aus, und sie versicherte, sie wolle bei ihm bleiben. Doch am nächsten Tag fuhr sie wieder zu Walt. Am Abend klopfte jemand vehement an die Butzenscheibe des Souterrainfensters, während Walt und sie im Bett eine Pizza verspeisten. Sie wusste sofort, wer draußen stand, und gab dem nackten Walt ein Zeichen, er möge schweigen. Es war kindisch, aber Sara hoffte, der Konfrontation aus dem Weg gehen zu können.

Dann klingelte Saras Handy, und zeitgleich trat ein Fuß durch die Scheibe, sodass die Scherben auf die Matratze fielen. »Ich mach ja schon auf«, rief Walt, während Sara in Windeseile in ihre Klamotten schlüpfte.

»Würdest du uns bitte einen Moment allein lassen«, bat Lars Walt, als sie unten angekommen waren. Walt fügte sich, suchte seine Sachen, fand nur die Jeans, zog diese über die nackten Hüften, hob in aller Seelenruhe sein Päckchen Tabak auf und ging.

»Was machst du hier?«, fragte Lars nach einer Weile, in der sie stumm voreinandergestanden hatten.

»Ich weiß es nicht«, antwortete sie ehrlich. »Ich bin glücklich mit dir. Aber hier bin ich ein anderer Mensch. Ich bin eine andere Sara, und ich kenne die andere noch nicht gut genug, um zu sagen, ob ich so sein will.«

Sie schwiegen, und als Lars erkannte, dass sie dem nichts hinzuzufügen hatte, nahm er ihre Hand. »Ich weiß, dass ich zu dir gehöre. Entscheide dich, ob du zu mir gehören willst«, sagte er mit festem Blick. Er bettelte nicht, er drohte nicht, er sagte einfach nur, was er wollte. »Entscheide dich bald. Bevor es zu spät ist.« Er küsste sie auf die Wange und ging, ohne sich noch einmal umzudrehen. Sara wusste, sie würde zu Lars zurückgehen, aber sie nahm sich vier Wochen, in denen sie bei Walt unter der Erde lebte, bis sie erkannte, dass das, was sie so anzog, nicht Walt war, es hatte mit seiner Person nichts zu tun, es war die Leichtigkeit, die sie faszinierte, und das Wissen darum, dass sie niemals wieder so frei von Verpflichtungen sein würde.

Und so war es gekommen. Seit Paul auf der Welt war, traf sie Entscheidungen nicht mehr nur für sich allein. Sie hatte Verantwortung für sich und ihre Familie. Doch noch immer hatte sie manchmal Sehnsucht nach dieser Freiheit.

Das kleine Zimmer in der Kate war bis oben hin vollgestopft mit Erinnerungen. Aus Afrika hatte Sara Holzfiguren mitgebracht, im Bücherregal stapelten sich Fotoalben von Reisen. Unten im Schrank verbargen sich außerdem zwei Kartons, darin ein ganzes Leben. Etwa fünfzig Notizbücher, manche sehr zerschlissen. Es waren Tagebücher ihrer Mutter, die sie im Alter von fünfzehn Jahren begonnen und bis zu ihrem Tod geführt hatte. Auch die Krebserkrankung war akribisch notiert, die Schmerzen und Medikamente, ebenso Jugenderinnerungen und die erste Verliebtheit. Sara wusste schon lange von der Existenz dieser Tagebücher. Die letzten Lebensjahre ihrer Mutter hatte sie darin nachgelesen, alles andere hatte sie lediglich überblättert. Als ihre Mutter vor zehn Jahren gestorben war, hatte sie immer noch einen Rest Wut in sich getragen und war noch nicht bereit gewesen, ihn gegen Verständnis einzutauschen.

LOTTA VAN RENNINGS

18. Mai 1973

Er hat mich geküsst. Johannes Conrad hat tat-sächlich hinter der Kirche auf mich gewartet. Klaus hat mich in den Schatten des großen Rho-dodendron-Busches gewunken, und da stand Johannes. Mein Herz hat wie wahnsinnig ge-klopft. Er hat gefragt, ob ich mit ihm gehen will, und ich habe laut Ja gesagt, am liebsten hätte ich es geschrien. Mir sind die Knie weich geworden, als wir uns geküsst haben. Und dann mussten wir schnell abhauen, weil der Gottesdienst anfing. Ich habe einen Freund.

21. September 1973

Johannes und ich haben uns gestritten. Er will, dass ich es meinen Eltern sage. Ich kann nicht. Papa hat neulich über Kicki gesagt, sie verhalte sich wie eine läufige Hündin. Dabei hat er nur gesehen, wie sie Arm in Arm mit Rainer über die Straße gelaufen ist. Ihre Eltern sind nicht so streng wie meine. Ich hätte gerne Kickis Eltern. Ich muss immer schon um zehn Uhr zu Hause sein, wenn in der Nachbarschaft eine Party ist. Das ist bescheuert. Aber Kicki hat mir einen Trick verraten: Ich lege meine große Puppe Lisa ins Bett, stopfe sie schön unters Plümo, sodass nur ein paar blonde Haare herausschauen. Und dann haue ich durchs Fenster ab. Am Samstag will ich es ausprobieren. Johannes hat mir versprochen, dass er mich mit seinem Mofa abholt.

25. September 1973
Ich hasse ihn.
Ich hatte alles so gut vorbereitet. Die Puppe lag perfekt im Bett, ich bin durchs Fenster geklettert, über das Dach balanciert, runter in den Innenhof. Ich habe schon gedacht, alles wäre vorbei, als die Blechwanne umgefallen ist. Aber Mama und Papa haben zum Glück nichts gehört. Nur die Hunde haben angeschlagen. Dann war ich endlich auf der Straße, aber weit und breit kein Mofa. Ich habe geglaubt, Johannes sei vielleicht nur etwas zu spät dran, also bin ich schon mal die Straße Richtung Grenzdyck hochgelaufen. Irgendwann war ich endlich an der Scheune, wo das Fest stattfand. Sie hatten Strohballen zum Sitzen aufgestellt. Und in der Mitte standen unendlich viele Bierkästen. Der Lange machte Mu-

sik, ein paar Leute haben getanzt. Ich habe nach Kicki und Johannes Ausschau gehalten. Und dann habe ich sie gesehen. Er lag auf ihr. Ich kann gar nicht aufschreiben, was sie alles gemacht haben. Der Kloß in meinem Hals war so groß, ich dachte, ich müsste ersticken. Ich wollte nicht, dass mich irgendjemand weinen sieht, also habe ich mir ein Bier genommen und es auf ex getrunken. Dann habe ich getanzt. Irgendwann bin ich zu Kicki und Johannes, die mich überhaupt nicht bemerkt haben, bis ich mich zu ihnen hinuntergebeugt habe. Ich habe Kicki »Schlampe!« ins Ohr geschrien, so laut ich konnte. Die beiden sind auseinandergesprungen, als hätten sie einen Stromschlag bekommen. Die sahen total belämmert aus. Ich war ganz cool, habe mich umgedreht und bin gegangen. Auf dem Rückweg habe ich die ganze Zeit geheult.

28. September 1973
Johannes hat sich entschuldigt. Er sei betrunken gewesen und Kicki habe ihn angebaggert. Und dann sei es halt passiert mit dem Geknutsche. Nüchtern wäre ihm das nie passiert. Er hat gesagt, dass er nur mich liebt. Du kannst mich mal, habe ich geantwortet. Aber ehrlich gesagt finde ich ihn immer noch toll.

1. Dezember 1973

Ich habe eine Vier in Mathe geschrieben. Mama war total sauer. Sie meint, ich habe zu viele Flausen im Kopf und soll mich auf die Schule konzentrieren. Später habe ich im Flur auf der Treppe gesessen und gelauscht. Opa hat tatsächlich zu Mama gesagt, statt Abitur zu machen, das ich als Mädchen eh nicht brauche, soll ich doch lieber kochen lernen.

»Die soll diesen Conrad bald heiraten, dann müssen wir uns keine Sorgen machen. Die haben einen großen Hof. Aber bald, die Leute reden schließlich schon«, hat er gesagt. Und dann ist Mama sehr wütend geworden und hat Opa angeschrien. Er solle sich nicht in meine Erziehung einmischen, das ginge ihn nichts an. Ihre Tochter werde eines Tages studieren, heiraten werde sie jedenfalls noch lange nicht. »Dann wird sie wohl als alte Jungfer enden«, hat Opa gesagt. Mama hat geheult und ist hinausgerannt. Ich werde mit Johannes Schluss machen. Und nie wieder schlechte Noten schreiben.

* * *

Sara hielt inne. Es war unvorstellbar, dass diese Lotta nur wenige Jahre später ihre Mutter werden würde. Ihre erste große Liebe, Johannes Conrad, kannte

Sara. Er war Bauer in Veen, Großbauer musste man sagen, er wäre nach den Kriterien ihres Uropas »eine gute Partie« gewesen. Er besaß einen riesigen Milchbetrieb mit den modernsten Maschinen. Jede Kuh dort hatte einen Transponder um den Hals, auf dem sämtliche Daten gespeichert wurden. Wenn die Kuh im Laufe des Tages gemolken werden wollte, ging sie in den Melkstand, wurde auf dem Weg dorthin erfasst, die zuvor berechnete Futtermenge wurde automatisch in den Trog gefüllt, und der Melkroboter legte die Schläuche ans Euter. Per Scanner, wie an der Supermarktkasse, erfasste der Roboter jeden Strich der Kuh. Wenn sie leergemolken war, konnte sie sich draußen im Stall an der rotierenden Bürste massieren lassen. Das alles war enorm effektiv. Bauer Conrad gewann im Jahr etwa siebenhunderttausend Liter Milch, etwa zehntausend pro Kuh. Sara hatte nicht gewusst, dass dieser Bauer als junger Mann ein *Krösken* mit ihrer Mutter gehabt hatte. Zum Glück war nichts daraus geworden, dachte sie. Sie erinnerte sich an Freundinnen von früher, die schon vor der Schule im Stall hatten helfen müssen und dadurch nicht nur besonders müde waren, wenn sie zum Unterricht kamen, sondern manchmal auch so rochen, wie es im Kuhstall eben riecht.

Sara blätterte weiter. Ihre Mutter hatte die Ankündigung, ein gutes Abitur nach Hause zu bringen, offensichtlich wahr gemacht. Akribisch hatte sie ihre

Noten notiert, am Ende war ein Schnitt von 1,5 dabei herausgekommen. Sogar das drittbeste Zeugnis ihres Jahrgangs am Xantener Stiftsgymnasium. Besser gewesen waren nur ein junger Adeliger, der aus Düsseldorf an den Niederrhein gezogen war und den ihre Mutter als langweiligen, hochnäsigen Streber bezeichnete, und ein gewisser Klaus van Rennings, zu dem Lotta van Nahmen einen kurzen Kommentar niedergeschrieben hatte: *Er ist besonders. Manche in der Klasse sagen, er sei ein Sonderling. Ich finde ihn interessant.*

Sara hatte nicht gewusst, dass ihre Eltern bereits gemeinsam Abitur gemacht hatten. Und auch nicht, dass ihr Vater ein derart guter Schüler gewesen war. Sara hatte ihre Eltern nie gefragt, wie sie sich kennengelernt hatten. Sie fing erst an, sich für Beziehungen zu interessieren, als ihre Eltern sich trennten. Danach hatte sie es nicht mehr wissen wollen, und ihr Vater, der nie von sich aus über unangenehme Themen sprach, hatte geschwiegen.

Sara las weiter, gespannt zu erfahren, wann aus den beiden ein Liebespaar geworden war. Wenn sie richtig rechnete, blieben zwischen Abitur und der Geburt ihrer Schwester Anna nur drei Jahre. Schnell überschlug sie die Seiten des Büchleins. Da. Da war es. Weihnachten '76 hatten sie sich wiedergesehen, nur ein Jahr vor Annas Geburt.

25. Dezember 1976

Ich soll mich schämen, hat Opa gesagt. Das Studium, sagt er, würde mich verderben. Papa hat mich verteidigt und gemeint, er sei stolz darauf, dass ich die erste Akademikerin der Familie werde. Er versteht allerdings nicht, warum es Architektur sein muss. Das sei doch eher etwas für Männer. Mama hätte es auch lieber gesehen, wenn ich Grundschullehrerin geworden wäre. Aber ich liebe es einfach, Häuser, Fassaden und Grundrisse zu zeichnen. Und ich glaube, Tante Josefine ist schuld. Sie hat diesen tollen Bildband mit den »Architekturwundern dieser Welt«, und als ich klein war, hat sie mir oft Geschichten zu den Bildern erzählt. Sie ist eine beeindruckende Frau, so klug, eine Intellektuelle, keine Ahnung, warum sie das Dorf nie verlassen hat. Ich werde sie morgen besuchen und ihr ein bisschen von Münster erzählen. Es ist so schön, dort zu studieren. So viele junge Menschen, die mit Fahrrädern durch die Stadt fahren und sich morgens am Münsteraner Schloss treffen. Abends wird in den Kneipen über Dinge diskutiert, die ich meinen Eltern gar nicht erzählen darf. Sie haben ja schon geschluckt, als ich gestern, an Heiligabend, einen Minirock angezogen habe. Dabei war er nicht einmal besonders kurz. »So gehst du mir nicht in die Kirche«, hat Vater geschimpft.

»Da kann man ja bis an de Fott gucken. Das Ding schmeißt du nachher in den Kamin.«

Es war trotzdem ein schönes Fest. In der Kirche habe ich Klaus wieder getroffen. Er sieht gut aus, nicht mehr so brav wie früher. Er trägt Bart und die Haare lang. Er studiert Medizin in Heidelberg und hat gefragt, ob ich am zweiten Weihnachtstag nach Xanten ins *Einstein* komme. Ich fürchte, Papa wird es nicht erlauben. Andererseits bin ich schon achtzehn und passe immer noch durchs Dachfenster.

26. Dezember 1976

Meine Eltern sind wahnsinnig spießig. Heute Nachmittag haben sie sich beschwert, dass ich nicht ordentlich esse. Ich sei so dünn geworden und sähe aus wie ein Hippie.

Ich war im *Einstein* und habe mich den ganzen Abend mit Klaus unterhalten. Er hatte einen Joint dabei, aber ich verstehe nicht, warum alle das so toll finden. Ich habe nichts gemerkt. Klaus meint, beim ersten Mal würde es nur selten wirken. Aber es gebe natürlich auch Menschen, die auf THC gar nicht ansprechen. Ich fürchte, zu denen gehöre ich. Schade eigentlich. Alle anderen waren sehr lustig. Wir sind zu Maritzens Weide gefahren und haben den Kühen bayerische Glocken umgehängt und Mützen auf die Hörner *gesetzt. Ich hätte am nächsten Morgen gerne die Augen von Wolfgang Maritzen gesehen. Der ist nämlich Bayern-München-Fan.*

Silvester 1976
Klaus! Klaus! Klaus!

Sara blickte auf. Das musste die Party gewesen sein, von der ihre Eltern einmal erzählt hatten. Sie hatten Silvester immer als Jahrestag ihrer Beziehung gefeiert. Offenbar hatte es da gefunkt. Sara fragte sich, ob sie weiterlesen sollte.

1. Februar 1977
Ich breche meine Zelte in Münster ab. Die Wohnung bei Frau Martens habe ich schon zum 1. März gekündigt. Ich werde in Heidelberg weiterstudieren. Im Moment wohne ich bei Klaus im Studentenwohnheim. Heimlich natürlich. Meine Eltern würden mich umbringen, wenn sie es wüssten. Klaus hat mich an Silvester gefragt, ob ich die Pille nehme. Das fand ich ganz schön frech. Aber bis zur Ehe müsse er doch hoffentlich nicht warten, meinte er noch. Ehrlich gesagt war ich total schockiert. Was denn sonst, habe ich gedacht, aber ich habe meinen Mund gehalten.

Sara überblätterte schnell die nächsten Seiten.

1. März 1977

*Hoffentlich bin ich nicht schwanger. Er hat ge-
sagt, er würde aufpassen, und ich habe ihm auch
noch vertraut. Wie kann man nur so blöd sein. Es
ist natürlich völlig bescheuert, aber mir ist nichts
anderes eingefallen, als in die Kirche zu gehen
und zu beichten.*

*Ich war in der Jesuitenkirche direkt neben dem
Campus. Mein Gott, ist die schön. Danach habe
ich die Pläne für das Haus weitergezeichnet, in
dem Klaus und ich später wohnen werden. Es
ist der Gegenentwurf zu seinem Elternhaus. Bei
ihnen auf der Bönninghardt ist alles klein und
dunkel und niedrig. Für die Zukunft wollen wir
Licht und Luft. In unserem Haus soll auch Platz
sein für ein Kinderzimmer. Aber bitte, bitte, lieber Gott: NOCH NICHT JETZT!*

11. März 1977

*Es ist noch mal gut gegangen! Auch Klaus war
erleichtert und hat gesagt, ich müsse jetzt endlich
die Pille nehmen. »Wo soll ich die denn bitte her-
kriegen?«, habe ich gefragt. Wir sind schließlich
nicht verheiratet. Doch er meinte, er würde das
organisieren, er säße als Medizinstudent schließlich an der Quelle. Abgesehen von den logisti-
schen Problemen frage ich mich, woher wir das
Geld nehmen sollen und ob ich das überhaupt*

*will. Manchmal denke ich, wir sollten einfach
enthaltsam sein. Am Wochenende fahre ich nach
Hause. Es sind Semesterferien, Klaus bleibt in
Heidelberg. Offiziell macht er ein Praktikum,
aber ich glaube, er will einfach nicht zu seinen
Eltern fahren. Er hält nicht viel von seinem Vater. Ich würde Klaus' Eltern gerne kennenlernen.
Meine Tante Josefine ist mit seiner Mutter befreundet, über den Vater hat sie nichts erzählt.*

15. März 1977
*Ich habe Tante Josefine besucht, sie wollte alles
ganz genau wissen, welche Kurse ich belege, was
wir gerade lernen. Sie hat mir die Heiliggeist-
kirche in Heidelberg mit geschlossenen Augen en
détail beschrieben. Tante Josefine hat einen guten
Freund, der als Soldat im Krieg auf ihrem Hof
stationiert war. Da mein Onkel nicht lang laufen
kann, ist sie mit diesem Soldaten, den sie immer
nur »mein Peterle« nennt, verreist. Merkwürdig,
dass ihr Mann das mitgemacht hat. Jedenfalls war
sie mit Peter in Heidelberg und in München. Er ist
auch verheiratet, aber erst seit Kurzem. Angeblich habe sein Vorgesetzter ihm gesagt, es sei nicht
gut, wenn ein Mann in seinem Alter unverheira-
tet bleibe. Da kämen Gerüchte auf. Mein Gott,
sollen sie die Leute doch in Ruhe lassen. Tante
Josefine ist nicht so konservativ, im Gegenteil, ich*

bin sicher, wenn sie gekonnt hätte, wäre sie vor Jahren mit den Studenten in Frankfurt auf die Barrikaden gegangen. Sie bewundert Veruschka und Romy Schneider, weil sie für Frauenrechte kämpfen. Wir haben über so viele Dinge diskutiert, die auch auf dem Campus Thema sind.

Ich habe ihr von Klaus erzählt, und sie war hellauf begeistert. »Ein toller junger Mann«, hat sie gesagt. »Seine Mutter und ich haben manchmal überlegt, ob wir euch einander vorstellen sollen. Wir sind beide nicht so wie die Alteingesessenen hier.« Sie hat noch augenzwinkernd gesagt, dass die meisten hier irgendwie verwandt seien, nur Klaus und ich, wir seien mit Sicherheit nicht aus einer Familie. Sie sprach in den höchsten Tönen von Klaus' Mutter, die klug sei und vielseitig interessiert. »Leider lässt sie sich sehr von ihrem Mann einschüchtern. Aber vielleicht erkennt sie ja noch, wie stark sie auch ohne ihn ist.«

»Wie ist das denn mit dir und Onkel Bernhard?«, habe ich gefragt, und sie hat gelacht. »Hinter der Fassade bin ich frei.« Was für ein Satz. Ich muss darüber nachdenken.

30. April 1977

Ich bin schon wieder überfällig, wir haben uns deshalb gestritten. Klaus hat mir vorgeworfen, unvernünftig zu sein. Als ich über Ostern *zu Hause war, habe ich die Pille in Heidelberg vergessen. Um ehrlich zu sein, habe ich sie mit Absicht nicht mitgenommen, damit meine Mutter sie nicht findet. Aber die paar Tage können ja wohl nicht so entscheidend sein. Klaus war total wütend, er hat gesagt, das sei doch klar, man müsse diese Pille jeden Tag zur gleichen Zeit nehmen. Soll er sie doch nehmen, wenn er so gewissenhaft ist.*

14. Mai 1977
Klaus sagt, ich müsse zum Arzt. Er glaubt inzwischen, dass ich schwanger bin. In Amerika gibt es jetzt einen Test, da muss man auf ein Gerät pinkeln, und nach ein paar Stunden weiß man, ob man schwanger ist. Klaus erkundigt sich, ob man den hier schon irgendwo bekommt. Vielleicht haben sie so etwas in der gynäkologischen Abteilung der Uniklinik.

16. Mai 1977
Verdammt! Verdammt! Verdammt!

18. Mai 1977
Seit zwei Tagen heule ich ununterbrochen, und ich hasse mich für meine Unvorsichtigkeit. Ich hasse mich für alles. Ich hasse es, zu existieren. Ich weiß nicht, was aus mir werden soll. Meine Eltern werden mich umbringen. Vielleicht sollte ich

ihnen zuvorkommen. Klaus ist seit dem Arztbesuch verschwunden, er hat gesagt, er brauche Zeit. Es ist paradox. Während in mir ein neues Leben wächst, wird meines zerstört. Und das von Klaus. Und das meiner Eltern. Wie stehen die da, wenn das in Veen bekannt wird. Vielleicht sollte ich mit Tante Josefine sprechen. Vielleicht kann sie mir helfen. Aber ich habe Angst, nach Hause zu fahren. Meine Mutter wird mir sofort ansehen, was los ist. Ich wünschte, Klaus würde mit mir sprechen. Wenigstens er.

20. Mai 1977

Klaus war bei mir. Er hat sich furchtbar gehen lassen, war ungewaschen und unrasiert. Er hat nachgedacht und schlägt eine Abtreibung vor. In Holland könne man so etwas machen lassen, für vierhundert Mark. Er würde das Geld irgendwie auftreiben, von Kommilitonen oder so. Großartige Idee. Dann kann er es auch gleich ans Schwarze Brett schreiben: Lotta ist schwanger, weil sie zu blöd ist, die Pille zu nehmen.

Ich habe Angst vor einer Abtreibung. Man hört die schlimmsten Geschichten: Mädchen sollen dabei gestorben sein. Ich wünschte, ich hätte Klaus nie kennengelernt. Und ich weiß, dass er den gleichen Wunsch hat. Er will noch nicht Vater werden, er will zu Ende studieren und Arzt werden. Er will, er will, er will. Und was ist mit meinem Willen, meinen Träumen, meinen Wünschen?

21. Mai 1977

Okay, ich mache es. Klaus hat gesagt, es wird schon gut gehen. Und er hat eine Adresse in Nimwegen, da hat eine Bekannte von ihm sich das Kind wegmachen lassen. Ihr geht es gut.

23. Mai 1977

Es ist alles arrangiert. Nächsten Montag ist der Termin. Es ist wohl besser, wenn ich danach nicht gleich mit dem Zug ganz bis nach Heidelberg zurückfahre, meint Klaus. Als Arzt rät er mir zur Ruhe nach dem Eingriff, damit sich die Wunde in meinem Bauch nicht entzündet. Ich soll eine Woche zu Hause am Niederrhein bleiben. Ich finde das gewagt, was soll ich meinen Eltern erzählen, wenn ich Schmerzen habe? Soll ich dann etwa zum Dorfarzt gehen? Ich will lieber nach Heidelberg, aber wir werden sehen. Klaus hat einen alten VW, mit dem bringt er mich am Wochenende nach Veen und am Montag die dreißig Kilometer bis Nimwegen. Ich bin froh, dass er dabei ist.

1. Juni 1977

Ich bin geliefert. Wir sind alle geliefert. Klaus und ich und dieses Etwas in meinem Bauch. Wir sind *nicht nach Holland gefahren. Wir konnten nicht. Meine Mutter hat sich vor die Tür geschmissen, als sie es herausgefunden hat. Sie hat gesagt, sie würde sich umbringen, wenn ihre Tochter abtreibt. Klaus hat noch versucht, mit ihr zu reden, aber sie hat ihn geohrfeigt und gesagt, er solle sich schämen, erst ein junges Mädchen zu verführen und ihr dann noch einen Mord aufzubürden. Sie hat geflucht und geschrien, ich habe meine Mutter noch nie so außer sich gesehen.*

Wir wollten gerade losfahren, als sie mit dem Adresszettel in der Hand auf uns zugelaufen kam. Ich weiß nicht, wo sie ihn gefunden hat, vielleicht hat sie in meiner Handtasche rumgeschnüffelt. Sie hat geglaubt, wir würden in Holland Haschisch einkaufen. Ich glaube, das hätte sie vielleicht noch eher akzeptiert als eine Abtreibung.

Ich werde das Kind bekommen müssen. Jetzt, wo es entschieden ist und ich es nicht mehr ändern kann, bin ich fast ein wenig erleichtert. Vielleicht hat Mama recht. Sie ist so sicher in ihrem Glauben, ich beneide sie darum. Ich selbst bin es nicht. Die Vorstellung, ein ungeborenes Kind zu töten, finde ich traurig, aber ich glaube nicht daran, dass irgendein Gott mich dafür strafen wird. Wie es weitergehen soll, weiß ich immer noch nicht. Aber ich bin jetzt ruhig. Klaus ist nach Heidel-

berg gefahren. Er hat Vorlesungen. Ob ich ihn jemals wiedersehe?

Sara hörte auf zu lesen. Die Verzweiflung ihrer Mutter war kaum zu ertragen, vor allem, wenn man wusste, wer dieses Etwas in ihrem Bauch war: ihre Schwester Anna. Das Produkt eines nachlässig versteckten Adresszettels. Hätte ihre Oma ihn damals nicht gefunden, wäre Anna nie geboren worden. Und wenn man die Geschichte weiterdachte, dann hätten sich ihre Eltern nach der Abtreibung vermutlich getrennt, und auch Sara würde nicht existieren. Das ganze Leben reiner Zufall, für den einen ein Glück, für den anderen eine Katastrophe.

Kannte Anna diese Geschichte, wusste ihre Schwester, dass sie nicht gewollt gewesen war? Sara war fünf Jahre jünger als Anna. Ihre Schwester hatte, solange sie sich erinnern konnte, immer Probleme mit ihrer Mutter gehabt, hatte ihr emotionale Kälte vorgeworfen. Sara hatte das nie verstanden, bis ihre Mutter die Familie von heute auf morgen verlassen hatte, um »endlich ihr eigenes Leben zu leben«.

Sara klappte das Tagebuch zu und legte es zurück in den Karton. Sie hatte im Moment genug eigene Probleme.

Sie suchte ihre Unterlagen zusammen und beeilte sich, nach Hause zu ihrer Familie zu fahren.

VOM NIEDERRHEIN
ZUM NECKAR

Der Staub geriet ihr in die Nase, Ruth musste herzhaft niesen. Es war höchste Zeit, dass sie sich eigenhändig um den Hausputz kümmerte. Die Mädchen auf Burg Winnenthal waren alle sehr liebenswürdig, aber sie hielten es doch mehr mit dem kölschen Wisch. Ihre Schwiegermutter würde sich im Grabe umdrehen. Von ihr hatte Ruth den Staubwedel mit echten Pfauenfedern geerbt, eines der wenigen Utensilien, die sie mit auf die Burg genommen hatte. Die Pfauenfedern sahen inzwischen etwas zerrupft aus, aber das passte gut zu ihrem Lebensabschnitt, in dem man auch schon einiges an Federn gelassen hatte. Sie fuhr mit dem Wedel zart an der Fotowand entlang. Hier hingen Bilder, die für sie eine große Bedeutung hatten. Ruth gemeinsam mit Walter und Klaus als Baby vor der Isetta. Natürlich ihre Enkelinnen und Urenkel; Anna mit den drei Kindern, sowie Sara und Paul. Wie unterschiedlich die beiden doch waren, dachte Ruth. Anna hatte die Ängstlichkeit ihres Großvaters geerbt, während Sara sich mutig ins Leben stürzte. Dennoch war sie erstaunt, dass sie mit Cambridge ihr Familienglück riskierte. So hätte sie ihre Enkelin nicht eingeschätzt. Saras Mutter, Lotta, hatte die Familie verlassen, als Sara gerade fünfzehn geworden war. Sie war ohne großen Streit gegangen, ohne eine neue Liebe, einfach mit dem Hinweis darauf, sie wolle noch einmal von vorn anfangen, die Krebserkrankung habe ihr gezeigt, dass sich manche Dinge nicht auf die Zukunft verschieben ließen. Lotta war auf der Suche nach dem Glück nicht sehr weit gekommen. Sie hatte sich zunächst mit Kurt zusammengetan, einem Hippie und Künstler, der sich englisch aussprechen ließ. Das klang wie Köht. Ruth hatte diesen Mann nie kennengelernt, obwohl sie all die Jahre Kontakt zu Lotta gehalten hatte. Sie hatte sich Kurt immer ein bisschen wie den ergrauten Rainer Langhans vorgestellt. Mit Kurt wollte Lotta in Südfrankreich eine Galerie eröffnen, »noch mal etwas für ihren Geist und ihre Seele tun«, so hatte sie das ausgedrückt. Sie hatte sich Kurt als Muse zur Verfügung gestellt, der nach nur zwei Jahren eine französische Marianne getroffen hatte und ihr verfallen war. Klaus hätte seine Ehefrau auch nach der Affäre noch zurückgenommen, doch Lotta hatte nicht mehr in ihr altes Leben zurückgewollt, war stattdessen nach Indien gereist, wo sie sich zur Yogalehrerin hatte ausbilden lassen. Bald darauf war sie erneut an Krebs erkrankt und nach der Diagnose verstorben.

Sara hatte als Teenager unter der Trennung der Eltern gelitten, hatte nicht verstanden, warum ihre Mutter sie einfach zurückließ, und hatte jeglichen Kontakt zu ihr verweigert. Und nun verspürte sie offenbar einen ähnlichen Drang, ihren eigenen Weg zu gehen, in Cambridge, ohne Familie. Ruth hatte das Bedürfnis, ihrer Enkelin ins Gewissen zu reden, doch sie wusste, das würde nichts bringen. Sie beschloss, sich gut um Lars zu kümmern, falls Sara das Stipendium bekäme, damit der nicht auf dumme Gedanken kam. Vielleicht wäre das die beste Hilfestellung für die Familie.

Ihr Blick fiel auf ein Foto von Klaus im Alter von achtzehn Jahren. Voller Stolz saß er in einem blauen VW und winkte. Es war eine Aufnahme aus dem Sommer 1976, Klaus hatte gerade sein Abitur gemacht, das zweitbeste der ganzen Schule. Ruth war schwindlig geworden, als sie das Zeugnis gesehen hatte. Es war nicht so, dass sie es nicht geahnt hätte. Die schulischen Leistungen ihres Sohnes waren ihr nicht verborgen geblieben. Sie hatte ihn immer gefördert und viel von ihm verlangt. Schon als Kleinkind hatte sie ihm nicht durchgehen lassen, dass er Dativ und Akkusativ verwechselte, obwohl das am unteren Niederrhein gang und gäbe war. Klaus hatte es so sehr verinnerlicht, dass er sogar seinen Großvater korrigierte, als der ihn bat: »Kannst du mich die Butter reichen?«, wohl wissend, dass er im Anschluss eine Ohrfeige kassieren würde. Jeden Tag hatte sie mit ihrem Sohn die Hausaufgaben gemacht, hatte bei ihm gesessen, bis er fertig war, selbst wenn es Stunden gedauert hatte. Niemand durfte sie dabei stören, sie ignorierte sogar die Rufe ihres Schwiegervaters, der, kurz nachdem Ruth den Pflegevertrag unterschrieben hatte, bettlägerig geworden war und sie schikanierte, wo er nur konnte. Welche Krankheit ihn niedergestreckt haben sollte, wusste niemand so genau, denn er verweigerte den Arztbesuch. Er ließ sich von Ruth das Essen ans Bett bringen, sich schließlich sogar füttern, wobei er Ruth ihren »Fraß«, wie er es nannte, mitunter ins Gesicht spuckte. Wenn sie ins Zimmer kam, lag er da und stierte an die Decke, dann richtete er sich mühelos auf und blickte sie mit einem maliziösen Lächeln an. »Bring mich wat mit Umdrehungen«, war einer seiner Standardsätze, und dann ließ er Ruth wiederholt antanzen, bis er betrunken in die Kissen sank und einschlief.

»Ich glaube nicht, dass dein Vater wirklich krank ist«, hatte sie zu Walter gesagt. »Ich glaube, er will nur nicht mehr.« Walter hatte davon nichts hören wollen. Sie solle gefälligst seine Eltern ehren, wie es das vierte Gebot verlange. Ruth hatte die Ohren auf Durchzug gestellt, wie immer in den letzten Jahren. Sie hatte gelernt, dass es dann schneller vorüberging.

Sie funktionierte in jenen Jahren nur noch aus einem Grund: weil sie wollte, dass ihr Sohn alldem entkam. Also schluckte sie ihre Wut hinunter, ließ jeden Samstag die ehelichen Pflichten über sich ergehen und sehnte den Tag herbei, an dem ihr Sohn endlich das Leben beginnen würde, das sie sich für ihn erträumte.

Mit dem Abitur war es dann so weit gewesen. Sie hatten es geschafft, doch die Freude darüber hatte sich partout nicht einstellen wollen. Es war vierzig Jahre her, doch Ruth erinnerte sich an den Moment, als wäre es gestern gewesen.

Klaus' Abiturzeugnis lag vor ihr, und sie starrte darauf.

»Mutti, was sagst du?«, fragte ihr Sohn unsicher.

»Ich freue mich für dich«, antwortete sie.

»Ist das alles? Du freust dich für mich? Mutti, wir haben es geschafft! Verstehst du nicht? Mit diesem Zeugnis kann ich Medizin studieren!«

Ruth drückte ihren Sohn an sich und log so inbrünstig, bis sie es schließlich selbst glaubte. »Du machst mich glücklich, mein Kind. Ich bin so stolz. Du schaffst das, was mein Vater sich immer für mich gewünscht hat: Du wirst studieren, und du wirst ein wunderbarer Arzt werden. Geh! Geh nach München oder Hamburg, lasse die Enge deiner Heimat hinter dir und geh hinaus in die Welt.« Sie rang sich ein breites Lachen ab. Klaus hatte ein Einser-Abitur hingelegt, damit konnte er sich den Studienplatz aussuchen. Sie würde auf der Bönninghardt zurückbleiben, auf einer Eiszeit-Muräne, in den Fängen zweier Wesen mit der Empathiefähigkeit von Neandertalern. Sein Leben würde beginnen, ihres hatte schlagartig seinen Sinn verloren.

Drei Monate später hatte sie seine Koffer gepackt und einen Hausrat zusammengestellt. Klaus bekam Geld vom Staat und war bereit, seine Kindheit und Jugend für immer hinter sich zu lassen. Am Morgen der Abreise kam er beschwingt aus seinem Zimmer, nichts deutete auf einen Anflug von Wehmut hin. Er aß sein Frühstück und sagte: »Stell dir vor, Mutti, Heidelberg ist nur etwa hundert Kilometer von Frankreich entfernt. Ich werde gleich nächstes Wochenende über die Grenze fahren. Und sobald es geht, kommst du mich besuchen. Versprochen?«

Ruth lächelte. »Du weißt doch, ich kann Opa nicht allein lassen.«

»Papi, kannst du ihn nicht mal für ein Wochenende versorgen? Er ist schließlich dein Vater«, wandte Klaus sich vorwurfsvoll an Walter. Ruth ging schnell dazwischen. »Ach, lass mal, Klaus. So etwas ist nun wirklich Frauenarbeit. Das kann der Papi nicht. Aber schreibe mir aus Frankreich, das ist für mich fast genauso schön, als wäre ich dabei.«

Sie sah ein gefährliches Funkeln in den Augen ihres Sohnes.

»Wie lange willst du noch zulassen, dass dieser Mann unser Leben versaut, Papi?«

Ruth hielt den Atem an. Verstohlen schaute sie zu Walter, der starr auf seine Hände blickte. Er knipste mit den Fingernägeln und schwieg. »Ich bitte dich, sei mir zuliebe still!«, zischte Ruth.

»Ich bin achtzehn Jahre lang still gewesen. Mir reicht's. Ich will nicht mehr mit ansehen müssen, wie ein fieser alter Kerl meine Mutter demütigt. Und wie mein Vater danebensteht und es geschehen lässt.«

Walter atmete in kurzen flachen Zügen. Man hörte nur das Geräusch seiner Fingernägel. »Warum geht es immer nur um deinen Vater, kannst du mir das erklären? Warum geht es nie um uns? Hast du mich einmal verteidigt, wenn Opa mir verboten hat, Schlitten zu fahren, weil seine dämliche Hecke Schaden nehmen könnte? Hast du mich einmal verteidigt, wenn Opa mich bestraft hat, aus welchem albernen Grund auch immer? Warum hast du nie zu uns gehalten?« An Walters Schläfen hatten sich kleine Schweißperlen gebildet, aber noch immer reagierte er nicht, während Klaus' Vorwürfe Ruth bis ins Mark trafen.

»Sag mir«, bohrte Klaus weiter, »was bist du für ein Mann, dass du nicht einmal einschreitest, wenn dein eigener Vater deine Frau betatscht. Onkel Hansi hat das Haus verlassen, um wenigstens seine zweite Ehefrau vor ihm zu schützen. Und du?«

»Es reicht, Klaus!«, ging Ruth nun dazwischen. »Egal, wie aufgebracht man ist, so spricht man nicht mit seinem Vater. Bitte geh in dein Zimmer.« Er starrte sie in blinder Wut an. »Bitte!«, sagte sie leise.

Klaus schnaubte nur, verließ wütend die Küche und schlug die Tür hinter sich zu.

»Er muss sich entschuldigen. Rede mit ihm!«, sagte Walter.

»Ist das alles, was dir dazu einfällt?«, fuhr Ruth ihn an. »Wie wäre es, wenn du mit ihm redest?« Walter starrte sie nur finster an.

Mit einem unguten Gefühl folgte Ruth ihrem Sohn. Sie fand die Tür zum Zimmer ihres Schwiegervaters offen. Dann hörte sie das Quietschen des Bettes und ein Schlagen auf der Matratze.

Sie stürzte ins Zimmer und sah ihren Sohn, wie er seinem Großvater ein Kissen auf das Gesicht drückte. Mit einem Satz schubste Ruth ihn zur Seite. »Hör sofort auf damit, Klaus!«, rief sie energisch. Sie gab ihm eine Ohrfeige, um ihn aus seinem trance-artigen Zustand zu holen. »Ich wollte ihm nur Angst machen«, sagte Klaus kalt, und sie hörten Berthold van Rennings hustend lachen. »Und so etwas will ein großer Arzt werden. Du bist ein Niemand, wie dein Vater«, röchelte der Alte boshaft.

In dem Moment sahen sie Walter im Türrahmen stehen. Für einen Augenblick sprach keiner einen Ton. Walters Miene war wie versteinert. »Das ist er nicht wert«, flüsterte Walter nach einer Weile. »Lass ihn nicht auch noch über dein Leben bestimmen. Du gehst jetzt besser.« Klaus drehte sich um und starrte ihn überrascht an. Für einen kurzen Moment standen sie unentschlossen voreinander. Dann war der Moment vorbei.

»Wenn ihr meine Mutter nicht gut behandelt, werdet ihr mich kennenlernen«, sagte Klaus schließlich, nahm die Koffer, die im Flur bereitstanden, und ging hinaus. Ruth folgte ihm. Der Streit hatte auch sie um eine letzte Umarmung gebracht, sie konnte nichts weiter tun, als dem alten blauen VW hinterherzusehen, wie er um die Ecke bog.

Als sie zurückkam, saß Walter am Tisch und hatte das Gesicht in den Händen verborgen. Ruth hatte Mitleid mit ihm.

Drei Monate vergingen, in denen Klaus mit schöner Regelmäßigkeit schrieb, wie er es versprochen hatte. Er berichtete von Wochenendausflügen nach Straßburg und Kassel, nach Stuttgart und Mannheim. Sogar nach München war er gereist, wo er in der Frauenkirche eine Kerze für Ruth angezündet hatte. Und dann kam er zu Weihnachten nach Hause. Sie saßen an Heiligabend am Tisch zusammen und aßen Lachs auf Toast, Walter hatte noch Rübenkraut daraufgeschmiert, worüber Ruth eine neckende Bemerkung machte. »Gute Gewohnheiten soll man pflegen«, sagte Klaus, und alle drei lachten sie herzlich. Etwas hatte sich gelöst zwischen Vater und Sohn, so hoffte sie. Klaus war nach dem Abendessen losgezogen, um seine Schulfreunde zu treffen. Und als er wiederkam, war er Hals über Kopf verliebt. Ruth hatte es ihm sofort an der Nasenspitze angesehen. Lotta war ihr Name, und Ruth hatte zu ihrer Überraschung und Freude schnell herausgefunden, dass es sich bei Lotta um die Großnichte von Josefine Gielen handelte.

Ruth betrachtete das Foto von Lotta und Klaus mit der kleinen Anna auf dem Arm. Bevor die beiden ein Paar wurden, hatte Ruth Josefine Gielen einige Male besucht, es war eine gute Bekanntschaft unter Nachbarinnen gewesen, die jedoch nach Hannas Flucht von Walter zunehmend misstrauisch beäugt worden war.

Durch die schwierigen Umstände, unter denen Klaus und Lotta zusammengefunden hatten, waren aus Ruth und Josefine später enge Freundinnen geworden. Irgendwo in einem Fotoalbum hatte sie auch noch ein Foto von Josefine, wie sie sich am wohlsten gefühlt hatte: mit Arbeitslatzhose und Gummistiefeln auf ihrem Trecker.

EIN VERTRAG
FÜR ZWEI EHEN

Juli 1977

»Ich will dieses ehrlose Pack nicht im Haus haben«, sagte Walter bestimmt, und die Worte, die er wählte, verrieten Ruth, dass ihr Schwiegervater dahintersteckte. Berthold van Rennings schaffte es trotz allem immer wieder, seinen Sohn zu manipulieren. Ruth und Walter saßen sich am Küchentisch gegenüber, um über die Zukunft ihres Sohnes und seiner schwangeren Freundin zu beraten. Die einzige vernünftige Lösung aus Sicht der beiden Männer war eine schnelle Heirat. Klaus sollte sein Studium abbrechen und sich eine Arbeit suchen, um seine Familie zu ernähren.

»Das kommt gar nicht infrage«, erwiderte Ruth trotzig. Sie hatte so viel geopfert, damit ihr Sohn rauskam aus der Enge dieser Kate, aus der Enge der van-Rennings-Familie, aus der Enge des Dorfes, in dem alle Männer zusammenhielten, sie würde es nicht ertragen, wenn alles umsonst gewesen wäre. Walter sah sie verwirrt an, offensichtlich hatte ihn die Heftigkeit ihrer Reaktion überrascht. »Ja, aber«, erwiderte er zögernd, »anders geht es nicht. Wir können nicht noch eine Familie mit durchschleppen. Oder soll mein Vater etwa hungern, weil mein Sohn sich verführen lässt und dann auch noch zu faul zum Arbeiten ist?«

»Du meinst, so wie meine Mutter den Gürtel enger schnallen musste, weil du zu faul zum Arbeiten warst?«, fragte Ruth scharf und kassierte eine Ohrfeige. Verblüfft rieb sie sich die Wange. Walter hatte Tränen in den Augen, ob vor Scham oder vor Wut, vermochte sie nicht zu sagen. »Sieh, wozu du mich bringst«, sagte er leise und stand auf. »Klaus muss selbst für seine Familie aufkommen«, wiederholte er im Gehen.

Ruth beschloss, Rat bei Josefine zu suchen. Sie schnappte sich ihr Fahrrad und fuhr so schnell sie konnte zu ihrem Hof. Als sie dort ankam, war sie aufgelöst und außer Atem.

Josefine kam ihr eilig entgegen. »Was ist passiert? Hat jemand einen Unfall gehabt?« Ruth schüttelte den Kopf, zu mehr war sie nicht in der Lage.

»Komm mit in die Küche, ich mache dir einen ordentlichen Muckefuck.« Sie betrachtete Ruth mit wissendem Blick, streichelte ihre hochroten Wangen und fragte skeptisch: »Hat er dich geschlagen?«

Ruth überlegte kurz, dann schüttelte sie wieder den Kopf. Die beiden Frauen setzten sich an den schweren Holztisch. Josefine stellte ihr ein Glas und einen Krug vor die Nase und goss Milch ein. »Frisch von der Kuh. Sie ist noch warm.« Dann ging sie zurück, brachte zwei Tassen, eine Dose Caro-Kaffeepulver und zwei Löffel.

»Nun mal raus mit der Sprache. Was ist passiert?«, fragte sie, und Ruth, die sich inzwischen beruhigt hatte, berichtete. Sie war überrascht, dass Josefine noch nicht über die Schwangerschaft informiert war.

»Ach du grüne Neune«, sagte sie nur.

»Entschuldige, ich dachte, du wüsstest Bescheid.«

»Nein, aber so wie ich Lottas fromme Mutter einschätze, wird sie alles daransetzen, die Schmach vor der Welt zu verbergen.«

Ruth erzählte ihr von dem vereitelten Versuch, das Baby in Holland wegmachen zu lassen. Auch sie benutzte das Wort *wegmachen,* weil es nicht so brutal klang wie »abtreiben«. Doch Josefine kannte kein Pardon. »Wir wissen doch, dass so etwas in den besten Familien vorkommt. Wie kann meine Nichte es wagen, so über das Leben von Lotta zu bestimmen? Und auch über das von Klaus, das steht ihr nicht zu. Warum zum Donnerwetter ist Lotta nicht zu mir gekommen? Ich hätte ihr vielleicht helfen können.«

Ruth war verblüfft. Sie hatte nicht gewusst, dass eine Abtreibung in den »besten Familien« vorkam.

Eher im Gegenteil, sie war dazu erzogen worden, eine Abtreibung als Todsünde zu betrachten. »Muss man dafür nicht ins Gefängnis?«, fragte sie und kam sich augenblicklich dumm vor.

»Soviel ich weiß, gibt es Möglichkeiten, das zu vermeiden«, brummte Josefine. »Auf jeden Fall sind wir dabei, gegen den Paragrafen 218 zu kämpfen.«

»Wer ist ›wir‹?«

»Na, wir Frauen. Die Männer haben lange genug über uns bestimmt, über unsere Körper, unseren Geist, unser ganzes Leben.«

Ruth schaute Josefine fragend an.

»Meine liebe Freundin, du musst mehr Zeitung lesen. Schon vor sechs Jahren haben berühmte Frauen, Schauspielerinnen, Künstlerinnen und Schriftstellerinnen öffentlich zugegeben, dass sie abgetrieben haben. Du solltest wissen, wie viel Freiheit wir Frauen uns schon erkämpft haben. Gerade du. Du musst dir längst nicht mehr alles von deinem Mann gefallen lassen.«

Ruth rührte in ihrer Tasse, nickte, straffte die Schultern und erzählte von ihrem eigentlichen Problem und der Frage, wie sie ihrem Sohn, Lotta und dem ungeborenen Baby helfen könnte, ein modernes Leben zu führen. Josefine verstand sofort.

»Er muss weiterstudieren. Alles andere kommt nicht infrage«, sagte sie entschieden. »Wir müssen Lotta und das Kind an den Niederrhein holen.

Eine große Wohnung in Heidelberg werden sich die beiden nicht leisten können. Wenn sie hier im Dorf sind, werden wir sie schon irgendwie durchfüttern. Und Klaus muss sich halt beeilen mit dem Abschluss.«

Ruth sah sie mit großen Augen an. »Wo wollen wir Mutter und Kind denn hier …«, ihr lag das Wort *verstecken* auf der Zunge, doch sie besann sich eines Besseren, »… unterbringen?«

»Nun, sie sollten erst mal heiraten. Und dann könnten sie doch bei euch auf der Hei wohnen.«

Ruth schluckte. »Das wird Walter niemals dulden, nicht einmal, wenn die beiden verheiratet sind.«

»Na, entschuldige mal«, eiferte sich Josefine, »das hat er nicht allein zu entscheiden. Es ist auch dein Haus. Jetzt lass dich nicht immer so unterbuttern.«

Ruth zog die Augenbrauen hoch. »Ich fürchte, ich habe meinen Mann nicht so im Griff wie du deinen. Anders als du habe ich auch nicht das Glück, einen Ehevertrag geschlossen zu haben, und der einzige Mensch mit Einfluss auf Walter ist mein pflegebedürftiger Schwiegervater, der sicher zu vielerlei Schandtaten bereit wäre, aber bestimmt nicht dazu, mir einen Gefallen zu tun.«

»Dann wird es Zeit, an diesem Zustand etwas zu ändern. Du musst darauf bestehen, dass dein Mann mit dir nachträglich einen Ehevertrag schließt, zumal das ganze Geld, das in eurem Haus steckt, auch noch aus deiner Familie stammt. Er kann darüber nicht einfach verfügen.«

»Du erzählst Sachen, Josefine«, lachte Ruth sarkastisch. »Dieses Haus auf der Bönninghardt gehört mir nicht. Es gehört Walter.«

»Aber du hast mir doch erzählt, dass ihr Walters Familie von deinem Geld ausbezahlt habt. Damit gehört es euch beiden.« Dann sprach sie von neuen Gesetzen, die die Ehefrauen besserstellten, und gab Ruth den Rat, zu fragen, ob sie beim Notar als Miteigentümerin der Katstelle eingetragen sei. Wenn nicht, dann solle sie das schnellstens ändern.

»Und wenn er sich weigert?«, fragte Ruth mutlos.

»Dann drohst du mit Scheidung. Ich sage dir, das hat meinen Bernhard auch umgestimmt. So schnell findet auch dein Walter keine Neue, die für ihn putzt, kocht und den Vater pflegt. Das wird er sich zehnmal überlegen.«

Ruth war aufgewühlt. Sie bewunderte Josefine, aber manchmal waren ihre Ansichten ganz schön radikal. Wäre eine Scheidung nun, da Klaus erwachsen war, denkbar? Aber wovon sollte sie leben? Sie war nicht einmal fünfzig Jahre alt, und mit ein bisschen Glück hätte sie noch dreißig Jahre vor sich.

Josefine ließ nicht locker. »Mach einen Termin beim Notar und zwing Walter, zuzuhören.«

»Er wird mich dafür hassen, wenn ich so private

Dinge nach außen trage. Das kann ich ihm nicht antun.«

»Du musst«, insistierte Josefine. »Du darfst dich nicht unterkriegen lassen. Nicht in diesem so wichtigen Punkt.«

Josefine hatte leicht reden. Sie wusste nicht, wie es war, wenn Walter ausrastete. Wenn er sie über Tage ignorierte, bis das Schweigen sie aus jeder Ecke des Hauses anschrie, er dann dazu überging, sie in Endlosschleife zu beschimpfen, und sie ihm nicht entfliehen konnte, weil er sie brüllend durch das ganze Haus verfolgte.

Es schien, als habe Josefine ihre Gedanken erraten. Sanft sagte sie: »Du musst es tun, Ruth. Denk an Klaus und Lotta. Und wenn es dir hilft, komme ich gerne vorbei, um bei dem Gespräch mit Walter an deiner Seite zu sein.«

Als es am darauffolgenden Sonntag zur Kaffeezeit klingelte, schaute Walter erstaunt. Er hatte sich gerade zu Tisch gesetzt. Er hatte nie den Platz gewechselt, obwohl sein bettlägeriger Vater den Stuhl am Kopfende, der dem Familienvorstand gebührte, schon seit Jahren nicht mehr einnahm.

»Wer klingelt denn am heiligen Sonntag?«, fragte er, und beinahe schien es Ruth, als sähe sie Furcht in seinem Blick. Sie wollte aufstehen, doch Walter hielt sie zurück. »Nicht. Bleib sitzen«, sagte er, »da hat sich bestimmt jemand vertan.« Es klingelte noch einmal, und nun sprang Ruth auf und eilte zur Tür. »Siehste«, sagte sie. »Da hat sich niemand vertan.«

Im Flur rief sie zur Begrüßung laut Josefines Namen, um Walter vorzuwarnen. Josefine erkannte ihre Absicht und Nervosität und klopfte ihr beruhigend auf die Schulter. »Das klappt schon«, flüsterte sie. Ruth ging vor und fing von Walter einen Blick auf, in dem sowohl Verachtung als auch der Vorwurf des Verrats lagen. Lange konnte sie ihm nicht standhalten. Dann wandte Walter sich an Josefine.

»Frau Gielen, wie schön, Sie zu sehen. Wie geht es Bernhard? Wissen Sie, ich kenne Ihren Mann schon seit Kindertagen. Mein Bruder und ich durften bei ihm auf dem Hof immer die Kälbchen füttern.« Der freundliche Gruß war nichts anderes als der Hinweis darauf, dass Josefine Gielen nicht aus Veen stammte, dass sie keine der Alteingesessenen war und es nie sein würde. Ruth hatte das verstanden, Josefine vielleicht nicht, und wenn doch, so ignorierte sie es souverän und konterte mit einem Verweis auf die Ehrwürdigkeit ihres Alters.

»Meinem Mann geht es den Umständen entsprechend. Wir sind ja beide nicht mehr die Jüngsten. Ich werde nächstes Jahr siebzig, und Bernhard geht stramm auf die achtzig zu. Er dürfte etwa der gleiche Jahrgang wie Ihr Vater sein. Darf ich mich nach seinem Wohlbefinden erkundigen?«

Hatte Walter zunächst noch überheblich gewirkt,

so schien der Hinweis, sie könne vom Alter her seine Mutter sein, ihn einzuschüchtern. Sein Blick wurde unstet.

»Er wird so gepflegt, wie er es verdient«, antwortete Walter, und Ruth fragte sich einen kurzen Moment, ob er das ironisch gemeint hatte. Natürlich sorgte sie dafür, dass ihr Schwiegervater zu essen bekam, sie wusch ihn einmal am Tag, aber Liebe und Fürsorge konnte sie ihm nicht geben. Dazu hatte er sie in den letzten fünfundzwanzig Jahren zu sehr drangsaliert.

Josefine warf Ruth einen schnellen Blick zu.

Walter stach die Gabel in den selbst gebackenen Apfelkuchen. Eine Weile saßen sie schweigend da, und Ruth überlegte fieberhaft, wie sie auf den Ehevertrag zu sprechen kommen sollte. Sie zerpflückte den Kuchen auf ihrem Teller, ohne einen Bissen davon zu nehmen. Ab und an fühlte sie Josefines Blick auf sich ruhen, und sie wusste, dass darin eine Aufforderung lag, doch sie war noch nicht so weit.

»Walter«, sagte nun Josefine, »Sie haben doch sicher gehört, was man im Dorf sagt, oder? Dass Bernhard und ich einen Ehevertrag haben.«

Walter räusperte sich. »Das geht mich nichts an«, krächzte er unangenehm berührt.

»Doch, das geht Sie absolut etwas an«, beharrte Josefine. »Denn Ruth will auch so einen Vertrag mit Ihnen schließen. Dann gehört ihr rechtmäßig die

Hälfte dieses Hauses, das sie ja ohnehin vom Geld ihrer Familie bezahlt hat.«

Walters Kinnlade sackte nach unten. Seine Augen suchten Ruth, um dort Bestätigung oder Erlösung zu finden.

»Andernfalls verlangt sie die Scheidung«, setzte Josefine nach. Ruth wäre am liebsten aufgestanden und weggerannt wie ein Kind, das den Streit der Eltern nicht anhören will.

»Das … das stimmt doch nicht«, sagte Walter verunsichert. »Nicht wahr, Ruth, das stimmt doch nicht? Du bist doch meine Frau. Das hast du vor Gott versprochen.« Er klang nun fast flehend.

Du musst dich zusammenreißen, ermahnte sich Ruth. Jetzt gilt es. Doch es fiel ihr unglaublich schwer, gegen diese Mischung aus Angst, Hilf- und Fassungslosigkeit anzugehen. Walter schaute sie an wie Klaus, als sie ihn zum ersten Mal allein in der Schule gelassen hatte. Es war wie ein Urvertrauen, das in sich zusammenfiel, und der ganze Schmerz der Welt lag darin. Es war seine Schwäche, das Gefühl, dass er sie dringend brauchte, das Umschlagen von Hilflosigkeit in Raserei, all das kettete sie an ihn mit einer Festigkeit, die kaum zu zerschlagen war.

Nur eins war noch stärker: ihre Liebe zu Klaus. Um ihn ging es in diesem Moment, um Klaus und seine Zukunft. Sie würde ihn nicht im Stich lassen.

»Es ist genau so, wie Josefine es sagt«, erklärte

Ruth mit fester Stimme. »Ich will die Hälfte des Hauses, ich verlange nicht mehr, als mir zusteht. Sonst lasse ich mich scheiden.« Sie waren wie kommunizierende Röhren, war sie schwach, war er es auch, hielt sie gegen, wurde er aggressiv.

»Was erlaubst du dir, so mit mir zu reden?«, herrschte er Ruth nun auch prompt an. »Dieses Haus ist mein Elternhaus. Es gehört noch immer meinem Vater, und es gehört mir, wenn der liebe Gott ihn holt. Du bist meine Frau und tust gefälligst, was ich dir sage.«

Ruth widersprach nicht. Genau so war es. Welche Möglichkeiten hatte sie schon? Doch Josefine war schlauer als sie beide.

»Ich weiß nicht, Walter, ob Sie die Zeitungen verfolgen. Es ist falsch, was Sie sagen. Gesetze ändern sich. Die Besitz- und Gehorsamsrechte, auf die Sie pochen, sind abgeschafft worden. Seit dem 1. Juli dürfen Ehefrauen arbeiten, wenn sie wollen, sie dürfen Geschäfte tätigen, wenn sie das wollen, und sie können sich scheiden lassen, ohne dass sie fürchten müssen, alles zu verlieren. Die Zeit der unangefochtenen Macht der Männer ist vorbei, mein Lieber! Die Ehe ist auch nicht mehr das, was sie früher einmal war«, sagte sie und spießte mit der Gabel ein großes Stück Apfelkuchen auf. Ruth sah, dass Walter Josefine jedes Wort glaubte. Hatte man vielleicht sogar in der *Deutschen Flotte* darüber gesprochen? Walter wusste, dass er verloren hatte. Ohne mit der Wimper zu zucken, schaltete er aufs Feilschen um.

»Worum geht es genau?«, fragte er und wandte sich an Josefine, die er offenbar für die eigentliche Gegnerin hielt. Ruth schenkte er einen Blick, der besagte: »Um dich kümmere ich mich später.« Sie fühlte sich an die Szene vor mehr als zwanzig Jahren erinnert, als ihre Mutter mit Walter und Berthold über ihre Apanage verhandelt hatte.

»Es geht um die Hälfte des Hauses, über deren Nutzung Ihre Frau frei verfügen können soll. Es geht darum, dass die zukünftige Schwiegertochter und ihr Kind hier wohnen dürfen, ohne dafür bezahlen zu müssen.«

»Heißt das«, sagte Walter, um Zeit zu gewinnen, »wenn dieses Mädchen hier wohnen darf, bleibt das Haus ganz in meinem Besitz?«

Josefine sah Ruth an, Ruth nickte schnell.

»Wir könnten ihr Hansis altes Zimmer geben, das wäre schon möglich. Aber wovon sollen wir sie und das Kind ernähren, wenn Klaus nichts zum Unterhalt beiträgt? Er muss aufhören zu studieren, eine andere Lösung gibt es nicht.«

»Er wird sein Studium beenden«, sagte Ruth mit einer Vehemenz, die sie selbst überraschte. Dann sprach sie ganz ruhig und klar. »Sie werden von meiner Münzsammlung leben, bis Klaus seinen Abschluss gemacht hat.«

Ruth hatte das Possessivpronomen besonders betont, was Walter umgehend wieder wütend machte. »Nichts in diesem Haus ist ›deins‹«, knurrte er und hätte vielleicht noch etwas nachgesetzt, wenn nicht Josefine dazwischengegangen wäre. »Na, na, na. Wir wollen ja nicht wieder von vorne anfangen, mein Lieber. Das hatten wir doch schon geklärt: Ihr gehört hier alles zur Hälfte.«

Plötzlich huschte ein böses Lächeln über Walters Gesicht.

»Ich stimme zu, unter zwei Bedingungen: Erstens – ich verwalte die Münzsammlung und bleibe der einzige eingetragene Besitzer meines Elternhauses. Zweitens – meine Schwiegertochter muss unterschreiben, dass sie mich hier im Haus bis an mein Lebensende pflegt, wie es für Schwiegertöchter üblich ist.«

Das erschien Josefine akzeptabel. Sie nickte. Ruth verspürte den Impuls, dagegenzuhalten, doch Josefine blickte sie eindringlich an. »Papier ist geduldig«, raunte sie Ruth später zu. »Bis es so weit ist, fließt noch viel Wasser den Rhein runter.«

Auch Lotta akzeptierte diese Klausel später ohne Widerspruch und unterzeichnete den von Walter handschriftlich niedergeschriebenen Vertrag. Nur wenige Wochen später heirateten Klaus und Lotta in der Veener Kirche, und Lotta zog bei ihnen ein.

SCHNAPPSCHUSS AM
SCHNELLEN BRÜTER

Vorsichtig löste Ruth das alte Foto aus seinem Rahmen und legte das neue hinein. Es zeigte sie auf dem Kalkarer Marktplatz direkt unter dem Bushaltestellenschild, umgeben von langhaarigen jungen Männern mit zotteligen Bärten und gefärbten Windeltüchern um den Hals, wie es Ende der Siebzigerjahre Mode war. Die Frauen trugen Stirnbänder und wilde Locken, manche von ihnen hatten ein Palästinensertuch umgeschlungen. Neben Ruth stand Lotta, damals schon sichtbar schwanger, und auf der anderen Seite hatte sich Josefine Gielen bei ihr untergehakt, die Faust kämpferisch in die Höhe gereckt. Zur Rechten saßen weiß geschminkte Personen, die Pappplakate vor sich aufgestellt hatten, darauf die Aufschrift: *Kalkarer Menschen 1990*. Es war Ruths erste und einzige Demonstration gewesen.

Es war eine Provokation, ausgerechnet dieses Foto hier aufzuhängen. Sie schaute auf die Uhr. In einer halben Stunde kam die *Aktuelle Stunde,* Walters

Lieblingssendung, bis dahin wollte er zu Abend gegessen haben. Sie schnitt zwei Scheiben Rosinenbrot ab und bereitete alles Weitere vor. Sie selbst hatte Lust auf eine »Gesundheitsschnitte«, Brot und Schinken mit Spiegelei.

»Walter, kommst du? Das Essen steht auf dem Tisch«, rief sie in Richtung Schlafzimmer, wo Walter auf dem Bett lag und an die Decke starrte.

»Ich möchte auch gerne ein Spiegelei«, sagte Walter, als er am Tisch saß. »Und Bratkartoffeln dazu wären schön. Die machst du immer so lecker«, schmeichelte er. Ruth traute ihren Ohren kaum. Walter wollte etwas anderes als sein Rosinenbrot mit Rübenkraut und Wurst. Und nicht nur das, er machte ihr sogar noch ein Kompliment.

»Was ist los mit dir?«, fragte sie misstrauisch.

»Wieso?«, fragte Walter. »Es hält jung und fit, wenn man seine Gewohnheiten mal durchbricht, hat der nette Arzt vom Pflegedienst gesagt!«

Daher weht der Wind, dachte Ruth. Walter tat immer alles, was die Ärzte ihm sagten. »Ich kann dir doch um die Uhrzeit nichts mehr kochen. Das dauert viel zu lange. Dann schaffst du es nicht bis zur *Aktuellen Stunde.*«

»Die wird morgen früh wiederholt. Dann kann ich sie immer noch sehen. Bitte, sei so lieb und mache mir Bratkartoffeln.«

Walters Freundlichkeit verwirrte sie. Genervt

stöhnte sie auf, ging aber dennoch in die Küche und schälte Kartoffeln. Sie stellte einen Topf mit Wasser auf den Herd, daneben eine Pfanne, in der sie das Öl vorsichtig warm werden ließ, kochte die Kartoffeln kurz und briet sie knusprig, wie Walter es gern mochte. Als sie in der Schublade nach dem Pfannenwender suchte, stutzte sie. Der Zeitungsartikel lugte unter der Besteckkiste hervor. Hatte sie ihn nicht ordentlich versteckt? Hatte Walter ihn gefunden? War er so freundlich, weil er ihr auf die Schliche gekommen war? Ruth nahm den Artikel, tarnte ihn mit Alufolie und legte ihn in den Brotkasten.

»Guten Appetit«, sagte sie, als sie die Bratkartoffeln auf den Tisch stellte. »Ich habe ein wenig umdekoriert an der Wand.«

»Schön«, sagte Walter nur, ohne den Blick von seinem Teller zu heben. »Veränderungen tun manchmal gut.«

»Ich habe das Bild von deinen Eltern abgenommen. Es war so vergilbt, dass man kaum noch etwas darauf erkennen konnte.« Ruth sah, dass Walter irritiert war. »Ich habe stattdessen eins von meiner Freundin Josefine Gielen aufgehängt. Erinnerst du dich noch an sie?« Es war eine rhetorische Frage. Walter hatte Josefine nie verziehen, dass sie ihn bei den Verhandlungen um den Ehevertrag in die Knie gezwungen hatte.

Josefine hatte damals kaum das Haus verlassen, da

hatte er auch schon zu schimpfen begonnen, so sehr, dass Ruth sich in Klaus' altem Schlafzimmer eingeschlossen und die Bettdecke über die Ohren gezogen hatte. Doch Walter hatte nicht aufgehört. Stundenlang hatte er vor dem Zimmer gestanden und gegen die Tür geklopft.

Tock – tock – tock. Regelmäßig, wie im Takt einer alten Standuhr. Damit machte er sogar seinen kleinen Rauhaardackel verrückt. Robby biss seinem Herrchen die Waden blutig, aber Walter bemerkte das in seinem Wahn nicht einmal. Er klopfte und schimpfte ohne Unterlass. Schließlich rief Ruth ihren Sohn an, der sofort zu ihnen fuhr und so lange auf Walter einredete, bis dieser endlich wieder bei Sinnen war.

Dass ihr Mann nun auf das Foto von Josefine so ruhig reagierte, schien Ruth verdächtig. Sie versuchte, ihn auf die Probe zu stellen.

»Ich werde gleich noch in den Singkreis gehen«, sagte sie. Doch Walter schaute sie nur durchdringend an. Kein Räuspern, kein heiserer Einwand, kein Fingerknipsen.

»Verflixt, Walter. Was zum Geier ist heute Abend mit dir los?«, sagte Ruth. Walter lächelte sie nur an, als stünde er unter Drogen.

»Ich gehe jetzt nach unten zu meinen Freundinnen«, sagte sie resigniert und ließ Walter allein am

Tisch sitzen. Erst als sie die Tür von außen zuzog, hörte sie, wie drinnen Walters Stock mit Wucht auf den Tisch niedersauste. Ein vertrautes Geräusch.

»Er weiß Bescheid«, sagte Ruth atemlos, als sie mit Lili und Ottilie im Probenraum stand. »Er hat mich durchschaut. Er hat nicht einmal versucht, mich zurückzuhalten.«

»Na wunderbar«, sagte Ottilie. »Dann hast du doch erreicht, was du wolltest. Kommt, Kinder, lasst uns singen.«

»Das ist mir nicht geheuer. Sein ganzes Leben lang hat sich Walter über jeden Kleinkram aufgeregt. Und wenn man's mal braucht, dann hat er sich völlig im Griff«, sagte Ruth.

Ottilie lachte herzhaft. »Er ist ein Lämmchen geworden. Genieß es doch, statt dich zu beschweren.«

»Wohl eher ein Wolf im Schafspelz«, warf Lili ein. »Ich trau dem Braten auch nicht.«

»Meine Damen!«, ermahnte Bernd Angenendt das schwatzende Trio. »Ich brauche meine beiden Solistinnen: Ottilie und Ruth, ihr zwei müsst euch jetzt bitte konzentrieren, alle anderen haben fünfzehn Minuten Pause. Hier im Saal bitte ich um absolute Ruhe.«

»Ich geh mal eine Zigarette rauchen«, verkündete Lili noch im Hinausgehen.

Eine gute Stunde später stand Ruth wieder vor der Tür ihres Apartments und hörte dahinter Walters schlurfende Schritte. Noch ehe sie den Schlüssel aus der Handtasche gekramt hatte, riss er die Tür mit überraschender Wucht auf.

»Sie war hier oben«, rief er und sah dabei aus, als hätte er gerade einen Geist gesehen. »Sie hat mich gefragt, ob ich Feuer für sie habe.« Walters Stimme zitterte.

»Wovon redest du?«, fragte Ruth.

»Von Lili Heinemann. Sie war hier oben und hat mir ganz unverhohlen gedroht. Sie wolle auf eine Zigarettenlänge mit mir reden.«

Ruth verdrehte die Augen. »Jetzt schnappst du völlig über. Lili war heute Abend mit mir im Singkreis. Du bist wahrscheinlich vor dem Fernseher eingeschlafen und hast schlecht geträumt.«

Sein Stock traf das Schlüsselschränkchen, nur knapp neben Ruths Arm. Sie zuckte erschrocken zusammen.

»Hör auf, mich für dumm zu verkaufen«, sagte Walter laut.

Er war wieder ganz der Alte, stellte Ruth fest und fragte sich, was in der vergangenen Stunde passiert sein mochte. Er schien Halluzinationen zu haben.

»Noch habe ich hier das Sagen. Du denkst wohl, ich lasse mich von dir und diesen Weibern unterkriegen. Ich lasse mir keinen Altersschwachsinn andichten. Verstehst du? Ich habe diesen Artikel gefunden.«

Ruth erstarrte. »Ich habe keine Ahnung, was du meinst«, sagte sie mit verräterisch dünner Stimme.

»Du lügst«, schrie Walter, und erneute knallte der Stock aufs Holz.

Ruth bekam Angst. Ohne ein Wort zog sie ihr Wolltuch von den Schultern und ging ins Bad. Sie setzte sich auf den Rollator und wusch sich das Gesicht mit kaltem Wasser. Vor der Tür hörte sie Walters Schritte auf dem Laminatboden. Ruth drehte sich hastig zur Tür und schloss sich ein.

»Du willst mir anhängen, dass ich dement werde? Du bist genauso verkommen wie diese …« Ruth riss sich das Hörgerät aus dem Ohr. »… Emanzen«, hörte sie. Etwas leiser zwar, aber leider immer noch verständlich. Draußen war es kurz still, doch Ruth ahnte, dass es die Ruhe vor dem Sturm war. Und richtig. Es kratzte an der Tür, dann sah sie, wie die Schließvorrichtung sich drehte. Walter hatte das Schloss von außen mit einer Münze geöffnet und stand nun vor ihr. »Ich erlaube dir nicht, dass du diese Frauen auch nur noch ein einziges Mal triffst. Hast du mich verstanden? Wir ziehen zurück in unser Haus. Ich werde alles veranlassen.« Er machte eine Pause, um die Worte wirken zu lassen. »Willst du mir nicht antworten?«, rief er aufgebracht.

»Worauf soll ich denn antworten?«, fragte Ruth kläglich.

»Ob du mich verstanden hast!«

Ruth drängte sich an ihm vorbei und versuchte, die Wohnungstür zu erreichen. Doch Walter stellte sich ihr in den Weg.

»Hör mir gefälligst zu, wenn ich mit dir rede«, sagte er. Ruth ging ins Schlafzimmer, Walter kam hinterher.

»Was hast du dazu zu sagen?«, bohrte er weiter. Walter sprach jetzt ruhig, beinahe kühl. Er setzte sich auf seine Bettseite und begann, mit den Fingernägeln zu knipsen. Ruth wurde übel.

»Diese Frauen haben einen schlechten Einfluss auf dich. Und du hast nicht genug Charakterstärke, um dich zu wehren. Das war damals so bei Josefine Gielen, und es ist heute so bei Lili Heinemann. Wo soll das noch hinführen? Deine Lili ist erst zufrieden, wenn du mich auch um die Ecke gebracht hast.«

Ruth wusste nicht, was sie machen sollte. Sie zitterte. Jetzt wurde er wirklich paranoid. Walter ging zum Schrank, holte einen Koffer aus dem obersten Regal und warf ihn aufs Bett. »Hier, fang schon mal an zu packen. Morgen gehen wir nach Hause.«

Seine Worte hallten in Ruths Kopf nach, dann drückte sie den Notfallknopf.

Aus der Ferne hörte sie Schwester Carmen, wie sie den wütenden Walter zu beruhigen versuchte. »Ich muss zu meiner Frau«, sagte Walter immer wieder. »Ich will nur kurz mit ihr reden. Sie muss doch verstehen, dass diese Frauen sie täuschen. Es geht ihr nicht gut.« Verzweifelt rief er ihren Namen. Langsam ging sie zur Tür. Schwester Carmen hatte sich vor Walter aufgebaut und hielt beschwichtigend die Hände in die Höhe. Ruth sah, dass er nass geschwitzt war. Das Haar klebte ihm am Kopf, die Brille war auf die Nasenspitze gerutscht. Und gerade, als sie Mitleid bekam, begann Walter, alle Vorwürfe gegen sie zu wiederholen. Man wolle ihm eine Demenz anhängen, erklärte er und suchte in der Besteckschublade vergeblich nach dem Zeitungsartikel, den Ruth in weiser Voraussicht inzwischen im Brotkasten versteckt hatte. Schwester Carmen befand, Walter sei in seinem Zustand eine Gefahr für sich und für andere, und entschied, ihn von zwei kräftigen Pflegern auf die Krankenstation bringen zu lassen.

EIN UNMÖGLICHER
PATIENT

Sara hatte den Brief in der Tasche und wartete auf den richtigen Moment, um davon zu erzählen. Sie hatte ihn am Morgen gefunden, mit zittrigen Händen aufgerissen, aber nicht den Mut gefunden, ihn zu lesen. Dann hatte sie ihn Lars gereicht, der noch am Frühstückstisch saß, und ihn gebeten, vorzulesen. Sie hatten mal wieder kaum die Zeit gefunden, darüber zu sprechen, weil kurz darauf ihr Vater angerufen und sie gebeten hatte, mit ihm zusammen an den Niederrhein zu fahren. Man hatte ihren Opa in die psychiatrische Klinik Bedburg-Hau einweisen lassen, und die Klinikleiterin bat nun um ein klärendes Gespräch.

»Komm bitte mit, du weißt, dass ich nicht neutral bin, wenn es um deinen Opa geht«, hatte er gesagt und kurz die Situation skizziert, die sich auf Burg Winnenthal laut Oma, Schwester Carmen und Pflegedienstleitung abgespielt hatte. Alle drei hatten ein düsteres Szenario geschildert, von einem tobenden

Neunzigjährigen, der seine Ehefrau beschimpft und Lili Heinemann des Gattenmordes bezichtigt habe. Aus der Krankenstation sei er immer wieder ausgebüxt, um zu seiner Frau zu gelangen, habe sich vehement gegen die Pfleger gewehrt und randaliert. So habe man sich nicht anders zu helfen gewusst, als ihn vorübergehend in die Klinik Bedburg-Hau einweisen zu lassen, die unter anderem auf Gerontopsychiatrie spezialisiert sei. Auf Winnenthal habe man sich mit seinem Krankheitsbild überfordert gefühlt.

Als sie an den hohen Zaun kamen, der das Gelände der psychiatrischen Klinik umgab, wurde Sara flau im Magen. Die Mauern aus alten Backsteinen schienen burghoch, das Ganze wirkte wie eine Festung. Sie parkten den Wagen und gingen in Richtung Verwaltungsgebäude, wo Professor Fuchs sie erwartete. »Herr Kollege«, sprach ein Mann ihren Vater von der Seite an. Anscheinend ein Arzt, der allerdings in Zivil unterwegs war. Ihr Vater war unter Medizinern prominent, es war nicht ungewöhnlich, dass ein anderer Kardiologe ihn erkannte.

»Herr Kollege, wie geht es Ihnen? Was machen Sie denn hier bei uns?«, fragte der Mann, der etwa im gleichen Alter war wie ihr Vater.

»Danke, sehr gut. Und Ihnen?« Ihr Vater blieb im Ungefähren, offenbar, weil er nicht wusste, wen er vor sich hatte.

»Ach, danke der Nachfrage. Ja, wenn Sie schon mal da sind: Ich könnte Ihre Hilfe gebrauchen.«

Oje, dachte Sara und wollte beherzt dazwischengehen, doch es war zu spät. Der Mann zog ihren Vater am Ärmel näher zu sich heran.

»Sie müssen uns hier rausholen!«, zischte er. »Wir kriegen nicht genug zu essen. Helfen Sie uns.« Saras Vater zuckte zurück und schob Sara weiter, den Flur entlang. Hinter sich hörten sie ein hohes Lachen. Sie klopften an das Direktorenzimmer und wurden von Professor Fuchs persönlich in Empfang genommen.

»Professor van Rennings. Schön, Sie kennenzulernen.« Die Klinikdirektorin ignorierte Sara, bis ihr Vater sie vorstellte. »Das ist meine Tochter, Doktor van Rennings. Sie kümmert sich viel um meine Eltern.« Professor Fuchs gab ihr freundlich, aber wortlos die Hand. Sara musterte sie. Die Frau hatte feines blondes Haar, das zu einem perfekten Bob geschnitten war. Sie war vielleicht so alt wie Loreana, also Mitte vierzig, aber bereits in der Position der Klinikleitung. Die hat bestimmt keine Kinder, schoss es Sara durch den Kopf, und sie schämte sich im selben Moment dafür. Sie seufzte. Solange wir Frauen untereinander so bissig sind, werden wir nie vorankommen, dachte sie und bemühte sich, nicht über Frau Professor Fuchs' Familienstand nachzudenken, da ihr das bei einem gleichaltrigen Mann auch nicht in den Sinn gekommen wäre.

»Professor van Rennings, wir können Ihren Vater nicht länger hierbehalten«, sagte die Ärztin ohne weitere Umschweife. Sie machte eine Pause, wohl um die Reaktion von Saras Vater abzuwarten.

»Haben Sie keine Plätze frei?«, fragte Klaus van Rennings.

»Darum geht es nicht. Wir halten Ihren Vater hier gegen seinen erklärten Willen fest, und das ist nicht legal.«

»Aber Sie wissen doch, was er mit meiner Mutter gemacht hat«, sagte Saras Vater verärgert. »Ich dachte, es wäre eine fortgeschrittene Demenz und …«

»Lassen Sie es mich so formulieren: Wenn ich mit neunzig Jahren noch so klar bei Verstand bin wie Ihr Vater, dann schlage ich drei Kreuze. Er ist nicht dement, er ist in der Lage, sich zu waschen, sich zu rasieren, sich ordentlich anzuziehen, seine kognitiven Fähigkeiten sind mehr als altersgemäß. Nein, es gibt keinen Hinweis auf eine Demenz, nicht einmal auf eine beginnende.«

»Aber meine Mutter hat doch …«, die Nachricht hatte Saras Vater offensichtlich aus dem Konzept gebracht. »Also die Betreuer in Winnenthal haben doch von Rasierern im Gefrierfach, von Vergesslichkeit, Teilnahmslosigkeit, Angstzuständen und Aggressionen gegen seine Ehefrau gesprochen …«

»Ihr Vater formuliert es etwas anders. Er sagt,

seine Ehefrau wird von anderen Frauen im Seniorenheim gegen ihn aufgehetzt, und sie wolle ihm eine Demenz andichten, um ihn loszuwerden.«

»Ich bitte Sie«, ging Saras Vater unwirsch dazwischen, »das sind die Ideen eines paranoiden Hirns. Wissen Sie, meine Mutter ist sehr kommunikativ und sozial, das hat mein Vater immer unterbunden, weil er sie lieber ganz für sich haben wollte.«

Die Klinikdirektorin zuckte mit den Schultern. Erst als das Schweigen unangenehm wurde, erlöste sie den hadernden Mann ihr gegenüber.

»Ich verstehe, dass es ein Problem in Ihrer Familie gibt. Und wenn ich Sie beruhigen darf, das ist kein Einzelfall«, sagte sie nun etwas sanfter.

»Es ist nicht selten, dass Paare nach fünfzig Ehejahren oder mehr nicht mehr miteinander zurechtkommen. Gerade dann, wenn gravierende Veränderungen eingetreten sind, beispielsweise der Umzug in ein Seniorenheim. Dort gibt es andere soziale Konstellationen, und oftmals geraten die Männer mit einem Mal ins Hintertreffen.«

Saras Vater schwieg noch immer.

»Manchmal müssen solche Paare räumlich getrennt werden, immer wieder kommt es sogar zur Scheidung«, fuhr sie ungerührt fort.

»Scheidung?«, rief ihr Vater überrascht aus. »Eine Scheidung mit neunzig?«

»Manchmal hilft nur noch das. In dieser Generation haben die Ehemänner sehr oft das Gefühl, über ihre Frauen verfügen oder, sagen wir, bestimmen zu können. Es ist dem Hausfrieden zuträglich, wenn man beiden Partnern klarmacht, dass sie gleiche Rechte haben. Und manchmal bedarf es eben der Scheidung, um ihnen das wirklich bewusst zu machen.«

Saras Vater runzelte die Stirn, er schaute zu Boden. Das Thema war ihm unangenehm.

»Ich würde Ihrem Vater aber unabhängig davon für die nächste Zeit ein leichtes Antidepressivum verschreiben. Je mehr sich Ihre Mutter – ich nenne es jetzt mal so – emanzipiert, umso größer werden seine Verlustängste. Seit er sein Haus verlassen hat, ist nichts mehr, wie es einmal war. So etwas ist schon für jüngere Menschen schwer zu verkraften.«

Sara hatte die ganze Zeit schweigend zugehört.

»Um es auf den Punkt zu bringen, Herr van Rennings: Ich kann Ihren Vater noch übers Wochenende hierbehalten. Heute ist Donnerstag, am Montag, allerspätestens Dienstag, werde ich ihn aus der Klinik entlassen. Bis dahin müssen Sie eine Lösung gefunden haben. Oder die Situation hinnehmen, wie sie ist«, fügte Professor Fuchs an und machte mit einem Blick auf die Uhr deutlich, dass die Audienz beendet war.

»Natürlich«, antwortete Klaus van Rennings mechanisch und stand auf. Sara tat es ihm gleich.

Sie kannte diese Momente aus ihrem eigenen Berufsalltag, in denen man den Patienten sich selbst überlassen und ihn seine eigene Entscheidung treffen lassen musste.

»Müssen wir ihn noch besuchen?«, fragte Saras Vater, als sie vor der Tür standen. Streng fasste sie ihn am Arm. »Selbstverständlich. Aber vielleicht rufst du vorher mal schnell in Winnenthal an und fragst, ob es noch ein freies Zimmer oder Apartment gibt.«

Sie sah ihrem Vater nach, der mit dem Handy am Ohr ein paar Schritte ging. Nach einer Weile kam er zurück.

»Im Moment ist nichts frei, meint Schwester Carmen. Aber sie sagt, wir sollen Opa auf seinen Umzug schon mal vorbereiten, da sich die Wohnsituation jeden Tag ändern kann.«

»Was heißt das?«, fragte Sara.

Ihr Vater sah sie verwundert an. »Was kann das schon heißen, in einem Haus mit vielen sehr alten Menschen?«

Sara nickte nur, und sie gingen schweigend den Flur entlang, bis sie vor dem Zimmer ihres Großvaters standen. Sara klopfte an die Tür.

»Hallo, Opa«, sagte sie, und ihre Stimme war deutlich höher als geplant.

»Wir kommen dich besuchen.«

»Das wurde auch Zeit, dass ihr mich hier rausholt«, krächzte ihr Großvater. »Sonst hätte ich türmen müssen.« Sara lächelte.

Sie nahm ihren Großvater liebevoll in die Arme. »Was macht ihr denn für Sachen?«

»Es war gar nichts«, sagte er empört. »Man wird doch mal eine kleine Meinungsverschiedenheit haben dürfen. Hast du doch mit Lars auch manchmal, oder?« Er versuchte zu lächeln. Dann schaute Walter seinen Sohn an und hielt inne. Sein Blick veränderte sich.

»Hallo, Papi«, hörte Sara ihren Vater mit dünner Stimme sagen. Die strenge Miene wirkte, das schlechte Gewissen reifte. Doch dann schüttelte Saras Vater energisch den Kopf, als wollte er einen schweren Gedanken loswerden. »Papi, wir werden dich bald wieder abholen. Aber du wirst dann nicht mehr bei der Mutti wohnen«, sagte er bestimmt.

»Was soll das heißen, ich werde nicht mehr bei der Mutti wohnen?«

»Dass wir dir ein eigenes Apartment suchen und ihr beide mal zur Ruhe kommt.«

»Das kommt gar nicht infrage«, sagte Saras Opa scharf.

»Und ob. Es geht auch darum, was Mutti will. Das solltest du akzeptieren, sonst wird sie sich von dir scheiden lassen.«

»Hat sie das gesagt?«, fragte er fassungslos. »Hat meine Ehefrau das so gesagt?«, wandte er sich an Sara.

»Also«, sagte sie unsicher, »sie signalisiert zumindest deutlich, dass sie mehr Freiraum braucht.«

»Dann soll sie mir das ins Gesicht sagen«, verlangte er.

»Nun, ihr werdet sicher genug Zeit zum Reden haben. Aber jetzt bitte ich dich, noch ein paar Tage hierzubleiben und danach, wenn du wieder in Winnenthal bist, die …«, Sara überlegte, »Privatsphäre von Oma zu respektieren.« Sie trat ans Bett und nahm seine Hand. »Im Moment sind alle sehr aufgebracht. Wir kriegen das schon wieder hin, okay?«

Ihr Großvater sagte nichts, er starrte an die Zimmerdecke; seine Augen wirkten glasig. Saras Vater machte ihr ein Zeichen, dass er gehen wolle, sie nickte und verabschiedete sich.

»Ich kann doch nicht ohne Ruth leben. Und sie nicht ohne mich. Wir gehören doch zusammen«, hörte sie in ihrem Rücken. Sara ging zurück ans Bett und drückte Walters Hand. »Wir kriegen das hin, Opa!«, wiederholte sie.

Sara musste fast rennen, um ihren Vater einzuholen. Erst am Parkplatz gelang es ihr. Ohne ein weiteres Wort zu verlieren, fuhren sie los, diesmal saß Sara am Steuer. Sie lenkte den Wagen Richtung Veen, hielt vor der Bäckerei und kaufte Kuchen. »Wollen wir erst mal allein sprechen, bevor wir zu Oma fahren?« Ihr Vater nickte, und so brachte sie ihn, der reglos auf dem Beifahrersitz verharrte, zurück in sein Elternhaus auf der Bönninghardt.

»Statt Kaffee könnte ich einen Schnaps vertragen«, brach er schließlich sein Schweigen, als sie in der Küche Platz genommen hatten. Er stand auf und ging an das alte Chippendale-Buffet, wo er sich am Cognac bediente, der vermutlich seit zehn Jahren dort stand. »Wie ich diese düsteren alten Möbel hasse«, seufzte er. »Alles hier. Wenn die Sonne hereinschien, musste meine Mutter die Jalousien herunterlassen, damit mein Vater nicht geblendet wurde. Es hätte ja einen Funken Lebendigkeit in dieses Mausoleum eindringen können.«

»War es wirklich so schlimm, als du klein warst?«

»Richtig schlimm war es vor allem, als mein Opa noch lebte. Er war herrisch und eklig, sowohl zu mir als auch zu deiner Oma. Und oft auch zu seinem eigenen Sohn. Manchmal denke ich, mein Vater war auch ein Opfer. Er hätte sich viel mehr wehren müssen, aber er war zu ängstlich. Walter hat immer versucht, es seinem Vater recht zu machen.«

»Ich habe ehrlich gesagt nur gute Erinnerungen an das Haus, und sogar an die Ehe von Oma und Opa. Auf mich haben sie immer wie ein harmonisches Paar gewirkt.«

Saras Vater nickte nachdenklich. »Alles wurde besser, als der alte Berthold starb. Damals hat deine Mutter schon hier gewohnt, es war kurz vor Annas Geburt. Der Tod meines Opas machte Platz für neues Leben und mehr Lebendigkeit, es war, als hätten alle auf einmal freier atmen können. Und meine Mutter erzählt immer, dass selbst mein Vater danach viel entspannter war.« Seine Züge wurden weicher, als er das sagte, und dann huschte plötzlich ein Lächeln über sein Gesicht. »Hat Oma dir schon mal von seiner Beerdigung erzählt?«

Sara schüttelte den Kopf.

»Der Leichnam meines Großvaters fiel quasi der Roten Armee Fraktion zum Opfer.«

PASTOR SCHEEP
IN DER KLEMME

* August 1977 *

Lottas Anwesenheit tat der Familie van Rennings gut. Die junge Frau lachte oft und laut. Sie pfiff und sang, hatte ständig gute Laune, und der stumme, dunkle, manchmal fast verwaist wirkende Bau wurde durch sie mit Leben erfüllt.

Möglicherweise zu viel Leben für Ruths lebensmüden Schwiegervater.

Berthold van Rennings, der sein Zimmer seit zehn Jahren kaum mehr verlassen hatte, litt sehr unter der Hitze im Hochsommer seines siebenundsiebzigsten Lebensjahres. Ruth fand ihn eines Morgens stark schwitzend im Bett liegen. Sein Befehlston klang nasal und milde durch die Heiserkeit, und er wurde von schweren Hustenanfällen geschüttelt. Ruth rief bei Doktor Holz an, der noch am gleichen Nachmittag kam. Er riet zu Bettruhe und einem warmen Altbier am Abend, dann werde Berthold die Nacht über ordentlich schwitzen, und schon bald sei der Spuk vorbei. Doktor Holz war ein Mediziner vom alten Schlag, böse Stimmen behaupteten, er habe lediglich Tiermedizin studiert.

Das warme Altbier nahm der Alte dankbar entgegen und wachte am nächsten Morgen, wie prophezeit, verschwitzt auf. Ruth half ihrem Schwiegervater aus dem Bett, öffnete die Fenster, um den Mief zu vertreiben, bezog das Bett frisch und ließ Berthold mit dem durchnässten Schlafanzug am Bettende warten, bevor sie ihn mit dem üblichen Widerwillen von Kopf bis Fuß wusch. Möglicherweise war es dabei passiert: Die Erkältung hatte sich zu einer Lungenentzündung ausgewachsen. Doktor Holz zögerte lange, bevor er Antibiotika verschrieb. Zu lange. Berthold van Rennings erholte sich nicht mehr. Und doch klammerte sich der alte Mann, der seit Jahren ein klägliches Dasein in einem Zimmer fristete, der weder das Leben noch seine Familie von Herzen mochte, mit wilder Entschlossenheit an seine biologische Existenz. Über Wochen rang er mit dem Sensenmann in einem ungleichen Kampf, entzog sich ihm immer wieder mit letzter Kraft, bis sein Herz einfach stehen blieb.

Ruth fand ihn eines Morgens mit weit geöffneten Augen auf dem Boden vor dem Bett. Bei ihrer Mutter hatte sie den Tod als ein sanftes Hinübergleiten erlebt, Bertholds Dahinscheiden hingegen wirkte ganz anders: wild und brutal, wie sein Charakter.

Ein leises Triumphgefühl bemächtigte sich ihrer, als sie ihn dort liegen sah. Sie bat Lotta, in ihrem Zimmer zu bleiben, weil sie fürchtete, dass der Anblick die Schwangere zu sehr ängstigen könnte. Dann rief sie in der Bäckerei in Veen an, wo sie Walter beim Einkauf vermutete, und sagte ihm, sein Vater habe es überstanden. Walter schwieg und legte auf. Ruth schätzte, dass er schnurstracks aus dem Laden gerannt war. Er hatte weder die Einkäufe noch sein Portemonnaie dabei, als er zehn Minuten später zur Tür hereinkam.

Ruth hatte die Zeit reglos im Zimmer verbracht und, das bildete sie sich zumindest ein, dabei zugesehen, wie der Körper ihres Schwiegervaters starr wurde. Sie hatte ihn nicht berührt, die Augen standen noch offen, der Mund war aufgeklappt, und seine rechte Hand war zu einer Kralle gekrümmt, als wollte er noch immer nach ihr grapschen.

»Warum liegt er auf dem Boden?«, fragte Walter vorwurfsvoll.

»Ich hatte nicht den Mut, ihn anzufassen.«

»Wir können ihn nicht so liegen lassen.«

Ruth sah ihren Ehemann an und war sich nicht sicher, was sie in seinem Blick las. Trauer, bestimmt, aber war da nicht auch so etwas wie Erleichterung?

Es war ein würdeloses Unterfangen, wie sie den schweren Körper vom Boden hievten. Die eine griff ihn an den Füßen, der andere unter den Armen, dann ließen sie ihn ächzend auf das Bett plumpsen.

»Er soll mich nicht so angucken«, sagte Walter unvermittelt. Ruth beobachtete ihn und zögerte den Moment noch ein wenig hinaus. Dann drückte sie Berthold van Rennings' Augen zu. »Hol mir eine Mullbinde für das Kinn, und dann ruf den Bestatter.«

Berthold van Rennings wurde im Wohnzimmer aufgebahrt, angesichts der Hitze bestand Ruth allerdings darauf, er müsse so schnell wie möglich unter die Erde. Walter widersprach nicht.

Und so fand die Beerdigung schon am dritten Tag nach seinem Tode statt. Nachbarn und Kollegen erwiesen ihm die letzte Ehre, die Dorfgemeinschaft erschien vollzählig, die Gruft war vom Friedhofsgärtner mit bunten Blumengebinden geschmückt worden. Nur wenige Trauergäste hatten in der kühlen Aufbahrungshalle auf dem Veener Friedhof einen Platz gefunden. Alle anderen standen unter der brütenden Augustsonne und schwitzten in den schwarzen Kostümen und Anzügen. Nachdem die Trauergemeinde tapfer eine gute Dreiviertelstunde betend ausgeharrt hatte, begannen die Leute unruhig zu werden, und auch Walter, Ruth, Klaus und Lotta fragten sich, wo Pfarrer Scheep denn wohl bliebe. Der holländische Pastor war hochbetagt, und man schickte einen Messdiener ins Pfarrhaus, um nach ihm zu suchen. Er war nicht zu Hause. Nach einer

Weile beschloss der Bestatter, dass etwas geschehen müsse, er bat also die sechs Sargträger, den Sarg zu schließen und zu vernageln, dann trugen sie ihn zum ausgehobenen Grab. Noch immer war Pastor Scheep nicht aufgetaucht, und niemand wusste so recht, was nun geschehen sollte. Die sechs Träger standen vor dem Grab, den Sarg geschultert, und man sah ihren angestrengten Gesichtern an, dass es nicht mehr lange gut gehen würde. Ruth fiel auf, wie Lotta sich auf die Lippen biss, und sie ermahnte sie mit strengen Blicken, sich zusammenzureißen. Klaus zog ein Taschentuch aus der Hose und verbarg dahinter sein Gesicht, Walters Augen waren schreckgeweitet. Ein ganzes Dorf in Trauerkleidung blickte gebannt auf die sich anbahnende Katastrophe. Standen zunächst noch alle Sargträger still und stramm, so kam mit einem Mal Bewegung in die Formation. Einer nach dem anderen knickte ein Bein in Ruheposition, und die Wechsel erfolgten in immer kürzeren Abständen. Bis schließlich das passierte, worauf alle gewartet hatten. Es war der kleine Heini, der als Erster aufgab und mit einem lauten »Ich kann nicht mehr« den Sarg von seinen schmalen Schultern rutschen ließ. Die anderen Sargträger waren nicht in der Lage, das auszugleichen, und so sauste ihre Last mit einem kräftigen »Rums« auf den Boden. Hände wurden vors Gesicht geschlagen, vereinzelt hörte man ein erschrockenes Einatmen, ein überraschtes Prusten, dann herrschte betretenes Schweigen. Als wären sie mitten in der Bewegung zu Salzsäulen erstarrt, standen die Träger halb gebückt um den Sarg herum. Nach einer Weile ergriff Klaus die Initiative.

»Bleiben Sie bitte hier stehen und halten Sie eine letzte Mahnwache«, sagte er zu den Sargträgern. »Komm, Mutti, wir holen den Krankenhauskaplan, damit Opa endlich unter die Erde kommt.« Er nahm Ruth am Arm und führte sie zum Auto, der Kaplan war fünf Kilometer vom Veener Friedhof entfernt stationiert.

Am Auto angelangt, warf Klaus seine Anzugjacke in den Fond. »Nicht mal der liebe Gott will den bei sich haben«, murmelte er, und da brach es aus Ruth heraus. Sie hielt sich die Hand vor den Mund, doch die Tränen rannen ihr die Wangen hinab, so sehr lachte sie. Auch Klaus konnte nicht mehr an sich halten.

Glücklicherweise deutete der Kaplan ihre Tränen als Traurigkeit und beeilte sich, mit zum Veener Friedhof zu fahren.

Die Trauergemeinde hatte sich enorm gelichtet, als die Zeremonie endlich begann. Und alle waren froh, als es vorbei war.

Erst am nächsten Tag, als Pastor Scheep zu Ruth auf die Bönninghardt kam, um sich zu entschuldigen, erfuhren sie, dass es dem Priester auch nicht besser ergangen war. Er hatte einen Tag in seinem

Heimatkloster in der Nähe von Nimwegen verbracht und war auf dem Rückweg nach Veen in eine nicht enden wollende Grenzkontrolle geraten. Man fahndete nach den Terroristen, die im April den Generalbundesanwalt Siegfried Buback und erst wenige Tage zuvor den Chef der Dresdner Bank, Jürgen Ponto, ermordet hatten.

Dass ihnen ein alter Niederländer nun erklärte, er müsse dringend jemanden unter die Erde bringen, war nicht hilfreich gewesen, der Grenzschutz hatte den sehr aufgeregten Pastor kurzerhand in eine Arrestzelle gesperrt, zusammen mit Drogendealern und Betrunkenen.

So gab es für Berthold doch eine höhere Gerechtigkeit, dachte Ruth und bot dem völlig verstörten Pastor Scheep noch ein Stück Kuchen mit Sahne an.

TRIBUNAL AM
TISCHKLAVIER

Auf Ruths Esstisch lagen Notenblätter verstreut, daneben stand eine Bontempi-Orgel. Bernd Angenendt kritzelte eifrig und intonierte seine Noten, während Ruth und Ottilie Bauernskat spielten.

»Du fudelst, Ottilie. Den Bauern hättest du noch gar nicht aufdecken dürfen«, tadelte Ruth ihre Mitspielerin.

»Ich habe noch jeden Bauern rumgekriegt, das kannst du mir wohl glauben«, lachte Ottilie. Sie grapschte nach den Centstücken, die zwischen ihnen lagen, und hob dann ihr Sektglas. »Wer Grand spielt, der braucht Bauern«, sagte sie, aber Ruth fand das gar nicht komisch. Sie war selbst mit achtundachtzig noch eine schlechte Verliererin. Sie hatte nicht einmal Sara gewinnen lassen, als die noch ein Kind war, was ihre Enkelin ihr bis heute manchmal vorhielt. »Die müssen aber oben liegen, sonst hast du dich überreizt und musst mich Schneider spielen«, ließ Ruth nicht locker.

»Wo sie recht hat, hat sie recht, meine Holde«, meldete sich Bernd hinter seiner Klaviatur. »Ich wäre jetzt so weit. Ruth, kannst du Noten lesen?«

»Ich fürchte, du musst mir die Melodie vorspielen oder vorsingen«, sagte sie entschuldigend. Und gerade als Bernd Angenendt ansetzte, hörte Ruth das Geräusch schlurfender Schritte auf dem Flur.

»Da kommt jemand«, flüsterte sie, »schnell, die Noten weg!«

Bernd schaute sie verwirrt an.

»Ist das wieder ein Trick von dir, um dir die besten Karten zu sichern?«, fragte Ottilie skeptisch und drehte sich im selben Moment um, weil jemand die Tür geöffnet hatte.

»Ach, Gott sei Dank, ihr seid es nur!«, sagte Ruth erleichtert.

»Wen hast du denn erwartet?«, entgegnete Klaus munter.

»Du hast den gleichen Gang wie dein Vater. Heb die Füße hoch. Ich habe mich fast zu Tode erschreckt.«

»Was habt ihr denn angestellt?«, fragte Sara lachend, umarmte ihre Oma zur Begrüßung und gab ihr einen Kuss auf die Wange.

»Nichts Verbotenes. Und ihr? Wenn ihr rechtzeitig Bescheid gegeben hättet, dann hätte ich noch Kuchen besorgt«, sagte Ruth. Auch wenn sie das schlechte Gewissen plagte, hatte sie die letzten Tage ohne Walter sehr genossen. Dass Freunde zum Musizieren und *Kartenkloppen* vorbeikamen, hatte sie zuletzt erlebt, als sie noch bei ihrer Mutter gewohnt hatte.

»Wir kommen gerade aus Bedburg-Hau, Mutti«, sagte Klaus.

»Warum habt ihr nichts gesagt? Ich wäre gerne mitgefahren, um den Papi zu besuchen. Wie geht es ihm denn?«, fragte sie und versuchte arglos zu klingen. Doch ihre Stimmung kippte schlagartig, ihr schwante nichts Gutes.

Klaus warf einen Blick in die Runde. »Das erzähle ich dir später, in Ruhe. Jetzt gibt es erst mal ein Stück Apfelkuchen.«

»Ich mache Kaffee«, rief Sara aus der Küche.

»Macht das Musikprojekt denn Fortschritte?«, fragte Klaus, und Bernd und Ottilie nickten. »Die Stimmen der beiden Damen passen perfekt zusammen«, schwärmte Bernd. »Ruth wird nun bei allen Liedern die zweite Stimme singen. Es wird großartig.« Ruth ging nicht weiter auf das Kompliment ein, sie machte sich Sorgen um Walter.

»Wie geht es deinem Vater, Klaus? Raus mit der Sprache.«

Klaus sah sie durchdringend an. »Später, Mutti. Ich finde, das gehört nicht hierher.«

»Also mit diesem Schweigepflicht-Quatsch kannst du gerne deinen Patienten kommen, aber doch nicht mir. Und vor meinen Freunden habe ich keine Geheimnisse. Also, sag schon.«

»Wir erfahren es doch sowieso. Und wir können schweigen, da machen Sie sich mal keinen Kopp«, bestätigte Ottilie.

Sara kam herein und trug fünf Teller, Gabeln und Tassen auf dem Tablett. Sie packte den Kuchen aus und schob vier Stück Apfelstrudel auf eine Platte. Eins zu wenig.

»Wisst ihr was, ich habe viel mehr Lust auf einen Pfannkuchen. Mit Rübenkraut. Ich mach noch schnell welche«, sagte Ruth fröhlich, die es nicht aushalten konnte, wenn es zu wenig zu essen gab.

»Wir haben Sahne im Kühlschrank, wir holen sie schnell«, bot Bernd Angenendt an und stupste Otilie sanft in die Seite, als sie widersprechen wollte.

»Beeilt euch«, rief Ruth ihnen hinterher. »Ich brauche für die Pfannkuchen allerhöchstens zehn Minuten.«

Sie ging in die Küche, um den Teig vorzubereiten. Klaus folgte ihr. Sie hatte Angst vor dem, was sie nun zu hören bekommen würde.

»Ich mache die Pfannkuchen so, wie du sie als Kind schon mochtest«, sagte sie und meinte gleichermaßen Klaus wie Sara.

»Ach, Mutti! Wir haben gar nicht so viel Zeit. Sara möchte heute Abend mit Lars essen gehen, und ich muss noch zurück nach Heidelberg fahren.«

»Richtig, heute ist ja euer gemeinsamer Donnerstag«, sagte Ruth an Sara gewandt. »Aber einen Pfannkuchen müsst ihr essen. Ich bestehe darauf.«

»Mutti, wir müssen vor allem mit dir reden!«, sagte Klaus, der Vorwurf in seiner Stimme war nicht zu überhören. Ruth fühlte sich ertappt. Ihre Stirn wurde heiß.

»Ich bin von der Klinikdirektorin zum Gespräch nach Bedburg-Hau gebeten worden.«

Er sah Ruth lange an, und ihr wurde mulmig. »Hat er etwas Ernstes?«, fragte sie.

»Er hat gar nichts«, sagte Klaus. »Jedenfalls keine Demenz. Er ist völlig klar bei Verstand.«

Ruth sagte nichts. In dem Moment klopfte es an der Tür. »Wir sind's schon wieder und bringen das Sahnehäubchen«, hörte man von draußen, und Sara öffnete. Ottilie quetschte sich an Sara vorbei, Berndt Angenendt folgte auf dem Fuße und hatte auch noch Lili im Schlepptau. Die drei sahen Ruth an, die betreten auf den Teig in ihrer Schüssel starrte.

»Sie dürfen nicht wütend auf Ihre Mutter sein. Sie hat nichts Unrechtes getan«, übernahm Ottilie beherzt ihre Verteidigung und ließ sich auch von Ruths heftigem Kopfschütteln nicht aufhalten. »Uns allen kam Ihr Vater etwas tüddelig vor und na ja, dann hat Ihre Mutter es etwas, nennen wir es: *pointiert*.«

Klaus sah verständnislos von Ottilie zu seiner Mutter. »Was hat das zu bedeuten?«, fragte er streng.

»Herrje, er wusste es noch gar nicht«, hörte man Lili aus dem Wohnzimmer, die aufmerksam gelauscht hatte.

»Was wusste ich noch gar nicht?«

Ruth seufzte, dann griff sie in den Brotkasten und holte den Zeitungsartikel über Demenz raus. »Er hat immer wieder gesagt, dass er zurückwill auf die Hei. Und dass ich mitmuss. Das musste ich doch irgendwie verhindern. Mein Zuhause ist hier. Aber davon lässt er sich ja nicht überzeugen«, seufzte Ruth.

»Warum lässt du ihn nicht einfach allein in seine Kate zurückgehen, wenn er unbedingt will?«, fragte Klaus.

»Ich kann nicht«, antwortete Ruth kleinlaut.

Ihr Sohn rollte resigniert die Augen, nahm den Artikel entgegen und überflog ihn.

»Mutti! Sag mal, hast du ihm das ernsthaft alles untergeschoben?« Ruth schaute auf die Schüssel und rührte weiter in dem längst fertigen Pfannkuchenteig.

»Und du warst es, die den Rasierer ins Eisfach gelegt hat?«, fragte er ungläubig.

Ruth nickte leicht und zuckte mit den Schultern, sie schämte sich. Gleichzeitig dachte sie, dass all das nicht passiert wäre, wenn Walter ihr einfach nur etwas mehr Freiraum gelassen hätte.

»Ich fasse es nicht. Mutti, das geht nicht. Das ist keine Kleinigkeit, kein Kinderstreich. Ist dir das klar?« Ruth drehte sich nach Sara um, aber die war vermutlich bei Lili im Wohnzimmer. Ottilie startete einen neuen Versuch, Klaus zu besänftigen. »Er sollte doch nur bis zur Weihnachtsaufführung …«, ihr fiel offenbar nicht das richtige Wort ein. »… mal kurz nicht so präsent sein«, ergänzte Ruth dankbar.

»Wir können nämlich auf die Stimme Ihrer Mutter nicht verzichten«, schloss Bernd Angenendt.

»Heißt das, hier stecken alle unter einer Decke?«, fragte Klaus.

»Nein, nicht alle«, antwortete Ottilie. »Nur der Singkreis«, präzisierte Lili aus dem Wohnzimmer.

»Ich bin auch erst später eingeweiht worden«, merkte Bernd Angenendt vorsichtig an, was ihm einen vernichtenden Blick seiner Lebensgefährtin einbrachte.

»Und Schwester Carmen und die anderen Betreuer?«

»Natürlich nicht!«, rief Ottilie.

Klaus seufzte. Ruth presste die Lippen aufeinander. Sie ließ ein wenig Öl in die Pfanne tropfen. »Ich bin gleich so weit«, sagte sie.

Sara kam zurück in die Küche. »Oma, ich backe die Pfannkuchen. Ich denke, Papa hat noch ein Hühnchen mit dir zu rupfen«, sagte sie bestimmt. Bernd und Ottilie setzten sich zu Lili ins Wohnzimmer. Ruth gab sich geschlagen und folgte ihrem Sohn ebenfalls ins Wohnzimmer.

»Setz dich, Mutti«, befahl Klaus.

»Na hör mal!«, sagte sie indigniert. »Du musst dich ja nicht gleich aufführen wie ein Staatsanwalt.«

Klaus schwieg.

»Er kommt schon vor Weihnachten zurück, nicht wahr?«, fragte sie in die Stille hinein.

»Weihnachten ist in fünf Monaten, Mutti. Was denkst du denn? Natürlich kommt er vorher zurück. Außerdem ist er kein bisschen dement, aber das wisst ihr ja offenbar alle schon.« Er schaute streng in die Runde.

Ruth hörte nicht mehr hin. Das war's, dachte sie. Kleine Sünden bestraft der liebe Gott sofort. Ihre Stimme würde beim Weihnachtskonzert im Xantener Dom jedenfalls nicht erklingen. Nun, wo Walter wusste, dass er recht hatte und sich der Singkreis tatsächlich gegen ihn verschworen hatte, würde er sie sicher noch mehr kontrollieren. Sie hatte sich einen Bärendienst erwiesen. Zum ersten Mal in ihrer fünfundsechzig Jahre währenden Ehe hatte sie ihn wirklich hintergangen. Und sie war aufgeflogen. Ruth ließ den Kopf hängen.

Klaus legte seine Hand auf ihre.

»Mutti, ich bin auf deiner Seite«, sagte er nun sanft. »Wir werden eine Lösung finden. Du sollst dein Weihnachtskonzert haben, das verspreche ich dir, und du musst auch nicht zurück auf die Bönninghardt. Der Unfall hat gezeigt, dass das Haus nicht altersgerecht ist. Wir haben vielmehr überlegt, ob wir hier im Haus etwas Abstand zwischen euch schaffen können. Ich habe bereits angefragt, und wir könnten das nächste freie Apartment bekommen. Da würde Papi dann hinziehen. Und …«, Klaus machte eine kurze Pause und senkte die Stimme, »vielleicht solltest du über eine Scheidung nachdenken.«

»Scheidung? Ist das nicht ein bisschen spät?«, murmelte Ruth.

»Es ist nie zu spät für einen Neuanfang«, mischte Bernd sich ein und drückte Ottilies Hand. Lediglich seine Liebste schenkte ihm ein kurzes Lächeln.

»Dass ausgerechnet du von Scheidung anfängst«, sagte Ruth nach kurzem Schweigen zu ihrem Sohn.

»Mutti, ich war ein Kind, als ich euch angefleht habe, euch nicht zu trennen. Das kannst du mir doch heute nicht mehr vorwerfen.«

Ruth hatte eigentlich die Trennung von Lotta gemeint. Damals hatte Klaus sehr darunter gelitten und beklagt, dass eine Familie auseinandergerissen wurde. Was sollte eine Scheidung von Walter noch bringen? Würde sie damit nicht ihr ganzes bisheriges Leben zu einem Fehler erklären? Das war nicht die Bilanz, die sie kurz vor dem Tod ziehen wollte. Es hatte Gründe gegeben, warum sie bei Walter geblieben war. Er war Klaus' Vater, und an guten Tagen war er sehr humorvoll, er war treu, naturverbunden, und wenn sie in Ruhe nachdächte, würden ihr sicher noch weitere

Vorzüge einfallen. »Nein, Kinder, das ist zu spät«, sagte sie deshalb entschlossen. »Ich kann mich nicht mehr scheiden lassen. Walter würde das auch nicht akzeptieren. Bis dass der Tod euch scheidet, das haben wir uns geschworen. Und ich muss gestehen, dass ich mich zwar oft schwertue, mit ihm zu leben, aber ein Leben ohne ihn kann ich mir auch nicht vorstellen.«

»Vielleicht reicht es wirklich, wenn ihr euch für eine Weile räumlich trennt«, sagte Sara, die in diesem Moment mit den Pfannkuchen um die Ecke bog und den Teller auf den Tisch stellte. »Die Klinikdirektorin in Bedburg-Hau hat gesagt, solche Konflikte entstehen manchmal nach großen Veränderungen. Und vielleicht muss sich Opa nur noch ein bisschen besser eingewöhnen.«

Nein, dachte Ruth. Einen alten Baum verpflanzt man nicht, das hat Walter immer betont.

»Bedient euch«, sagte sie.

Ruth konnte noch so traurig sein, es hatte ihr noch nie den Appetit geraubt. Auch das hatte sie mit Walter gemeinsam. Wenn es erst am späten Nachmittag Torte gab, konnte er dennoch ungerührt eine halbe Stunde später schon wieder Abendbrot essen. Immer die gleiche Menge, immer den gleichen Belag. Und nahm er zu? Nicht ein Gramm, er war dünn und drahtig, egal, was er aß.

Sie nahm ein Stück von dem Pfannkuchen und schob es sich in den Mund.

»Wolltest du nicht auf deine Linie achten?«, erinnerte Bernd Ottilie scherzhaft, die sich gerade einen ordentlichen Löffel Schlagsahne auf den Apfelkuchen kleckste. Prompt steckte Ottilie den Zeigefinger in die Sahne und stupste ihn Bernd auf die Nase. »Schon, aber Zucker ist das Beste gegen die ganze Aufregung hier. Und außerdem dachte ich, du magst meine Rundungen.«

»Könnten wir uns bitte mal auf das Wesentliche konzentrieren?«, sagte Klaus ernst. »Würdest du denn akzeptieren, dass Papi in ein anderes Apartment zieht?«

Ruth aß ein weiteres Stück Pfannkuchen, um Bedenkzeit zu haben: »Er kommt doch alleine nicht zurecht«, sagte sie schließlich. »Dann wäscht er sich nicht ordentlich, wechselt die Wäsche nicht, und zu essen machen kann er sich auch nichts alleine. Er ist doch eh nur ein Strich in der Landschaft, der verhungert mir ja.«

»Oma, darf ich dich daran erinnern, dass du deinen Mann in eine Demenzklinik abschieben wolltest?«, ging Sara dazwischen. »Und jetzt soll alles so bleiben, wie es ist?«

»Na, in der Klinik wäre er aber wenigstens rundum versorgt gewesen«, entgegnete Ruth. »Winnenthal ist dagegen eine Einrichtung für Betreutes Wohnen, kein Pflegeheim.«

»Mutti, du musst dich mal entscheiden, ob du ihn

loswerden oder betüddeln willst«, sagte ihr Sohn zunehmend verzweifelt.

»So einfach ist das nicht«, mischte sich nun Lili ein. »Ich habe meinen Pitt täglich verflucht, aber mich von ihm zu … lösen, ist mir trotzdem nicht leichtgefallen. Liebe Ruth, probiere es doch mal aus. Du kannst ihn ja jederzeit zurückholen, wenn du das Gefühl hast, es geht ihm nicht gut. Sobald hier im Haus was frei wird, zieht er in ein anderes Apartment, und du nimmst ihm den Schlüssel für diese Wohnung ab. Wer weiß, vielleicht findet Walter ja sogar Geschmack daran.«

»Er könnte doch Bernds Apartment nehmen«, fiel Ottilie ein. »Nicht wahr, Bernd? Wir sind ohnehin die meiste Zeit bei mir.« Bernd nickte zustimmend. Er schien nicht im Mindesten überrascht von Ottilies Angebot, im Gegenteil, er wirkte erfreut.

»Das wäre natürlich ideal«, sagte Sara. »Dann könnte Opa am Montag direkt von Bedburg-Hau in das neue Apartment wechseln. Wir würden alles vorbereiten und sein neues Zuhause mit den Dingen, die ihm wichtig sind, einrichten.«

Dann müsst ihr mich dort in die Küche stellen, dachte Ruth. Einen Versuch war es wohl trotzdem wert. »Vielleicht könnten wir noch ein paar Sachen aus der Kate für ihn holen: das Bett von seinem Vater, Fotos von seinen Eltern, etwas, das ihn an die Bönninghardt erinnert«, schlug sie vor.

»Also gut«, sagte Klaus. »Dann haben wir am Wochenende einiges zu tun.«

Ruths Augen begannen zu brennen. Sie hatte mit widersprüchlichen Gefühlen zu kämpfen. Sie drängte ihr schlechtes Gewissen beiseite und sagte mit brüchiger Stimme: »Danke.«

»Also, wir sehen uns morgen wieder. Ich bleibe dann wohl heute Nacht hier in der Gegend, dann können wir morgen direkt die Möbel holen«, sagte Klaus abschließend.

»Du kannst doch auf der Bönninghardt schlafen, in deinem alten Zimmer«, schlug Ruth vor. Klaus legte den Kopf schief.

»Danke, Mutti. Lieber nicht. Sara, hättet ihr in Düsseldorf ein Zimmer für mich?«

»Wenn du den Opa spielst, sehr gerne«, antwortete Sara. »Ich bin nämlich mit meinem Mann verabredet. Wir feiern das hier.« Sie zog einen Brief aus ihrer Handtasche. »In der ganzen Aufregung hätte ich fast vergessen, euch davon zu erzählen: Ich bin in Cambridge angenommen worden.«

»Das ging aber schnell. Du hast doch gerade erst die Bewerbungsunterlagen abgegeben«, staunte Ruth.

»Vor knapp vier Wochen. Aber die waren wohl sehr überzeugend«, lachte Sara.

»Und das sagst du jetzt erst?«, rief Klaus. »Gratuliere. Das ist großartig.« Er küsste seine Tochter auf die Wange.

»Vorher war keine Gelegenheit«, sagte Sara entschuldigend. »Es gab Wichtigeres.«

Ruth fühlte einen Stich in der Magengrube. »Als wären wir alten Zausel wichtiger als du«, murmelte sie. Sara würde also gehen. Sie musste sich eingestehen, dass sie gehofft hatte, es würde nicht passieren.

Sie nahm Sara in den Arm, aber sie sagte nichts. Ihre Enkelin sah sie einen Moment unsicher an. »Es ist ja nicht für lange, maximal zwei Jahre«, flüsterte Sara ihr ins Ohr. Ruth nickte und versuchte sich an einem Lachen. Mit achtundachtzig sind zwei Jahre schnell für immer, dachte sie.

ZUG UM ZUG

Paul zappelte in den Armen seiner Urgroßmutter, bis er auf den Boden durfte. Mit seinen gut dreizehn Monaten übte er erste eigene Schritte. Lachend und brabbelnd krabbelte er auf seinen Vater zu, der ihn sanft wegdrängte.

»Wir können dich hier nicht gebrauchen, Kleiner. Das ist Männerarbeit, und ich habe Angst, dass du ein Regalbrett auf den Kopf bekommst. Geh zur Mama, solange sie noch da ist!« Es war nur eine kleine Spitze von Lars, doch alle im Raum hatten sie verstanden.

Lars und Saras Vater schraubten Bernd Angenendts Kleiderschrank auseinander, um ihn in Ottilies Apartment zu bringen. Seinen Esstisch und die Stühle würden sie auf dem Speicher seines Sohnes lagern, dann zur Bönninghardt fahren, um Walters Möbel einzuladen. Lars hatte sofort einen kleinen Transporter organisiert und sich bereit erklärt zu helfen.

Sie hatten gestern Abend ausführlich über Saras

Zeit in Cambridge gesprochen. Anders als bei ihrem ersten Gespräch war Lars nicht schnippisch oder wütend gewesen, sondern traurig, was es für Sara umso schwerer machte. Ihre Entscheidung, das Stipendium in Cambridge anzunehmen, wirke auf den ersten Blick vielleicht egoistisch, aber langfristig würde es ihnen allen zugutekommen, wenn sie sich Träume erfüllen konnte, statt zu verzichten und darüber zu verbittern, hatte sie erklärt.

»Ich würde so gerne sagen können, dass es mir reicht, was ich gerade habe. Aber es reicht mir nicht.«

»Was zum Teufel fehlt denn noch?«, hatte Lars niedergeschlagen gefragt.

»Etwas nur für mich. Ich möchte etwas schaffen, mir einen Namen machen, vielleicht sogar ganz männlich« – sie hatte bei diesem Wort albern gestikuliert, um zu unterstreichen, dass sie dieses Attribut lächerlich fand, ihr aber kein besseres einfiel – »etwas hinterlassen.« Lars hatte nur deprimiert den Kopf geschüttelt. Für ihn war Familie das höchste Gut, alles andere hatte sich dem unterzuordnen. Er werde versuchen zu akzeptieren, dass Sara das anders sah, hatte er versprochen. Doch die verbalen Pfeile, die er seitdem abschoss, zeigten deutlich, wie schwer ihm das fiel.

Die beiden Männer hatten ihre liebe Mühe mit dem alten Schrank. Die Holzdübel drohten abzubrechen, einige Schrauben waren verkeilt. »Wollen wir versuchen, ihn im Ganzen zu schleppen?«, fragte Saras Vater entnervt. Lars grinste. »Nur, wenn du das Durchschnittstempo auf den Fluren nicht unterschreitest.«

»Du solltest den Mund nicht zu weit aufreißen«, lachte Saras Vater. »Ich habe im Studium mein Geld als Kistenschlepper verdient. Eine Mark pro Kiste, mein Lieber. Los geht's!«

Sie kippten den Schrank und wuchteten ihn hoch, Sara brachte Paul in Sicherheit, und als sie gerade an der Wohnungstür angekommen waren, versperrte ihnen Ottilie Oymann den Weg mit einem Tablett. »Elf-Ührken, die Herren«, rief sie fröhlich. »Nicht jetzt«, stöhnte Lars, doch Ottilie ließ sich nicht beirren und drängte die beiden Schrankträger sanft, aber bestimmt ins Apartment zurück. »Ich muss kurz mit euch beiden reden«, flüsterte sie und sah sich um, um sich zu vergewissern, dass niemand hinter ihr stand. »Wenn ihr dieses hässliche Trum *aus Versehen* zerlegt, beispielsweise bei einem unglücklichen Sturz, gebe ich noch einen aus.«

Sara traute ihren Ohren nicht. »Hast du nicht vor einer halben Stunde noch geschwärmt, wie wunderhübsch der Schrank in eurem gemeinsamen Apartment aussehen würde?«, fragte nun auch Saras Oma verblüfft.

»Da stand Bernd doch neben mir. Er hängt so an diesem Schrank. Aber ganz ehrlich, nicht einmal das macht ihn schöner.« Sie seufzte. Die beiden Männer stellten den Schrank ab. »Hier«, sagte sie und goss zwei Pinneken Klaren ein, »vielleicht hilft das beim Umfallen.«

»Das hätte ich nicht von dir gedacht«, sagte Saras Oma kopfschüttelnd.

»Kleine Lügen erhalten die Freundschaft.« Ottilie Oymann reichte Lars und Saras Vater ein Gläschen. Als Sara ablehnte, überlegte sie kurz und genehmigte sich dann selbst einen ordentlichen Schluck. »Ein Sturz kann manchmal auch Gutes bewirken«, sagte sie augenzwinkernd und machte auf dem Absatz kehrt. Die vier blieben verblüfft zurück. Nur Paul warf ihr eine freundliche Kusshand hinterher.

»Und nun?«, fragte Lars in die Runde. Saras Vater zuckte mit den Schultern. »Wenn man so charmant um einen Gefallen gebeten wird …«, sagte er. »Wir stellen Bernds Sohn einfach alle Möbel auf den Speicher und erzählen ihm, dass der Schrank dringend zum Schreiner sollte«, schlug Sara vor. »Es scheint, als wäre das nicht einmal gelogen.«

Sie teilten sich auf, als die Möbel im Transporter gestapelt waren. Lars würde das große Fahrzeug zu Angenendt Junior fahren und mit diesem ausladen, während Sara und ihr Vater die Möbel auf der Bönninghardt bereitstellten. Paul blieb bei seiner Urgroßmutter und ließ sich bereitwillig von ihr und ihren Freundinnen mit Leckereien verwöhnen.

Als sie in der alten Kate angekommen waren, öffnete Saras Vater die Vorhänge mit Schwung. »Licht, ich brauche Licht und Luft«, sagte er und riss das Fenster weit auf. »Als Kind habe ich hier so oft das Gefühl gehabt, zu ersticken.«

Die Sonne stand inzwischen hoch am Himmel und schien in die verdreckten Fenster. »Wenn wir das Haus jemals verkaufen wollen«, sagte er gedankenverloren, müssen wir es erst mal auf Vordermann bringen.« Er sah sie an, dann blitzte es schelmisch in seinen Augen. »Weißt du eigentlich, wer hier vor dir sitzt?« Sara runzelte die Stirn. »Vor dir sitzt der weltbeste Fensterputzer des Jahrhunderts.«

»Warum habe ich denn von diesem Talent noch nichts gewusst?«, fragte Sara lachend und beobachtete, wie ihr Vater alle Schränke durchsuchte.

»Eimer und Lappen sind unter dem Spülstein«, sagte sie.

»Braucht kein Mensch. Ich putze so, wie deine Oma es mir beigebracht hat: mit Essigwasser, Wischer und alten Zeitungen. Nur so kriegt man das Glas wirklich streifenfrei. Ah, hier. Der gute alte Haushaltsessig. Auf Mutti ist Verlass!« Er holte eine Flasche aus dem Schrank, nahm ein Küchenhandtuch, gab Essig in einen Eimer mit Wasser und wischte den Staub von den Scheiben. »Herrje, so dreckig war es hier früher nicht. Weißt du, dass ich als kleiner Junge immer beim Frühjahrsputz geholfen

habe? Sehr zum Verdruss meines Vaters und Großvaters, die glaubten, das würde mich weibisch machen. Ich weiß gar nicht mehr, ob ich Fensterputzen
wirklich so geliebt habe oder ob es meiner Mutter
und mir nur darum ging, die beiden zu ärgern. Gib
mir bitte mal die Zeitung aus dem Korb dort.«

Als sie ihrem Vater zusah, wie er sich reckte, um
von der Anrichte aus das Oberlicht zu erreichen,
stellte Sara sich vor, wie er als Kind dort neben seiner
Mutter gestanden hatte. Plötzlich wurde ihr bewusst,
dass sie keine Erinnerungen an ihren Vater auf der
Bönninghardt hatte, obwohl sie doch die ersten Jahre
ihrer Kindheit hier verbracht hatten.

Die karge Küche besaß immer noch den Plas-
tikcharme der Siebzigerjahre, mit Prilblumen auf
den Kacheln und einem Küchenschrank, der ein
Ausbund an Hässlichkeit war. Die Oberfläche war
an einigen Stellen abgeschabt, der Lack blätterte
ab. Ihre Großeltern hatten selten etwas erneuert.
Plastikschüsseln wurden so lange verwendet, wie
sie »noch gut« waren, also kein Loch hatten. Auch
wenn sie verkratzt waren und kleine Plastikteilchen
absprangen, wann immer man sie benutzte. Mehr als
einmal hatte Sara ihren Großeltern gesagt, sie sollten
das Zeug wegschmeißen, es sei krebserregend. Ihr
Vater schien Saras Gedanken zu erraten. »Wir hatten nicht viel Geld. Oma hat gespart, wo sie konnte,
weil sie wollte, dass ich eines Tages noch etwas erbe.

Vielleicht haben wir auch deshalb mit Zeitungspapier die Fenster geputzt. Sie hatte ein Talent, mir
jede Sparmaßnahme als beste Lösung zu verkaufen.«
Er begutachtete zufrieden sein Werk. »Auf jeden Fall
funktioniert es«, lachte er.

»Sie hätte etwas mehr Glück verdient gehabt«,
sagte Sara nachdenklich. Ihr Vater nickte und schaute
aus dem Fenster.

»Als ich erwachsen war, habe ich versucht, ihr das
Leben etwas schöner zu machen. Sie hat mich überall besucht, wo ich studiert habe, und du weißt, ich
war ganz ordentlich unterwegs: Heidelberg, München, Paris. Wir waren sogar zusammen Ski fahren,
und stell dir vor, Rheuma hin oder her, deine Oma
war eine ganz passable Langläuferin.«

»Und Opa?«

»Ich wollte ihn nicht dabeihaben, das musste
er wohl oder übel akzeptieren. Ich vermute, er hat
deine Oma anschließend immer spüren lassen, was
er davon hielt. Aber wann immer ich sie danach
gefragt habe, hat sie ausweichend geantwortet und
gesagt, das sei es ihr wert und sie wolle die Zeit mit
mir genießen.«

Das passte zu ihr, dachte Sara.

»Weißt du«, fuhr er fort, »als sie in der Dusche
gestürzt ist und diese Lungenembolie bekam, da ist
mir im Affekt etwas rausgerutscht. Ich habe gesagt,
dass ich Vater erschlagen würde, wenn sie stürbe.

Und sie hat ihre Hand in meine gelegt und gesagt: *Untersteh dich! Wenn ihn jemand erschlagen darf, dann höchstens ich.* Ich glaube, diese etwas hinterhältige Demenz-Unterstellung ist die sanfte Variante von *erschlagen*.«

Sara war davon nicht ganz überzeugt, aber sie bekam eine Ahnung, warum ihr Vater, der seine Mutter sehr liebte, sich trotzdem so rarmachte am Niederrhein.

»Ich beneide dich um das innige Verhältnis zu deiner Mutter«, sagte Sara. »Ich kenne meine nur aus der Perspektive eines Kindes. Ich hätte sie gerne als Erwachsene erlebt. Ich würde gerne etwas mehr darüber erfahren, warum sie uns einfach verlassen hat.«

Ihr Vater sah sie eindringlich an, schwieg aber. Und so erzählte Sara von den Notizbüchern, die sie in ihrem Schrank wiedergefunden und in denen sie gestöbert hatte. Ihr Vater streichelte ihr sanft über die Wange. »Deine Mutter hat dich sehr geliebt. Dass sie gegangen ist … es war …«, er sah plötzlich sehr traurig und erschöpft aus, »es war ein Fehler, den sie bitter bereut hat. Deine Mutter war kein schlechter Mensch, und sie hat euch beide sehr geliebt, Anna und dich. Wo sind die Tagebücher? Ich habe sie seit Jahren nicht mehr in der Hand gehabt und wusste gar nicht, dass sie hier sind.«

Sara bedeutete ihm, ihr zu folgen. Sie durchquerten die Diele, in der der ursprüngliche Haupteingang, eine schwere Holztür mit großem Schlüssel, vorwurfsvoll den Raum beherrschte, wie beleidigt darüber, dass er schon so lange ignoriert wurde. Alle Bewohner hatten das Haus stets durch den Kücheneingang betreten. Saras Vater ging voraus, die Treppe knarzte, als würde sie bald in sich zusammenfallen. In Saras Zimmer angekommen, setzte er sich in einen Baststuhl, und Sara gab ihm einen der Kartons. Vorsichtig nahm er ein Heft heraus. Er wischte den schwarzen Einband von beiden Seiten mit dem Hemdsärmel sauber, dabei war er gar nicht verschmiert. Er schlug das Notizbuch auf, zögerte, schließlich fuhr er die Zeilen mit dem Zeigefinger nach, zärtlich, als würde er sie streicheln. »Deine Mutter hatte eine wunderschöne Schrift, findest du nicht?«

Sara beschäftigte etwas ganz anderes. »Werde ich darin eine Antwort finden auf die Frage, warum sie uns verlassen hat?«

Ihr Vater holte ein zweites Notizbuch aus dem Karton, wiederholte das Säuberungsritual, bevor er antwortete.

»Sie war krank, wie du weißt. Wir hatten keine große Hoffnung, dass es gut ausgehen würde, zumal man auch damals schon wusste, dass Brustkrebs in jungen Jahren besonders aggressiv ist. Es war deshalb sehr wahrscheinlich, dass der Krebs zurückkehren würde. Und ich glaube, deine Mutter hatte das Bedürfnis, wenigstens einmal noch ihr eigenes Leben zu leben, frei zu sein. Kannst du verstehen, was das bedeutet?«

»Vermutlich«, antwortete Sara und musste sich eingestehen, dass es ihr fast unheimlich war, wie gut sie es verstand.

»Deine Mutter ist ziemlich früh ungewollt schwanger geworden. Damals war das noch sehr problematisch«, sagte ihr Vater.

»Ich weiß«, sagte Sara schnell. »Ich habe Mamas Tagebücher in Teilen gelesen. Ihr wolltet Anna abtreiben, doch dazu ist es nicht gekommen.«

»Wir wollten nicht deine Schwester abtreiben. Bitte sag das nicht so. Wir waren sehr glücklich, als Anna auf die Welt kam. Aber ja, die Schwangerschaft war erst mal ein Schock für uns. Wir hatten keinen Pfennig Geld, nur ein bisschen BAföG. Wie hätte man davon eine Familie ernähren sollen? Wenn es nach meinem Vater gegangen wäre, hätte ich das Studium an den Nagel hängen und mich meinem Schicksal stellen müssen, will heißen, Opa hätte mir einen Job bei Underberg besorgt, als Flascheneinpacker oder so. Na dann lieber Kisten schleppen.« Ihr Vater versuchte, etwas Leichtigkeit in seine Worte zu bringen. »Aber deine Oma hat darauf bestanden, dass ich Arzt werde und weiter zur Uni gehe. Ich weiß nicht, wie viel sie aushalten musste, um das durchzusetzen. Jedenfalls mussten wir heiraten, und

Lotta hat die ersten Jahre bei meinen Eltern gewohnt. Erst haben mein Vater und vor allem mein Opa das nicht gewollt, Lotta sei eine Schande für die Familie. Außerdem sei nicht genug Geld da, um so viele Mäuler zu stopfen. Das musst du dir mal vorstellen.«

»Das war für Mama bestimmt hart, in einem Haushalt zu leben, wo man sie nicht akzeptiert hat.«

»Mein Vater verlangte von ihr, dass sie eine Pflegeverpflichtung unterschrieb, wie es schon meine Mutter getan hatte. Er wollte sicherstellen, dass seine Schwiegertochter ihn im Alter rundum versorgt.«

Sara verzog das Gesicht. Nicht die Pflege an sich schreckte sie ab, sondern die Selbstverständlichkeit, mit der man damals eine Frau zur preiswerten Hausangestellten machte.

»Um es kurz zu machen, deine Mutter hatte es zu Beginn unserer Ehe nicht leicht. Und irgendwann, als die Krankheit hinzukam, hat sie mir mal gesagt: Ich habe immer nur das Leben anderer gelebt. Das Leben meiner Eltern, das Leben meiner Kinder, das Leben meines Ehemannes. Ich habe vielleicht nicht mehr viel Zeit. Ich will noch ein bisschen mein eigenes Leben entdecken.« Er presste die Lippen aufeinander, schaute für einen Moment ins Leere. »Ich weiß, dass sie uns alle sehr geliebt hat. Und vor allem dich, du warst ihr Nesthäkchen.«

Sara kämpfte mit ihren Gefühlen, dann ging sie zu ihrem Vater und umarmte ihn: »Ich bin genauso wie

Mama«, sagte sie und spürte, dass ihr die Tränen kamen. »Mein Leben lang war ich wütend auf sie, weil sie uns verlassen hat, und nun stelle ich fest, dass ich genauso bin. Auch mir reicht nicht, was ich habe.«

»Und du glaubst, das, was dir fehlt, in Cambridge zu finden?«, fragte er. Sara nickte unschlüssig. »Ich denke schon«, antwortete sie zaghaft.

»Warum freust du dich dann nicht über die Zusage? Du verlässt deine Familie ja nicht, ihr werdet nur für eine Weile eine Wochenendbeziehung führen.«

»Ich fürchte, Lars sieht das nicht ganz so entspannt. Und wir können nicht gut darüber reden. Ich habe Angst, dass einer von uns etwas sagt, das man nicht mehr zurücknehmen kann. Ich neige dazu, manchmal etwas impulsiv zu sein.« Ihr Vater sah sie zärtlich an. »Du hast tatsächlich viel von deiner Mutter. Und Lars ist mir nicht unähnlich. Mach nicht denselben Fehler wie wir! Weißt du, ich wollte unbedingt ganz anders sein als mein Vater, deshalb wollte ich meiner Frau nie etwas vorschreiben. Aber es wäre vielleicht für uns alle besser gewesen, ich hätte sie einfach zurückgeholt und ihr gesagt: Du gehörst zu mir!«

Sara fühlte den durchdringenden Blick ihres Vaters. Dann fragte er: »Ist dir dieses Stipendium denn wirklich so wichtig? Und muss es jetzt sein, oder kannst du es nicht auf später verschieben, wenn Paul größer ist?«

Prompt spürte Sara wieder Wut in sich aufsteigen. »Warum muss man sich diese Frage als Frau und Mutter immer stellen lassen? Warum ist man in Deutschland gleich eine Rabenmutter, wenn man ehrgeizig ist? Warum ist es nicht selbstverständlich, dass Lars sich auch mal für ein oder zwei Jahre nach mir richtet?« Sie war laut geworden.

Ihr Vater packte sie an der Schulter. »Beruhige dich. Das ist doch keine Frage von Gleichberechtigung. Es geht ganz allein darum, wie ihr beide miteinander euer Leben gestaltet und wie und wo du dein Glück findest.« Er schaute sie an. »Arbeite dich nicht an irgendwelchen Theorien ab.« Dann packte er die Notizbücher in den Karton zurück, stapelte beide Kisten übereinander und hob sie hoch. »Hier sollten sie nicht bleiben. Willst du sie mitnehmen? Sonst nehme ich sie.« Sara überlegte kurz, dann bedeutete sie ihm, er solle sie behalten. Behutsam drehte er sich um und brachte die Tagebücher zum Auto.

Als er zurückkam, hatte Sara bereits einen Umzugskarton aufgebaut und packte Bilder aus dem Schlafzimmer ihres Großvaters ein. Es waren zwei große Porträts, die das Ehepaar Berthold und Maria van Rennings zeigten. Beide wirkten in Öl gemalt so ganz anders, als ihre Oma sie beschrieben hatte. Berthold sah stolz aus, und Maria schien ihm mit ihrem hochgereckten Kinn und einem herrischen Zug um den Mund in nichts nachzustehen.

Sara sah den Hut ihres Großvaters auf dem Schrank liegen. Sie holte ihn herunter, pustete den Staub ab und legte ihn ebenfalls in die Umzugskiste.

Gemeinsam zerrten sie schließlich die durchgelegene Matratze aus dem Bett. »Wir nehmen nur den Holzrahmen mit, das muss reichen«, entschied ihr Vater schwitzend.

Geschickt löste er Kopf- und Fußende von den Seitenteilen, und sie schleppten die schweren Holzplanken nach unten. Als sie die Küche passierten, schien die Sonne durch die mit Essigwasser und Zeitungspapier gereinigte Scheibe und ließ die anderen noch blinder wirken. Die gleißende Helligkeit tat in den Augen weh.

Als alle Arbeit getan war, saßen Sara und ihr Vater schweigend auf den gepackten Kisten vor dem Haus, jeder hing seinen Gedanken nach.

Dann bog Lars mit dem Lieferwagen auf den Hof und bremste so heftig, dass der Kies unter den Rädern knirschte.

EIN TRIO AUF DEM
TRAKTOR

Ruth saß am Tisch, über eines ihrer alten Fotoalben gebeugt. Das Alleinsein fühlte sich seltsam an. Walter war, wie geplant, direkt aus der Klinik Bedburg-Hau in das Apartment von Bernd Angenendt gezogen. Klaus hatte ihm den Schlüssel zu Ruths Wohnung abgenommen, und seitdem saß Walter in seinen eigenen vier Wänden und schmollte.

Eigentlich war Ruth am Ziel. Sie konnte tun und lassen, was sie wollte, in den Singkreis gehen, ihre Freundinnen empfangen, sie war frei. Es war nur so, dass sich das Glücksgefühl nicht einstellen wollte.

Wenn sie ehrlich war, dann vermisste sie Walter. Oder vielleicht eher die gemeinsamen Gewohnheiten, und dazu gehörte auch, sich spätestens bei der Zeitungslektüre darüber aufzuregen, dass er nicht las. Ihr fehlte es beinahe, dass er im Weg herumstand, sein Fingernagelknipsen, sogar ihr eigenes Gezeter, er solle mit dem Knipsen aufhören. Im Grunde war es angenehm gewesen, einen Sündenbock zu haben, einen Verantwortlichen, dem sie die Schuld für die verlorenen Jahre geben konnte. Und nun, da er weg war, musste sie sich auch mit ihrem persönlichen Scheitern auseinandersetzen.

Sie war es gewesen, die entschieden hatte, bei ihm zu bleiben. Sie hatte sich in ihrem Gefängnis eingerichtet und niemals wirklich an der Tür gerüttelt. Und aus dieser Einsicht resultierte Scham. Niedergeschlagen blätterte sie in dem Fotoalbum. Sie lächelte bei einem Bild von Lotta. Es musste zum Karnevalsauftakt am 11. 11. 1977 entstanden sein. Lotta hatte sich ein Kostüm genäht, das ihre Babykugel wie einen Fußball aussehen ließ. Sie wollte Sepp Maier darstellen, mit Lockenperücke und großen Arbeitshandschuhen.

Nach dem Tod des Schwiegervaters hatte die beste Zeit ihres Ehelebens begonnen, was nicht zuletzt an Lotta gelegen hatte, die so viel Schwung und Freude ins Haus gebracht hatte. Sie war ein Engel gewesen. Ein *Engel mit 'nem B* davor, dachte Ruth und lachte in sich hinein.

Mit Lotta schien alles leicht. Sie war ungezwungen, lustig und agil. Sie war tatsächlich eine jüngere Version von Josefine Gielen. Wenn sie mit Lotta unterwegs war, wagte Walter es nicht, sie zurückzuholen oder gar am Weggehen zu hindern. Vermutlich fürchtete er den Zorn seines Sohnes. Und so nahm Ruth sich so manche Tollheit heraus. Zum Beispiel die Demo in Kalkar.

368

Sie wusste nicht mehr, was sie Walter erzählt hatte, sie erinnerte sich nur, dass er darauf bestanden hatte, sie müsse nach dem Tod ihres Schwiegervaters ein Jahr Trauer tragen, weshalb sie tiefschwarz gekleidet nach Hönnepel gefahren war, was für Furore gesorgt hatte. Die jungen Leute hatten ihr zugenickt, weil sie dachten, sie würde Trauerflor als Protest gegen Atomkraft tragen. Sie schüttelte den Kopf, fassungslos über sich selbst. Was hatte sie da nur geritten, es hätte wer weiß was passieren können.

Ruth warf einen Blick auf die Uhr, stand auf und ging in die Küche. Sie würde ein paar Plätzchen zum Kaffee reichen, das musste genügen.

Sara kam, um sich zu verabschieden, bald würde das Wintersemester in Cambridge beginnen. Natürlich würden sie weiterhin regelmäßig telefonieren, aber dass Sara so häufig wie bisher nach Winnenthal käme, hielt Ruth für unwahrscheinlich. Wenn sie nur die Wochenenden mit ihren Männern verbringen konnte, würde sie von dieser knapp bemessenen Zeit bestimmt nicht noch etwas für die alten Großeltern abzwacken können. Ruth verzichtete gern, wenn es dem Frieden zwischen Lars und Sara diente. Sie nahm sich vor, ihrer Enkelin den Abschied nicht schwerer zu machen als nötig.

Da hörte sie ein Klopfen, dann den Schlüssel im Schloss. Sara begrüßte sie mit einem Kuss.

»Na, schmeckt dir die Freiheit noch?«, fragte sie

mit gespielter Fröhlichkeit, und Ruth überlegte, ob sich dahinter ein Tadel verbarg.

»Ich mache mir langsam Sorgen um Walter. Ich fürchte, er lässt sich von den Pflegerinnen nicht richtig waschen, und ich weiß nicht, ob er ordentlich angezogen ist. Schwester Carmen sagt außerdem, er isst nicht gut.«

»Oma, du hast ein schlechtes Gewissen. Das ist alles. Aber auch wenn deine Aktion wirklich nicht in Ordnung war, wir haben Verständnis für deinen Wunsch nach etwas Abstand. Und mit Bernds Apartment haben wir doch eine gute Lösung gefunden.«

»So viel Abstand brauche ich im Grunde gar nicht. Einfach mal mit den Freundinnen zusammensitzen, etwas alleine unternehmen und singen, mehr habe ich nicht gewollt. Wir müssten nicht zwei Apartments haben, das ist auch viel zu teuer.«

Sara sah sie skeptisch an. »Hast du ihm etwa den Schlüssel zurückgegeben?«

Ruth schaute betreten zu Boden. Sie hatte sich vorgenommen, eisern zu bleiben, doch als er vor ihrer Tür gestanden hatte, war sie schwach geworden. Er hatte sie so verloren angeschaut, da hatte sie ihm den Schlüssel in die Hand gedrückt. »Wage es ja nicht, einfach so hereinzukommen«, hatte sie streng hinzugefügt. Dann hatte sie ihn hereingebeten und ihm etwas zu essen gemacht.

»Oma!«, riss Sara sie aus ihren Gedanken.

»Ja, was sollte ich denn tun? Er ist doch mein Mann«, verteidigte sie sich, und Sara schlug sich vor die Stirn. »Ich fasse es nicht«, stöhnte sie.

Ruth kam sich vor wie eines dieser Zootiere, die in die Freiheit entlassen werden sollen, aber partout nicht aus dem Käfig herausgehen. Der Mensch ist ein Gewohnheitstier, dachte sie. »Lass mal, mir geht es gut. Schau mal, ich habe ein altes Fotoalbum gefunden. Auf diesen Bildern ist deine Mutter gerade schwanger mit Anna.«

Sara betrachtete das Foto. »Du willst doch nur ablenken«, sagte sie.

»Richtig. Und nun lass gut sein. Ich lasse mir doch nicht von einer jungen Göre vorschreiben, wie ich zu leben habe.« Sie zwinkerte ihrer Enkelin zu.

»Was macht ihr da?«, fragte Sara mit Blick auf eines der Fotos, das Ruth mit Lotta und Josefine in einem Pulk junger Menschen zeigte.

»Wir demonstrieren«, antwortete Ruth stolz. »Wir protestieren gegen den Schnellen Brüter in Kalkar.«

»Quatsch, echt? Ich wusste ja gar nicht, dass du in dieser Szene aktiv warst.«

»Na ja, wohl eher deine Mutter. Ich bin als Anstandswauwau mitgefahren. Und da war noch deine Urgroßtante Josefine mit dabei. Wir waren befreundet. Mein Gott, war das eine verrückte Nudel.« Ruth erinnerte sich noch lebhaft an den Tag.

Josefine und Lotta waren entfernt verwandt gewesen mit Josef Maas, dem berühmten Bauern aus Hönnepel, der die Anti-AKW-Bewegung durch seine Klagen erst so richtig in Gang gebracht hatte. Und natürlich wollten sie unbedingt an seiner Seite gegen die todbringenden Strahlen kämpfen. Josefine war derart begeistert, dass sie Ruths Verzagtheit einfach ignorierte. »Wir fahren alle drei auf meinem Trecker bis nach Hönnepel und protestieren. Es kann ja nicht sein, dass die den Bauern hier so ein Ding vor die Nase stellen. Nachher kauft niemand mehr unsere Milch wegen der Strahlen, niemand will mehr unsere Eier, unser Fleisch und unser Getreide aus Angst vor Krebs. Wovon sollen wir dann leben? Und stellt euch nur vor, das Ding explodiert! Macht kaputt, was euch kaputt macht.« Sie reckte dabei die Faust gen Himmel, und ihre Nichte Lotta strahlte sie an. »Alles klar, Tantchen, ich bin dabei«, antwortete sie, und Ruth fühlte sich in der Pflicht.

Sara blickte sie erwartungsvoll an, und Ruth war ganz in ihrem Element. Begeistert und detailreich schilderte Ruth, wie sie am 24. September 1977 gegen elf Uhr morgens auf Josefines Traktor stiegen, sich in die Kabine über dem Rad setzten, sie in Trauerkleidung, Lotta in einer großen Arbeitslatzhose, unter die ihre Babykugel passte, und am Steuer die fast siebzigjährige Josefine mit einem Kopftuch um die schlohweißen Haare.

»Sind das Wehen oder Schlaglöcher?«, rief Lotta

immer wieder, aber man sah ihrem breiten Grinsen an, dass sie nicht ernstlich besorgt war. Nach einer guten Stunde Rumpelei kamen sie etwa zwei Kilometer vor Kalkar an eine erste Straßensperre, wo die Polizeibeamten ob des merkwürdigen Trios ihren Augen nicht trauten.

»Meine Damen, das hier ist nichts für brave Frauen. Ich denke, Sie haben sich verfahren«, sagte der Wachtmeister, der sich auf den Tritt des Hanomag Robust gestellt hatte.

»Mein Herr, ich kenne in der Gegend jeden Trampelpfad«, antwortete Josefine. »Ich verfahre mich nicht.«

»Aber hier geraten Sie in eine riesige Demonstration!«

»Genau da wollen wir auch hin. Einen schönen Tag noch.« Und dann schlug sie ihm die Traktortür vor der Nase zu und gab Gas. Die Straße vor ihr war von Autos versperrt, die sich bis nach Kalkar hinein stauten, doch eine Josefine Gielen ließ sich davon nicht aufhalten. »Wozu haben wir denn einen Trecker?«, rief sie. »Festhalten!«, dann fuhr sie kurzerhand querfeldein. Ruth hüpfte auf dem unbequemen Sitz auf und ab und musste achtgeben, nicht mit dem Kopf an die Decke zu stoßen. Josefine fuhr mitten über das Feld, was, wie sie versicherte, kein Problem sei, da noch nicht wieder eingesät war. Woran sie das erkannte, war Ruth schleierhaft. Sie brausten geradewegs auf eine Kuhwiese zu, und einen Moment lang fürchtete Ruth, Josefine werde den Elektrozaun einfach überrollen, doch zwischen Wiese und Feld befand sich ein kleiner Ackerweg, auf den sie geschickt lenkte, und so holperten sie parallel zur Straße weiter ihrem Ziel entgegen. Ruth sah Polizisten, die wild fuchtelnd hinter ihnen aufs Feld liefen. Zur Linken winkten ihnen Demonstranten zu und johlten, während rechts auf der Wiese Kühe mit hocherhobenem Schwanz wild durcheinanderrannten und vor lauter Aufregung ein paar Fladen in die Luft schossen. Ruth wusste nicht, ob sie lachen oder weinen sollte. Einerseits hatte sie Angst, ins Gefängnis zu kommen, andererseits hatte sie sich nie zuvor in ihrem Leben so frei gefühlt.

Auch als die Polizei sie bei einer weiteren Straßensperre aufforderte, den Traktor stehen zu lassen, und wenn überhaupt, so doch bitte zu Fuß weiter in die Kalkarer Innenstadt zu gehen, ließ sich Josefine nicht beirren. »Meine Nichte ist schwanger! Das sehen Sie doch wohl, junger Mann.« Lotta strich demonstrativ über die prall gefüllte Latzhose. »Und ich bin bald siebzig. Respektieren Sie bitte das Alter und das ungeborene Leben!«, forderte sie den jungen Beamten forsch auf. Der arme Kerl befand sich in einem unauflöslichen Dilemma, wie man seinem hochroten Kopf ansah.

»Aber …«, stammelte er, »ich … darf Sie hier nicht weiterfahren lassen. Das ist doch verboten!«

»Unsinn, Jungchen«, erklärte ihm Josefine. »Ich fahre hier immer lang, und es war noch nie verboten. Nun geh mal runter von meinem Trecker, ich will meine Verwandten besuchen.«

»Ich darf Sie nicht durchlassen«, beharrte der junge Mann. Und dabei packte er das Lenkrad des Traktors. Doch sein Stimmchen war so unsicher, dass Josefine seine Hand mit einem einfachen »Pfff« wegwischte. »Ich fahre zum Bauern Maas auf den Hof. Und da stellen wir den Trecker ab. Versprochen!« Der Polizist schaute verzweifelt zu seinen Kollegen. Da diese anderweitig beschäftigt waren, zuckte er die Schultern und ließ sie passieren.

So waren die drei schließlich auf dem zum Bersten gefüllten Kalkarer Marktplatz gelandet und hatten dort mitten im Pulk unter der Bushaltestelle gestanden, als ein Fotograf der *Rheinischen Post* sie entdeckte und das Foto von ihnen machte, das Ruth all die Jahre in ihrem Fotoalbum aufbewahrt hatte.

Sara schmunzelte. »Ihr seht kämpferisch aus«, sagte sie. »Was hat Opa denn dazu gesagt?«

»Ha, dein Opa denkt bis heute, dass wir auf dem Friedhof die Gräber seiner Eltern neu bepflanzt haben«, sagte Ruth. »Er war aber auch recht friedlich in der Zeit, als deine Mutter bei uns wohnte.« Sie schaute gedankenverloren auf das Fotoalbum und blätterte weiter. Auch auf der nächsten Seite gab es eine Reihe Bilder, die sie mit Lotta zeigten. Beim

Karneval in Veen, mit Josefine bei einer Kutschfahrt und mit der neugeborenen Anna in Holland am Meer. »Weißt du, sie war wie eine Tochter für mich. Ich habe deine Mutter sehr gerngehabt.«

»Hast du verstanden, warum sie uns verlassen hat?«

Ruth hatte es in dem Moment gewusst, als Lotta anrief, um sich zum Kaffee anzumelden, und die Mädchen nicht mitbringen wollte. Klaus und Lotta lebten damals schon in Hannover. Klaus steckte mitten in der Habilitation und hatte eine Stelle im Klinikum Hannover in Aussicht. Lotta war es schwergefallen, den Niederrhein zu verlassen. Nachdem sie sich damit abgefunden hatte, ihr Architekturstudium aufzugeben, hatte sie sich, inspiriert durch die Demonstration in Kalkar, der neu gegründeten Partei *Die Grünen* angeschlossen. Walter hatte sich darüber sehr aufgeregt, denn diese »Verrückten«, wie er sie nannte, waren im ganzen Dorf verpönt. Man sah sie in den Nachrichten mit ungepflegten Haaren, langen Bärten, dazu Pullover, welche die Männer auch noch selbst strickten. Den Ausdruck »Scheiß-Emanzen«, die »ein vernünftiger Mann nicht einmal mit der Kneifzange anfassen würde«, hatte er vom Sonntagsfrühschoppen mitgebracht, und er verbat sich einschlägige Politik-Parolen in seinem Haus. Lotta hielt sich erst daran, als Ruth sie inständig darum bat, sie solle es ihr zuliebe tun, sonst müsse sie sich

wieder wochenlang das Gezeter ihres Mannes anhören. *Die Grünen* schafften tatsächlich den Sprung
ins Xantener Stadtparlament, und damit war Lottas
intensives Engagement auch schon wieder beendet.
Mit zwei kleinen Kindern konnte sie nicht die Zeit
aufbringen, die notwendig gewesen wäre. Als Klaus
bald darauf die Habilitationsstelle in Hannover bekam, freute er sich sehr darüber, endlich mit seiner
Familie zusammenzuleben, doch Lotta musste dafür
viele Freiheiten aufgeben. Sie hatte niemanden mehr,
der zwischendurch auf die Kinder aufpasste, und sie
musste sich allein um den Haushalt kümmern.

»Sie fühlte sich verloren, in Hannover und in ihrem Leben«, erklärte Ruth ihrer Enkelin. »So hat sie
es formuliert. Und sie war auf der Suche nach dem
Sinn ihres Lebens, vielleicht nach sich selbst.«

Sara nickte. Es war ein Nicken, mit dem der Verstand eine Erkenntnis hinnimmt, die bis zu den Gefühlen noch nicht vorgedrungen ist. Ruth beobachtete ihre Enkelin eine Weile, bis sie das Schweigen
nicht mehr aushielt.

»Ich habe ihre Entscheidung nicht gutgeheißen,
ich hätte mich niemals so entschieden. Aber vielleicht war ich nur nicht mutig und stark genug für
ein eigenes Leben. Ich habe mich für das Leben meines Sohnes entschieden«, sagte sie nachdenklich.
Sara zeigte zunächst keine Reaktion.

»Papa sagt, sie hat es bereut, gegangen zu sein.

Und du? Hattest du den Eindruck, dass sie glücklich geworden ist?«, fragte Sara nach einer Weile. Ruth wusste es nicht. Sie hatte bis zu Lottas Tod Kontakt mit ihr gehalten, immer in der Hoffnung, sie würde eines Tages zu ihrem Sohn zurückkehren, der, so wusste Ruth, nie aufgehört hatte, sie zu lieben. Lotta vermisste ihre Familie, daran ließ sie in den Briefen keinen Zweifel, sie schrieb von durchwachten Nächten, in denen sie sich wieder und wieder den Kopf zermarterte, und konnte doch nicht zurückkehren. Ruth wusste nicht, ob Lotta jemals gefunden hatte, wonach sie suchte, ob sie es je hätte finden können.

»Ich glaube, Glück war nicht die Kategorie, an der sie ihr Leben bemessen lassen wollte«, antwortete sie schließlich.

Sara nickte wieder. »Es fällt mir schwerer, als ich erwartet habe, nach Cambridge zu gehen«, gestand sie unvermittelt, und ihre Augen begannen verdächtig zu glänzen. »Ich habe heute ein paar Kisten gepackt, mit Büchern und Fotos. Und dann kam Paul und hat mir seinen Stofffrosch in einen der Kartons gelegt. Das hat mir irgendwie den Boden weggezogen.«

Ruth wusste nicht, was sie zum Trost hätte sagen können. Es war eine Konsequenz ihrer Entscheidung, die musste ihre Enkelin allein tragen, auch wenn es Ruth wehtat, sie leiden zu sehen.

Egal, wie emanzipiert die Gesellschaft heutzutage auch sein mochte, es blieben doch die Frauen, die neun Monate lang schwanger waren und die Kinder gebaren, deshalb würde es ihnen auch immer Kummer bereiten, sich von ihnen abzunabeln. Ruth schien es wichtig und richtig, dass ein Kind bei seiner Mutter aufwuchs, wenn man sich schon entscheiden musste. Aber sie fand es unangemessen, ihrer Enkelin all das zu sagen. Sara hatte sich schließlich entschieden.

»Entschuldige«, schniefte Sara, »ich weiß nicht, was in mich gefahren ist. Eigentlich ist alles gut. Ich bin natürlich ein bisschen aufgeregt, aber ich freue mich sehr auf meine neue Aufgabe.«

Eine Weile saßen sie schweigend nebeneinander, dann fingen sie gleichzeitig an zu reden. »Noch Kaffee?«, fragte Ruth. »Soll ich dir noch etwas einschenken?«, fragte Sara. Sie lachten und aßen dann gedankenverloren die Püfferken, die Ruth aufgetischt hatte. Ruth sah ihre Enkelin prüfend an. Sie sah traurig aus, fast verzweifelt.

»Denkst du, du kannst deine alte Oma *vergackeiern*?«, fragte sie geradeheraus. »Was hast du noch auf dem Herzen?«

»Weißt du, bis Mama uns verlassen hat, habe ich schöne Erinnerungen an unsere Familie. Das klingt vielleicht total bescheuert, aber ich muss auf einmal wieder an die Nachmittage denken, wenn wir von der Schule kamen und Anna und ich mit Mama Hausaufgaben gemacht oder in der Küche gespielt haben. Auf dem Tisch lag immer dieselbe alte Wachsdecke.«

»Oh mein Gott, ich habe deine Mutter so oft angefleht, das olle Ding wegzuschmeißen. Die war von oben bis unten vollgekrakelt«, sagte Ruth.

Sara grinste. »Ja, sobald ich schreiben konnte, habe ich Herzchen daraufgemalt, in denen stand ›Anna liebt Oliver‹ oder irgendeinen anderen Jungen. Das hat sie zur Weißglut gebracht.« Sie überlegte. »Und weißt du, natürlich habe ich Angst, Paul solche Erinnerungen vorzuenthalten. Und dann ermahne ich mich, dass es Unsinn ist, dass er andere schöne Kindheitserinnerungen haben wird.«

Ruth tunkte ihr Püfferken in den Kaffee. »Paul schafft das schon. Ich mache mir nur Sorgen um dich. Ist dieses Stipendium es wert, dass du dein Glück und deine Liebe riskierst?«

Sara wollte so etwas nicht hören. Da war sie ganz wie ihre Mutter. Sie runzelte die Stirn und ballte die Hände zu Fäusten.

»Lars ist sehr verletzt, weil er nicht versteht, warum mir das alles zum jetzigen Zeitpunkt so wichtig ist. Er hätte halt lieber ein zweites Kind bekommen.« Sie atmete tief durch. »Aber das geht ja auch noch in zwei Jahren«, sagte sie mehr zu sich selbst.

»Hör auf, dich zu quälen, mein Schatz«, beeilte Ruth sich zu sagen. »Du hast dich entschieden, und so wie ich dich kenne, wirst du es auch durchziehen.

Bedenke nur eins: Wenn du einen Fehler machst, sei nicht zu stolz, ihn zu korrigieren.«

Hoffentlich geht das gut, dachte Ruth, nachdem sie die Tür hinter Sara geschlossen hatte. Merkwürdigerweise hatte sie mehr Vertrauen in Lars als in ihre eigene Enkelin, die sie für wankelmütig hielt. Vielleicht sollte sie Lars und Paul in der nächsten Zeit regelmäßig zum Altbiersteak einladen. Für Paul natürlich ohne Marinade. Sie nahm sich vor, Lars gleich am Montag anzurufen und einen festen Tag in der Woche auszumachen.

Sie griff nach dem alten Teewagen, den sie von der Bönninghardt mit nach Winnenthal gebracht hatte. Darauf packte sie einen Brotkorb mit je zwei Scheiben Rosinenbrot und Schwarzbrot, Zungenwurst, Margarine und Rübenkraut. Sie sortierte die Medikamente für Walter und sich und legte sie in zwei Döschen auf den Servierwagen. Dann stellte sie Geschirr dazu, Milch, eine kleine Dose Caro-Kaffee und machte sich auf den Weg ins Erdgeschoss. Dort, wo früher Bernd Angenendt gewohnt hatte, stand nun »Walter van Rennings« auf dem Klingelschild. Ruth schüttelte den Kopf. *Dat schlimmste Leid is dat, wat man sich selbst andeit,* murmelte sie und schloss die Tür auf.

EIN FINGERZEIG

Bin im Krankenhaus. Paul verletzt. Akku leer. Melde mich. Lars

Sara hatte gerade die Burg verlassen, als sie den Signalton ihres Handys vernahm. Die SMS versetzte ihr einen Stromschlag, und sie wählte sofort Lars' Nummer. Die Mobilbox sprang an, das Handy war ausgeschaltet. Sie wählte die Nummer des Handys, von dem die SMS geschickt worden war.

»Hallo, hier ist Katharina. Ich kann gerade nicht ans Telefon gehen, aber hinterlasst mir doch bitte eine Nachricht.« Es war eine tiefe, schöne Frauenstimme, die Sara nicht bekannt war. Es piepte, und Sara wusste nicht, was sie sagen sollte. Sie legte auf. Ihr Herz klopfte heftig. Kopflos rannte sie zum Auto, ihr Handy zeigte mehrere nicht angenommene Anrufe an.

Lars hatte beschlossen, die letzten Sonnenstrahlen des Altweibersommers zu nutzen, um mit Paul an die Xantener Südsee zu fahren. Von dort aus hatte er offenbar mehrfach angerufen, aber in der alten

Wasserburg mit ihren dicken Mauern gab es einige Winkel, in denen kein Netz vorhanden war. Sie rief erneut die Nummer der fremden Frau an.

»Hallo?«

»Ja, äh, guten Tag. Mein Name ist Sara van Rennings. Ich habe von Ihrem Handy eine Nachricht meines Mannes bekommen.«

»Richtig. Lars, also der Vater von Paul, das ist Ihr Mann?«

»Wir sind nicht verheiratet«, erklärte Sara und schämte sich im selben Moment für die Aussage. »Was ist mit meinem Sohn?«, fragte sie.

»Ich weiß es nicht. Aber machen Sie sich keine Sorgen. Lars hat sich wirklich gut gekümmert. Ihr Sohn hat stark geblutet. Er muss wahrscheinlich genäht werden. Sie sind ins Krankenhaus nach Xanten gefahren.« Die vertrauliche Art, mit der die fremde Frau über Saras Familie sprach, war ihr zutiefst unsympathisch. Sie brachte noch ein kurzes »Danke« heraus und legte auf. Wenige Sekunden später saß sie im Auto. Sie fuhr zu schnell und schlingerte in den Kurven. Sie musste sich beruhigen, aber es gelang ihr nicht. An der Kreuzung Richtung Veen, die wie immer im Sommer zugewachsen war, stoppte sie energisch. Man konnte die Straße nur schwer einsehen. Sara zwang sich, sorgfältig nach links und rechts zu schauen, bevor sie weiterfuhr. Sie fuhr über den Xantener Berg, vorbei am Elternhaus ihrer Oma, und bog kurz darauf links zum Sankt Josef-Hospital ab. Außer Atem kam sie am Empfang an.

»Mein Sohn ist hier eingeliefert worden. Paul. Paul van Rennings. Sein Vater hat ihn hergebracht, er heißt de Vries. Vielleicht ist er unter dem Namen eingetragen.« Hinter der Empfangstheke saß eine gemütliche ältere Schwester, die offenbar nicht im Mindesten daran dachte, sich von Saras Hektik anstecken zu lassen.

»Mit F oder mit V?«

»Vater-Vau«, antwortete Sara unkonzentriert und sah sich unruhig um.

»Ich weiß, wie man Vater schreibt. Ich wollte wissen, wie sich der Herr de Vries schreibt. Mit F oder mit V?«

Sara schaute die Schwester verständnislos an.

»Lassen Se mal, ich hab ihn schon. Der kleine Paul, nicht wahr. Oje, die arme Maus.«

»Was hat er denn?«, fragte Sara flehentlich.

»Da müssen Sie den Arzt fragen. Doktor Havelbot behandelt ihn schon im OP. Gehen Sie mal den Flur runter ins Wartezimmer. Da wird man Ihnen weiterhelfen können.«

Havelbot macht Menschen tot, schoss es Sara unfreiwillig durch den Kopf. Doktor Havelbot war ein Urgestein im Xantener Krankenhaus, und von jeher hatten Patienten sich diesen Spruch zugeraunt, wenn sie ins Krankenhaus eingeliefert wurden. Ob das etwas mit seinen chirurgischen Qualitäten zu tun hatte, wollte Sara in diesem Moment lieber nicht wissen. Aber es beruhigte ihre Nerven, an die albernen Sprüche zu denken, die den Niederrheinern zur Verballhornung von Namen einfielen, während sie den Flur hinunterrannte. Theussenbrot macht Zähne tot. Auch das hatte nicht gestimmt, beruhigte sie sich. Das Brot war vorzüglich.

Sie bog um die Ecke und sah Lars. Sie erschrak bei seinem Anblick. Er war kreidebleich, sie schauten einander stumm an. Sara verspürte keinen Drang, ihn zu umarmen. Als Lars zu sprechen begann, wirkte er kühl, abgeklärt, fremd.

»Es ist nicht so schlimm, wie es aussieht. Sie haben mich rausgeschickt, weil mir flau geworden ist und sie nicht noch einen zweiten Patienten gebrauchen konnten. Mit Paul wird bald wieder alles in Ordnung sein.«

»Was … was ist denn passiert?«, fragte Sara heiser.

»Er hat in eine große Glasscherbe gefasst und sich an der Fingerkuppe verletzt; der Schnitt war ziemlich tief.«

Saras Knie gaben nach. Sie ließ sich auf den nächstbesten Stuhl sinken und merkte, dass ihr Körper unkontrolliert zitterte. Trotz des Nervenflatterns machten sich langsam Erleichterung breit und die Erkenntnis, dass eine Fingerkuppe absolut verzichtbar war. Ihr Kind würde leben. Das war das Wichtigste, und selbst Doktor Havelbot würde das nicht verhindern.

In dem Moment kam er auch schon aus der Tür zum OP-Trakt heraus und schob ein Plastikbett. »Wir haben ihm ein Schlückchen Schlafsaft gegeben, er wird gleich aufwachen, und dann ist er wie neu. Die Wunde ist genäht, waren nur ein paar Stiche, alle Finger sind noch dran. Waren doch fünf, oder?« Er grinste ihnen aufmunternd zu, während Lars und Sara ihn entgeistert anstarrten.

»Ja!«, sagte er schnell, als er merkte, dass sein Witz nicht angekommen war. »Wenn der kleine Peter aufwacht …«

»Paul!«, verbesserte Lars mechanisch.

»… wird er schreien, vielleicht sogar toben. Das hat nichts zu bedeuten, ist nur eine Art Kater nach dem Schlafmittel«, fuhr Doktor Havelbot ungerührt fort. »Falls er Schmerzen hat, geben Sie ihm einfach Kinder-Ibuprofen. Alles Gute.« Er kniff Paul sanft in die Wange und verschwand.

Sie wechselten kein Wort miteinander, als sie langsam zum Auto gingen. Sara machte Lars keine Vorwürfe, sie wollte einfach nur nach Hause. Auf Höhe der Raststätte Geismühle erwachte Paul und schrie erwartungsgemäß seine Empörung in die Welt. Noch nie war Sara über ein schreiendes Kind im Auto so glücklich gewesen. Ihr kamen die Tränen, und sie sah den Verkehr für einen Moment nur durch einen Schleier. Erst als sie vor ihrer Haustür einparkte, fühlte sie, wie ausgelaugt sie war. Sie merkte es daran, dass sie sowohl den vor ihr als auch den hinter ihr parkenden Wagen rammte. Nichts passiert, beruhigte sie sich, und sie fand es erbärmlich, dass Lars sofort ausstieg und alle drei involvierten Autos mit Argusaugen untersuchte. Hätte er so auf seinen Sohn aufgepasst, wäre Paul einiges erspart geblieben, dachte sie zornig.

Lars riss die Hintertür auf und befreite den weinenden Paul aus seiner Babyschale. Sanft nahm er ihn in den Arm, küsste das Kind liebevoll und schaukelte ihn. »Hoffentlich hat er von deinem Auffahrunfall nicht auch noch ein Schleudertrauma«, zischte er in Saras Richtung.

»Wie bitte?«, brach es aus ihr heraus. »Immerhin kommen wir gerade mit unserem Kind aus dem Krankenhaus, weil *du* nicht vernünftig aufgepasst hast.« Sie setzte eine wohlbedachte Pause und hob zum finalen Schlag an. »Weil du wohl gerade mit irgendeiner dummen Kuh beschäftigt warst.«

Lars blickte sie ausdruckslos an. Er ging die Stufen zu ihrer Hochparterrewohnung hinauf, schloss die Haustür auf. Dann drehte er sich um und sagte. »Bist du völlig verrückt geworden? Bist du in deinem blinden Eifer nicht mehr in der Lage, die Realität zu sehen? Du bist doch schuld an dieser ganzen Misere.

Du bist so wirr und überfordert von deinem Leben, dass du alles zerstörst, was in deiner Nähe ist. Und jetzt fährst du auch noch drei Autos zu Schrott. Reiß dich mal zusammen.«

»Es waren vielleicht zwei Kratzer in irgendeinem Scheiß-Lack. Du hast unserem Sohn fast die Hand abgeschnitten.«

»Paul! Unser Sohn hat einen Namen. Er heißt Paul, und wenn ihn irgendjemand in Gefahr gebracht hat, dann ja wohl du.«

»Ich bringe Paul in Gefahr, weil ich beim Parken ein Auto anstoße? Du hast sie ja nicht alle. Wer hat denn am Baggerloch nicht auf ihn aufgepasst? Man kann ja von Glück sagen, dass er nicht allein ins Wasser gekrabbelt ist, während du mit irgendwelchen Weibern geflirtet hast.«

»Jetzt reicht's aber, Sara. Die Glasscherbe lag in seiner Spieltasche. In seiner Spieltasche, verstehst du?! Wie ist die denn da hineingekommen, frage ich dich. Kann es sein, dass du in deiner rappeligen Art, weil du schnell, schnell zur Arbeit musstest, um dich selbst zu verwirklichen, mal wieder ein Glas zerdeppert hast?«, fragte Lars bitter, und Sara fühlte sich ertappt. Neulich war ihr wirklich am Wickeltisch ein Glas aus der Hand gerutscht. Die Scherbe musste dabei in die Tasche geraten sein. Aber Lars hätte die Tasche ja kontrollieren können, er hatte nicht aufgepasst, weil er mit dieser Katharina zugange gewesen war, und das brüllte sie ihm nun auch besonders deutlich entgegen. In der Hoffnung, so ihr eigenes schlechtes Gewissen zum Schweigen zu bringen.

»Wer ist Katharina?«, fragte Lars, sichtlich überrascht.

»Na, deine Baggerloch-Begleiterin«, hörte Sara ihre triumphal verzerrte Stimme und konnte sich selbst nicht ausstehen.

»Ich habe mir vom nächstbesten Menschen ein Handy geliehen, weil mein Akku leer war«, sagte Lars kühl.

Paul schrie mittlerweile wieder. Lars hielt ihn noch immer im Arm, doch er schaute aus seinen rot geweinten Augen nur auf seine Mutter.

»Er braucht Nurofen«, sagte sie schnell. »Es ist im Küchenschrank oben. 2,5 Milligramm.« Sie beobachtete, wie Lars mit Paul in die Küche ging, und folgte ihm in die Wohnung. Wütend knallte sie die Tür mit voller Wucht zu. In diesem Moment kam Lars wutentbrannt zurück.

»Sag mal, muss das so laut sein? Wenn dich dein Leben hier so aggressiv macht, dann hau doch einfach schon morgen ab nach England.«

»Ach, darum geht es also. Habe ich mir doch gedacht, dass Pauls Verletzung nicht der Grund für dein Gebrüll ist. Ist der Herr sauer, weil sein Heimchen mal den Herd verlassen will? Tja, du kannst ja Katharina fragen, ob sie deinen patriarchalischen

Lebensstil teilen will.« Sara hatte jegliche Kontrolle über sich verloren. Frustration und Anspannung hatten die Oberhand gewonnen und ließen sie die abstrusesten Dinge sagen. Dann trat sie gegen den Schuhschrank, weil sie nicht wusste, wohin mit ihrer negativen Energie, woraufhin Paul wieder lautstark zu weinen anfing und Lars sie fest am Arm packte.

Er war weiß vor Zorn, ihr Handgelenk schmerzte. »Lass mich los, du tust mir weh«, rief sie und hatte den Eindruck, Lars würde nur noch fester zudrücken. Er kam ganz nah und flüsterte ihr bedrohlich ins Ohr. »Du gehst zu weit. Ich warne dich!«

»Was soll das heißen? Du kannst doch nur nicht ertragen, dass auch ich Erfolg habe.« Lars schlug mit der Faust gegen die Wand.

»Du bist ja kaum in der Lage, eine Halbtagsstelle und die Familie unter einen Hut zu bringen. Wie soll es werden, wenn du so etwas wie Karriere machst?«

Sie schrien inzwischen alle durcheinander, so laut sie konnten: Paul, Lars und Sara, bis es klingelte.

Lars riss die Tür auf und gab die Sicht auf einen Polizeibeamten frei.

»Ach, Sie kommen sicher, weil meine Frau die Autos gerammt hat. Entschuldigung, das ist gerade erst passiert, wir sind noch nicht dazu gekommen, unsererseits die Polizei zu informieren.« Der Beamte versuchte an ihm vorbei einen Blick in die Wohnung zu erhaschen.

»Ist Ihre Frau da?«

»Ja, aber ich glaube, es ist besser, wenn ich das regle. Ich bin auch der Fahrzeughalter«, sagte Lars. »Warten Sie, ich hole schnell die Papiere.«

»Wir sind nicht wegen der Autos da, Herr …«, der Polizist schaute auf das Klingelschild, auf dem kein Name stand.

»De Vries, mit V. Lars de Vries.«

»Man hat uns angerufen wegen Verdachts auf häusliche Gewalt. Kann ich bitte Ihre Frau und Ihre Kinder sehen?«

Lars drehte sich zu Sara um, er war mit einem Mal blass geworden. Sara brach der Schweiß aus.

»Ich bin hier«, sagte sie mit zitternder Stimme. »Es ist nichts. Mir geht es gut.« Der Beamte sah sie skeptisch an, er nickte einer Kollegin zu, die hinter ihm stand, nun in den Flur kam und Sara am Arm ins Wohnzimmer führte. »Wo sind Ihre Kinder?«

»Unser Sohn ist in der Küche. Er hat gerade Schmerzmittel bekommen«, hörte Sara sich sagen und biss sich auf die Lippen.

»Wir können Sie beschützen, Frau van Rennings. Wenn Sie wollen, können wir Ihren Lebensgefährten mitnehmen, bis er sich beruhigt hat.«

Sara schaute sie fassungslos an. »Nein, Unsinn. Es war doch gar nichts. Wir haben uns gestritten, sonst nichts.«

»Sind Sie verletzt?«, fragte die Beamtin. In dem

Moment kam der Polizist mit dem völlig verängstigten Paul auf dem Arm ins Wohnzimmer und zeigte seiner Kollegin wortlos die dick verbundene Hand.

»Hat er das getan?«, fragte sie eindringlich und streichelte Paul dabei die Wange.

»Ja … nein. Nein, das war ein Unfall. Der Kleine hat in eine Glasscherbe gefasst.« Sara machte eine Pause. Alles, was sie sagte, schien den Verdacht der Polizei nur zu bestätigen. Sie sog die Luft tief in ihre Lungen und versuchte, sich zu beruhigen.

»Und warum stehen Umzugskartons im Flur? Wollten Sie Ihren Mann verlassen?«

»Nein, ich werde künftig unter der Woche in England leben. Hören Sie, das ist ein Missverständnis. Ich weiß nicht, wer Sie gerufen hat, aber wir haben hier keinen Fall von häuslicher Gewalt. Mein Mann und ich haben uns heftig und laut gestritten. Das stimmt. Das Streitthema war genau die Verletzung, die sich unser Sohn heute zugezogen hat. Wir waren eben mit ihm im Krankenhaus und haben uns gegenseitig Vorwürfe gemacht. Aber mein Mann ist nicht gewalttätig.« Bis dahin hatte ihre Stimme gehalten, dann schlug Sara die Hände vors Gesicht und begann bitterlich zu weinen. »Wie tief sind wir nur gesunken«, schluchzte sie.

Lars kam ins Wohnzimmer. »Ich möchte bestätigen, was meine Frau gesagt hat. Wir haben uns unmöglich benommen, aber hier liegt kein Fall von

häuslicher Gewalt vor. Wir waren nur alle ziemlich …
aufgebracht.« Die Polizistin suchte Saras Blick, ihr
Kollege stellte Paul auf den Boden, der sofort zu seiner Mutter auf den Arm wollte. »Sind Sie sicher, dass
Sie keine Anzeige erstatten wollen?«, fragte sie noch
einmal, und Sara nickte. »Ganz sicher.«

»Gut!«, sagte der Polizist. »Dann verabschieden
wir uns. Wir finden allein hinaus.« Die Beamten gingen zur Haustür und begannen zu flüstern. »… dafür
meine Hand nicht ins Feuer legen« war das Letzte,
was von den beiden zu vernehmen war.

VON DRACHENTÖTERN
UND MINNESÄNGERN

Paul war völlig aufgekratzt. Er brabbelte wild auf Ruth ein, benutzte dabei sämtliche Vokabeln, die er beherrschte, gleichzeitig: Dino, boah, groß und Feuermann. Lars herzte sie zur Begrüßung. »Es war ein Empfang nach seinem Geschmack. Vor dem Tor stehen Ritter, drinnen gibt es einen riesigen Drachen, der fünfminütlich von Siegfried getötet wird, und es herrscht ein Lärm, der sogar ihn verstummen lässt.« Ruth lachte entzückt.

Burg Winnenthal feierte ein Mittelalterfest am Tag der Deutschen Einheit, und, wie die Heimleitung stolz mitzuteilen wusste, man rechnete mit insgesamt knapp tausend Besuchern, die aus dem Rheinland und den Niederlanden anreisen würden. Darunter verschrobene Mittelalterfans, aber vor allem Angehörige, denn es war das Herbstfest für die Bewohner der Seniorenresidenz.

Ruth hatte in der Kostümkiste von Ottilie Oymann gewühlt und ein blaues Samtkleid im Stile eines Burgfräuleins übergeworfen, dazu hatte sie sich, ebenfalls aus blauem Samt, ein Kopftuch umgebunden.

»Du siehst großartig aus, Mutti«, grinste Klaus. »Als wärst du der Nibelungensage entsprungen.«

»Na, ich bin eher Marketenderin oder Heroldin. Aber tatsächlich werde ich nachher an einem Stand noch ein Kapitel des Nibelungenliedes vortragen. Ihr dürft euch freuen. Und jetzt: Alle raus, damit wir nichts verpassen.«

Ruth setzte Paul vorne auf den Rollator, bat Lars, sie unterzuhaken, und so zogen sie los, Richtung Aufzug. Als sie unten ankamen, genoss Ruth die frische Luft. Es war ein herrlicher Tag, die Sonne schien, und es waren angenehme sechzehn Grad. Für Ruth war das Fest Nebensache, auch wenn sie in den letzten Wochen bei den Vorbereitungen geholfen hatte. Was für sie zählte, war die Tatsache, dass ihre drei Männer sie besuchten: Klaus, Lars und Paul. Sara war seit zwei Wochen in Cambridge, an diesen Zustand mussten sich alle erst gewöhnen.

Walter würde in seinem Apartment bleiben. »Das ist nichts für dich, es wird da draußen laut und ungestüm zugehen«, hatte Ruth ihn in seinem Beschluss bestärkt und verschwiegen, wen sie alles zur Feier eingeladen hatte. Ja, es war gemein, dachte sie, aber Walter hatte nun einmal für Feste nichts übrig, und wenn er in seiner muffeligen Art bei ihnen säße, würde das auch ihr die Laune verderben.

Ruth platzte fast vor Stolz, als sie mit ihrem Gefolge den Gang im Erdgeschoss entlangschlenderte. Alle sahen zu ihnen hinüber, und Ruth genoss es. »Klaus, da vorn steht Frau Dr. Janssen. Die musst du unbedingt begrüßen.« Sie zog ihren Sohn am Ärmel zu der älteren Dame. »Frau Dr. Janssen, darf ich Ihnen meinen Sohn Klaus vorstellen. Sie wissen sicher, dass er Herzchirurg ist. Klaus, Frau Dr. Janssen war Anästhesistin.«

Klaus begrüßte die alte Dame etwas verlegen und wechselte ein paar Sätze mit ihr. Dann verabschiedete er sich artig, aber Ruth wollte den Moment noch länger auskosten. »Und hier haben wir meinen kleinen Urenkel mit seinem Vater. Meine Enkelin ist gerade an einer wichtigen gynä… medizinischen Studie an der Universität Cambridge beteiligt. Deshalb kann sie heute nicht hier sein.«

»Mutti, maximal noch eine Begegnung dieser Art für heute, ja?«, raunte Klaus ihr ins Ohr, als sie weitergingen. Sie lachte. »Versprochen«, sagte sie und gab ihm einen Kuss auf die Wange. Ruth wusste, dass Klaus solche Auftritte peinlich und unangemessen fand, aber das war ihr egal.

»Guten Tag, Frau van Cleev. Haben Sie schon meinen Sohn kennengelernt? Professor Doktor Klaus van …« Ruth hielt inne, sie hatte Walter am anderen Ende der Eingangshalle erspäht. Ihr wurde heiß. Sie beendete die Vorstellungszeremonie abrupt und versuchte, die anderen so schnell wie möglich aus der Halle zu lotsen. Wenn sie mitten im Getümmel wären, würde Walter sie bestimmt nicht finden. Klaus sah sie erstaunt an, ging aber anstandslos mit. Zu spät. Kurz darauf hatte Walter sie eingeholt. »Du hast mir gar nicht gesagt, dass bei dem Fest auch Falkner sind«, sagte er vorwurfsvoll. Er nickte Klaus zu und ließ sich von Lars zur Begrüßung auf die Schulter klopfen. Dann beugte er sich zu Paul hinunter und wuschelte ihm liebevoll durchs Haar. »Na, mein Kleiner. Kommst du mit zu den Greifvögeln?«, fragte er, und zu Ruths Überraschung streckte das Kind ihm die Arme entgegen und strahlte. Es versetzte ihr einen Stich. »Dann gehen wir wohl besser alle zu den Falknern«, sagte sie seufzend. »Wir können Paul schließlich nicht mit Walter allein lassen. Er kann ja nicht so gut mit Kindern umgehen.« Mit einem Anflug von Eifersucht beobachtete sie, wie Paul nach Walters Hand griff und mit eifrigen Schrittchen neben seinem Urgroßvater an Gauklern, Schmieden, Schmuckhändlern und Steinmetzen vorbeistakste. Sie winkte ihrer Nachbarin, der griesgrämigen Frau Scholten, zu, doch sie konnte ihren Triumphzug nicht mehr genießen. Als sie aufblickte, waren Walter und Paul bereits aus ihrem Blickfeld verschwunden. Sie drängte ihre Begleiter in Richtung Greifvögel.

Auf halber Strecke standen Ottilie und Bernd, sie im Prinzessinnenkleid, er mit einer Laute im Arm.

»Wir sahen zwei Helden fahren, der eine reich an Jahren, der andere zart und klein«, sang er. Ruth konnte darüber nicht lachen. »Irgendjemand hat ihm gesteckt, dass hier Raubvögel rumflattern«, sagte sie. »Ich verstehe das nicht. Sonst will er keine Menschenseele sehen, und ausgerechnet heute stören ihn nicht einmal ein paar Hundert.«

»Nun lass ihn doch, Mutti. Er ist beschäftigt und vergnügt, also kümmere dich nicht um ihn«, erwiderte Klaus. Ruth brummelte noch ein bisschen vor sich hin, dann gab sie sich einen Ruck.

Als sie bei den Greifvögeln ankamen, traute Ruth ihren Augen kaum. Walter hatte sich einen Handschuh übergezogen, auf dem ein kleiner Turmfalke saß, er glühte vor Begeisterung. Paul dagegen war die Situation offensichtlich unheimlich, er versteckte sich zwischen den Beinen seines Urgroßvaters, dann rannte er los, seinem Vater in die Arme. Das ließ den Falken kurz nervös werden, er breitete seine Flügel aus und kackte Walter auf die Schuhe. Ruth sah, wie Klaus grinste und Paul ein keckerndes Lachen ausstieß.

Walter stand reglos da, schien alles um sich herum vergessen zu haben. Er ließ den Vogel nicht aus den Augen, als er sich hoch in die Lüfte schwang.

»Er sieht aus wie Teiresias, der den Vogelflug deutet«, unterbrach Bernd Angenendt den andächtigen Moment.

»Gut sieht er aus«, sagte Ottilie sichtlich beeindruckt. Und erst in diesem Moment fiel Ruth auf, dass Walter seinen schönen Hut trug. Sie hatte ihn bestimmt dreißig Jahre nicht mehr an ihm gesehen. Er stand ihm immer noch.

»Vielleicht sollten wir langsam weiterziehen, denn so wie ich meinen Vater kenne, kriegen den in der nächsten Zeit keine zehn Pferde hier weg«, sagte Klaus nach einer Weile. Er rief Walter zu, sie würden schon mal zu den Marktständen vorgehen. Die Szene mit dem Falken erinnerte Ruth daran, wie Walter einmal einen kleinen Waldkauz mit nach Hause gebracht hatte, um den er sich über Monate hinweg sorgsam kümmerte, bis der Kauz kräftig genug war, in der Natur zu überleben.

»Was wollen wir als Nächstes tun?«, fragte sie in die Runde. »Reiterspiele anschauen, einen Minnesang von Bernd und Ottilie anhören, ein paar Drachen töten oder zur Märchenerzählerin gehen?«

»Ich wäre mehr für Wildschwein und Met«, erwiderte Lars. »Mir hängt der Magen auf den Füßen.«

»Du armer Kerl hast ja auch niemanden, der für dich kocht«, entfuhr es Ruth. Sie hätte sich ohrfeigen können. »Das war natürlich nur ein Witz, aber ich wollte dir schon lange anbieten, dass du gerne mittwochs zu uns zum Essen kommen kannst. Ich koche dir und Paul dann etwas Leckeres«, sagte sie. »Du würdest mir einen Gefallen tun. Du weißt, wie sehr ich das Kochen liebe, aber für zwei lohnt sich das ja nicht.«

»Wieso für zwei?«, fragte Klaus irritiert.

»Und für mich alleine schon gar nicht«, korrigierte Ruth sich schnell und ignorierte die Frage.

»Das ist ein großartiges Angebot. Aber warum ausgerechnet mittwochs?«, fragte Lars.

»An allen anderen Tagen ist Singkreis, jetzt, wo wir in der heißen Vorbereitungsphase sind.« Sie schaute zu Bernd und Ottilie, die ihr zunickten. »Aber wir sind hier auf Burg Winnenthal flexibel. Also donnerstags. Abgemacht.«

Sie setzten sich an einen der Tische, die auf dem Gelände aufgebaut worden waren, und schauten in die Speisekarten. Klaus nahm ihre Bestellung auf und ging los, um Essen und Getränke am Tresen zu holen.

»Wie war denn eigentlich das Wochenende mit Sara?«, fragte Ruth Lars. Dass Bernd und Ottilie bei ihnen saßen, störte sie nicht. Die Antwort würde die beiden sicher genauso interessieren wie sie selbst. Sie rückte etwas näher an Lars heran, weil sie Mühe hatte, ihn bei dem lauten Treiben zu verstehen.

»Wir waren im Kernwasserwunderland, ein riesiger Freizeitpark, dort, wo früher der Schnelle Brüter stand. Sara hatte die Idee. Du hättest sie darauf gebracht, hat sie gesagt, weil du von einer Demo erzählt hast. Heute sind dort Achterbahnen und Hüpfburgen. Wir hatten einen tollen Tag. Wir wären gerne noch bei dir vorbeigekommen, aber Sara musste abends schon den Flieger zurück nehmen.«

»Ach, ich dachte, sie fliegt immer montags«, sagte Ruth erstaunt. Sie sah, wie Lars die Lippen zusammenpresste, bevor er antwortete. »Ja, das habe ich auch gedacht. Aber nun ist es, wie es ist, und wir müssen da durch.« Er küsste Paul aufs Haar. »Wir beide müssen da durch«, wiederholte er.

»Manchmal muss man die Zähne zusammenbeißen«, sagte Ruth mit fester Stimme.

Lars seufzte. Dann erzählte er von dem Streit, der mit einem Polizeibesuch geendet hatte. Er hielt ihr Pauls Finger entgegen, der nur noch mit einem bunten Pflaster beklebt war. »Wir waren an einem Punkt, wo ein kleiner Funke reichte, um alles explodieren zu lassen.«

Ruth nickte wissend. Dieses Gefühl kannte sie nur zu gut.

»Aber es war vielleicht das Beste, was uns passieren konnte«, schloss er. »Denn wir haben uns so schäbig gefühlt, dass wir beschlossen haben, etwas zu unternehmen. Wir haben Ann-Katrin angerufen, sie ist eine Freundin von Alexa, und haben uns mit ihr zusammengesetzt.« Die Mediatorin habe sie schonungslos alle Gedanken und Gefühle äußern lassen, erzählte Lars. »Ich bin immer noch nicht glücklich über das, was Sara macht, aber ich arrangiere mich damit.« Er legte Ruth die Hand auf den Arm. »Mach dir keine Sorgen, wir werden uns schon nicht trennen. Wir schaffen das.«

»Darf ich Ihnen die Zukunft vorhersagen?« Ruth erschrak, als sie Lili Heinemann neben sich auftauchen sah. Sie hatte eine große Glaskugel dabei, ein schwarzes Kopftuch umgebunden und die Augen mit dunklem Kajalstift umrandet. Sie trug schwarze lange Handschuhe und schwenkte eine Zigarettenspitze, die Lippen hatte sie feuerrot bemalt, wobei die Farbe in den kleinen Fältchen ein wenig zerflossen war.

»Herrgott, Lili, du siehst zum Fürchten aus!«, lachte Ottilie.

»Ich bin Madame Futurama und kenne Ihre Zukunft«, sagte Lili mit heiserer Stimme. Sie wollte sich zwischen Ruth und Lars quetschen, doch Ottilie zog sie zu sich herüber. »Du alte Schwarzseherin kommst mal schön zu mir. Der junge Mann hat glänzende Zukunftsaussichten, in die du dich besser nicht einmischst. Aber ich habe eine Frage.« Lili sah sie verdutzt an, doch Ottilie ließ nicht locker. »Komm, setz dich mit deiner Glaskugel hierher.« Sie rückte von Bernd Angenendt weg, sodass eine Lücke für Lili entstand. Ruth war gespannt, was sie sich nun wieder ausgedacht hatte. Lili spielte mit. Sie blickte konzentriert in ihre Glaskugel, in der sie vermutlich nichts anderes zu sehen bekam als ein Zerrbild ihrer selbst.

»Hast du es?«, fragte Ottilie. »Kannst du etwas sehen?« Lili nickte. »Also gut, liebe Madame Futterama, sage mir doch, wie es um meine Zukunft bestellt ist. Siehst du einen Herzbuben eng an meiner Seite?«

»Ich schaue in die Kugel und lege keine Karten«, sagte Lili schnippisch, »und ich heiße Madame Futurama.« Sie drehte sich indigniert zu Bernd um und schaute dann wieder in die Glaskugel. »Also«, sagte sie gedehnt, »Sie haben Glück, die Kugel zeigt mir etwas, es ist noch verschwommen.« Sie warf noch einen kurzen Blick auf Ottilie und fuhr dann lächelnd fort. »Die Wolken lichten sich, und ich kann deutlich einen Ring erkennen. Er liegt an einem Ort mit sehr viel Schmuck, geschmiedet aus einundneunzig Schlägen, für jedes Lebensjahr einen.«

Ruth schaute vorsichtig zu Bernd Angenendt, der einen hochroten Kopf hatte.

»Ich geh mal lieber«, sagte der genötigte Herzbube tonlos. »Vielleicht braucht Walter meine Hilfe bei den Greifvögeln.«

Die kleine Gesellschaft schaute ihm verwundert nach. »Versteht der keinen Spaß?«, fragte Lili in die Stille hinein.

»Lili, du hast wirklich keine Ahnung von Männern. Wie kannst du ihn so unter Druck setzen?«, sagte Ottilie vorwurfsvoll.

Gekränkt sah Lili in die Runde. Klaus stand auf

und brachte die Teller zurück, Lars nahm Paul auf den Arm und beteuerte, er habe ihm schon die ganze Zeit versprochen, zum Drachen zu gehen.

Und so blieben die drei Frauen allein zurück.

»Er wird sich schon wieder einkriegen«, sagte Ruth beschwichtigend. Nur gut, dass Lili so etwas nicht mit Lars gemacht hat, dachte sie. Bei der angespannten Situation mit Sara hätte der Schuss nach hinten losgehen können.

»Ich glaube, in Anbetracht der Lebensdauer von Ottilies Ehemännern hat der Schiss gekriegt«, sagte Lili und biss sich auf die Lippen.

»Ach, du Tröte«, sagte Ottilie nur, konnte sich aber ein Lachen nicht verkneifen.

»Ich glaube, er hat eher vor dir Angst gekriegt«, sagte Ruth. »Walter fürchtet auch um sein Leben, wenn du in seiner Nähe bist.«

Lili schürzte die Lippen. »Es kann nicht schaden, wenn auch mal die Männer Angst vor den Frauen haben. Ich kannte es in meinem Leben nur umgekehrt.«

Ruth nickte nachdenklich. Eine Weile schwiegen sie wieder, dann warf Ruth einen Blick auf ihre Armbanduhr. »Ich werde jetzt mal eine Runde in Drachenblut baden«, sagte sie. »Die Heldensage, Abenteuer 39 wartet auf mich. Ich bin für das Ende der Nibelungen eingeteilt. Kommt ihr mit?«

Sie schlenderten gemeinsam durch den Schlosspark und machten kurz an einem Stand halt, an dem der Rheinische Hansebund und die dazugehörigen niederrheinischen Städte, Wesel, Kalkar und Emmerich, erklärt wurden. Eine Kiste mit grobem Salz aus Lüneburg, dem damals wichtigsten Handelsgut, war dort ausgestellt, zum Teil bereits in kleine Säckchen zum Verkauf abgepackt.

»Sollen wir etwas davon für unseren Lieblingskoch, den langen Rainer, mitbringen?«, fragte Ruth und erntete lautstarke Zustimmung. Dann gingen sie weiter zum Zelt der Nibelungen. Davor standen aus Pappmaschee geformte Figuren: Siegfried und der Xantener Dom. Neben dem Helden, Feuer speiend, ein Furcht einflößender Drache, auf dessen Hals Paul saß. »Der moderne Held tötet den Drachen nicht, er zähmt ihn«, sagte Lars grinsend, als sie bei ihm angekommen waren.

Ruth ging in das Zelt und löste eine Dame aus dem zweiten Stock auf der Bühne ab. Sie setzte in Ruhe ihre Lesebrille auf und genoss die gespannte Erwartung im Zuschauerraum. Als sie ihren Vortrag begann, war ihre Stimme zunächst noch etwas brüchig, doch mit jedem Satz wurde sie fester. Nach zwanzig Minuten sprach sie voller Inbrunst die letzten Strophen: »Da waren auch die Stolzesten erlegen vor dem Tod; die Leute hatten alle Jammer und Herzensnot; mit Trauer war beendet des Königs Lustbarkeit; wie die Liebe Leiden stets am Ende leiht.« Sie brachte die Mär zu Ende und genoss den Applaus. Ein wenig bedauerte sie, dass Walter sie nicht sah. Sie hätte ihm gerne gezeigt, wie gut sie auf der Bühne war.

Im Moment klappte es zwischen ihnen immerhin ganz passabel. Sie kümmerte sich um ihn, so gut es ging. Er wollte dafür nicht mehr jedes Mal wissen, was sie vorhatte. Fragte er doch, so benutzte sie eine Notlüge um des lieben Friedens willen, die Walter hinnahm. Aber sie machte sich nichts vor. Auch früher hatte es entspanntere Phasen gegeben. Das konnte sich schnell ändern.

Als das Zelt sich leerte, kam plötzlich Bernd Angenendt hereingestürzt. »Hier seid ihr«, schnaufte er außer Atem. »Meine Holde, ich hatte schon befürchtet, ich würde dich nicht wiederfinden.« Ottilie zog eine Augenbraue hoch, dann kniete Bernd vor ihr nieder. Er stützte seine Laute auf den Oberschenkel und begann, in dieser Position etwas wackelig, zu singen, einen selbst gedichteten Text im Stile eines Minnesangs.

Mitten im Lied nestelte er nervös in seinem Wams, zog einen Ring hervor und hielt im Zelt der Nibelungen zum Erstaunen aller um Ottilies Hand an.

EINE SELTENE VERBINDUNG

»Ja?!« Sara hörte ein Krächzen in der Leitung. Sie hatte ihre Oma erwartet. »Hallo? Wer ist da?«, fragte eine vertraute männliche Stimme.

»OPA? Hier ist Sara.« Sie überlegte einen Moment. »Habe ich deine Nummer gewählt?«

»Nein, ich bin hier bei der Omi. Aber die ist nicht da. Die bekommt fast jeden Abend Massagen. Und ich …«, er schien zu überlegen, »… passe solange auf ihr Apartment auf. Aber ich schlafe immer bei mir«, fügte er schnell hinzu. Sara fragte sich, ob ihre Oma wusste, dass Opa sich bei ihr aufhielt. Vermutlich waren die beiden dazu übergegangen, sich zu beschwindeln, statt sich zu streiten. Sie beschloss, es dabei zu belassen.

»Wie geht es dir denn?«, fragte sie.

»Das Apartment von Bernd ist sehr ruhig. Und es ist schön, dass die Bilder von meinen Eltern wieder hängen. So gehört sich das. Aber es ist schon sehr weit weg von meiner Ruth.«

»Bist du deshalb heute Abend bei Oma, weil du dich sonst einsam fühlst?«

»Nein«, sagte er gedehnt. »Aber ich muss doch auf sie achtgeben. Das habe ich doch immer gemacht, sie ist doch meine Frau. Ein Mann muss auf seine Familie achtgeben. Was sollen die Leute denn denken, wenn ich sie ganz allein lasse. Die fangen noch an zu tratschen.«

»Opa«, sagte Sara versöhnlich, »niemand tratscht über dich. Und auf Burg Winnenthal muss ein Mann nicht mehr auf seine Frau aufpassen. Schon gar nicht auf Omi. Die kommt gut allein zurecht.«

»Weißt du noch, als wir zwei früher zusammen einkaufen gegangen sind, weil die Omi Rheumaschmerzen hatte? Und wie wir dann immer in Alpen in die Eisdiele gegangen sind? Du hast eine Kugel Schoko bekommen, und ich habe einen Cappuccino bestellt. Und die Bedienung hat immer geschwärmt, dass ich ein moderner Mann sei, der für die Ehefrau einkaufen geht und ein solches Getränk bestellt. Das hat im Dorf sonst niemand gemacht. Ich bin nicht so altmodisch, wie du denkst, aber ich weiß, was sich gehört, damals wie heute.«

Sara hörte geknickten Stolz in seiner Stimme und hielt nicht dagegen. Ihrem Opa wurde in letzter Zeit genug an Veränderung zugemutet, sie wollte ihm nicht auch noch seine traditionellen Überzeugungen nehmen, solange sie erträglich waren und niemandem schadeten.

»Ich habe doch immer nur alles richtig machen

408

wollen. Ich verstehe nicht, warum die Omi mir das jetzt auf einmal ankreidet. Ich muss mich in ihr Apartment schleichen wie ein Dieb. Manchmal komme ich sie nachts besuchen. Im Schlaf sieht sie so lieb aus. Aber du darfst mich nicht verraten, sonst wird sie wieder wütend.«

Sara hätte ihn gerne getröstet, sie spürte, wie einsam er war. Ihr ging es ähnlich. Seit acht Wochen war sie nun schon in Cambridge, und anders, als sie gehofft hatte, waren die Wochenenden mit der Familie erschreckend kurz. Sie flog sonntagabends gegen zweiundzwanzig Uhr ab Köln nach Stansted und fuhr mit einem Leihwagen eine knappe halbe Stunde bis zu ihrer Wohnung im südlichen Teil von Cambridge. Von dort lief sie am nächsten Morgen zu Fuß ins Institut und am Abend todmüde zurück, bis sie freitags den letzten Flug nach Hause nahm und um kurz vor Mitternacht bei ihrer Familie ankam. Paul fand sie dann schlafend vor, Lars meist auch. Sie setzte sich oft noch vor den Fernseher, weil sie trotz tiefer Erschöpfung nicht einschlafen konnte. Meist wurde sie am nächsten Morgen auf der Couch liegend von Lars mit einem Kaffee geweckt. Er bemühte sich, sie nicht tadelnd anzuschauen. Sie waren beide bestrebt, in der kurzen Zeit, die ihnen blieb, nicht zu streiten. Also beschränkten sie sich darauf, sich Harmlosigkeiten aus der vergangenen Woche zu erzählen, wobei Lars vornehmlich von Paul sprach, der mittlerweile so schnell unterwegs war, dass man kaum noch hinterherkam, und der nichts als Unsinn im Kopf hatte. Wenn Paul am Wochenende wach wurde, zeigte der Junge ein merkwürdiges Verhalten. Zunächst war unverkennbar, wie sehr er sich freute, seine Mutter zu sehen. Doch einen Moment später fing er wütend an zu weinen. Erst gegen Abend normalisierte sich seine Stimmung, was es Sara besonders schwer machte, ihre Sachen kaum vierundzwanzig Stunden später wieder zu packen und sich auf den Weg zum Flughafen zu begeben.

Sie lebte in Cambridge beinahe spartanisch in einem Ein-Zimmer-Apartment, einer Einliegerwohnung in einem alten viktorianischen Gebäude, das einer britischen Lady namens Miss Brown gehörte. Sie hatte seit zwanzig Jahren immer wieder Wissenschaftler bei sich wohnen lassen und zeigte sich sehr interessiert an dem, was Sara in der Forschungsklinik erlebte. Sie hatte selbst den Brustkrebs besiegt und wirkte trotz ihrer achtzig Jahre gesund und munter. Bei ihr fühlte Sara sich wohl. Obgleich es äußerlich keine Gemeinsamkeiten gab, fühlte sie sich ein wenig an die Studienzeit bei ihrer Oma auf der Bönninghardt erinnert. Wenn sie abends nach Hause kam, winkte Miss Brown aus dem Flur und bot ihr an, für sie zu kochen. Ab und zu stimmte Sara zu, aber meistens schleppte sie noch Arbeit mit nach Hause, um das Wochenende in Düsseldorf freizuhaben.

Sie sagte ihrem Opa nichts davon, erzählte stattdessen von der Natur rund um Cambridge, von Seen und Flüssen, in denen geangelt wurde. »Du hast doch auch immer gerne geangelt, nicht wahr?«, fragte sie. Ein Telefonat mit ihrem Großvater war deutlich anstrengender als mit ihrer Oma, die nur so sprudelte vor Geschichten.

Doch sie wollte nicht auflegen, wollte nicht in England allein zurückbleiben. Ihrem Großvater schien es ganz ähnlich zu gehen. Schleppend versuchte er, ihr Gespräch in Gang zu halten. »Ich habe früher zweimal in der Woche an den Forellenteichen in Labbeck geangelt. Die meisten Menschen glauben, man müsse einfach nur die Angelschnur ins Wasser halten, aber das stimmt nicht. Wenn man einen Raubfisch wie die Forelle locken will, dann muss man das Schleppen beherrschen. Man muss einen toten Fischköder so durchs Wasser ziehen, dass die Forelle ihn für ein zappelndes Wesen hält, sonst beißt sie nicht. Wenn wir wieder auf der Hei sind, dann gehe ich mit Paul angeln. Was hältst du davon?«

»Das wird ihm sicher Freude machen«, sagte Sara und fragte sich, ob ihr Großvater seine Situation wirklich so verkannte.

»Weißt du, wenn Omi die frisch gefangenen Forellen gebraten hat, hatte ich die Welt im Döschen. Deine Oma war eine großartige Köchin. Und sie war eine gute Ehefrau. Ja, das war sie, bis diese Burg sie mir weggenommen hat«, schien er mehr zu sich selbst zu sagen.

Sara wusste nicht, was sie darauf erwidern sollte.

»Bist du noch dran?«, fragte er. Sara bejahte. »Ich habe hier noch den Notizzettel von Oma.«

»Was für einen Zettel?«, wollte Sara wissen.

»Da steht drauf, was sie dir noch erzählen will.« Sara musste lächeln.

»Bernd und Ottilie haben geheiratet«, sagte ihr Großvater ohne größere Anteilnahme oder Begeisterung.

»Wirklich? Das ging aber schnell. Wie schön. Die beiden sind aber auch ein nettes Paar. Wie war die Hochzeit?«

»Ja. Gut. Aber ich glaube, dass sie die Hosen anhat.«

Sara lachte. »Wie kommst du denn darauf?«

»Das ist immer so im Alter. Die Männer sind dann müde vom Leben und von ihrer Arbeit. Dann spielen die Frauen verrückt. Das hat man früher schon gesagt. Das stimmt ja auch. Deine Oma ist der beste Beweis.«

»Was steht noch auf dem Zettel?«

»Ich weiß nicht, den Rest kann ich nicht lesen. Früher hat sich deine Oma mehr Mühe gegeben beim Schreiben.« Er machte eine Pause und schien angestrengt zu überlegen. »Das Mittelalterfest war schön. Es gab Falken und Eulen. Bei uns hinten auf der Hei im kleinen Wäldchen, da hatte mal ein Käuzchenpaar sein Nest. Wusstest du, dass ein Kauz heiratet wie ein Mensch? Bis dass der Tod ihn scheidet.«

Sara zögerte. »Opa, du musst dir keine Sorgen machen. Oma will sich nicht mehr scheiden lassen.«

»Das geht auch gar nicht. Aber sie will auch nicht zurück in unser Haus. Dabei wollte ich immer dort bleiben, bis ich sterbe.« Er räusperte sich.

»Warum wärst du denn lieber auf der Bönninghardt gestorben?«

»Weil ich da hingehöre. Da bin ich geboren, da habe ich mit meiner Familie gelebt, meinen Sohn großgezogen. Dort sind meine Wurzeln, man hat mich einfach aus der Erde gerissen«, jetzt klang er wütend. Eine Weile hörte Sara ihm beim Atmen zu. »Fühlst du dich nicht auch entwurzelt, so allein in einem fremden Land?«, fragte er. Und dann, als Sara gerade antworten wollte, drückte ihr Opa mehrere Knöpfe, was man dem Piepen entnehmen konnte, bis er den richtigen getroffen hatte. Jetzt hörte Sara nur noch ein Tuten. Verdutzt schaute sie auf ihr Handy und fragte sich, was passiert sein mochte. Sie wählte die Nummer noch einmal.

VON NACHTGEISTERN
UND TAGTRÄUMEN

»Ja, ja, ich komm ja schon.« Ruth hörte das Läuten des Telefons, als sie den Schlüssel ins Schloss steckte. Sie ahnte, dass sie es nicht mehr rechtzeitig schaffen würde. Um diese Zeit konnte es nur Sara sein, sie würde gleich zurückrufen.

Sie hängte ihr Schultertuch an die Garderobe, holte sich ein Glas Wasser und setzte sich mit dem Telefon an den Esstisch.

Plötzlich war ihr, als hätte sie die Tür ins Schloss fallen hören. Sie horchte. Unsinn, schalt sie sich selbst. In ihren alten Ohren knirschte und knackste es immer mal wieder. Sie drückte eines der beiden Hörgeräte mühsam ins Ohr. Für ein Telefongespräch mit Sara lohnte sich der Aufwand. Dann holte sie ihr Adressbüchlein, und als sie gerade Saras Nummer wählen wollte, klingelte ihr Telefon erneut.

»Sara?«

»Oma? Bist du das?«

»Ja, wer denn sonst?«

»Wo ist Opa?«

»In seinem Bett, nehme ich an. Warum fragst du?«

Es dauerte einen Moment, bis Sara antwortete: »Nur so.« Sie zögerte. »Wie geht es ihm?«

Ruth überlegte kurz. Sie war sich nicht sicher. Walter ertrug die Trennung gelassener, als Ruth es erwartet hatte. Fast war sie ein bisschen enttäuscht, dass er so gut zurechtkam. Auch schien er sie weniger zu vermissen, als sie … ja was eigentlich … gehofft oder gefürchtet hatte? Sie wusste es nicht.

»Er trägt es mit Fassung. Ich glaube, er hofft, dass es nur vorübergehend ist, ein bisschen wie Lars.«

»Und, geht es bald vorüber?«, fragte Sara, ohne auf die Anspielung einzugehen.

Ruth fühlte sich durchschaut. Tatsächlich hatte sie schon kurz darüber nachgedacht, die räumliche Trennung wieder rückgängig zu machen. Vielleicht nach dem Weihnachtskonzert.

»Also wenn es nach mir geht, jedenfalls nicht. Allerdings sind zwei Apartments in diesem Haus auf Dauer sehr kostspielig. Und Opa und ich sind ganz schön zäh. Womöglich habt ihr uns noch zehn Jahre am Hals. Ich möchte nicht, dass dein Vater für seine Eltern aufkommen muss.«

»Das lass mal Papas Sorge sein«, sagte Sara. »Der muss deswegen nicht am Hungertuch nagen. Wie du selbst immer mit großem Stolz verkündest, ist er ein berühmter Herzchirurg, er verdient gut.«

»Ja, nur …, weißt du, ich habe so viele Jahre davon geträumt, meinen Ehemann los zu sein. Und jetzt scheint es mir plötzlich den Aufwand nicht mehr wert. Ach, egal. Weißt du eigentlich, wo ich gerade war?« Ruth erzählte, dass der Ablaufplan für das Weihnachtskonzert inzwischen feststand. Sie war stolz und aufgeregt, da sie gemeinsam mit Ottilie während der gesamten Messe vorne auf den Solistenplätzen sitzen würde.

Sie suchte nach ihrem Notizzettel. Merkwürdig, dachte sie. Normalerweise bewahrte sie ihn immer in dem kleinen Holzkästchen auf, das Sara vor Jahrzehnten im Kindergarten gebastelt und ihr geschenkt hatte. Ah, da lag er ja, neben der Ladestation des Telefons. Vielleicht war er ihr runtergefallen, und Schwester Carmen hatte ihn aufgehoben. Sie warf einen Blick drauf, weniger, um sich zu erinnern, als vielmehr, um sich zu sammeln.

»Ach, das habe ich ja noch gar nicht erzählt: Bernd und Ottilie haben geheiratet.«

»Nein, wirklich?«, fragte Sara, und Ruth hatte das Gefühl, dass sie gar nicht überrascht war. »Die zwei sind aber auch ein tolles Paar.«

»Dabei dachten wir schon, Lili hätte beim Mittelalterfest alles versaut. Ich könnte mich immer noch kaputtlachen, wenn ich daran denke, wie sie als Liebesengel aufgetaucht ist. Das habe ich dir doch schon erzählt, oder?«

»Ja«, sagte Sara, doch Ruth hatte Lust, die Anekdote noch einmal ausführlich zu erzählen. »Opa wäre schreiend davongelaufen, wenn er sie so zu Gesicht bekommen hätte. Sie sah aus wie eine Hexe, als sie irgendwas von einem Ring gefaselt hat und Bernd einfach aufgestanden und gegangen ist. Wir haben gedacht, er wäre empört über Lilis Übergriffigkeit, dabei ist er losgezogen, um am Silberstand einen Ring zu kaufen. Ich hoffe, dass ich das bei dir auch noch erleben darf, meine Liebe. Morgen Abend, wenn Lars kommt, werde ich ihm vielleicht auch mal mit der Glaskugel kommen«, lachte sie.

»Untersteh dich! Das regeln wir zwei schon ganz allein. Es muss sich irgendwie aus der Situation heraus ergeben, finde ich, dass man in einem schönen Moment gemeinsam beschließt: Lass uns heiraten. Wie war das eigentlich bei Opa und dir vor fünfundsechzig Jahren? Kannst du dich noch an die Frage aller Fragen erinnern?« Ruth überlegte, aber es fiel ihr beim besten Willen nicht ein. Da war die verunglückte Frage nach dem Hut, aber sie wusste nicht mehr, ob das tatsächlich der Heiratsantrag gewesen war. Sie erinnerte sich jedoch lebhaft an die Hochzeit. Walter und sie waren ein sehr ansehnliches Paar gewesen. Er groß und schlank, im schwarzen Frack, den er von Hansi geliehen hatte und der an den Hüften ein bisschen zu weit war. Sie im weißen Kleid, in dem sie sich wie Schneewittchen fühlte. Das sagte auch ihre Großmutter, als sie ihr vor der Trauung das lange dunkle Haar frisierte. Ihre liebe, kampfeslustige Großmutter, dachte Ruth. Die hatte nicht viel von Walter gehalten. »Der kann einem nicht in die Augen gucken«, hatte sie moniert. »Der weiß nicht, wer er ist.« Kein Satz hatte Walter jemals besser beschrieben. Was wohl aus ihr geworden wäre, wenn sie auf den Rat ihrer Großmutter statt auf das Drängen ihrer Mutter gehört hätte, fragte Ruth sich. Im Moment verging kein Tag, an dem sie nicht über derlei Dinge nachdachte. Vielleicht war das normal gegen Ende des Lebens, beruhigte sie sich. Dann schüttelte sie die schweren Gedanken ab.

»Das ist alles so lange her«, sagte sie. »Lass mich dir lieber von Ottilies und Bernds Trauung erzählen.«

»Mit Vergnügen!«

»Also, die Zeremonie hat hier bei uns auf der Burg stattgefunden, so mussten wir nicht alle ins Standesamt nach Xanten kutschiert werden. Ich war Trauzeugin. Ich glaube, das hat Lili ein bisschen gewurmt, aber sie macht ja nun wirklich keinen Hehl daraus, was sie von der Institution Ehe hält, seit sie Witwe ist.«

»Oma?«, unterbrach Sara sie plötzlich mit ernster Stimme. »Opa glaubt, dass Lili ihren Mann getötet hat, dass sie das Feuer gelegt hat. Kannst du dir das vorstellen?«

Ruth räusperte sich. »Ich muss zugeben, dass ich es einen Moment lang für möglich gehalten habe. Aber Ottilie sagt, das sei Quatsch. Lili war zur fraglichen Zeit mit uns allen zusammen beim Singkreis. Wie hätte sie da gleichzeitig in Pitts Zimmer eine Zigarette anzünden sollen? Aber sie gefällt sich in der Rolle des Racheengels. Ottilie meint, Lili habe sich heimlich gewünscht, sie hätte ihren Ehemann um die Ecke gebracht. Verdient hätte er es wohl.«

»Weil er etwas mit der Schwiegertochter angestellt hat, richtig?«, fragte Sara.

»Was er gemacht hat, war noch schlimmer. Er hat Lili damit den einzigen Sohn genommen. Sie weiß nicht einmal, ob er noch lebt.«

Sara sagte nichts.

»Wenn sie es getan hätte, ich hätte Verständnis dafür. Den anderen geht es genauso. Und ich glaube, deshalb hat auch niemand genau wissen wollen, was passiert ist.«

»Gab es denn keine polizeilichen Untersuchungen?«

»Doch, aber dabei ist natürlich nicht herausgekommen, wer in Pitts Apartment eine Zigarette hat verglühen lassen.«

»Verstehe.«

»Ich habe dir noch gar nicht alles von der Hochzeit erzählt«, sagte Ruth, der das Thema unangenehm war. »Ich war also von der Braut bestellt, und der

Bräutigam hatte seinen Sohn zum Trauzeugen berufen.« Ruth hielt kurz inne, weil sie ein Anflug von Traurigkeit überkam. Bei allem Stolz auf das großartige Verhältnis, das sie zu ihrem Sohn hatte, fühlte sie sich manchmal schuldig an seiner emotionalen Distanz zu Walter. In solchen Momenten fragte sie sich, ob sie das Recht gehabt hatte, ihren Sohn so bedingungslos auf ihre Seite zu ziehen. Spätestens nach Bertholds Tod, als Klaus erwachsen war, hatten Mutter und Sohn sich immer gegen Walter verbündet. Wann immer sie Väter und Söhne im Einklang sah, versetzte ihr das einen Stich. Sie wischte auch diesen Gedanken energisch beiseite.

»Ottilie trug ihr weißes Brautkleid, das sie auch bei unserer Eisernen Hochzeit anhatte. Aber unschuldig sah sie natürlich trotzdem nicht aus. Und dann hat auch noch der Standesbeamte losgelegt, als er die Personalien abfragte. Ottilie Oymann, Witwe von Hannes Oymann, geborene Döll, verwitwete Kamps, verwitwete Hansen, verwitwete Mathiopulos. Der Beamte ist aus dem Staunen nicht mehr rausgekommen, und ich glaube, Bernd ist ein wenig mulmig geworden. Ich musste mich wirklich sehr zusammenreißen, um nicht loszuprusten. Wie dem auch sei, jetzt heißt sie jedenfalls Ottilie Angenendt.«

»Och«, entfuhr es Sara. »Sie hatte einen so schönen Namen. Wie konnte sie den aufgeben?«

»Wenn man zu jemandem gehört, gibt man gerne etwas auf«, sagte Ruth nachdenklich.

»Ich freue mich für Ottilie. Sie hat so ein sonniges Gemüt. Es passt zu ihr, dass sie auch im hohen Alter noch eine große Liebe findet.«

»Sie hat Talent fürs Glück«, sagte Ruth. »Wir sollten uns von ihr eine Scheibe abschneiden.«

»Wie meinst du das?«, fragte Sara.

Ottilie hatte neulich etwas zu ihr gesagt, worüber sie lange nachgedacht hatte. Sie hatten beim Mittagessen zusammengesessen, und Ruth hatte über Walter gesprochen. Sie sagte, dass sie ihm so vieles nicht verzeihen könne, dass er nie zu ihr gestanden habe, dass er sie nie richtig geliebt habe. »Ich verzeihe mir lieber selbst. Sonst macht es nachher gar keiner«, entgegnete Ottilie fröhlich. Sie konnte Bitterkeit nicht vertragen. Ruth glaubte, Ottilie habe sie falsch verstanden, und betonte noch einmal, dass *sie* Walter nicht verzeihen könne. »Verzeih dir selbst und versöhne dich mit deinem Leben. Du willst doch nicht todunglücklich in die Grube steigen.« Sie lachten wegen des Wortspiels, aber Ruth schlief in dieser Nacht nicht, sondern dachte darüber nach, wie sie mit der Vergangenheit Frieden schließen könnte. Um kurz nach Mitternacht hörte sie plötzlich, wie sich die Tür ihres Apartments öffnete. Ihr blieb fast das Herz stehen vor Angst. Entschlossen drückte sie den Notfallknopf und schrie laut um Hilfe. »Psst! Sch! Was machst du denn?«, hörte sie in dem Moment das vertraute Krächzen. Sie knipste das Nachttischlämpchen an und sah Walter im Schlafanzug mit seinem Schlüssel winken. »Ich bin nur kurz gekommen, um zu sehen, ob bei dir alles in Ordnung ist«, sagte er.

Ruth fragte sich, ob Walter nun wirklich dement wurde. Dann hallten seine Worte in ihr nach. Er kontrolliert dich immer noch, sagte die Stimme in ihrem Kopf, und sie wurde wütend. »Walter, gib mir sofort meine Schlüssel zurück. Ich will nicht, dass du nachts an meinem Bett stehst und mich zu Tode erschreckst.«

»Aber ich bin doch dein Mann«, sagte er verzagt. »Warum bist du denn so wütend?«

Ruth schaute ihn an. Er war dünn geworden. Es fiel ihr zum ersten Mal auf, dass er gebrechlich wirkte, und etwas in ihr gab nach. »Schon gut, ich bin gar nicht wütend. Aber du musst schnell zurück auf dein Zimmer. Gleich kommt die Notfallschwester.«

Ohne ein weiteres Wort war Walter gegangen. »Schlaf gut«, hatte sie noch gesagt und der Schwester fünf Minuten später erklärt, sie sei wohl von einem furchtbaren Albtraum geweckt worden.

»Oma? Wie hast du das gemeint mit dem Talent zum Glück?«, unterbrach Sara ihre Gedanken.

»Ich meine, dass sie nicht hadert. Sie versöhnt sich

mit den schlechten Erlebnissen und genießt die guten. Ich versuche, auf meine alten Tage noch von ihr zu lernen.« Sie wollte locker klingen, doch es gelang ihr nicht. Die Einsicht war zu bitter: Walter war ein wesentlicher Teil ihres Lebens, er war Teil von ihr. Sie wollte ihn nicht verachten, wollte sich nicht selber verachten für die falsche Wahl und ihre Feigheit, einen Fehler nie korrigiert zu haben. Ottilie hatte recht. Sie musste sich selbst verzeihen.

»Genug über alte Leute geredet! Wie läuft es in Cambridge?«, fragte sie.

Sara erzählte, doch Ruth hörte keine Begeisterung in ihrer Stimme, bloß Erschöpfung.

»Ihr fehlt mir natürlich«, sagte Sara schließlich. »Aber da muss ich wohl durch.«

»Du fehlst mir auch.«

Saras Stimme wurde brüchig. »Ich muss Schluss machen und noch ein bisschen arbeiten, Oma. Was kochst du Lars und Paul morgen?«

»Es gibt Schnibbelskuchen. Ich schreibe dir das Rezept auf, dann kannst du vielleicht deiner Miss Brown mal ein bisschen was vom Niederrhein nahebringen.«

Sie legten auf.

Ruth fragte sich, ob ihre Enkelin von allein auf den Gedanken käme, den eingeschlagenen Weg als Sackgasse zu erkennen. Vielleicht sollte sie ihr nicht nur das Rezept aufschreiben, sondern auch ein paar

Gedanken einer alten Frau, die aus einer anderen Perspektive auf das Leben blickte.

Sie nahm einen Kugelschreiber und ihren Notizzettel. »Brief«, schrieb sie auf das Blättchen, das die Überschrift »Sara« trug. Sie würde sich bei der nächsten Gelegenheit daransetzen, aber jetzt musste sie in die Federn. Morgen, wenn Lars und Paul zu Besuch kamen, wollte sie schließlich fit sein, um ein paar gute Geschichten erzählen zu können.

ENTSCHEIDUNG
AM RIVER CAM

Sara verließ den imposanten Glasbau des *Cancer Research Institutes,* das alle nur CRUK nannten. Von hier aus war es nicht weit bis zum Hotel, in dem ihr Vater untergebracht war. Sie lief die Regent Street nach Norden. Es nieselte, aber es war nicht unangenehm kalt für Anfang Dezember, und nach zwei Monaten in Cambridge hatte sie sich längst daran gewöhnt. Ihre Jacke war warm, wasserdicht und hatte eine Kapuze. Sara freute sich so sehr auf ihren Besuch, dass es ihr auch egal gewesen wäre, wenn sie in Sommerkleidung durch Pfützen hätte waten müssen.

Das Hotel war nur wenige Hundert Meter vom altehrwürdigen Trinity College entfernt. Dorthin war sie an ihrem ersten Tag in Cambridge gegangen. Sie hatte in der noch milden Herbstsonne auf dem Great Court gesessen und ehrfürchtig auf das Gebäude geblickt, fast hatte sie erwartet, Isaac Newton höchstpersönlich käme aus dem alten Gemäuer herausspaziert, vielleicht auch Stephen Hawking oder wenigstens Prince Charles. Es hatte sich angefühlt, als würde man klüger und weiser, wenn man diesen heiligen Ort betrat.

Im Klinikalltag jedoch wollte sich dieses Hochgefühl bislang nicht einstellen. Täglich wurde ihr bewusst, wie viel sie noch zu lernen hatte.

Nach London war sie noch kein einziges Mal gefahren, sie war zu beschäftigt oder zu müde für Sightseeing. Hatte sie an ihrem ersten Tag im Great Court eine große Leichtigkeit, beinahe etwas wie eine zweite Jugend, die Chance auf ein zweites Studentinnen-Dasein verspürt, so war sie inzwischen oft deprimiert, und sie litt unter der Trennung von Lars und Paul.

Als sie die Tür zum Bistro des Hotels öffnete, übermannte sie eine kindliche Freude. »Papa«, rief sie und flog ihrem Vater in die Arme. »Ich glaube, ich bin zuletzt so stürmisch von dir begrüßt worden, als du fünf warst«, sagte er. Sara lachte. Er musterte sie von oben bis unten. »Wie schön, dich zu sehen, mein Kind.« Dann runzelte er die Stirn: »Bekommst du hier nichts zu essen? Du bist rappeldürr geworden!« Er blickte sich suchend nach dem Kellner um. »Du wirst jetzt erst mal etwas Ordentliches essen. Sonst muss ich deine Oma bitten, dir täglich einen Henkelmann zu schicken.«

»Ich fürchte, mein Magen ist längst geschrumpft.

Omas Portionen würden da gar nicht mehr reinpassen. Aber heute habe ich Lust auf fettige Fish and Chips.«

»Als Kardiologe sollte ich dir abraten, als Vater sage ich dir: Bestell noch Mayonnaise dazu.«

Sara war glücklich, diesen Abend nicht mit ihren Büchern, sondern in Gesellschaft zu verbringen. In der Regel hatte sie weder die Zeit noch die Energie, sich mit den anderen Stipendiaten auf einen Drink zu treffen oder gar ins Kino zu gehen.

»Wie läuft es denn?«, fragte ihr Vater, als hätte er ihre Gedanken erraten. Der Kellner kam, bevor Sara antworten konnte. Ihr Vater bestellte guten Wein, eine deftige Vorspeise und Fleisch als Hauptgericht, er entschied sich für Tatar und anschließend Lamm. Sara beschloss, es ihm gleichzutun.

»Über ein Dessert reden wir dann später noch«, sagte ihr Vater. Er sah sie prüfend an. »Also, raus mit der Sprache, wie gefällt es dir hier im Zentrum des Wissens?«

»Super, wenn man davon absieht, dass ich vor allem deshalb so stark abgenommen habe, weil ich weder zum Essen noch zum Schlafen komme.« Sara seufzte. »Ich stelle leider fest, dass oben die Luft dünn wird. Bislang war es nicht so schwer, unter den Besten zu sein. Aber hier sind alle die Besten, und ich muss zugeben, sie haben zum Teil mehr Biss als ich.«

Ihr Vater verschränkte die Arme und lehnte sich zurück, Sara fühlte sich wie zu Schulzeiten, als sie ihrem Vater gestanden hatte, in Erdkunde eine glatte Fünf bekommen zu haben. Genauso hatte er auch damals geguckt, in seinem Blick lag eine Mischung aus Enttäuschung und Verwunderung. »Du meinst, die anderen verbringen mehr Zeit in der Bibliothek und verfolgen ihr Ziel mit größerem Ehrgeiz als du?«

Sara nickte. »Ich müsste mir, um mithalten zu können, am Wochenende jede Menge Arbeit mit nach Hause nehmen. Aber ich bringe es nicht übers Herz, Paul auch noch am Wochenende abzuwimmeln.« Und etwas leiser fügte sie hinzu: »Und Lars auch nicht. Die anderen Stipendiaten sind im Schnitt fünf Jahre jünger, und keiner hat Familie.«

»War dir das vorher nicht klar?«, fragte ihr Vater, ohne dass Sara zu deuten vermochte, ob er diese Frage aus ehrlichem Interesse stellte oder um sie zu tadeln.

Sara fragte sich selbst, warum sie so naiv gewesen war. Sie riss sich zusammen. »Aber ich beiße mich schon durch. Ich werde ihnen zeigen, was es bedeutet, niederrheinische Wurzeln zu haben.«

Saras Vater lächelte nicht. Er sah sie an und schwieg, bis Sara es nicht mehr länger aushielt.

»Wie geht es Oma und Opa?«, versuchte sie, das Thema zu wechseln. »Ich komme im Moment nicht dazu, sie zu besuchen, wenn ich am Wochenende in Düsseldorf bin. Und die Telefonate mit Oma sind nur dann eine Freude, wenn sie ihr Hörgerät benutzt, was leider nicht immer der Fall ist.« Sara lehnte sich ein wenig zur Seite, um dem Kellner Platz zu machen, der einen übergroßen Teller mit einem winzigen Häufchen Tatar vor ihr abstellte. Sie schob das rohe Eigelb zur Seite und nahm sich ein Stück Brot aus dem Korb.

»Deine Oma hat mir einen Brief für dich mitgegeben«, sagte ihr Vater und zog einen Umschlag aus der Tasche.

Sara betrachtete das Kuvert, auf das ihre Oma in schön geschwungener Handschrift Saras Namen geschrieben hatte. Sie fragte sich, warum sie ihn nicht nach Düsseldorf geschickt hatte. Offensichtlich wollte ihre Oma, dass sie den Brief in England las. Sie steckte ihn in die Handtasche.

»Ich war am Sonntag erst bei ihnen«, erzählte ihr Vater. »Ich kann dir nicht sagen, was die beiden gepackt hat, aber ich hatte auf dem Weg in die Cafeteria den Eindruck, dass sie sich ein Rollator-Wettrennen geliefert haben, mit einer Verbissenheit wie Sebastian Vettel und Lewis Hamilton im finalen Rennen. Selbst Frau Theussen, weißt du, die alte Dame im Rollstuhl, brachte nur ein *Huiuiui, gleicht haut es einen aus der Kurve* heraus.« Er lachte. »Es ist komisch und tragisch zugleich.«

»Ich habe im Moment das Gefühl, die beiden

können nicht miteinander leben, aber nach so vielen Jahren auch nicht mehr ohneeinander«, sagte Sara und erzählte von dem merkwürdigen Abend, an dem sie mit beiden telefoniert hatte.

»Schwester Carmen hat neulich etwas ganz Ähnliches gesagt. Sie meinte, selbst wenn sich Paare im Alter nicht mehr ertragen und sie getrennt werden müssen, gibt es doch eine Verbundenheit bis in den Tod. Solche Paare stürben oft kurz nacheinander, fast gleichzeitig.« Er machte eine Pause und fügte dann nachdenklich hinzu: »Ich muss ehrlich sagen, ich wünsche meiner Mutter, dass sie noch ein paar schöne Jahre hat, in denen sie tun und lassen kann, was sie möchte. Das hätte sie verdient.«

»Ich habe Respekt davor, dass sie sich in ihrem Alter noch so emanzipiert hat. Ich glaube, diese räumliche Trennung war für sie ein riesiger Schritt«, sagte Sara. »Und ich bin ein bisschen stolz auf sie, dass sie das gewagt hat.«

»Sie hätte es mindestens vierzig Jahre eher machen sollen.«

Sara nahm einen weiteren Happen Tatar. Man hätte problemlos alles auf einmal in den Mund stecken können, aber sie wollte den Genuss in die Länge ziehen.

»Ich habe die Tagebücher deiner Mutter noch einmal gelesen …«, sagte ihr Vater und schaute sie aufmerksam an. »Eine Sache lässt mich nicht mehr los: Sie hatte einen Traum, den sie immer wieder träumte. Sie steht auf der kleinen Anhöhe, oberhalb der Hauptstraße, die nach Veen führt. Mitten auf einer Wiese, übersät mit Mohnblumen, Kornblumen und Löwenzahn. Ganz unten stehen wir drei, und sie rennt los, will uns in die Arme schließen. Sie stolpert, fällt hin und rollt lachend auf uns zu, aber sie kommt nie bei uns an, weil sie immer vorher aufwacht.« Saras Vater schwieg. Dann räusperte er sich. »Ich weiß nicht, warum sie den Weg zurück nicht gefunden hat, aber es tröstet mich, dass sie ihn gesucht hat.«

Sara fühlte einen Kloß im Hals. Sie hätte sich ihrem Vater in diesem Moment gerne anvertraut, nur wusste sie nicht so recht, was sie hätte sagen sollen. Sie wusste nicht einmal genau, was sie so sehr belastete. War es die viele Arbeit, die Sehnsucht nach der Familie oder die Angst vor einem beruflichen Misserfolg? Von allem etwas vielleicht. Aber sie hatte das Gefühl, sie hätte kein Recht, zu jammern, weil sie all das selbst gewählt hatte. Niemand zwang sie, in Cambridge zu bleiben, nur ihr eigener Ehrgeiz.

»Lass uns noch ein paar Schritte gehen«, schlug ihr Vater vor, nachdem er die Rechnung bezahlt hatte. »Ich bringe dich zu Fuß nach Hause, ich liebe dieses Wetter. Es ist wie am Niederrhein.«

Sie verließen das Hotel und machten sich auf den Weg durch das Universitätsviertel. Sie blieben vor dem hell erleuchteten Trinity College stehen, ihr Atem bildete Nebelwölkchen. »Es ist fantastisch! Ich beneide dich darum, hier lernen zu dürfen«, sagte ihr Vater. Sie gingen weiter und gelangten schließlich an den Fluss, der Cambridge seinen Namen gegeben hatte. Schweigend liefen sie eine Weile am Ufer entlang, Sara zählte die kleinen Boote, die hier vertäut waren. Es roch erdig, fast modrig.

»Wie habt ihr, du und Mama, die Wochenendehe überstanden, während du studiert hast?«, fragte sie unvermittelt.

Er betrachtete Sara in dem schwachen Licht. Unwillkürlich zog sie sich die Kapuze noch weiter ins Gesicht. »Ich hatte keine andere Wahl«, sagte ihr Vater nach einem kurzen Moment. »Und wir hatten noch nie als Familie zusammengewohnt, deshalb ist es uns wohl nicht so schwergefallen.« Er wartete auf eine Reaktion, doch Sara war in Gedanken versunken. »Die einzige Alternative wäre gewesen: ich lasse das Studium sausen und heuere bei Underberg an, oder bei Diebels oder bei Hüsken. Wir wären nie mehr von der Bönninghardt weggekommen, also haben wir in den sauren Apfel gebissen und wussten, wozu es gut sein würde.«

Sara kickte Herbstlaub vor sich her. Der Weg entfernte sich vom Fluss, verlief Richtung Zentrum, und sie folgten ihm bis zum Fitzwilliam Museum. Hier blieb ihr Vater abrupt stehen und drehte sich zu ihr.

»Sara, mach mir nichts vor. Ich habe dich noch nie so ausgemergelt und unglücklich gesehen. Du versuchst mir schon den ganzen Abend vorzumachen, dass es nicht so schlimm ist, aber du bist keine gute Schauspielerin, mein Schatz!«

Sara gab sich einen Ruck.

»Ich denke die ganze Zeit an Paul, ich komme mir vor wie amputiert. Ich kann mich nicht konzentrieren, weil er zu jeder Tages- und Nachtzeit in meinem Kopf ist. Ich weiß manchmal gar nicht mehr, was ich hier eigentlich will.« Erst als sie den nächsten Satz ausgesprochen hatte, wurde ihr bewusst, wie sie wirklich fühlte. »Meine Familie ist mir wichtiger als die Medizin. Und lieber hätte ich noch drei Kinder als einen Chefarztposten.« Jetzt war es raus. Sara spürte dem Gefühl nach, das sie mit diesem Zugeständnis verband. Da waren Scham, Unsicherheit und Erleichterung, wild durcheinander. Sie hatte nie eine der Frauen sein wollen, die ihre Selbstständigkeit, ihre eigenen Ziele auf dem Familienaltar opferten, in ihrer Selbstwahrnehmung war sie eine von denen, die alles wollten und alles bekamen.

Ihr Vater nahm sie in den Arm und küsste sie auf die Kapuze. Er legte ihr den Arm um die Schulter, sie gingen weiter.

»Hör auf, irgendwem etwas beweisen zu wollen, und schlag den Weg ein, der dich glücklich macht«, sagte er, als er sich von ihr verabschiedete. Im Hausflur lehnte sie sich für einen Moment an die Wand. Sie war erschöpft. Halte durch, ermahnte sie sich. Du hast nicht diesen großen Schritt getan, um bei der erstbesten Schwierigkeit davonzulaufen. Und wie sollte sie das erklären? Lars würde fragen, warum sie dafür die Familie riskiert hatte, ihr Vater wäre enttäuscht, auch wenn er etwas anderes behauptete, Loreana würde sie fallen lassen, und sie würde vermutlich jegliche Selbstachtung verlieren. Seufzend betrat sie ihre Wohnung, machte das Licht an und nahm den Brief ihrer Großmutter aus der Handtasche.

Die erste Seite war ein Rezept für Schnibbelskuchen. *Pauls Lieblingsschnibbelskuchen* war es überschrieben. Sara lächelte wehmütig. Dann nahm sie die nächste Seite zur Hand und las.

Liebe Sara,
ich sitze allein in meinem Apartment, kein Ehemann, der sich räuspert, weil er ins Bett will, niemand, der mit den Fingernägeln knipst und mich davon abhält, mit der Welt in Kontakt zu treten. Davon habe ich so lange geträumt. Doch einmal wahr geworden, fühlt sich mein Traum fad an, und das bringt mich dazu, über mein Leben nachzudenken.
Wenn ich die Chance hätte, es noch einmal zu leben, was würde ich ändern? Würde ich einen anderen Mann heiraten, oder viele, wie Ottilie?

*Würde ich gehen und mein eigenes Leben suchen
wie deine Mutter?*

*Die Wahrheit ist, ich habe mein Leben gelebt,
ich habe es nur lange nicht wahrhaben wollen.
Ich bin nicht wie Ottilie, auch nicht wie meine
Freundin Josefine Gielen. Ich habe weder diese
Leichtigkeit noch jene Kampfeslust.*

*So kurz vor dem Tod hat es keinen Sinn mehr,
sich selbst zu täuschen. Mir war die Familie
stets am wichtigsten, und ich bin eine Frau, die
sich zufriedengibt mit dem, was sie hat. Ich bin
kein Risiko eingegangen, weil ich nie wusste, ob
es wirklich das Glück mit sich brächte. Ein bisschen mehr Freiheit hätte ich mir wohl gewünscht,
aber es lag nicht in meiner Natur, danach zu
greifen.*

*Viele Menschen haben mich immer wieder ge-
drängt zu gehen. Hanna, Josefine, sogar Lili Heinemann.*

*Aber Walter war mein Leben, und nun, da ich
alt bin, weigere ich mich zu denken, dass das so
schlecht gewesen sein soll, war es doch die Keim-
zelle für so wunderbare Menschen wie meinen
Sohn, Anna, Dich und meine Urenkel.*

*Es ist leider eine späte Erkenntnis, dass meine
Ehe vielleicht ein Gefängnis war, ich jedoch den
Schlüssel immer in der Hand hielt und ihn bloß
nie benutzen wollte. Dein Opa hat große Fehler*

*gemacht, aber er war auch eine gute Ausrede, das
zu meiden, was mir selbst nicht behagte.*

*Als wir nach Winnenthal kamen, habe ich mich
für meinen eigenen Lebensentwurf geschämt. Ich
habe geglaubt, ich könnte ihn noch korrigieren,
am Schluss meines Lebens noch einmal beweisen,
wer ich wirklich bin. Aber in Wahrheit wollte ich
doch nur noch einmal jemand anderes sein.*

*Vielleicht fragst du dich, warum deine alte Oma
Dir solche Sachen schreibt. Ich will Dir ein spätes
Stück Lebenserfahrung mit auf den Weg geben.
Achte darauf, dass Du nicht einem anderen Ich
hinterherrennst, das immer schneller sein wird
als Du.*

*Kämpfe nicht gegen Dich selbst, sondern richte
Dich in dem Leben ein, das Dich froh macht. Du
hast nur dieses eine. Oder, wie Ottilie immer
sagt: Das Leben ist keine Generalprobe.*

*Deine Oma,
Burg Winnenthal im Dezember*

*PS: Apropos: Nächste Woche sind wir im Xante-
ner Dom und haben Generalprobe für das Weihnachtskonzert. Hoffentlich geht sie gründlich
schief.*

Sara ließ den Brief sinken. Erst jetzt bemerkte sie, dass Tränen über ihre Wangen liefen. Sie löschte das Licht, und zum ersten Mal seit fast zwei Monaten schlief sie sofort tief und traumlos ein.

Als sie erwachte, war es sechs Uhr morgens. Paul würde vermutlich noch schlafen, aber Lars war ein Frühaufsteher. Sie wählte seine Nummer.

»Ja!«, meldete sich die vertraute Stimme, und in dem Moment fing Sara an zu schluchzen.

»Sara, ist etwas passiert?«, fragte Lars, der schlagartig hellwach schien. »Geht es dir gut?«

Sara konnte nicht sprechen.

»Sara, bitte!«, sagte Lars besorgt. »Reiß dich zusammen und sag mir, was passiert ist.« Er klang, als wäre er bereits drauf und dran, die Polizei in Cambridge zu kontaktieren. Er musste sie irgendwo schwer verletzt im Rinnstein vermuten.

»Alles in Ordnung«, schniefte sie. »Ich komme nach Hause.«

IN EINEM
ANDEREN LEBEN

Am Ende hatte er doch noch gewonnen. Es war unfassbar, aber Walter hatte es buchstäblich in letzter Sekunde geschafft, das Weihnachtskonzert zu sabotieren. Er war gestorben, eine Woche vor ihrem großen Auftritt.

Ruth blickte in den offenen Sarg. Er sah immer noch gut aus, seine Haut schien beinahe rosig, die buschigen Augenbrauen waren zu einem ordentlichen Bogen gekämmt, und auf den gefalteten Händen mit Rosenkranz lag sein Lieblingshut. Mit zitternden Fingern strich Ruth über seine kalte Wange. »Du wolltest mich partout nicht singen hören, was?«, flüsterte sie, dann wandte sie sich ab und schaute sich in der Leichenhalle des Veener Friedhofs um. Da standen sie, aufgereiht wie Zinnsoldaten, alle schwarz gekleidet. Zuvorderst Klaus und Chi, dahinter Sara und Lars mit Paul auf dem Arm. Der Junge stach heraus wie ein bunter Hund, er war mit Jeans, hellblauen Stiefeln und grüner Winterjacke bekleidet.

Sie selbst saß an diesem Tag im Rollstuhl, Schwester Carmen hatte darauf bestanden, der Friedhof sei möglicherweise vereist, hatte sie gesagt. Es war kalt, der Winter hatte den Niederrhein seit Mitte Dezember fest im Griff, fast jeden Tag lagen die Temperaturen im Minusbereich. Aber das war nichts im Vergleich zu den Wintern ihrer Kindheit, dachte Ruth, früher war der Altrhein bei Birten jedes Jahr zugefroren gewesen. Sie erinnerte sich, wie sie mit ihrer Oma als Kind über den Rhein nach Wesel gelaufen war. Mein Gott, war das lange her. Sie erinnerte sich auch an ihren zwölften Geburtstag, als ihr Vater einen Herzinfarkt erlitten hatte, vor siebenundsiebzig Jahren.

Ruth setzte sich die schwarze Pelzmütze ihrer Mutter wieder auf den Kopf. Als der Katafalk sich in Bewegung setzte, schob Schwester Carmen sie hinter dem Eichensarg her, vorbei an den Trauergästen. Der Kies knirschte.

Walter wäre in zwei Monaten einundneunzig geworden. Er hatte in den letzten Wochen stark abgebaut, war dünn geworden, was Ruth darauf zurückgeführt hatte, dass er fast nichts aß, was nicht von ihr persönlich zubereitet wurde. Aber lebensbedrohlich hatte sein Zustand auf niemanden gewirkt.

Sie wusste nicht, warum ausgerechnet ihr Mann, der doch sein Leben lang auf sich und seine Gesundheit geachtet hatte, der nie ein Gramm zu viel gewogen hatte, warum ausgerechnet er an Herzversagen gestorben war.

Er hatte Blutdrucktabletten eingenommen, seit die Ärzte vor Jahrzehnten ein kleines Aneurysma in seinem Kopf entdeckt hatten. Solange man den Blutdruck niedrig hält, passiert da nichts, hatte Doktor Holz damals gesagt und in diesem Fall sogar recht behalten. Das Aneurysma war nicht geplatzt, nur Walters Herz hatte irgendwann aufgehört zu schlagen.

Die Pflegerinnen hatten Ruth mitgeteilt, dass sie die Tabletten fein säuberlich gehortet in der Nachttischschublade gefunden hätten. Er hatte sie nicht mehr eingenommen. Ruth hatte die Schwestern zunächst für verrückt erklärt. »Aber ich habe doch selbst danebengesessen, als er sie genommen hat«, hatte sie gesagt. »Wir haben doch wieder fast jeden Abend zusammen gegessen.«

Viele der gefundenen Pillen waren miteinander verklebt gewesen. Man vermutete daher, dass Walter die Medikamente in der Wange zwischengelagert und später wieder ausgespuckt hatte. Es erschien Ruth dennoch völlig absurd und wollte so gar nicht zu ihrem Ehemann passen.

Etwa zu der Zeit, als man das Aneurysma entdeckt hatte, war Doktor Holz mit dem Thema Altersdiabetes an Walter herangetreten, daraufhin hatte er partout keinen Zucker mehr angerührt. Einmal hatte

Ruth ihm ein Stück Schokolade angeboten, und er war weggesprungen, als hätte sie ihn mit dem Nudelholz bedroht. Zucker, Schokolade und Süßigkeiten hatte er von Stund an aus seinem Haus verbannt. In den Kaffee rührte er immer zwei Dragees Süßstoff, die er im Münzfach seines Portemonnaies parat hielt. Jeden Abend hatte er das Münzfach penibel mit vier Dragees aufgefüllt, was Ruth eines Tages so auf die Nerven gegangen war, dass sie ihm in einem Wutanfall die ganze Dose hineingekippt hatte.

Wie kann es sein, fragte sie sich, dass ein Mann, der kerngesund ist, aber Angst vor Zucker hat, der gesunde Zähne hat, aber aus Angst vor Parodontose nach jedem Essen zur Zahnseide greift, wie kann es sein, dass dieser Mensch seine Herztabletten verweigert? Ob er genug vom Leben hatte? Walter war einsam gewesen, seit er in Bernds Apartment gezogen war. Hätte sie die räumliche Trennung rückgängig machen sollen?

»Entschuldigen Sie bitte«, hörte sie Schwester Carmen sagen. Sie war einem Trauergast in der engen Kurve über den Fuß gerollt. Es war der lange Heini, der mit Nachnamen van Beek hieß, genauso wie der kleine Heini, der nur wenige Häuser weiter wohnte, aber weniger Zentimeter maß. Es waren viele Trauergäste anwesend, die Ruth schon seit Jahren nicht mehr gesehen hatte. Manche erkannte sie kaum, sie waren alt geworden, genau wie sie selbst, faltig, haarlos, zusammengesunken. Es waren die Alteingesessenen, die selbstverständlich dabei waren, wenn einer der Ihren zu Grabe getragen wurde. Die junge Generation war kaum vertreten. Viele von ihnen hatten das Dorf verlassen, sie waren aus der Begrenztheit des Niederrheins ausgebrochen. Veen war das niederländische Wort für Moor, und das war Ruth stets sehr passend erschienen. Die Menschen, die wegzogen, verschwanden aus dem Dorfbild und dem Dorfgeschwätz, als hätte der Sumpf sie verschluckt und sich über ihnen wieder geschlossen, als wären sie niemals da gewesen.

In Veen ging es derweil weiter wie immer, die Menschen, die hier blieben, änderten sich nicht. Sie waren immer noch mit denselben Familien befreundet und mit denselben Leuten verfeindet. Man traf sich Woche für Woche in der *Deutschen Flotte* und sprach über die gleichen Dinge: die Ernte, das Wetter, Fußball, Lokalpolitik. Natürlich nutzte man auch hier das Internet, und seit zwei Jahren lag irgendwo unter der Erde ein Glasfaserkabel, aber im Grunde war die Ortschaft wie das letzte gallische Dorf, das der Globalisierung trotzte. Es sei denn, sie kam in Gestalt eines Geistlichen zum Ortseingang herein, so wie der indische Pfarrer, der gerade »Asche zu Asche, Staub zu Staub« betete. Aditya Rege war vor zwei Jahren von der Südspitze Indiens an den Niederrhein gezogen. Ruth war schon lange nicht mehr in der Kirche gewesen, deshalb hatte sie zum ersten Mal mit ihm zu tun. Sie mochte ihn auf Anhieb. Rege hatte ein freundliches, offenes Gesicht und schien von einer lebendigen Fröhlichkeit durchdrungen.

Er wäre nicht Walters Fall gewesen, so viel stand fest. Alles andere auf der Beerdigung hatte sie ganz in seinem Sinne arrangiert. Er wurde in dem Grab bestattet, in das vor mehr als dreißig Jahren auch sein Vater neben seine Mutter gebettet worden war. Der Steinmetz würde seinen Namen in den nächsten Tagen in das große Marmorkreuz meißeln.

Sie selbst wollte auf keinen Fall hier beerdigt werden.

»Klaus«, hatte sie gesagt, als sie zusammen die Traueranzeige schrieben, »bitte leg mich nicht in dieses Grab. Nicht zu seinem Vater, eine Ewigkeit halt ich das nicht durch.« Sie hatte sich gewünscht, dass ihre Asche auf der Bislicher Insel im Maasmannsmardt verstreut würde, wo sie mit ihren Eltern so viele glückliche Stunden verbracht hatte, und Klaus hatte versprochen, nachzufragen, ob das möglich wäre.

Walters Sarg wurde vom Katafalk auf die Tragevorrichtung der Gruft gehievt. Ruth horchte in sich hinein, sie war nervös. Sie hatte sich ganz bewusst mit niemandem beratschlagt, sie fand, dass das nur Walter und sie etwas anging. Vielleicht hatte sie in letzter Zeit ihre Eheprobleme zu sehr an die Öffentlichkeit getragen. Deshalb hatte sie diese Entscheidung ganz für sich allein getroffen. Hoffentlich verließ sie nicht im entscheidenden Moment der Mut.

Paul begann auf Lars' Arm zu quengeln, und er setzte ihn auf den Boden. Der Junge machte beglückt ein paar Schritte, dann zog es ihn schnurstracks dorthin, wo seiner Meinung nach Sand zum Buddeln war.

Ruth war froh, Sara und Lars wieder vereint zu sehen. Sara behauptete zwar, ihre Entscheidung nicht zu bereuen, aber Ruth war sich nicht sicher, ob das stimmte. Sie erlebte Sara nach wie vor zerrissen, glücklich mit der Familie, unzufrieden mit dem erschütterten Selbstbild und ihrem beruflichen Werdegang. Die jungen Leute glaubten heutzutage, dass ihnen zu jeder Zeit alles zustünde, sie kannten kein *alles zu seiner Zeit* mehr.

Wie verhielt es sich mit ihrer Zeit, fragte sich Ruth. Wie viel bliebe ihr noch? Bald würde sie neunundachtzig, ob sie das nächste Weihnachtskonzert noch erleben würde? Es gab so einige Niederrheinerinnen, die ein biblisches Alter erreicht hatten, man hörte von Schwestern aus Wardt, die hundertvier geworden waren. In diesem Fall hätte sie noch fünfzehn Jahre, in denen sie Zeitung lesen, Freundinnen treffen und singen konnte. Sie könnte vielleicht sogar noch eine kleine Reise machen, bis Heidelberg oder München. Klaus hatte ein Ferienhaus auf Ibiza.

Doch wenn sie ehrlich war, fühlte sie ihre Kräfte schwinden. Die Trennung von Walter hatte auch bei ihr Spuren hinterlassen, sie war schmaler geworden. Ihr schwarzer Rock, den sie zuletzt vor fünfzehn Jahren getragen hatte, war ihr von den Hüften gerutscht, sie hatte ihn mit ein paar schnellen Stichen enger nähen müssen. Waren das die Vorboten ihres Endes? Man erzählte sich so oft von Ehepaaren, die jahrzehntelang verheiratet gewesen waren und kurz nacheinander verstarben. Es war, als würde der eine den anderen mit sich ziehen. Sie blickte auf den Sarg, der gerade in die Erde hinabgelassen wurde. Untersteh dich, Walter!, dachte sie, deinetwegen verzichte ich schon auf das Weihnachtskonzert, das muss für den Moment reichen.

Weder Bernd noch Ottilie, nicht einmal Lili hatten ernsthaft versucht, sie davon zu überzeugen, eine Woche nach Walters Tod im Engelskostüm im Dom aufzutreten. Bernd hatte daraufhin vorgeschlagen, unter diesen Umständen das gesamte Konzert abzusagen, Ruth hatte abgelehnt. »Im Gegenteil. Singt so schön, dass wir alle zusammen im nächsten Jahr wiederkommen dürfen«, hatte sie gesagt.

Schwester Carmen drückte ihr ein Rosengebinde in die Hand und fuhr den Rollstuhl so nah wie möglich an das Grab. Ruth tippte der Pflegerin auf den Arm, damit sie ihr half, aufzustehen. Dann ging sie ein paar Schritte. Ihr wurde mulmig. Es war nicht leicht, in ihrem Alter in ein offenes Grab zu schauen. »Mach's gut, Walter«, flüsterte sie und sah den Röschen nach, wie sie in die Schwärze fielen. Dann trat sie unsicher an die kleine Birke heran, die das Grab der van Rennings' seit Jahrzehnten schmückte. Sie lehnte sich an den Stamm, um Halt zu haben, dann blickte sie auf die Trauergemeinde. Niemand schien es ungewöhnlich zu finden, sie stand neben dem Grab wie jede trauernde Witwe, die bereit war, die Beileidsbekundungen entgegenzunehmen.

Ich schaffe das nicht, dachte Ruth und fühlte sich elend. Ihre Kehle war wie zugeschnürt.

Die Trauergäste setzten sich in Bewegung, um Blumen und Erde in das Grab zu geben und der Witwe zu kondolieren.

Auf einmal war Ruth ganz ruhig. Jetzt, dachte sie, jetzt gilt es. Sie schloss die Augen, atmete tief in den Bauch hinein und begann zu singen.

Sie hatte das Weihnachtslied »Engel auf den Feldern singen« gewählt, weil es zur Zeit passte, weil es zur Landschaft passte, weil sie es monatelang geübt hatte, weil sie genau das im Xantener Dom hätte vortragen sollen. Sie hörte ihre eigene Stimme und fühlte sich seltsam leicht und klar. Kein Mensch auf dem Friedhof machte auch nur einen Mucks. Klaus, Lars und Sara waren stehen geblieben, selbst Paul lauschte mit offenem Mund. Plötzlich sah Ruth, wie Bernd die Hände hob. Der Singkreis stimmte in den

Refrain »Gloria in Excelsis Deo« ein. Ruth hörte Ottilies hohe Stimme heraus, die sonore Lili und die schüchterne Frau Ingenerf, sie hatte die zweite Stimme übernommen.

Ruth genoss die Harmonie, sie genoss die Aufmerksamkeit der Trauergemeinde, sie genoss jeden einzelnen Ton. Als sie zum dritten Mal beim Refrain angelangt waren, sah sie auch Aditya Rege beschwingt dirigieren, und da die Veener sangeslustige Gemüter waren, schmetterte schließlich die gesamte Trauergemeinschaft ein vielstimmiges *Gloria*.

Der Priester klatschte Beifall, als Ruth ihren Gesang beendet hatte. Die Trauergäste sahen sich zunächst verwirrt an, stimmten aber schließlich zögerlich ein, und beinahe hätte Ruth sich verbeugt. Allein das unebene Gelände und der mangelnde Halt hielten sie davon ab. Sie blickte in die Runde und sah in gerührte Gesichter.

Ruth atmete tief durch, sie setzte sich wieder in den Rollstuhl und zog die Wolldecke bis zur Brust, erst in diesem Moment spürte sie die klirrende Kälte. Klaus hatte sich neben sie gestellt und legte ihr die Hand auf die Schulter. »Das war wunderschön, Mutti. Und ich glaube, es hätte ihm gefallen«, flüsterte er ihr zu. Sara tauchte auf der anderen Seite des Rollstuhls auf, während Lars sich mit Paul in Richtung *Deutsche Flotte* aufmachte, um den Leichenschmaus vorzubereiten.

Die Nachbarn und Dorfbewohner zogen an Ruth vorbei, die meisten von ihnen hatten bereits liebe Menschen zu Grabe getragen, und bei einem Neunzigjährigen nahm man gelassen Abschied.

Lili raunte ihr gewohnt kratzbürstig zu: »Womit hat er das eigentlich verdient?« Ottilie drückte sie überschwänglich: »Ich könnte heulen, so schön fand ich das. Ich bin stolz auf dich«, flüsterte sie ihr ins Ohr. »Ich wünschte, ich wäre wie Sie«, sagte die schüchterne Frau Ingenerf.

Später beim Traueressen hielt Klaus eine kurze, aber liebevolle Rede, in der er über das Angeln sprach und über andere schöne Kindheitserinnerungen, davon, wie sie in die Isetta gequetscht zum Baggerloch gefahren waren und sein Vater ihm das Schwimmen beigebracht hatte, wie sie im Gras gelegen und über Stunden den Zug der Wildgänse beobachtet hatten, wie gut sein Vater die Vogelstimmen imitieren konnte. Als Ruth Klaus davon sprechen hörte, merkte sie, wie die Gefühle von damals zurückkamen. Im Laufe der vielen Ehejahre hatte sie vergessen, wie glücklich sie anfangs manchmal gewesen waren. Klaus würdigte Walter als einen Menschen, der sich nie etwas hatte zuschulden kommen lassen, der immer korrekt und wie ein echter Niederrheiner seiner Scholle verbunden gewesen war. Es war nichts Falsches daran, dachte Ruth, Klaus hatte nicht lügen, nichts beschönigen müssen, aber es mangelte ihm an Begeisterung für das Leben seines Vaters, genauso wie es auch Walter selbst an Begeisterung für sein Leben gemangelt hatte.

Nachdem sie sich gestärkt hatte, ging Ruth an den Tisch der ehemaligen Nachbarn, wo man über Walter und sein Engagement für das Bönninghardter Heimatmuseum sprach. Walter hatte mitgeholfen, eine der sogenannten Plaggenhütten, in denen man bis vor zweihundert Jahren noch gewohnt hatte, zu rekonstruieren. Er sei ein echtes Kind der Hei gewesen, sie zu verlassen habe ihm sicher das Herz gebrochen, hörte sie mehr als einmal.

Immer wieder wurde ihr Lied am Grab gelobt. Niemand hatte auch nur den Hauch eines Zweifels daran, dass Ruth ihrem Mann auf berührende Weise die letzte Ehre hatte erweisen wollen. Nur sie selbst wusste, dass sie Walter ein Schnippchen geschlagen hatte. Und sie fühlte sich im Reinen damit: Am Ende hatten sie beide bekommen, was sie wollten, sie ihren Auftritt, er ihren Rücktritt vom Weihnachtskonzert.

Später, allein in ihrem Apartment, war sie unruhig, ihr Herz klopfte heftig. Es war ein anstrengender Tag gewesen, vor allem die Kälte hatte ihr zu schaffen gemacht. Ruth wusch sich und zog das Nachthemd an. Es war noch früh am Abend, aber schon dunkel, und so legte sie sich aufs Bett. Sie spürte die Müdigkeit in ihren alten Knochen, aber sie wusste, dass sie keinen Schlaf finden würde. Sie fröstelte und fühlte sich fiebrig, fast war ihr, als säße Walter auf der Bettkante und fordere sie auf, ihm zu folgen. Sie bekam Angst.

»Es reicht!«, rief sie. »Kannst du nicht einmal Ruhe geben?«

Sie horchte, und ihre eigene Stimme hallte in ihren Ohren nach. »Ich verlange doch gar nicht viel. Nur etwas Zeit für mich.«

Sie stand auf, ging zum Kühlschrank, nahm eine Flasche Altbier heraus und goss sich ein Glas ein. Ruth nahm einen großen Schluck und spürte dem Prickeln nach, das ihr langsam die Kehle hinunterlief. Dann holte sie ihr Album, wählte ein Foto aus und nahm einen der Rahmen von der Wand. Sie tauschte das Bild von Josefine und Lotta auf dem Trecker gegen ein schönes Porträt von Walter.

»Dein Platz ist hier, an meiner Seite«, sagte sie, »nicht umgekehrt.«

Dann hängte sie Walter an den Nagel.

ENDE

DANKSAGUNG

Die Geschichten hat zum großen Teil das Leben geschrieben.

An ihrer Darreichung in Romanform haben viele Hände und kluge Köpfe mitgewirkt, ganz besonders:

Gudrun mit menschlichen Erzählungen aus alten Zeiten,

Claudia mit Gedanken aus ihrer Zeit mit alten Menschen,

Helge, ohne den ich schon das erste Buch nicht geschrieben hätte,

Sandra, ohne deren feine Kritik und Korrektur ich kein Buch zustande gebracht hätte,

und natürlich meine Familie, ohne die ich weder schreiben noch sein möchte.

INHALT

Aus Verantwortung für die Umwelt hat sich der *Verlag Kiepenheuer & Witsch* zu einer nachhaltigen Buchproduktion verpflichtet. Der bewusste Umgang mit unseren Ressourcen, der Schutz unseres Klimas und der Natur gehören zu unseren obersten Unternehmenszielen. Gemeinsam mit unseren Partnern und Lieferanten setzen wir uns für eine klimaneutrale Buchproduktion ein, die den Erwerb von Klimazertifikaten zur Kompensation des CO_2-Ausstoßes einschließt.

Weitere Informationen finden Sie unter *www.klimaneutralerverlag.de*

Verlag Kiepenheuer & Witsch, FSC®-N001512

1. Auflage 2021

© 2018, 2020, 2021. Verlag Kiepenheuer & Witsch
GmbH & Co. KG, Köln
Alle Rechte vorbehalten.
Covergestaltung Barbara Thoben, Köln
Covermotiv © mauritius images /
Folio Images RF / Martina Ankarfyr
Gesetzt aus der Minion Pro
Satz Dörlemann Satz, Lemförde
Druck und Bindung CPI books GmbH, Leck
ISBN 978-3-462-00220-1

Anne Gesthuysen

Wir sind doch Schwestern

ROMAN

KiWi

Drei Schwestern, drei Leben, drei Lieben – und das Porträt eines Jahrhunderts.

»Gesthuysens Roman ist ein großes Glück: Er macht den Leser zum Teil der Familie.« *Spiegel Online*

Anne Gesthuysen erzählt mit unvergleichlichem Witz, großer Herzenswärme und Feingefühl von von einer jungen Pastorin am Niederrhein, die ihre Gemeinde aufmischt, vom Aufwachsen zweier ungleicher Schwestern in Adelskreisen und vom Mut, den es braucht, ein Leben selbst zu gestalten, wenn alles vorherbestimmt scheint.

Kiepenheuer
& Witsch